学 红色故读 丛书

XIANG JIANG ZHI ZHAN

湘江之战

黎汝清 著

人民文学出版社

图书在版编目（CIP）数据

湘江之战/黎汝清著. —北京：人民文学出版社，2019（2021.7 重印）
（中学红色文学经典阅读丛书）
ISBN 978-7-02-015153-0

I. ①湘… Ⅱ. ①黎… Ⅲ. ①长篇小说—中国—当代 Ⅳ. ①I247.5

中国版本图书馆 CIP 数据核字（2019）第 063683 号

责任编辑　付如初
装帧设计　崔欣晔
责任印制　任　祎

出版发行　人民文学出版社
社　　址　北京市朝内大街 166 号
邮政编码　100705

印　　刷　三河市鑫金马印装有限公司
经　　销　全国新华书店等

字　　数　342 千字
开　　本　890 毫米×1290 毫米　1/32
印　　张　13.75　插页 1
印　　数　5001—8000
版　　次　2012 年 1 月北京第 1 版
印　　次　2021 年 7 月第 2 次印刷

书　　号　978-7-02-015153-0
定　　价　38.00 元

如有印装质量问题,请与本社图书销售中心调换。电话:010-65233595

出 版 说 明

2019 年,时值中华人民共和国建国七十周年,我们推出这套"中学红色文学经典阅读丛书",目的是使今天的青年学生,能在课余领受优秀文学作品熏陶的同时,了解先辈为了民族解放、中华人民共和国的诞生,为了能有一个和平建设和学习的安逸环境,前赴后继,慷慨献身的伟大事迹。

"中学红色文学经典阅读丛书"含长篇小说和长篇纪实文学两个部分,都是经过时间检验的、有广泛影响的、昂扬向上的优秀文学作品,大多有几代人的口碑。我们选取作品的方向,一是适合当今青年学生的品德教育和素质培养,二是适合当今青年学生的文学写作及文学鉴赏水平的提高。

"中学红色文学经典阅读丛书",包括"中学红色文学经典阅读丛书"中的单个品种,都具有长久出版的基础,因此,我们也热切希望青年读者能在学习之余,为我们这套丛书,包括丛书中的单个品种,提出宝贵的建议。

人民文学出版社编辑部

2019 年 4 月

人　物　表

长征路上人物

博　古——临时中央负责人。"最高三人团"成员之一。

李　德——第三共产国际军事顾问。原名奥托·布劳恩。
　　　　　"最高三人团"成员之一。

周恩来——中革军委副主席、中央书记处书记、苏区中央局书
　　　　　记。红军总政委。"最高三人团"成员之一。

毛泽东——中华苏维埃共和国临时中央政府主席。中央政治局
　　　　　委员。

朱　德——中革军委主席。红军总司令。中央政治局委员。

王稼祥——中革军委副主席。中国工农红军总政治部主任。

林　彪——红一军团军团长。

彭德怀——红三军团军团长。

陈树湘——红五军团三十四师师长。

万世松——红五军团三十四师一〇一团二营营长。

文庆桐——红八军团逃亡战士。

包春时——红一军团战士。

文庆安——中央纵队战士，马夫。

王振华——红九军团连指导员。

1

中央苏区人物

项　英——苏区中央分局书记,中央革命根据地司令员兼政委。

陈　毅——中华苏维埃共和国中央办事处主任。

罗自勉——老学究、老中医,《周易》专家。

何文干——《红色闽赣》报编辑。

方丽珠——马天标的妻子。后为万世松未结亲的"爱人"。

刘洪恩——逃亡地主。竹沟乡大土豪刘兆庆之子,铲共团团长。

马天标——流氓、赌徒。方丽珠前夫。刘洪恩铲共团小队长。

王虎林——竹沟村苏维埃主席。

蒋 方 人 物

蒋介石——国民政府军事委员会委员长。

宋美龄——蒋介石夫人、秘书和英文翻译。

端　纳——蒋介石、宋美龄私人顾问。

冯·赛克特——蒋介石军事顾问。

目　录

第一章　1934年11月30日　湘江西岸

史载一:

1930年11月,蒋介石在取得对冯玉祥、阎锡山的战争胜利后,调集十万大军,采取分进合击的战法,对江西革命根据地展开了第一次围剿。

1930年12月底至1931年1月初,红一方面军在第一次反围剿中,五天内连打两个胜仗,歼敌万余,活捉敌前总指挥张辉瓒,取得了第一次反围剿的胜利,从而使赣南、闽西根据地连成一片,发展成中央革命根据地。中央苏区从此形成。

1931年3月,敌人调集二十万大军对中央苏区又发动了第二次围剿;5月间,中央红军在十五天内由西向东横扫七百里,五战五胜,歼敌三万余人,取得了第二次反围剿的胜利;1931年8月至9月间又粉碎了敌人三十万部队的第三次围剿。

史载二:

六届三中全会后,1930年10月17日,中央政治局会议决定,由周恩来、毛泽东、项英、任弼时、朱德等组成苏区中央局,以周恩来为书记,统一领导各苏区的工作。那时设在上海的中央本身正处在剧烈变动中,周恩来不能即时赴任,由项英先赴中央苏区暂代。1931年1月15日,中共苏区中央局正式成立。六届四中全会后,政治局常委又在3月4日决定,由任弼时、王稼祥、顾作霖组成中央代表团,4月初到达瑞金。

1

1931 年 12 月中旬,周恩来到达中央苏区,就任苏区中央局书记。

1931 年 12 月 14 日,赵博生、董振堂等领导国民党二十六路军一万七千余人在宁都起义,成立红五军团。

1932 年 10 月上旬,苏区中央局在宁都召开全体会议,解除了毛泽东红军总政委的职务。

1932 年 10 月 26 日,临时中央宣布周恩来兼任红一方面军总政委。

1933 年 3 月,周恩来、朱德指挥红军粉碎敌人第四次围剿。

史载三:

第四次反"围剿"胜利后,中央根据地进一步扩大,与闽、浙、赣根据地连成一片。一方面军发展到十万人左右;与此同时,四方面军在川、陕边境也取得了很大胜利,发展到八万人左右;坚持在鄂豫皖根据地的红二十五军和陕北的红二十六军也取得了发展,全国红军约为三十万人!

1933 年 5 月,中国工农红军总部组成,并兼任第一方面军总部;朱德总司令兼方面军司令员,周恩来任总政治委员兼方面军政治委员;10 月,中革军委组建第七军团和第九军团;1934 年 1 月,中国工农红军总部兼第一方面军总部合并于中革军委。红一方面军再次称中央红军。9 月,中革军委组建第八军团。

1933 年 9 月下旬,蒋介石又调集部队一百万、飞机二百架,对各革命根据地发动第五次围剿。其中进攻中央苏区的兵力达五十万人,兵分四路:北路顾祝同、西路何健、东路蒋鼎文、南路陈济棠,采取持久战和堡垒主义的战略战术。步步为营、稳扎稳打,紧缩根据地,消耗红军力量,以达最后消灭红军之目的。

王明左倾路线执行者,先则实行进攻中的冒险主义;继则采取防御中的保守主义;后则出现退却时的逃跑主义,使红军遭受重大损失。

1934年10月中旬,中央红军被迫退出根据地进行战略转移。红一方面军留下三万余人在根据地坚持斗争,红军主力第一、三、五、八、九军团,连同后方机关共八万六千余人从福建长汀、宁化和江西瑞金、于都等地突围西征。

红军经过艰苦转战,在安远、信丰间;桂东、汝城间;郴县、宜章间,连续突破敌人三道封锁线,星夜兼程,突临湘江。

此时,敌已利用湘江险要,构成了第四道封锁线。左有广西军,右有湖南军两相夹击,后有中央军和广东军尾追。蒋介石认为中央红军"流徙千里,四面受制,虎落平阳,不难就擒"。手谕前线各部队:"力求全歼,毋容匪寇再度生根。"红军处境十分险恶,在湘江两岸全力抗击敌人,以保障中央纵队和中央军委纵队过江。战斗空前激烈。

一 李德的希望

倔强而又孤傲的日耳曼人的典型性格,使他获得过成功,也付出过高昂的代价。

当他与三名随从人员踏过摇摆不定的浮桥,登上湘江西岸的碎石沙滩时,两架意大利式的轰炸机背着滴血的夕阳直直地向他们扑过来。他望了一眼,一脸严峻,沉稳地向着一棵千年老樟快步走去。

天空立即塞满了骇人的怪啸声。几乎就在同时,在百米外的界首村头,拔地腾起了几团烟火,接着是震耳欲聋的爆炸声。

他,李德,久历战场,对惨烈的搏斗处之泰然。1919年的4月至5月间,为了保卫革命的巴伐利亚共和国,他英勇地战斗过。在他的故乡——慕尼黑的街垒战中,表现出临危不惧的英雄本色。那时,有一只被敌方炮弹炸碎的战友的手,打在他脸上,他抹了一把黏稠的血,说了一句俏皮话:"同志别发火,我会指挥得更好一些!"那年,他才十九岁。

在长达两个月的街垒战中,他并不是一个赳赳武夫,也不是只顾死拼硬打的鲁莽之人。在与政府军力量过分悬殊的战斗中,他表现出超常的胆略和意志力量,被斯大林和米夫所重视。除对第三国际的方针路线无限忠贞和革命的坚定性外,实战经验与伏龙芝军事学院的优异成绩,便是李德被共产国际选派到中国来的基本原因。

自古不以对错成败论英雄。为了政治原因,把犯错误的人搞倒批臭,是后来才有的事。可谁不犯错误呢?

如果李德的品格真像后人所说,除了粗暴、专横、恶劣、不接受正确意见之外一无所长,那他这个二级顾问(真正的共产国际军事顾问是在上海的曼弗里德·斯特恩。他是奥托·布劳恩也就是李德的上级)在中央苏区据有"太上皇"的权威是困难的。即使博古要把他推上去也是要掉下来的。因为军革委主席朱德、红军总政委周恩来,还有彭德怀、林彪这些军团长以及刘伯承、叶剑英等军事家们,也绝不是俯首帖耳、不分是非、不顾革命利益而仅仅惟命是从的羔羊。

天边很红,把山岳和森林映衬成黛色的剪影。

背着阳光,又来了两批敌机,在界首与渡口间俯冲、拉升、再俯冲、再拉升,轮番轰炸扫射,李德可以清晰地听到炸弹刚刚开始脱钩后的沙沙声,随着重力的迅速增大,沙沙声变成了尖利的怒啸,把死亡的恐怖尖锥似地刺进人们的心灵。整个大地发出火山爆发似的轰隆声。

江上的浮桥颤抖着,摇摇欲折,桥上拥挤着不顾一切冲向西岸的灰色人群。布满沙滩的伤员在血染的尘埃中痛苦地扭曲抽搐。

李德仿佛在莫斯科的影剧院里,看一部战争巨片。他对眼前的惨烈景象产生了一种陌生的距离感,仿佛这是很久以前的事。连浮桥碎裂,人群纷纷落进血红的江水里时的呼唤,都没有使他动心!

在第一次世界大战中,他在奥、意前线上当列兵时就有过这种感觉。子弹对他迎面飞来时,他竟忘了弯腰。这种短暂的麻木状态,被称作战争休克。

这时,那含山的落日,蹲踞在越城岭高达两千一百四十二米的苗儿山头,闪射出灿烂的光辉,悠然地瞪视着人间惨剧,就像威严狞恶的战神,借用它的斑斓色彩在中国大地这块古老的画布上,匆匆地抹了一笔。

李德心头渐渐生起被嘲弄的怒火。狡黠的历史欺骗了他。

纷乱的灰色人群,涌向正在燃烧的界首,那嘈杂的呼叫在远远近近的枪炮声伴奏下,像一个声音嘶哑的解说员,对着壮阔的战争画面,不厌其烦地作着说明。

大约有十几个人,向着李德借以隐蔽的那棵千年老樟跑来。

突然,他们一个个碰上无形绊脚石似地纷纷栽倒。呼啸的飞机子弹旋风似地在沙滩打出一片土花!硝烟从浓密的墨绿色树叶间飘洒下来。一个机关干部举着驳壳枪无望地向飞机射击,又猝然栽倒下去,而后血迹满身地爬起,直向樟树奔来,可是又被旋回来的飞机打中了。伤者手捂着前胸,身体佝偻着剧烈地前倾,痉挛不止,仍然直奔他而来,似有话向他报告。他终于认出这是司令部的作战参谋。他下意识地跑过去迎接他。可就在两步远的距离内,作战参谋的头颅咕咚一声触到地上,整个躯体紧缩成一团,已经破成网状的灰布军衣立即浸满了血迹。

军事顾问正要弯下一米八五的身躯,把他抱到老樟树下,没想到作战参谋忽然从血泊中跃立起来,滴血的脸上双眼暴突,对他怒声直喊:

"他妈的!这仗是怎么打的!"

李德听不懂他吼叫的是什么,却感到迎面扑来一种凄厉可怖的怨愤之情,那喷火似的目光深深地灼痛了他。在他悚然而怔的时候,

5

那鲜血淋漓的参谋猛然向后仰倒下去,瞬间气绝身亡。他两脚岔开,麻质的草鞋上粘满鲜血浸泡的黑色稀泥。

四批敌机轮番轰炸,大地在五百磅的炸弹撞击下发疟疾似地颤抖。爆炸声汇成连续的轰鸣,弹坑里冲出一股股热浪,把四周的人像草捆似地冲走!耳膜嗡嗡发响,每个细胞都紧紧绷起。

透过慢慢散落的烟尘,大树伏倒,驮马狂奔,被炸者肢体、枪支、鞋帽、行装一起飞迸……渡口边的河滩上,布满马匹和人体的残骸和两米多深的弹坑。坑中还冒着黑烟,那是死神的呼吸。在弹坑近旁倾倒的树枝上挂着被扯烂的带血的布条碎片。一个弹坑四周,竟躺着三十多具尸体。焦煳、血腥和辛辣的气味直刺鼻腔。

渡江的人群个个脸色发灰乃至发黑,衣服全都失去了原色。许多人绑着血迹斑斑的肮脏绷带,穿着粘满泥尘的破烂便衣或军装,有的戴着帽子,有的光着头。

有许多人疲倦到极点,一登上江岸便倒卧在沙滩上喘息。

黝黑的沙滩,在鲜血的浸润下瑟瑟发抖,森林飒飒低吟。这是唱给不屈者们的《安魂曲》,悲壮、苍凉、雄浑、沉闷。

李德用抑郁的眼睛看着这一切。他那碧蓝的眸子里,昔日洋溢飞扬的热情神采已经熄灭了,显得忧心忡忡。

在这种时候,1799 年苏沃洛夫元帅在阿尔卑斯山中最困难最危险然而最终取得了胜利的进军情景,出现在他的眼前。他对这段传奇性的战史作过深刻的研究,反复地推敲了当时的每个细节。当红军主力离开中央苏区踏上征程时,他就预想漫漫征途上会出现类似的威武雄壮的进军。

绝艰奇险中,方能表现出雄才大略和英雄本色。

那时,苏沃洛夫率领全军,业已通过阿尔卑斯山的圣戈达隘口,进入瑞士,来到敌军背后,但因作战计划泄露,功败垂成,反被拿破仑的大将玛塞纳包围于崇山峡谷之中,处境极其危险。由于俄国军队表现了罕见的英雄主义,在前卫战斗、后卫战斗、巧妙迂回敌军阵地、战术合围和全歼被围之敌等方面,成就了化险为夷、出奇制胜的举世公认的战术范例。

恩格斯曾称赞说:这是"到当时为止所进行的一切阿尔卑斯山行军中最为出色的一次"。

当苏沃洛夫处在危境之时,有的将领绝望了。萨逊诺夫向同僚们散布悲观情绪说:

"我们整个军队都是衣不蔽体,饥寒交迫,赤脚走路……子弹已经消耗殆尽,看来,苏沃洛夫元帅的计划简直是个大失败,大错误!"

可是,当时的巴格拉齐昂将军却不这样看,他说:

"不,不,元帅的计划一点也没有错,无懈可击,堪称杰作……我们和大自然搏斗,通过了圣戈达隘口,我们已经争取了三天的时间,已经绕到玛塞纳背后来啦!"

"可是,我们陷进了绝境,被敌人包围在这里……"萨逊诺夫反驳。

"这和元帅的计划全不相干,我们已经完成了最困难的任务。只是出现了意外原因……"

这与目前的境况何其近似!想到这些,李德焦灼不安的心情得到了宽慰。一切的挫折,莫不出于意外的原因。

李德注视着湘江,他不能不佩服这支军队。他们穿着不遮日晒,不挡严寒,甚至连皮肉都遮不住的破衣烂衫;时饥时饱地吞吃着临时到口的食物;带着伤痕和病痛,迈着血迹斑斑、滞重蹒跚然而坚定的步伐,怀着不可动摇的意志和信念,面不更色地向着死神,向着茫茫无际的万水千山,以不可思议的顽强和耐力,辗转开进……

"这是熔岩的奔流!"李德曾不止一次地发出赞叹。指挥这样一支军队,可以攀越比阿尔卑斯更高的山峰,创造比苏沃洛夫所创造的更大的奇迹!

李德很想喝一杯温热的咖啡,他知道这是不可能的。他伸手向特大的军衣袋里摸烟,是中国南洋烟草公司出产的普通的白金龙牌香烟,只剩了一支。他叼在嘴上,把烟盒拧了一下甩到身后。

李德在撤离苏区时,给他配有一匹白色的坐骑和一匹灰色的驮骡。两个马袋里装满他专用的衣物和食品。这种优厚的待遇,在他看来,既是生活的必需,也是对他的尊崇。礼遇的高低往往是与威望相称的。

渡过潇水,他积存的两听咖啡和五包美丽牌香烟都已经用完了。他是个大肚汉,一餐可以吃掉半斤牛肉再加一只鸡。食品也用完了。他只能与中央军委首长一样,搞到什么吃什么。

他很少骑马,也不让驮骡跟着他,那是飞机袭击的目标,所以他的供需经常脱节。

公正地说,他并不过分留恋中国同志给他的优厚待遇。他之所以吃面包、喝咖啡,仅仅是因为生活习惯。他是可以翻山越岭风餐露宿的,但他很重视仪表。在刚刚踏上征途而敌机尚未光顾时,他骑在高头大马上,望着前后行进的浩荡大军,的确产生过稀世雄才的自豪。

有两颗炸弹在界首镇内爆炸。几座石壁房屋在硝烟烈火中坍塌,飞进的瓦石带着与弹片同样的杀伤力,散落在五十米以外。传来女人的尖声叫喊——一种疯狂的令人心惊胆战的惨叫声……

房屋在燃烧。因惊愕而近乎发疯的孩子半裸着身体四处乱窜。先期到达的红军筹粮筹款的人员,在救护受伤的群众,毫无指望地从废墟中拖出已经奄奄一息的受难者。

李德久经沙场,在尸横遍野血流成河的战地面对死亡,他已见惯不惊,没想到这个参谋的猝然死亡竟让他觉得心惊胆怯。他已经从战争的遐想中完全回到了现实,隐隐觉得作战参谋的目光,向他显示了一种陌生而又可怕的东西。

李德仿佛看到了那声音像炮弹的爆炸,声浪的碎片,带着对于历次失利的怨恨,打进他的脑海,嗡嗡直响。

在毫无制空权的情况下,已无前沿后方之分。那些骡马担架麇集的中央机关和非战斗人员,成了敌机轰炸的重点目标。

这时,李德才张目望着缓缓北流的江水。从上游下来的尸体夹在断桥的木板之间,像散而又聚的木排。江水血浆似的又黏又稠。弹痕累累的岸滩上,散乱着因负伤、死亡、疲倦而倒卧的人群,远处有人指挥着拖走被打死的骡马,在分割它的血肉之后,便急急地走向不可知的陌生世界。

理查德·尼克松曾经说过:"一个领袖必须忍受严格的自我克制、经常的风险和永不间断的内心斗争。"他李德的地位,虽然还没有达到领袖的高度(仅仅是个军事顾问),但他所经历的风险、自我克制和痛苦的内心斗争,却不比一个患难沉浮中的领袖更轻松!

天色渐渐黑暗下来,深蓝色的暮霭饱含着血腥味的硝烟笼罩着山野,绵亘起伏的紫色山丘跟远方横断天际的越城岭(俗称老山界)重叠起来。只有西方的天际还飘浮着一条殷红的霞云,似雾非雾的暮霭从江面上升起,远方的枪炮声在苍烟残阳中喧腾。夜降临在湘江两岸,给惨烈的战争蒙上了神秘的色彩。

飞机已经不再肆虐,嘈杂的渡口灯火闪烁,前后左右的隆隆炮声,给人一种不祥的预感。轻柔清凉的晚风里充满着火药气息,淡紫色的远方天际,不时闪现着橘黄色的光亮,像盛夏季节远方的闪电。

李德突然感到一阵疲惫浸透他的全身,似乎一副重担沉沉地压在他的背上。他蹲坐下来,坐在老樟树隆起的冷硬的根瘤上,急切地等待着去跟司令部联系的参谋回来,却又惧怕等来的是意外信息。

离开屋子只有五十天的时间,他竟有恍如隔世之感。幢幢的黑影在湘江两岸的深红色火堆旁晃动,远处的炮火在天际闪射着危险的红光。

在死一般的静谧中,他感到前所未有的庄严。他记起在湘江东岸时,曾遇见一个披着棕蓑的战士,把整个队形都破坏了。他问他为什么不丢掉这件笨重原始的东西以轻装。那战士回答说:那是他父亲的遗物。丢命也不丢棕蓑。他始终弄不懂那个战士为什么会有此想法。至此,他才隐隐感到:他并不了解农民,更不了解中国的农民。指挥一支自己所不了解的部队,本身就是一个悲剧。

目前的景象,与李德最初的希望反差太大了。

当他历经千辛万苦、千难万险,踏上中央苏区火热的山野时,他就把他的全部热情、全部希望和全部幻想寄托在这块土地上了!

"夺取中心城市,争取一省或数省首先胜利!"

这是他追求的目标。这是第三共产国际的要求。

那时,他站在独立屋前,在绿油油的田间与山冈之上,曾不止一次地看到满天满地的红旗。那红色旗帜犹如石击水波似地向四方延伸开去。在巴伐利亚街垒战中没有实现的目标,在十五年后的异国土地上即将得到实现。

如今,红旗的波浪化成了黏稠的、殷红的江水,那不是夕阳投落的霞光,而是千万红军战士的生命!

英雄的梦,幻灭了。

这时,他才清醒地感到,未来的前程吉凶难料:光明与黑暗,胜利和失败相隔着一层纸。他的内心在亢奋与痛苦中挣扎。

随从人员从界首回来,告诉李德,司令部正在设置,请他暂时进村去休息。给他带来的情况是:既没有变好,也没有变坏。

李德并没有最后失望,只是没有想到在湘江两岸会出现如此大的挫折!

"大概损失两万人!"李德嘟哝着。但他错了,大大低估了湘江一战的严重性。

他希望部队拼死渡过湘江进入湘西,不惜一切代价迅速与二、六军团会合,以求新的发展。此时此刻,任何后退犹豫便是死亡!

他同随从人员向界首走去,又向血迹斑斑的湘江望了一眼,这最后的一瞥,竟使他全神贯注地凝望了一生。

二 目标不改

界首是一个四百多户人家的大集镇,东临湘水西靠大山。弯曲的街道两旁,大多是青砖灰瓦的房屋。在穷山恶水的桂北,界首算物产丰富、生活充裕的一方宝地。正像毛泽东在江东岸所预言的那样,这里是筹措粮款的好地方。但是,对数万大军来说,这里所能补给的毕竟太有限了。

红军的临时总司令部设在镇中一所庭院里。院中有两棵粗壮的枫橡树,高大、挺拔、苍劲,威风凛凛地高踞于房屋之上。横空直伸的枝干,撑起一把黄中透红的伞盖,荫护着在这个院子里繁衍生息的人们。

军用地图铺展在客厅中的两张八仙桌上。参谋部人员请首长就座。李德坐在朱德对面,博古坐在李德左首,他和李德可以用俄语流利地交谈。每人面前都放着水杯,但没有茶叶,白开水散发着蒙蒙蒸汽。

总部作战局负责人扼要而又精确地报告着目前的战况。形势的严重性,与会者早就想到了。

这次西征,与李德最初的设想很不一样。它并不像苏沃洛夫率领的那支在阿尔卑斯山苦战的大军。那支大军,矫若游龙,可以指挥来去。而中央红军的西征并不单纯是一次军事行动,既不能大踏步前进也不能大踏步后退,更不能打得赢就打,打不赢就走。它是包括中央、中革军委、中华苏维埃共和国政府在内的一次战略转移。不是要不要大搬家,行动本身就是大搬家,是一个"国家"的开动。

参加西征的作战部队有第一、第三、第五、第八、第九五个军团，总数达八万六千余人，军委纵队（机关）四千六百九十三人、中央纵队（机关）九千八百五十三人。此外，里面还有老人、病号和怀孕的妇女，挑夫、驮骡、担架，还有数不尽的辎重……这就是历史上被人千百遍提起的那顶"轿子"。你可以比作背着石碾爬山，也可以比作挂着哑铃渡海。但石碾、哑铃是可以丢弃的，辎重也是可以丢弃的，唯独"轿子"不能甩，必须抬。因为那是庞大的领导机构，是人不是物。

由于五次反围剿及远征的特殊性，最高权力领导核心集中在三个人身上。博古、李德、周恩来，这个当时被称之为"最高三人团"的机构，握有直接指挥中央红军西征的全部权力。

周恩来还在湘江东岸，组织指挥中央纵队（代号为红章纵队）和中央军委纵队（代号为红星纵队）迅速渡江！然而这两个中央机关和军委机关及下属各部门，即使在十万火急的命令连电催促下，仍然姗姗来迟！

历史，具有很大的模糊性。有些事，当时看是清晰的，后来看，却是朦胧的；有些事当时看是迷茫的，回头看又是清楚的。"当局者迷，旁观者清"的格言，恐怕只对了一半！

如果不囿于传统的说法，那么关于五次反围剿和长征中的许多结论性的提法，就很值得作进一步的剖析。在战争的棋盘上，后人都可以进行复盘深究。

1934 年 11 月 25 日（夏历 10 月 19 日），中央红军在湘南道县至江华段，全部渡过潇水。中革军委立即发布命令：野战军分四路纵队迅速抢渡湘江，通过敌人的第四道封锁线，向全州、兴安西北前进，具体部署的行进方案是：

红一军团主力为第一纵队向全州以南前进；红一军团一个师、军委第一纵队、红五军团（缺一个师）为第二纵队，经雷口关或永安关以南，然后根据侦察结果决定前进路线；红三军团、军委二纵队及红五军团一个师为第三纵队,先向灌阳、后向兴安前进;红八、红九两军团为第四纵队,经永明向灌县、兴安前进。

26日,中央红军向江华、永明(今江永)前进时,广西军阀白崇禧一度命令他的部队退守龙虎关和恭城,其用意是既防止红军也防止蒋介石军队进入广西,此时湘敌刘建绪部队尚未到达全州,红一、三军团主力顺利地到达文市地区。

27日,中央红军先头部队红二师和红四师各一部在广西的兴安、全州间,突破敌人第四道封锁线,未遇困难便渡过了湘江,并控制了界首至脚山铺间的渡河点。此时,先头部队与后卫部队前后相距一百公里,后续部队未能及时渡过湘江,湘、桂两省敌军在蒋介石严令下分路猛扑,志在夺回渡河点,把红军拦腰斩断,击红军于半渡,消灭于湘江两岸。

于是,中国悠久的历史上,一场空前未有的恶战,便在湘江两岸展开!

敌人占据脚山铺西北一带高山,事先已经坚工扼守。红军阵地全在敌人炮火射程内,却又来不及修筑坚固的工事。然而红军必须像一颗坚硬的钉子,钉在这里。

红军以单一兵种抵抗敌人步兵、骑兵、炮兵和空军的联合进攻,实力上敌众我寡,装备上敌优我劣,地形上敌高我低。敌人有工事进退的依托,而我军却是仓促进入阵地。

一切不均衡,预示着这场较量将是残酷的!

位于右翼的一军团,把界首交给三军团后,便急速向全州方面突进。由于刚上任的追剿总司令何健指挥的湘军先期抢占了全州,红军只好在全州以南三十里的脚山铺附近的丘陵地带进行扼守。位于左翼的第三军团正在灌阳、新圩一线与桂军优势兵力作战。这样,红军前锋部队一、三军团分左右翼控制了南起界首北至屏山渡之间六十华里的湘江两岸,为中央纵队、中央军委纵队渡江创造了有利条件。

选择这一段渡江,无疑是明智之举。因为这一带江面宽阔平缓,水流不急,可以架设简易浮桥,并且四处浅滩均可以徒涉。

11月27日,中央纵队、军委纵队已经到达灌阳北边的文市、桂阳一带。距湘江最近的渡口,仅有一百六十华里。如果此时决心摔掉坛坛罐罐,采用急行军的办法,一天一夜即可到达。可是,经过种种努力,却未能做到这一点。从11月28日和29日,拖到了11月30日。全军上下,这样多的军事家、战略家,似乎都懂得但又都忘了起码的军事常识:兵贵神速!

何曾忘过?哪次电文不是十万火急?不是没有想到,而是未能做到。这样,不仅苦了前锋部队,使他们在数倍之敌的猛攻下,拼杀了四天四夜。更苦了后卫部队,使他们被阻于湘江东岸,陷入血海泥潭!

蒋介石对西征红军追剿、堵截、围歼的作战部署,在作战局的二万五千分之一的地图上,标示得异常清楚。但这仍只是渡湘江前的基本态势。

作战局负责人脸色黯淡,两眼凹陷,声音沙哑。他已经三个昼夜没有睡眠了:

"我认为军委原先的预想基本上符合目前的敌情态势,根据军委首长的指示,作战局的判断是这样的:蒋介石为了对付我们的战略转移,显然,他考虑过几种方案。在蒋介石心目中最害怕的有两点:一是害怕红军进军湘中,在湖南重建根据地;二是害怕红军与二、六军团会合,在鄂、湘、川、黔扩大苏区。这一点从国民党的军事部署上完全看得出来……"

作战局负责人,用红蓝铅笔点着地图上的标记:

"第一,他以二十八军刘建绪的四个师……这是辛亮基师,这是李觉师,这是陶广师,这是陈光中师,全部开进广西全州一带,在湘江两岸布防,与灌阳的桂军、夏威的十五军密切联系进行堵截。我们当前与之激战的就是刘建绪和夏威的两个军……"

他暂停了几十秒钟,以便首长们作些初步思考。

"第二,蒋介石以吴奇伟的第四军和第五军的主力:也就是韩汉英、殴震、梁华盛、唐云山、郭思演五个师,沿湘桂公路进行侧击,保持机动……"

朱德以惯常的平静掩藏着内心的不安,盯视着地图,低沉地说:

"这一路非常讨厌,他的目的在于阻止我军北上。这对我们与二、六军团的会合,极为不利……"

博古把朱德的话翻译给李德。

精于图上作业的李德,当然非常清楚。他沉着脸,直僵僵地坐在那里。博古忽然发现李德脸上出现了一些平时不太显眼的疱疱。他目光凝视着地图上蒋介石的各路军马,思想全部落在严酷的现实上:如果被迫放弃原定计划,那将是不可想象的!李德不是优柔寡断的人,他仿佛又恢复了信心:

"一定要与二、六军团会合,不然,后果将是灾难性的!"

但这种近似挣扎的声调与平时的倔强自信极不一致,在这种不协调之中,隐含着某种可怕的冲动和决绝的"不惜一拼"的心态。

博古向司令部人员翻译了军事顾问的决心,但军事顾问的决心是否正确,他心中无数。李德的决心,就等于他的决心,他们两人的决心,几乎就等于最后决定。周恩来还在湘江东岸。博古凝望着朱德敦厚严正的脸,希望从他的反应中,得出某种验证。

但是,朱德避免干预"最高三人团"的决策。他已经听出,李德的决心就是由自己的提醒激发起来的。他不愿多说,只让作战局的同志继续报告敌情。

"第三,蒋介石以三十六军周浑元所辖的谢溥福师、萧致平师、万耀煌师尾追我军,他们进据宁远、道县堵住我后路,并防止我军进

15

入桂北。

"第四,敌人以二十七军李云杰所率的王东原师和二十三师,沿桂阳、嘉禾、宁远我军行进路线,拊我侧背。"

"第五,敌人以十六军李韫珩率所兼之五十三师,取道临武、兰山、江华、永明从另一侧面拊我后卫。"

会场沉默了足有五分钟,吸烟,喝水,踱步,盯着地图思考。

博古请总司令发言。

朱德沉静地评论道:

"敌人分五路完成在湘江两岸前堵后追左右侧击的计划。蒋介石用心是很险恶的。他从人地相宜着想:以何健为追剿总司令,是因为何健与李宗仁、白崇禧有私交。湘军进入桂境,彼此不会猜忌,以促成湘桂两军通力合作,封锁湘江之目的。

"现在,蒋介石的部分战役计划已经达到。但聚歼我军于湘江东岸的企图却被我们粉碎了……"

博古低声将朱德的分析翻译给李德。

"目前的局面还是相当危险的。"朱德继续说,"一军团正在脚山一带与湘军激战;三军团在兴安、新圩一带阻击桂军。我们面对的是湘、桂军中的精锐,以疲惫之师对抗以逸待劳之敌,战斗的艰苦性是可以想见的……"

作战局的同志报告红军情况:"现在八军团损失最为严重,处在失控的状态。许多团队都失去了联系!"

朱德说:"应该说已是溃散状态。这个新组建的军团没有来得及整训,部队缺乏战斗经验,面临这样严重的局面,溃散是难免的!"

"溃散"二字太刺耳了。它像尖针似地刺进博古的耳鼓,他不愿意直译给李德。因为关于组建新的军团,还是把新兵补充给一、三、五、九军团以老带新,在"最高三人团"里曾有过争议。博古当时支持李德的意见组建新的军团,仅是为了增大西征的声势,而不是增加

16

实际的战斗力量。

"五军团殿后,处在被动挨打的地位,打得十分艰苦……"作战局的同志继续报告。

"跟三十四师的联系恢复了吗?"朱德问。

作战局负责人作了否定的回答。

会场陷入短暂的沉默。

博古不断地往上推他的眼镜,显示出内心的焦虑与不安。他那红润的嘴唇变得扭曲而灰白,铅灰色的、微微仰起的脸上浮动着凄怆与悲凉。

也许没有人注意到听到博古翻译这些令人沮丧的消息时,李德的潜隐极深的漠然心境。因为他担心的并不是八军团和五军团的一部分部队的命运,而是下一步,中央红军能不能跟二、六军团会合。李德对这个经过长时间思考的目标,寄予了全部的热情、希望与幻想:"放下沉重的包袱再战斗,只要再打几个漂亮仗,一切损失(其中主要是他的威信和权力)就都可以挽回了。"

这个沉重的包袱,只有与二、六军团会合后才能放下。

"是不是议一议下一步的行动方案?"总司令用请示的口吻问博古。他发现博古和李德都有些走神。

"是不是等恩来同志到了之后再议?"

"也好,那得催他快些过江。"朱德征得博古同意,对作战参谋说,"你对总政委说,我要到前线去,请他快来司令部……"他本想说"统管全局",又觉得守着博古、李德说此话不妥,就把后半句咽了回去。

军事会议暂告休息。警卫人员送来一脸盆火煨红薯请大家先垫肚子,说玉米糊糊很快就好。

"这是谁烤的?"朱德拿一块儿翻转着,"一半生一半煳的……"

"当然没有总司令烤的好了。"警卫人员甘拜下风。

"检讨不如改正,煨几块好的留着,总政委喜欢吃。"朱德捡了块软的递给李德。

此时,机要秘书送来一军团林彪、聂荣臻给军委的一份电报,是从脚山铺打来的:

朱主席:

我军向城步前进,则必须经大埠头。此去大埠头,经白沙铺或经成水圩。由脚山到白沙铺只二十里,沿途为宽广起伏之树林,敌能展开大的兵力,颇易接近我们。我火力难以发挥,正面又太宽,如敌人明日以优势猛进,我军在目前训练装备状况下,难有占领固守的绝对把握。军委须将湘水以东各军,星夜兼程过河。一、二师明日继续抗敌……

朱德一边吃着红薯一边看。看完后交给博古,博古择其要点翻译给李德听,然后问他如何回复。

李德专心致志地吃着红薯,心不在焉地听着,眼里闪烁着病黄色的光,好像要极力摆脱一场压在他心头的噩梦。一会儿才如梦方醒似地说:"先请总司令说吧!"他的嘴角挂着一丝苦笑,同时,脸上掠过一种烦乱不安的神情。

朱德以一种直率坦诚的、永不慌乱的目光,凝视了李德一会儿,而后转向博古。他是个厚道稳重而又深沉的人。博古虽然年轻而且有着明显的失误,他也绝不因此而不尊敬他:"博古同志,除了命令部队达成掩护红星纵队、红章纵队迅速过江之外,别无办法!"

"是的!用火急的命令,催促中央纵队过江!"博古此时,可谓百感交集。自从到中央苏区之后,短短的时间内,他真是历尽了艰辛。他曾亲临过广昌前线,枪炮轰鸣、血肉横飞,和无穷无尽的争议,都无休无止地交织在一起。他目睹了各种场面,处理了数不清的事情。他像一个围棋新手在下一场布局混乱的围棋,上边的指令,下面的抗争,左右的掣肘,使他举棋难定。他只能抬头看李德:棋子该往哪里落,然后就按照李德的眼色落下去了。有多少对的多少错的几乎难以理清。湘江之战,使他真正看到了红军命运的危殆。

不知道过了湘江之后还会遇上什么风浪和暗礁,他觉得全部精力已经丧失,心情分外沉郁。他聪明,经验却贫乏。他的智慧宝库中找不到解脱目前困境的任何启示,只能又重复地再说一遍:

"用十万火急的命令,催中央纵队火速渡江!"

他们已经疲倦到极点,草草吃了送来的玉米粥,就在三官堂的一间小屋里安歇了,只留下值班参谋人员,有急事时唤醒他们。

李德和博古互道了"晚安",刚刚躺下,机要处又送来了三军团的急电,报告他们受到桂军的巨大压力。他们交换了一下意见,委托总司令全权处理。

朱德,在这时是这支红色西征军的大脑和意志的体现。他性格诚实,心胸宽广,谦和仁慈,忠厚长者之风掩盖着他品格的另一面——倔强豪放,临危不乱,遇敌不惊,一切处之泰然。这种可贵的品格除了来源于他的天赋素质外,更是在社会动荡的艰苦岁月里,靠不断地汲取人民身上所固有的优秀品德而逐渐形成的。

他亲临火线的勇敢精神是举世公认的,但他的勇敢富于思想内容,体现出意志坚强、目标明确,具有胜而不骄败而不馁的顽强精神。不管统率十万胜利大军还是带领一个班的溃败战士,都能体现出他的将帅风范:绝不因为兵多将广而趾高气扬,也绝不因全军溃散而气馁心丧。他不怨天尤人,不争功,不诿过,永不懈怠地奋斗!

他德高望重,但有时在激烈的党内路线斗争中,由于他主要分管军事,也更专注于军事,而处在不被重视的地位。譬如他既是红军总司令,又是军革委主席,可是,在"最高三人团"的决策圈内却没有他。

他从不计较这些,而是不遗余力地把全副身心投入工作!历数红军所走过的路程,每向前推进一步,都脱不开这只农民式老军人的有力的手!

"一定要他们镇定……"他盯着地图,仿佛看着三军团浴血奋战的战场,心中涌起一种难以尽诉的感情。他知道,如果不是压力过大,彭德怀是不会叫苦的。他以前所未有的严厉大声说,"再给中央纵队和军委纵队发报,十万火急,迅速渡江……每一秒钟,都是战士的鲜血换来的!"

"总司令,你也去休息吧,"作战局的同志语音里透着无限关切和爱戴,"夜间不会再有太大的变化。"

"我等总政委回来……你们先去打个盹吧……总政委回来之后,你们抽两个人跟我到一军团去,全军突围的重担都在他们肩上了。如果他们不能顶住,在中央纵队还没有完全渡江的情况下,问题就严重了……"

三　博古与李德

1936 年 7 月,在陕北保安,博古对斯诺用英语介绍生平时,斯诺对他的印象是这样的:

> 博古是我遇见过的有风度、有趣的中共领导人之一,也是政治局中最年轻的一个成员。他个子较高,身材瘦长。确实,他总是处在极度兴奋之中,动作急促而不协调,常常爱神经质地哈哈大笑。他的牙齿前突,眼睛外鼓,特别是透过深度近视眼镜,眼球好像向外鼓出。阿奇士尔德·克拉克·克尔爵士常称他怪人。他喜欢打网球、打扑克。他理得很短的寸头,好似一把硬刷子在头顶上。他头脑反应很快,像周恩来一样敏锐,也许比周还要敏锐……

此时,他并不完全像斯诺描绘的那样总是处在极度兴奋之中,而是恰恰相反。

他以二十七年的人生阅历(1931年负责中央工作时只有二十四岁),担负着中国共产党的领导职务。他作为王明的化身,支撑着中国革命的危危乎几欲坍塌的苍穹。他是不是一座博大精深、基础稳固、顶天立地的高山?他是不是也会觉得自己的肩膀稚嫩?

严格说来,博古获得如此职高权重的地位,连他自己也感到偶然。临时中央负责人的地位,一下子就把他推上了峰巅。他应该具有政治上的远见,军事上的才能和一个伟大人物的决策能力。但在这些方面他都不够,他没有办法跟周恩来、毛泽东、朱德相比,甚至也不能和任弼时、彭德怀这些人相比!

在“最高三人团”中,他能力最差、资历最浅,在部队中享有的威望也最低。但他又处在作最后决策的地位,这是历史的偶然安排。他并不是那种不可一世、刚愎自用的人。他骨子里是个满腔炽情的知识分子,他必须倚重李德和周恩来。但是,老一代和新一代的革命家,对周恩来的印象是不相同的。有人认为他是调和主义,而王明、项英等人则认为他已经迈到右倾机会主义边缘了!他有办事的卓越的才能和超人的优良品格。用他的能力,却不用他来决策。这样,博古偏向于李德就是自然而然的了。

博古长于马列主义理论,却短于军事知识。在莫斯科中山大学的短期军事训练,简直形同儿戏。如今,他只能通过周围隆隆的炮声和湘江上的浮尸感受形势的严重。即使顺利过了湘江,即便打胜了这一仗,往后呢?瓦罐总在井边破,拖过十一能拖得过十五吗?他也希望快些与二、六军团会合。但是他没有李德那样坚强的信心。未可知的危险在前面等着他。

他不敢再想下去。他取下沾满灰尘的眼镜,用手帕擦擦,又擦擦晕眩酸涩的眼睛。他感受到一种沉落江底的那种永劫不复的阴冷和沉重。

意想不到的最高权力骤然落进手中时,他振奋了很久。这种变化太突然,太巨大,一时难以适应。在他慢慢习惯了这种变化时,振奋之情也就淡化了。他产生了一种置身于绝巅危崖的惶悚感。在这种位置上是不能失足的!

后来,他在保持地位的同时,却把权力之柄,委托给李德和周恩来,自己只处在选择决策的地位。李德头头是道的军事理论和国际顾问的身份,使他的天平指针自然向李德一边倾斜。远在红军出征之前,他就感受到了一种茫然,在广昌前线时,由于对自己缺乏自信,他常常感到精神紧张。那时,李德便是他的精神支柱,现在他更需要这根坚强的支柱。

在整个军事会议期间,博古几乎没有拿出个人的见解,只会点头摇头。他相信李德,也相信周恩来,同时又把朱总司令当成一个经验丰富的、可以信赖的、可以按照别人意图专事指挥作战的将军。

在博古心头,笼罩着双重阴影:一是红军的前程,二是正在散布不满情绪的毛泽东。他想起了项英对他的警告。不满情绪早就有了。他以为"残酷斗争、无情打击"消除了许多隐患,而现在却证明隐患并没有消除。

李德已经感到他的威望在逐渐丧失。虽然他还是"最高三人团"的主宰,却已经不是众望所归为大家所倚重的人了。许多事情已是不经他的过问便命令实施了。

"大丈夫不可一日无权",失去权力是痛苦的事。在哲学思想上,李德推崇英雄史观,他曾一度强烈地表示要造出一个热火朝天的革命大好时势来:争取一省或数省胜利,这种胜利必将载入世界革命史册,也不辱他的来华使命。

在莫斯科,披着霏霏雨雪,跨出伏龙芝军事学院的拱形大门时,他就抚摸着各科都是优等的毕业证书,为自己规划了远大的前程。

自封了一世将才!

当他身着西装,怀揣一张奥地利护照,横越飞雪漫漫的西伯利亚时,他又历数了来华的历届政治顾问和军事顾问。

他首先想到是列夫·加拉汗,这位第一任驻华大使;其次想到了米哈伊尔·鲍罗廷——这个支配广东革命政府的人。他更是怀着一种尊敬(他从未崇拜过什么人)的感情想起瓦西里·布留赫尔——这个使中国人难忘的、指挥北伐作战的加伦将军。在他眼里,印度人罗易是个失败的形象;巴威尔·米夫,这个为他送行的东方部副部长,倒给他留下了深刻的印象。他知道,在反对托洛茨基的斗争中,米夫成了斯大林所信赖的红人。米夫是中国的苏维埃革命战略的筹划者,也是中国大动荡的目击者。1927年2月至6月访问上海、广州、武汉,1930年末第二次来华,参加中共1931年1月在上海召开的六届四中全会,深谙中共内部的派别斗争。至于共产国际执行委员会远东书记处1920年向中国派遣的维经斯基工作小组,虽然也曾于1924年4月再次来到中国,却对激烈动荡的中国几乎没留下什么印象。维经斯基甚至不知道还有个年轻的东方学者、不屈不挠的国际革命家柳德维格·马季亚尔。在李德看来,米夫是真正的通晓中国情势、指导中国革命的专家,维经斯基无法与米夫相比……

后来,他在上海礼查饭店和美国人的公寓里,秘密纵览中国政治风云和军事局势时,他更下定决心大显身手了!他在为巴伐利亚共和国而奋斗的街垒战中没有施展的宏图大略,很可能要在中国这块古老神秘的土地上得以实现。也许他可以用超人的才智与胆魄,来唤醒拿破仑害怕的东方睡狮。中国的土地太大了,人口太多了,在如此幅员辽阔的画布上,大笔挥洒,将画出多么灿烂的革命巨图呀!

但是,在上海时,地图上展示的图景很不具体。他把一些靠间接得到的材料画成数字和草图,拍在微型胶卷上,送往莫斯科。共产国际靠这种形势报告所作出的战略方针和各种指示,是否正确和具有实践意义就只有老天知晓了。

直到经过千难万险成了"独立房子"的主人,李德才对中央苏区的武装力量有了最初的印象和真实感。

或许,对于这样一个献身国际主义革命事业的人,不管他成功还是失败,也不管他性格上、生活上有多少弱点,我们都不应该嘲讽和蔑视。如果他是胜利者,那"独立房子"就是应有的礼遇,如果他失败了,"独立房子"就变成了搞特殊的典型。

以成败对错取人,是一种浅薄。

在这种时候,李德并不认为自己已经失败。可是,他注定不是一个真正的领袖人物,他不具备在政治生活舞台上那种精湛的演技——掩饰内心真正的感情。很难从政治家温存的微笑里看出内心的杀机;也不会从政治家的谈笑风生中看出他内心在哭泣;很难从政治家充满自信的言谈里看出他内心的失望;也不能从他的泰然自若中看出内心的怯惧和空虚。

李德,无法掩饰湘江之战给他造成的心灵创伤,无法掩饰对红军前程和对自己未来的忧虑。喜怒哀乐皆形于色的人,干不成大事!

博古也跟他相似,很容易冲动。冲动,容易暴露自己的真情。他的忧虑似乎比李德更甚,因为李德责任虽重,但毕竟是客人!

二人虽然都很困倦,但由于心事重重,却很难入眠。

李德坐在一张竹床上,一支接一支地吸烟。他的思绪很乱,无法凝聚到一个焦点上进行思考。

"这一仗没有打好,"博古躺在另一张床板上,颓然地说,"给毛泽东的非组织活动以借口。"他的俄语说得不像平时那样流利。

"是真的还是传说?"

"当然是真的。起先,他是跟王稼祥在一块儿,现在,洛甫又加进去了。有人称他们为'中央队三人团'……这不是搞小宗派吗?"

"他们能谈些什么呢？"

"还不是散布失败情绪？他几乎向他能够密谈的所有人宣传他的观点，说第五次反围剿失败了，是由于我们战略上的错误。说西征是仓促的逃跑主义，无准备，无计划，无目的……"

"这是不公平的！"李德丢掉烟蒂猛然从床沿上站起，在屋子里急步绕圈，像只困兽急于突破囚笼，但他终于压抑了冲动，停在博古床前，"打了败仗，优点也成了缺点。"

博古也坐了起来，他的眼镜闪着亮光，颇带几分追悔地说："看来，项英同志提出的警告，并不是多虑。让他跟随大军转移，这是一个失策。"

"问题是洛甫和王稼祥，他们都是莫斯科来的同志，都是坚决贯彻国际路线的布尔什维克。为什么跟反对国际路线的毛泽东搅在一起？"

"是的，我得找机会跟洛甫谈谈。毛泽东不断用他的反围剿胜利唤起这些人的回忆和对比。人们在遭受挫折时很容易怀念过去，不能小看他的影响。"

李德眼前又出现了湘江边可怕的一幕，声调变得奇特而带凄恻地说："我们唯一的出路是早日与二、六军团会合！"

这句话他已经说过很多遍了，几乎成了他的祈祷词。在总司令部的军事会议上，新出现的敌情，给与二、六军团会合的计划罩上一层阴影。

李德说得不像往常那样有力。博古这时才注意到这两个月来李德经历着一个深刻隐蔽的变化，特别是最近几天，他满脸淡黄色的茸毛和胡须，抹掉了往日的勃勃英气，微蓝色的眼珠也失去了晶莹的光彩，潜溢出一种郁闷难抒的痛楚。

博古还发现，李德说的"我们一定与二、六军团会合"与"我们唯一的出路是与二、六军团会合"所含的心理因素是有微妙差别的。

难道他对与二、六军团会合失去了信心？

李德并没有丧失信心，但被湘江边的那一幕惨景深深地刺伤了。那个惨死在他面前的参谋的身影老在他面前闪现，那生涩的令人产生亵渎感的目光直刺他的胸膛，使他产生了一种宿命感。他朦胧地意识到脚下就是他事业的顶点。他的悲剧在于徒有雄才伟志，前程却再无进境。他承认并不了解中国。他也知道，权力之争有时是很激烈的。他在苏联的年代，就曾处在权力搏斗之中，那是十分残忍的斗争……

李德在泡子灯上又点了一支烟，回坐到自己床上，他的情绪越来越灰暗。他记起 1921 年在汉堡时，台尔曼曾让他读过一首歌德的诗。他只记得大意：

> 在命运的天平上，
> 指针很少不动。
> 不是下降就是上升。
> 不能凯旋，就要受罪；
> 不做铁砧，就做铁锤。

李德想到了自己的未来的命运，是跟这次西征成败紧紧连在一起的。万一失败了，第三国际怎么对待他？失败的责任是否会落在他的肩上？

就在此时此刻，基洛夫在列宁格勒的斯莫尔尼宫，被争夺权力的子弹谋杀了。

李德猛吸了几口烟，把烟蒂用脚碾碎，躺在床上。他不是一个容易灰心的人。恰恰相反，他的性格是倔强的，不屈不挠的，特别是在遭到危难的时候。

李德于 1900 年 9 月 18 日出生在慕尼黑郊区的伊斯玛宁。父亲是个会计，母亲是个教师。父亲去世时，留给他母亲的是五个未成年的孩子,当时,奥托·布劳恩才六岁。他被送进一所天主教孤儿院,在那里接受了初等教育。他的勤奋和优异成绩使他获得了奖学金。1913年他被慕尼黑的一所师范学院破格录取。1917年像履行劳动义务一样,他被征召当了勤杂工和农业工人,这是他为自己贫穷的母亲和兄弟姐妹付出的牺牲。第二年,第一次世界大战达到白热化的最后阶段。他应征服兵役,上了奥地利——意大利前线。作为列兵,他在连续的拼杀中,获得了实战经验,也开阔了政治视野。战争结束,返回慕尼黑,重进师范学院。1919年,他获得了毕业证书。以他的优良成绩,本是可以留校任教的,但因为反宗教的观点,未能得到校方的准许。

那时,他在日记中写了这样一段话自勉:

> 献身的人是伟大的,即使他的处境艰难,但他能平静处之。那么他的不幸也是幸福的。

奥托·布劳恩在学院时已经开始了他的革命活动。1917年他卷入了社会民主青年反对派;1919年4月,他加入了自由社会主义青年团——这是德国共产主义青年团的前身。不久他被选进自由社会主义青年团慕尼黑委员会,并负责中等学校学生的组织工作。

这位十九岁的青年很快就成了著名的党的工作者,他积极地参加组建和保卫巴伐利亚苏维埃共和国的工作和斗争。德国巴伐利亚首府慕尼黑的工人,在共产党领导下,通过武装起义建立的共和国,从1919年4月13日诞生到5月1日被艾伯特政府镇压,活了不到四百八十个小时,比巴黎公社的寿命短了五十二天!这就是李德曾为之浴血奋战的共和国。

就是在这短短的二十天的街垒战斗中,他编了一首《不获胜利,战斗永不休止》的歌。在枪炮声中,当作口号来喊。他不仅是战斗者,也是组织者。他以共和国执行委员会委员的身份,手持毛瑟枪,指挥工人弟兄们同反革命的武装士兵浴血奋战。奥意前线的战斗经验,使他表现得特别出色!

共和国失败后,他转入地下,被捕三个月后,又误放了他。1919年秋他到了德国北部的汉堡。1920年至1921年,他是恩斯特·台尔曼领导下的汉堡党组织的最积极的成员之一。1921年初,他在德共中央军政情报处工作。两年中,他充实了大量的军事知识:读了老毛奇、小毛奇和克劳塞维茨、汉尼拔、安东尼的各种论著,也熟读了《拿破仑》、《苏沃洛夫》、《马略》、《苏拉》、《凯撒》等各种版本的传记。他既有理论修养,也有实践经验。所以他在伏龙芝军事学院取得优异成绩并不困难。

他唯一的缺陷是蔑视东方:日本、朝鲜、印度、伊朗、蒙古的军事家的传略和记述,他不屑一读。即使到中国来做军事顾问,他仍然对中国的历代将领近于无知。对《孙子兵法》,他也嗤之以鼻! 他不懂中国历史,不懂中国农民,不懂中国这块土地上的历代农民起义取得政权,靠的并不是马列主义。这是他的历史局限,是政治的褊狭、日耳曼民族的优越感在作祟。

1921年底他再次被捕入狱,五个月后,他越狱脱逃了。1924年春,他调到中央委员会做情报工作,从事反对奸细和法西斯组织的特别任务。这个期间他研究了政治和军事问题和理论著述,写了一系列文章。

1924年,他结识了女青年奥尔加·贝纳里奥,并吸收她参加了党的工作。这对夫妻的幸福和爱情是短暂的,1926年秋,二人双双被捕,被投入以残酷迫害犯人而臭名昭著的莫阿比特监狱。

三个月后,奥尔加获释,而奥托·布劳恩却一直被监禁到1928年春。他在狱中开始学俄文和英文。1928年4月,他在战友(包括爱人奥尔加)的帮助下,又一次神话般地越狱潜逃。他的胆魄、机智和勇敢,在整个德国引起了轰动。

魏玛共和国①的庞大警察机构下令逮捕他,国内有几十个叫奥托·布劳恩的被抓了起来。

奥托·布劳恩在回忆这次脱逃时写道:

> 工人阶级是不会接受这些恶毒攻击的。……到处都是欢欣鼓舞。……连小资产阶级也表示同情。当人们得知营救我的人是带着没有子弹的左轮手枪,而一百多名警察吓得向后撤退,以及我坐了十八个月的牢并未经法院判决时,他们对司法部门表示了极大义愤。整个柏林都在嘲笑被愚弄了的警察局。

越狱后,奥托和奥尔加在柏林的一些工人家庭中躲避了一个月,后来德共中央决定把他们秘密送往苏联。

在苏联,奥托·布劳恩以瓦尔格的名字活动。这也是他在德国时曾一度使用过的化名。他到达莫斯科时,正值共产国际第六次代表大会举行,他作为来宾应邀参加了会议。世界上第一个社会主义国家,就这样便成了这位在本国备受迫害的革命者的第二故乡。

那时,克里姆林宫的红星,正在全世界无产者的心目中闪耀着神圣的光芒,它是全世界革命者向往的“麦加”!那时苏联的名字就是“革命”!它是世界无产者的祖国!苏联的利益就是世界无产者的利益!它是世界无产者的希望!

奥托·布劳恩在苏联比较系统地研究了布尔什维克的革命经验和军事科学。为系统地掌握工农红军的战争艺术和战斗技术,他决定去莫斯科无产阶级师接受培训,进行从列兵到团指挥员的训练。在这个期间,他已经写了很多著述。他到国际列宁学校和一些专修班,讲授军事战术,还为国际组织、革命战士互济会写了一些他从事

---

① 1919年德国艾伯特政府在魏玛城召开国民会议,制定和批准了《德意志共和国宪法》,通称《魏玛宪法》。8月11日宪法生效。德意志共和国宣告成立,史称魏玛共和国。1933年1月希特勒上台,魏玛共和国结束。

革命活动的小册子和文章。其中《莫阿比特》一文,详尽生动地记述了他的狱中生活和越狱经过,深深地打动了青年军人的心!他为青年共产国际写了《论红军和帝国主义战争》;也为苏联军事科学院写过《论巷战战术》的军事论述;还为共产主义科学院写了《关于1923年的汉堡起义》的政治性很强的论文。

三十年代,国际工人阶级和共产主义运动的注意力转向中国。那时,各国的共产主义者,还没有一个国家像中国这样从事巨大的群众运动和武装斗争!

列宁创建的第三国际,作为国际工人阶级和共产主义运动和军事指挥部,已经成了保卫中国革命的中心!共产国际一再强调指出:支持中国革命是共产运动的主要国际任务之一。这种支持给中国革命带来多少成败得失,历史会作出公正的回答,但这种支持是不容否认的!

1932年,共产国际执行委员会根据王明等人的要求派奥托·布劳恩前来中国,担任红军军事顾问。1933年秋天,他以一个外国考古学家的身份到附近参观一座古代的寺庙作掩护,到达了红色首都瑞金!

埃德加·斯诺对他是这样评价的:

> 李德无疑是一位很有才能的军事战术家和战略家。在第一次世界大战时,他在德军中就大露头角。后来他担任俄国红军指挥官,曾在莫斯科的一所红军学院学习过。因为他是德国人,红军将士都注意听他对德国顾问向蒋介石大元帅提出的战略战术分析。后来的事实证明他的这种态度是正确的。当南京将领们看到李德的一些分析他们战术的著作时,都惊奇地承认,他准确地预料到了他们进攻的每一个步骤!

斯诺的评价也许高了,但他诚实,并没有因为李德犯了错误而失去公道和善意。

"李德同志,我仍然想不出我们错在哪里!"博古苦恼地说,"一切挫折,几乎都是客观给我们造成的!……中国有句古话:自古兴亡不由人……谁也没有办法,谁来领导也不会出现比我们更好的局面……也许会更糟。……我们是完全按照共产国际的指示行动的!"

"博古同志……"李德冷冷地止住了对方,语气缓慢,却异常凝重,"这不过是一次挫折!可怕的不是敌人,而是内部的派别斗争……我们都不是自由的!"

博古并没有立即明白李德所说的全部含义,他实在累了,哈欠了几声,便抱着既来之则安之的态度睡了。

四　博古的推理

博古恍恍惚惚地坐在去莫斯科的火车上,严寒封锁了苍茫的西伯利亚大地,茂密的黑压压的森林,急速地向后奔去。无边无际的荒野,像一幅熟悉的凄惨悲凉的图画。

他非常奇怪,车上只有他一个人,孤独地坐在冷硬的铺位上,"他们都到哪里去了?为什么把我一个人丢在车上?啊!难道他们知道有什么灾难发生,在前边车站下了车?为什么不告知我?"他疑惑间,果然无边的林海在极度恐慌中喧腾骚动起来。他听到树木的折裂声,暴风雪铺天盖地,像愤怒的海潮咆哮而来。博古蜷起身体紧贴在板壁上,好像预防着一只猛兽向他扑击。

荒野在呼啸中变黑了,像是无底的深渊。一棵枝桠狰狞的老橡树,就是他在黑海之滨疗养胜地索契公园里见到的那一棵,"它怎么到西伯利亚来了?"他忽然发现那不是橡树,而是一头北极熊,张牙舞爪地向他扑来。车窗玻璃哗啦一声碎了,一阵冷彻肌骨的寒风直透他的胸怀……

他被冻醒了，全身颤栗不止。在马灯昏黄色的微光里，他看见李德在短小的竹床上躬腰屈腿辗转反侧。屋里马灯很暗，屋外的夜风卷起飞沙，啪啪地击打着窗棂。

博古想起那是 1926 年 12 月初，他们一行六十多人坐在奇冷无比的列车上，沿着横贯西伯利亚的铁路线，开始了无休无止的漫漫旅行，那对他的革命意志和耐性是一种考验。车上没有暖气，火车头靠的是木柴做燃料来运行。从海参崴到莫斯科七千四百公里，他们整整走了十二个日夜，没有餐车，只能在火车停靠时下去买些冰冷的食品，车上连一杯冷水也喝不到。他在日记中写道："这是一次悲惨的旅程，但革命的热情并未因西伯利亚的奇冷而稍减……"

人的感觉有时非常奇怪。如今，他从撤离中央苏区到目前只有四十来天，对中央苏区的生活竟有恍如隔世之感。反而在莫斯科中山大学那八年，却历历如在眼前。他很想把这种奇异的感受告诉李德，但又不愿打断梦似的回忆：

在立三路线时期，他和王明因反对立三路线受了处分；后来，批判立三路线，他们两人又成了反立三路线的"英雄"。王明赴苏前，两人回忆起这段斗争，兴奋异常。在他的笔记本上，曾留下这样一首诗：

> 痛苦留给你的一切，
> 请你细加回味；
> 苦难过去之后，
> 苦味就变为甘美……

博古每想到这首诗，总是怀着欣慰的心情："人，是要在苦难中磨炼的。"他望着李德蓬松的乱发，心想："这个人经过了多少人生患难啊！他现在的家在哪里？他没有任何亲人了。一个真正的以革命为家的无产阶级革命家……"他对李德涌起一种崇敬与怜悯之情。

那时的苏联，虽然十月革命已过去九年，旧制度已被推翻，新秩序时常遇到困难。但是，只有苏联，是真诚支持中国革命的唯一盟友。博古感到克里姆林宫上空的红星，从遥远的北方向他播撒着光芒！王明此时在干什么？也许在共产国际宽大的会议室里高谈阔论，也许在俄罗斯温暖的壁炉旁拜读列宁、斯大林的著作。想到此处，博古对目前的一些议论深感委屈。他在毫无折扣地执行王明的指示。因为王明的指示就是米夫的指示，米夫的指示就是第三国际的指示，第三国际的指示也就是斯大林的指示。

博古的逻辑推理是十分严格的：斯大林不会有错，因此，王明也不会有错，而他执行国际路线也不会有错。革命的挫折，带有客观的必然性，谁也没有办法。

1925 年 10 月 7 日鲍罗廷在广州向国民党中执委宣布中山大学在莫斯科正式成立之后，选派学生去俄国学习的消息传遍全国，有志于革命的广大青年，踊跃应试，仅广州一地就有一千多人报名。

那时候，连蒋介石在苏联考察时的手札中，也用恭谨的正楷写道："我党今后之革命，非以俄为师，断无成就。"

中山大学的成立与关闭，反映了人世间一切态势的变幻无常。

博古还清楚地记得沃尔洪卡大街十六号那座四层楼房，房前广大的校园里，白雪重压着枞树、山毛榉。中山大学的对面，是莫斯科基督救世主大教堂，六个圆形金顶给他以辉煌神圣的印象。

博古听说，主持中山大学开学典礼的是托洛茨基。他的演说，在第一批学员中留下了良好的、鲜明的印象。那时，托洛茨基比斯大林享有更高的国际威望。"威望"，是一个可喜而又可怖的字眼，在严酷的权力夺争中，它意味着：不清除别人就被别人清除。

蒋介石在他的《苏俄在中国》中有这样一段记述：

> 我同托洛茨基谈话比同其他苏联领导人多，我发现在他们所有人当中，数他最开门见山……他郑重其事地说："除了苏军

不直接参加之外,苏俄将竭尽全力。帮助中国进行国民革命,积极提供武器和经济援助。"

当时,中山大学的教授多数是托洛茨基派。第一任校长卡尔·拉狄克就是托洛茨基的积极拥护者。

那时,博古认为拉狄克是一位好校长:他热情奔放,平易近人,就像一个普通人。他不修边幅,深灰色的上衣几个月不换。他身材矮小,戴着圆形的眼镜,宽额头,尖下巴,嘴里习惯性地叼着一个褐色的烟斗。他会七国语言,他才华横溢的演说使学生们为之倾倒。

博古到校后,正值拉狄克讲中国革命运动史的第二部分。他入迷似地听着,又从图书馆资料室里补习了第一部分。从拉狄克提供的大量文件考证里,他首次了解到沙俄帝国主义对中国的野心和清政府惊人的腐败。

那时,博古认为拉狄克的观点跟托洛茨基完全一致。后来才知道,他们在一些政策策略上并不相同。托洛茨基说:"我个人从一开始,即从1923年就坚决反对共产党参加国民党,也反对接受国民党参加共产国际。拉狄克和季诺维耶夫一起反对我。"

博古那时无法分辨谁对谁错。即使后来,1927年蒋介石背叛革命之后,也很难说托洛茨基就是对的。

斯大林指出,在中国社会是否存在封建残余这个要害问题上,托洛茨基和拉狄克是一致的:中国没有封建残余;即使有,也没有重要意义。

在这一点上,博古站在斯大林一边。

拉狄克和斯大林之间的分歧,使他丢掉了校长的职位。1927年的夏天(博古无法弄清具体时间),拉狄克没有向学生们告别,就丢下未讲完的课程无声无息地消失了。后来,他才知道拉狄克卷入了托洛茨基与斯大林权力之争的漩涡中。

那时候,博古大感不解:共产党内应该允许进行各种不同见解的

争论,怎么能演化成权力之争?是王明给了他通俗而又深刻的回答:

"没有权力,就无法推行自己的主张!"

博古承认,王明比他成熟。

原来的副校长米夫接替了拉狄克。那一年,这位新任的中山大学校长只有二十六岁。

米夫并不真正了解中国,他是个政治活动家却不是学者。他的办学作风、办学经验没法跟拉狄克相比,因而在学生中威信不高。他只跟一群俄语流畅的青年学生接触。他很少说笑,一脸严峻,使人莫测高深。

在米夫当任期间,唯一值得称道的是他在大学里建立了中国问题研究所。此时,他唯一值得骄傲的是政治观点正确。他把托洛茨基派来的教授免职,代之以党性虽强却又不学无术的人来当教员,后来的中国名词叫"只红不专"。

博古以他的热情奔放和聪明干练赢得了米夫的喜爱,但王明却以他的成熟赢得了米夫的器重。1927年4月12日蒋介石反革命政变后,中国共产党于4月27日在武汉召开了五次代表大会。米夫便偕同他最信赖的学生王明参加了会议,直到8月才回到苏联。

那时,博古和同学们正在离莫斯科不远的休养胜地特拉索夫卡度暑假。米夫和王明来向同学们报告中国之行。他们的报告给博古心上留下了沉重的阴影。

米夫,参加了中共五大,在中国逗留了三个多月,自以为取得了政治资本,并以中国问题专家自居,用他所占有的第一手材料侃侃而谈。他也因此博得了斯大林的信任,被提升为共产国际中国部部长,并受委托筹备中共六大。

中共五大,毛泽东被排斥在大会领导之外,甚至被剥夺了表决权。陈独秀仍然当选为书记。米夫和王明带有倾向性的会议精神传达,在留苏的学生中留下了毛泽东无足轻重的印象。

这种情况,1943 年 12 月 16 日,在洛甫在延安整风时的检查中得到了证实。他说:

> 我一进中央苏区,不重视毛泽东同志是事实。在我未当人民委员会主席以前,我曾分工管理过政府工作,同他的关系也还平常,他的文章我均给他在《斗争》上发表,但究竟他是什么人,他有些什么主张与本领,我是不了解,也并没有想去了解过的。

博古比洛甫更甚,他认为山沟里出不了马列主义,毛泽东不过是一个新型的农民起义的领袖。

此时,博古看了看手表,已是十时五十分。

寒风从门缝里钻进来,透着彻骨的寒冷。

李德比他耐寒,在几经反侧之后,终于进入了梦乡。

博古想起来了,做枕头的包袱里还有一件毛衣。这是他的爱人刘群先在莫斯科大学时给他打的。

他轻轻地撑坐起来,门板吱吱嘎嘎地响了一阵,终于把毛衣加在身上。他突然看见李德两眼闪闪发光地望着他:

"噢,对不起,我把你弄醒了!"

"我本来就没有睡……我觉得我已经老了……怕冷,是老的象征,记得在 1918 年冬天,我在意大利战线,在维托里奥威尼托的战壕里,只穿着单薄的已经不保暖的军衣。那时,年轻,血热……"

李德断断续续地说着,博古并没有很用心地去听,但他记起,在莫斯科时,自己也没有现在怕冷。

"莫斯科现在已经大雪纷飞了!"博古说得很有感情,声音微微颤抖,像一组阴郁的音符在寒冷的空气里荡开,慢慢地消逝了,复又归于沉寂。

显然,这话勾起了李德的回忆。他索性披衣而起,把马灯捻亮,

对着火苗点燃了香烟:

"那是多大的雪啊,足有两英尺深。那时,伏龙芝军事学院派我到莫斯科无产阶级师参加军事演习,那是非常严格的战斗技术训练……零下三十五度……我带着部队高喊着'乌拉',冲进敌阵,忘记了寒冷。"

"是啊,零下三十五度。"博古应和着。他也想起了那个寒冷的大雪天。那时,刚刚跟王明结婚的漂亮而富有诗人气质的孟庆树女士,忽然邀请他跟刘群先一同去游览新圣母公墓。这是一种大胆而富于浪漫色彩的邀请。

青春热血,精力旺盛得无处宣泄,忍不住要去赴汤蹈火。龙潭虎穴都敢去,难道还怕漫天风雪吗?新结婚去游墓地,这种"独创"精神并不是人人都有。

孟庆树用一句富有诗情的话概括了大雪后的莫斯科,她说:"上帝用一领洁白无瑕的大斗篷,把我们跟莫斯科包裹起来,预备送到共产主义的天国里去!"

莫斯科西南郊的新圣母公墓是世界著名的墓地之一,它占地六万四千平方米,被红色的垣墙护围着。墓地上古木参天,各具特色的碑碣雕像林立。它与巴黎的拉雪兹公墓齐名。各国的历史学家、社会活动家和文学艺术家,都怀着各自的愿望到墓地来巡礼。

这块墓地在十六世纪就初具规模,那时是封建贵族和高级神职人员的专有墓园,风景绝佳,环境幽静。一位俄国贵族在生前游览墓园时说过这样一句话:"死后安葬在这里那是幸事。墓地的宁静使死神也变得受人欢迎。"十九世纪,加入墓地的是百万富贾和有名望的高级知识分子。十月革命后,这里成了红场之外的最重要的官方墓地,安葬着高级官员、将军、英雄人物、政治家、科学家、文学艺术家和社会名流。

四位俄语流畅的外国人,在这样的天气来墓园观光,使守墓人颇为惊讶。

墓园银装素裹,一片沉寂。他们的高筒皮靴踏着松软而洁净的厚雪,在墓道上漫步,各人心里都产生着一种奇趣。

博古:"我仿佛觉得墓中人在望着我们。感谢我们打破了严冬的孤寂,给他们带来了慰藉。"

刘群先:"我觉得墓地的寒冷非常特别,这种冰冻凝固的清冷,使我的心都冻透了。"

孟庆树:"这雪,使墓地变得纯洁、恬静、安详、美丽,这些长眠者生前未必幸福,而在墓地却享受着永恒的安宁。"

王明:"历史真情往往被后来制造的假象掩盖在坟墓中,死人注定是不得安宁的。"

孟庆树:"你说得太残酷了。"

王明:"这是对人生理解得深刻。"

博古:"这是对人生的悲观。"

王明:"人生总是带有悲剧性的。不要说那些被革命清除的反革命分子,就是托洛茨基、季诺维耶夫和拉狄克这样的革命者,也难说不是悲剧性的。"

大家沉默了足有两分钟。"悲剧性",王明提出了一个值得深思千百年的问题。谈话已经无法再深入了。

孟庆树的心思似乎从无忧无虑的欢乐静谧中,慢慢滑进了万丈深渊。她的确不理解目前苏共中央和中山大学领导层所发生的斗争的根源。她原来是崇拜拉狄克的,没想到拉狄克竟然是苏维埃的敌人!

入世越深心越寒!

这位天真烂漫的女学生,也许在这时,才开始向险要的世界,投去惊诧的一瞥。

"我们都到过苏联很多地方:列宁格勒、第弗利斯(斯大林的故乡）、赫夫苏尔、巴统、苏呼米、索契、雅尔塔、塞瓦斯托波尔……我觉得苏联是真正伟大的,美丽的。"王明为了打破"悲剧性"引来的沉闷气氛,把话题转换了方向,"不管革命的航船前面有多少急流险滩,我们都将在共产国际的罗盘引导下勇敢航行。我们是为革命而生也为革命而死的一群,当舰船到达胜利彼岸时,我们就可以毫无遗憾地安息了。就像庆树所说,去享受永恒的宁静与幸福!"

刘群先:"几十年后,我们也许像这里的死者一样,新的青年一代怀着崇敬的心情,踏着深雪来瞻仰我们的墓碑……"

孟庆树:"你比我还浪漫。"

王明:"并不浪漫。世上没有不可能的事! 我死之后,我愿埋在这里,不为为后人所景仰,而是为了能看到克里姆林宫红星的闪耀,能听到斯帕斯基塔楼上的钟声……"

孟庆树:"那红星是世界革命灵魂的闪光,那钟声是世界革命脉搏的跳荡! 啊! 伟大的苏维埃,世界无产者的祖国,世界革命的心脏!"

博古的回忆并没有给他带来王明抄的那首诗中的"苦味变为甘美",反而使心境更为黯淡。他觉得王明应负的重担压在他身上了。

李德想的只是湘江惨败,他没法向第三国际交待。博古想得比李德更深了一层,他懂得"胜者为王,王者无咎"的道理,只要当权,一切错误都可以诿之客观,如果失去权力,那就罪责难逃了。"好事全归花大姐,坏事全怪秃丫头!"中国的陈独秀、李立三、瞿秋白,以及苏联的托洛茨基、季诺维耶夫,不就是镜子吗? 他觉得有必要向李德诉说这种突然袭至的隐衷,但李德却已经发出了微微的鼾声。

五　拯救全军的上帝在哪儿

博古和李德都被闹醒了。屋子里挤满了刚刚渡过湘江的司令部的工作人员。他们并没注意屋子里已经睡了人,动作粗鲁,高声喊叫,开着不雅的玩笑。如果谁不能在这种环境里睡眠,那他就不是真正的军人。军人是可以一边行军一边睡觉的!

没有经历过战争的人,往往认为在战火中的人,开口闭口离不开战争。其实这是一种误解。

博古裹紧军毯,静听着平时很少接触的这些参谋干事们的调笑、戏谑和议论。

有的在铺稻草,有的铺着雨布已经倒头睡下了,有的在吸烟,各行其是。互相妨碍时,就会有几句短暂的不太伤感情、却很粗鲁的争吵。

“老陈,今天碰上中央纵队的一个背着蓑衣的马夫,恐怕全军上下只有他有这样一件特殊的装备……太显眼了,敌机专门对他轰炸,就是炸不到他,你猜他怎么说:是他妈给他的护身符!”

“你说得太夸大了……”

“你不信? 我敢断言中国一百年也消灭不了迷信……”

“不要管一百年以后的事啦,还是管管眼下的肚子吧。哪位行行好,给点吃的!”发言者作出乞丐讨米时的祈求声。

“等咱们跟二、六军团会合后,我请你吃我们湖南的名菜,砂锅煨狗肉。冬令最佳补品,治小儿尿床有奇效!”

“滚你妈的蛋,等到那时候,说不定阎王爷早就请你去赴宴啦!”

“战争,本身就是跟阎王爷赌博,互有输赢。”

“咱们还是不谈阎王爷。虽然他是个好老头。还是谈吃吧,你们的煨狗肉未必真有。我们江西的安东鸡却是天下闻名的。我一说,就忍不住流口水,唐明皇最喜欢吃,不信?这是有史可查的!"

"是不是杨贵妃点的菜?要不要再来二两白沙液?"

"还是我们安福的火腿好,乾隆皇帝下江南时钦定的,还写过一首火腿诗,其中有一句叫什么什么什么香……"

"我们的永新狗肉最有名,专治遗精,比你的治细伢子尿床有价值……"

"喂!喂!嘴巴卫生一点好不好,休养连的女同胞就住在隔壁!"

"那又怎么样?你就知道她们不爱听?……不想吃荤的可以去当和尚……"

"我抛个文明的谜语让你们猜好不好?"

"文明的?你老张狗嘴里能吐出象牙来?"

"你听嘛:'曲径通幽处,两谷夹小溪;洞内花隐隐,洞外草萋萋;老僧来往灌,归去醉如泥。'……"

"好诗好诗!"

"好个屁,你小马没有结婚,根本猜不出……"

"那是什么?"

"回家问你爸爸妈妈哥哥嫂嫂去。"

有人嬉笑着,把极美好而又极下流的谜底,悄声地告诉了小马。

小马恍然大悟,就像看到厕所墙上常见的那种肮脏画,"哎呀!丑恶丑恶,该打该打!"他扑过去在老张背上擂鼓般地猛捶。

嬉闹的人照闹,睡觉的人照睡。

博古颇有兴味地听着。这是无忧无虑快活的一群,是面对死神可以打哈哈的勇士。平时,在首长们面前不苟言笑,毕恭毕敬,除了"是,是,是!"就没有心灵的展露。他一时感到一种"权力"的重负。当戴上"荣耀"的枷锁,心灵就不再属于自由了,有时神经极度紧张,近于癫狂,是多么苦恼烦闷以至焦虑啊!"我也是青年人!可我没法让自己年轻。我从来没有轻松过……"

"你猜,老侯在做什么梦?"

"还不是过'七七'?"

"什么过'七七'?"又是好奇的小马在发问。

"这还不知道?牛郎会织女嘛!"

睡梦中,老尤在吱吱咬牙,好像有咬不碎的刻骨仇恨;小秦在吸唇鼓腮咂嘴倒沫,好像津津有味地咀嚼篝火上没有烤熟的马肉;老陈含糊不清地喃喃着,正在与久别的妻子倾诉离情别绪;老侯大张着嘴,露出一颗损坏的门牙,发出一阵阵痉挛的呼吸。

马灯的亮光被捻小了,精力最充沛的人也困倦了。只有老王斜靠着背包吸旱烟,仿佛以此来抵抗伸到他脸前的两双泥脚的臭味。

"老王,你在想什么心思吧?"小马仍不想睡。他透过昏黄的灯光,浏览着一幅或隐或现的《战地午夜酣睡图》,四周的枪炮声和周围的喧哗声,似乎和他们无关。小马仿佛看到所有人的梦海卷起的波澜:欢愉的、悲怆的、亢奋的、沮丧的、激动的、舒缓的、惊惧的、安适的、愧疚的、委屈的、高尚的、卑下的、遥远的、眼前的、恼恨的、眷恋的、恍惚的、清晰的、憎恶的、怜悯的、满足的、失意的、绝望的、希冀的……人间的一切酸甜苦辣,都在梦海的浪潮中沉浮翻腾,那是一个比现实更为丰富多彩、光怪陆离的世界。小马忽然想到:与其说人生如梦,还不如说梦如人生哩!

"我在想,"老王沉思了一会儿说,"等我有了孙子之后,我一定带他到湘江来,对他说:'你爷爷当年在这里打过白狗子。'如果他问什么是白狗子,小马你说,我怎么回答好?……"

小马也想不出如何回答。门口有一道电光闪烁,火蛇似地在屋里划了一下:"你们还不快睡?两个小时之后起床!"电光随着啪嗒啪嗒的脚步声走远了。

李德没有睡。他听不懂人们谈话的内容,却听得出他们的情绪。

开头,他很不高兴,有人竟不客气地把他的腿推了一下,坐在他的竹床沿上吧嗒吧嗒地吃东西。他觉得国际顾问的尊严受到了亵渎。但他只好装睡,如果起来抗议,那就等于自找难堪。忍耐了一会儿就习惯了。短促的争执,唧唧哝哝的私语,满屋劣质香烟的气味,形成了一种战时常有的那种混乱嘈杂的氛围,让他又产生了一种奇特的幻觉。

他记起来了,那是慕尼黑起义失败之后,他和几个战友逃到乡村躲进一家农民的柴草棚子里。那时,他们为了打破战友们心冷意沉的气氛和制止互相埋怨指责的争吵,曾领头唱起一首古老的战歌:

> 上帝把钢铁铸造成刀剑
> 交到我们手里。
> 它给我们刚强和勇气。
> 战斗吧,人生不能为奴隶!
> 神圣的祖国啊! 神圣的旗帜。
> 我们重新对你宣誓:
> 我们要把压迫者处以极刑
> 让乌鸦啄食他们的尸体。
> 我们就这样进行赫尔曼之战①
> 高举着正义的大旗!
> ……

此时,他也希望有一个拯救全军的上帝出现。

---

① 赫尔曼,即阿尔米尼乌斯,为日耳曼族的一部落舍罗斯克族的首领。曾于公元后9年在条托堡森林歼灭罗马将军瓦鲁斯的三个军团,约两万人,被尊为解放日耳曼民族的英雄。

第二章　1934年11月30日
湘江西岸阻击阵地

一　林彪的一军团

　　林彪举着八倍望远镜,站在湘江西岸脚山铺前边的阵地上。他苍白虚弱,像个文雅精干的小学教师,不像是威震敌胆、叱咤风云的年轻将领。一军团,红军主力中的主力,西征路上的开路先锋,历来最艰难的任务,常常落在这个军团的肩头。一军团和三军团互为左右手,交替打击着敌人。在战场上,他不像彭德怀那样威猛决绝、森冷严苛,而是以机智、果断、敏捷不断取得赫赫战果,使他和他的一军团获得"战无不胜"的声誉。

　　年轻,也是他获得声誉的条件之一,他在1931年担任军团长时只有二十四岁!无疑,全军团的指战员是敬重他们的军团长的。

　　1957年9月,斯诺重新整理他在延安访问林彪的记录后,有个小小的附记:

　　　　早在广州时期,1924—1925年,林彪就与周恩来合作。1927—1928年,在南昌起义中他同朱德一起,随后在严寒的冬天登上井冈山与毛泽东会合。1948—1949年,林彪成为在东北华北地区常胜的共产党军队中的一名受到信赖的司令员。看来林彪在军队的最高领导中,地位仅次于彭德怀,虽然像贺龙、萧克、罗炳辉、聂荣臻和叶剑英等其他领导人的资历都比林彪深。

这个附记不见得全面和准确,从林彪后来的历程中似乎更能说明问题。在远东出版社出版的一本书里,有这样一段描写:

> 毛泽东称林彪是"无与伦比的元帅"、"无敌元帅",斯大林赞扬他是:"中国最杰出的统帅,智力与勇气在所有人之上,他是个赤色铁腕。"蒋介石咒骂他是"战争的魔鬼",同时也承认他是掌有军事机密的"关键人物"。

此时,林彪的望远镜里是一片惨烈的战斗景象。他当然无法看到遥远的、隐在历史云雾中的、那个使他光彩炫目而又摔得粉身碎骨的权力峰巅……

中革军委将渡口选在界首和凤凰嘴之间,这正是去与二军团会合的六军团,在9月4日胜利渡过湘江的地点。

一军团夺取全州未成,只能将第一道阻击线选在湘江西岸,距全州十六公里的鲁班桥、脚山铺一线的小山丘上。

脚山铺是二十几户人家的小村庄,桂黄公路由西南向东北穿过,公路两侧夹峙着两公里多长的小山岭,各有数个小山头,以东边的黄帝岭和西边的怀中抱子岭最高,均在二百米和三百米左右,土石相间、杂树丛生,是一个比较理想的阻击阵地。

11月29日,刘建绪得悉我中央纵队要渡湘江,而白崇禧又将金沙嘴南至界首的桂军撤掉了,只剩下民团摆摆样子,以便把赤色祸水引入湖南。

刘建绪为了保护老巢,即以其四个师的兵力,从全州倾巢出动,向红一军团二师扼守的脚山铺阵地进攻。直到11月30日凌晨,一军团一师才刚刚赶到,部队异常疲倦,刚进入阵地就訇然倒地睡着了!兵法云:避其精锐,击其惰归。这支部队却以疲惫之师抗敌之精锐了!

拂晓,敌人向尖峰岭和美女梳头岭展开了第二次攻击。6 时许,十二架黑十字架式的意大利飞机投入战斗。

　　阻击战空前激烈了! 一场浴血的拼杀!

　　敌人的迫击炮和德制新式卜福式山炮疯狂地向红军阵地轰击,阵地立即变得像生天花的孩子,满目疮痍,遍体鳞伤。来不及挖工事的战士们,把敌人的弹坑当作掩体作殊死的抵抗!

　　那是持久不息的雷鸣,浓黑的烟云腾腾翻滚,笼罩住了一排山岭。

　　飞机低空轰炸扫射。

　　战士们在"一切为了苏维埃新中国"、"保证中央纵队安全渡江"的口号下,不惜流尽最后一滴血!

　　为了红军的生存,为了党中央的安全,生死存亡在此一战了!

　　其实,后面还有多少次生死存亡的关头?

　　12 月 1 日是战斗最为激烈的一天。

　　凌晨,蒙蒙大雾吞没了湘江,到处流漾着牛奶泡沫似的雾团,这对防守是有利的。

　　敌人看不清目标,便乱打冷炮,不让红军有半刻喘息时间。炮声在雾中显得沉闷仓皇,落点零乱,可是,这种冷炮有时危害极大,往往歪打正着,有时恰恰落在指挥部的要害位置上。

　　这是一个魔幻般的世界。神秘与恐怖感同时压在心头。

　　炮火的气浪使浓雾激荡起来,流动起来,在被撕碎的乳白色的雾团里露出了黑沉沉的山头,西风从越城岭猛扑下来,弥天雾阵迅速向湘江东岸淡散,山林、田野、沙丘、旗帜、烟火在越来越明亮的阳光下,流溢着油画般悦目的色彩。山岳又呈现出莽莽苍苍的姿影。

　　在敌人有飞机、大炮和精良的步兵武器的情况下拼搏,就等于敌持长矛我持匕首,只有近战,才能发挥红军之长。林彪命令部队不要过早还击,把敌人放到阵地前沿,而后突然反击。他借用了通俗小说中一句尽人皆知的话:"让他们在阵地前尸横遍野,血流成河!"

一军团是擅长打运动战的部队。这种阻击战打得这样出色,不能不归功于五次反围剿中,与敌人阵地对阵地拼杀时的短促突击的锻炼。错误的战略中可以有正确的战术。

当然,湘军也不都是孬种,他们连、营、团长带头,督战队在后,好像着了刀枪不入的魔法,无知无觉地哇哇叫着,踏过他们自己弟兄的尸体,向对方阵地冲击。红军面对的是老虎,而不是老鼠!

这时候,阵地上炮火已经不再轰击,只有拉锯般地反复争夺。冲上来,打下去;打下去,冲上来。掩体,堑沟,雨冲沟、岩石、弹坑,失而复得,得而复失,无止无休。白刃格斗,显得异常严酷。

林彪知道,交手的是湘军的四个师。湘军,自曾国藩、左宗棠、刘长佑、曾国荃、刘坤一与淮军李鸿章争夺权势中,就以骁勇善战闻名军旅了。特别是在镇压太平军时,大出了风头。现在湘军的战斗力不亚于"中央军"。此刻是在他们的家门口作战,他们更是恶如狼虎。每当战局危殆、濒临绝望时,营长、团长赤膊上阵,带着敢死队督战、冲锋,更是湘军克敌制胜、扭转战局的绝招。

何健和刘建绪,早在北伐之后清党时,就与共产党不共戴天了。林彪此时在望远镜里又看到了他们。

敌人的集团冲锋开始了。三百米的阵地湮没在隆隆的滚雷中,阵地活像一个活的躯体,在酷刑下弯曲、颤抖、痉挛、拱起。

天空弥漫着淡黄色的烟尘,硝烟带着有毒的 TNT 气味使林彪感到鼻腔痛痒,火星飞迸的灼热与黑烟和黄尘混在一起,蒸蔚成遮天蔽日的战云。

战云滚滚,不断地向外扩展。那是战神飘拂的黑色斗篷,它飞临沙场上空,不断用万条愤怒的金鞭抽击着遍体鳞伤的阵地。

这时,林彪看到救护队冲上阵地去抢救伤员。

"笨蛋!"他轻轻地嘟哝了一声,猛然把望远镜向下一抛,望远镜沉重地垂挂在他胸前。他转身对参谋人员说："叫救护队撤下来,这时候抢救只能作无谓的牺牲! 伤员在阵地上也是战斗力!"

当他看到参谋人员犹豫不决的神色时,他目光冷峻地盯着他们:"战场需要理智,不是感情!"

他回身又把望远镜举起,无动于衷地看着血肉横飞的阵地。他相信自己是无私的,为了达到目的,一切代价都不值得惋惜、悲叹。

二 兴国壮士

林彪总是习惯地把望远镜投向战场纵深,从敌后的反映,能看到前沿的战斗是否持久。但他被前沿的拼搏吸引住了,那是凶神恶煞似的拼搏,咆哮声犹如兽吼,那战士(也许是连排长),没有步枪,持着一把大刀在与四五个持枪的白匪砍杀,表现出他的勇猛和蛮力。

林彪不认识这个彪形大汉。他不像许多善于接近士兵的指挥员那样,能叫出他们的名字,说出他们的籍贯,甚至还知道他们的爱好。他认为这不是统帅之长。统帅,应该用他的智慧谋略和果决精神去克敌制胜,以少的牺牲换取大的胜利,这才是真正的爱护士兵,而不是哗众取宠。他不知道这个战士已经砍死了几个敌人,但他能从那把血淋淋的鬼头刀上,体验到一种闻所未闻的痛快和亢奋。这种疯狂的拼杀的快乐,只有喝足了战神杯中的浓酒之后的勇士才会有。他喊叫着,满身都是血污,不知有多少是他的,有多少是敌人的。

他一刀劈进对方的肩胛,一公里外的林彪似乎听到了骨头的断裂声。那勇士却突然虚脱了似地无力拔出嵌进肩骨中的利刃,这是他一生最后的一刀。他向前一倾,好像是去拥抱他的仇敌。这时两把枪刺,同时从背后刺进他的两肋。他无力哼一声,就一头冲向死敌的胸怀。他那可怕的巨大的身躯,背上插着两支来复枪,颓然跌倒在敌人的尸堆里!

"斯巴达克斯的死法!"林彪不动声色,既没有在意那个倒下去的战士,也没有在意飞机在他身旁扫射时打起的一串土花!在战场上,他的心是铁打的,意志也是铁打的。他把望远镜投向远方!

后来才知道,那个扑地而死的壮士是兴国人,一个佃户的儿子。"苏维埃"便是他追求的天国!他的天国是具体的也是现实的:中央苏区的艰难困苦,年年处在围剿、反围剿的动乱中的生活,是不是他的天国?他不知道。但他知道还有一个更美好的天国——共产主义。那个天国对他来说是遥远的、虚幻的!

农民,有时看得很近,两眼只盯着从土豪手里夺回的几亩山地;有时想得很远,把希望寄托在来世。

他竟又吃力地抬起头来,瞪视着尸体狼藉的阵地。他一时忘了为什么到这里来,又不知道到哪里去,也忘了为什么拼杀。他大口喷吐着鲜血,全身撕裂般的剧痛。他望着血淋淋的阵地,久已消失的自豪感和征服感又突然萌发出来。

周围的一切景象,他并不完全理解,像一场凶险的梦境。他低下头去,落在他的仇敌的胸脯上,那里正铺展着他那砍刀上的红布条!这红布条是扩红时动员他参军的那位年轻姑娘给他拴上的!

那首总是以"哎哟来……"开头的兴国山歌,使他清醒过来:

　　　哥哥参军最光荣,

　　　妹妹把你送几程。

　　　……

他还能在兴国见到她吗?他突然想到应该杀回兴国去,那里才是他追求的天国!他的拼杀就是为了兴国,为了送他到部队的那个叫王秀莲的姑娘!本来看不见摸不着的天国,原来是这么狭小,这么具体,这么实在。

"我杀回来了,秀莲妹妹!"

王秀莲仍然是他参军时的那身打扮,仍然是挂着那一脸开朗乐观、略带几分顽皮和嘲弄的微笑:

"你是我送上前线的第八个! 再有两个,我就超额完成我的扩红任务啦! 我会成为扩红模范的!"

一阵委屈浸透了他的心:"秀莲,难道你是为了……"

他觉得映现出他的天国的那面镜子破碎了,眼角滚出了两颗泪珠。他想抬手抹掉,可是他的手已经绵软无力,开始了死亡的过程。他的头剧烈地摇摆了一下,就平静下来,他仅仅是那个扩红姑娘送上前线的第八个……

那首以"哎哟来……"开头的山歌还在响:

    一盼你革命到底不变心,
    二盼你勇敢杀敌人。
    ……

三　战争沉醉

林彪又把望远镜伸向敌人纵深,只有从纵深才能看到敌人有没有后续力量。火线是一目了然的,他把目光投向敌后那隐藏着奥秘的地方! 那里,敌人在有条不紊地向两翼运动,"这是个有经验的指挥官。"他心里夸赞着对手,"不可轻敌。"

突然,大地在他脚下颤动了一下,一颗炮弹在离他二十米的地方炸开,弹片带着猝发的狂欢嘤然一声尖啸在他耳畔扇起一股热风飞了过去。他的身后一名警卫人员被弹片击倒,一名参谋被气浪抛到十米以外的山坡上。他向前踉跄了两步,被烟雾所笼罩。但他仍然举着望远镜察看着向侧翼暗自运动着的敌人!

他并不关心是否还有炮弹飞来,也不关心谁死谁伤,那是救护队的事情。战场上,他绝不婆婆妈妈。仁慈,是战争中的泥潭,谁陷进去,都要遭灭顶之灾。他关心的是战场,战斗胜利才是大局。

林彪从炮火的闪光里,判断出隐在山后的炮兵阵地,他观察了好久。

拿破仑曾把大炮称作战争之神,林彪也抱有同样的看法,他下达撤退命令之后,吩咐作战部门派人到前沿部队去组成炸炮小组,趁夜间去把敌人的卜福式野炮炸掉。

"没有炸药包怎么办?"参谋问。

"那就用集束手榴弹!"

这个平时慢声细语,在战场冷静决绝的军团长,即使吩咐这样一条计策,也是用命令的方式。在瞬息万变的战场上,林彪的军事辞典里,只有随机应变、百倍的胜利信心、准确的判断和斩钉截铁的决策,不存在"民主"二字。他认为三个高明的厨师同时在一口锅里炒一个菜,还不如一个平庸的家庭主妇炒得好吃!他是红军将领,那是从政治角度而言,在阵地上,他推崇拿破仑。他不会做诗,却相信战场上的灵感。他果断坚决,在于他自信只有他手中掌握着军事智慧的钥匙,用它,可以打开通向胜利的大门。在战场上,即使是身体有病,他的精神也是处在最佳的竞技状态。

湘军犹如一个红了眼的赌徒,不顾血本,用孤注一掷的疯狂决心,倾尽全力摧毁一军团的抵抗。刘建绪绝不相信还有砸不烂的铁核桃!

双方暴烈的战斗本性,都被疯狂的进攻和顽强的抵抗刺激起来了。这里既不是豹子对着饿狼,更不是猛虎对着绵羊,而是红色战神对着白色战神,红色雄狮对着白色雄狮。

林彪看到了北伐路上汀泗桥的那场恶战。

战场上,每个战士都成了自己心目中的英雄。酷烈的战斗把尚未参战部队的全部热情激荡起来,怨毒恨火和参战的欲望,在每一根脉管里急剧膨胀起来,每一组肌腱都鼓荡得簌簌发抖。他们急切地投入战场。这是战场以外的人不能理解、不可思议、不可理喻的一种感情。因为他们无法体验到灯蛾扑向火苗时的高度的兴奋。任何勇士都需要那种奋战的氛围,正像使血液沸腾的铜鼓军号和卷起心灵风暴的交响乐章。这是一种使"死"人也能站起来战斗的氛围。

林彪体验过这种激情,他把这种精神状态叫作:战争沉醉!

敌人不断地改换战术,用两翼猛攻、中央突破的方法,全力突击红一师的米花山防线,进而威胁美女梳头岭等核心阵地。

从早晨五时到下午三时,十个小时的不间断的拼杀,空前激烈、残酷。鉴于敌人有可能利用夜间,从两翼迂回,为了避免被敌包剿,林彪下令一师退往西南方向的水头和夏壁田一线继续抵抗。

几个连队打红了眼,拒不后撤。人类疯狂暴烈的拼杀本性一旦被刺激起来,拼杀本身就变成了目的。最后不得不用军团首长的命令与说服,使他们挥泪与洒满战友鲜血的阵地告别! 那是千疮百孔的血染的土地!

第三章　1934年11月30日·黄昏　湘江东岸

一　"我们贻误了战机"

敌机的狂轰滥炸,低空扫射,已经随着落日含山沉寂了。渡口重又喧腾起来。

站在湘江东岸指挥渡江的周恩来,舒了一口气。他刚刚把博古、李德送过去,又和朱德握别。他告诉他们,迅即赶到界首,组织指挥各军团,全力堵截蜂拥而至的敌军以保证渡口的安全,掩护中央纵队渡江!

"我们一齐过不好吗?"朱德提议说,"这里可以留别人来指挥……"朱德觉得组织渡江,纯属行政事务,不需领导者亲自指挥。他不安地端详着周恩来的脸。几天来,这张英俊的脸显然变瘦了,炯炯有神的眼睛周围有一团暗影。两道浓眉和蓬乱的胡须上沾满风尘,双唇皲裂。好像嘴形也变宽了,前额微蹙,失去了从前的光洁圆润。他的外貌不仅呈现出睡眠不足和体力上的疲劳,而且他深邃的目光里还流溢出一种潜忧。

"不,"周恩来沉声说,"董老、林老、徐老、谢老都还没有过来,毛泽东同志也还都在后边……你放心,我随中央纵队过江!"

他回眸东望,无限焦虑。

朱德知道,临时指挥部必须立即设置。在战局瞬息万变的时候,指挥绝对不能中断!

周恩来正像朱德对他的观察那样,的确感到无限的倦意。他在渡口边的一块光秃的土丘边坐了下来。警卫员急忙给他垫上灰色的军毯。自从离开上海到达中央苏区后,在振奋之余,总有一种不可名状的忧伤和不安。

周恩来组织中央纵队迅速过江。他怀着一种束手无策的恼怒和自咎的感情,注视着敌机在沿江渡口狂轰滥炸和扫射那些毫无防护的机关人员!

"注意空袭! 注意隐蔽!"他提醒着,而自己却不隐蔽。

四架敌机从北方的云朵里进入湘江上空。有些人好奇地望着它们,似是望着不会带来任何危险的纸鹞。

"卧倒——!"防空指挥员下着命令。而周恩来却不卧倒。

警卫人员把周恩来推拥到一处陡崖下,只要蹲下去,就可以躲开敌机的扫射。

周恩来看到部队都在原地卧倒后,他才蹲在陡崖下,观察着直冲而下的敌机。飞机在他眼前变大了,嘶啸声越来越响,机身把空气冲压下来,让人难受。

他清晰地看到,战斗轰炸机的透明的凸窗里,那个戴着飞行盔的凶手。飞机黑色的机翼上,青天白日的圆徽使他感慨万千。在黄埔军校时,他就熟悉这个圆徽了! 那时,他的军帽上也是这个圆徽,在这个青天白日满地红的旗帜下去东征陈炯明!

现在这个飞贼,挺着两个涂有圆徽的铁翅向他俯冲而来,昔日并肩战斗的同志,今日变成互相残杀的仇敌,历史走过了一段多么弯曲的历程?

第一架飞机向渡口俯冲下来,又升上去,第二架又俯冲下来。几个黑点带着尖利的哨音呼啸而来。

一匹骡马挣脱了驭手的束缚,向江边狂奔,一个披着蓑衣的驭手跳起来追赶。

大地在重磅炸弹猛烈的冲撞下抖动了一下,立即升腾起黑色的烟尘,相伴而来的是沉雷般的隆隆声。一股带着火药臭味的热浪扑向陡崖。这时,周恩来看到那匹骡马和披着棕蓑的驭手被埋葬在烟尘中!

周恩来正欲派警卫人员去抢救那个战士。没想到那件神奇的棕蓑竟从硝烟中鬼怪似地钻了出来,不顾一切地拉着驮骡向渡口直奔而去。

周恩来想关照这个骡夫,但他看到徐特立过来了,手里挂着一杆藤质的轻便而有弹性的红缨枪。

"徐老,有马不骑拄杖行,身体吃得消吗?"周恩来关切地开着玩笑。

"我们本身就是一匹马嘛,当然,你是神骏,我是老骥,穷且益坚,老当益壮嘛。……我把你的佳句改两个字:'有马不骑万里行',你把我的红缨比成拐杖我可不赞成。"

"那就改成'刑天舞干戚'吧!"

两人相视而笑。徐特立戛然止住笑声:"恩来,你不能只关心别人,我看你的气色还不如我哩。我记得有首诗是怎么说的来,'黄尘满面长须战,白发生头未得归。'你要善自珍重哟。"

"当然,当然,"周恩来面对这种深情,竟然说不出能够表达心情的话来。他一把挽起徐特立的左臂,"趁敌机刚刚过去,赶快过江!"

周恩来把徐特立扶上摇摇摆摆的浮桥,回头看到了毛泽东。他头发纷披,颊骨耸起,迎面落日的余晖,给他苍白憔悴的脸上染上淡淡的红晕。他大步向江边走着,身后是躺在担架上的王稼祥!

周恩来急忙迎上去:"主席! 身体怎么样? 趁天还亮着快过浮桥!"

在这一历史阶段中,周恩来一直是毛泽东的上级。不管在中央军委时期还是苏区中央局时期,别人,甚至比毛泽东地位低的人是很少叫主席的,一般都是称毛委员,或是老毛、毛泽东同志、泽东同志,而"四老"①则叫他润之! 周恩来除了会上叫泽东同志外,在公开场合,一般都是叫主席! 这种尊敬有加的称呼给人某种疏远感。

这是一种人与人之间十分微妙的感情作用,谁也难以说清。

"整个情况如何?"毛泽东问得很随便,像个局外人。

"应该说非常严重。"周恩来声调黯然,流露出一种负疚感。他准备对目前的严峻局面承担责任。他的品德不允许把一切错误诿卸在博古、李德身上,"一、三军团打得很苦,伤亡很大,总司令刚才过去了,正在界首指挥部指挥。因为中央纵队行动太缓慢,我们贻误了战机!"

"应该及早轻装开进,"毛泽东带有几分含蓄的伤感,"我们往往忘了最起码的军事常识——兵贵神速。"

"实在拖不动!"

"叫花子打狗,边打边走,哪能快得了?"

"这的确是个深刻的教训,最初的估计错了,虽然已经下了几次命令要轻装,可就是减不下来!"

"带得越久越舍不得丢!"王稼祥也从担架上下来,他想在警卫人员的搀扶下步行过桥,"农民……农民意识太强!"

毛泽东意味深长地说:"这叫磨破了脚才想起来脱鞋倒沙子!"

"这是计划不周。"周恩来语音里荡漾着一种愧疚,还有一种暗自隐忍的、无从解脱的苦楚。

"这是军事指导思想问题。世上岔路千万条,达到目的的只有

---

① 在中央苏区,何叔衡、徐特立、谢觉哉、林伯渠、董必武五人年龄较大、资历较深、德高望重,被誉为苏区"五老"。1934 年,除何叔衡留在苏区外,其他"四老"随中央红军长征。

一条,我们必须找到一条正路!"王稼祥对周恩来的处境充满着一种同志式的体谅,"探索前人未走的路,是困难的,往往是痛苦的。"

毛泽东用深不可测的目光望着界首:"界首是个大村镇,要指令部队尽一切可能筹粮筹款……"

"这非常重要。"周恩来用接受指示的口吻说出这五个字。这里面有一种难以言明的、奇特的心理过程。

"咱们一起过江吧,"毛泽东望着周恩来带有几分病态的脸,"天快黑了。"

"不,我还要到其他几个渡口看看,渡江工作组织得不好,迟一分钟就多一分钟的代价。"一个善于引咎自责的人,内心常常陷在痛苦之中。正所谓"巧者劳智者忧"了。

毛泽东不无关切地说:"恩来,你不能像诸葛亮那样事必躬亲,食少事繁岂能久乎?"

"我一直担心八军团和五军团,我要等等他们的消息。"

王稼祥本来想找什么话来宽慰周恩来,急切里却没有找到,反而慨叹了一声:"这两个军团的损失太惨重了。"

周恩来也想说什么,但也找不到话,只是叹了口气。

"走吧!"毛泽东向渡口挥了挥手,偕同王稼祥和随从人员踏上了浮桥。

周恩来伫立渡口,注视着毛泽东穿着长袍的微躬的背影,从容不迫悠悠然地消失在涌上浮桥的人流中。毛泽东和王稼祥过江不久,周恩来正要带人转向屏山渡方向去的时候,朱德派参谋来向他报告说:前线局势十分严峻。一军团非常吃紧,米花山防线已被突破,美女梳头岭防线受到严重威胁,有被敌人利用夜间迂回包围的可能。总司令必须到前线去,要周恩来火速过江,主持司令部工作,统一指挥全局。

二　"的确很被动"

周恩来到达界首时,朱德正坐在司令部里等他。他喝着朱德推给他的一茶缸子温开水,吃着煨在热火灰里的红薯,心头涌起一种柔情:"司令部里并没有重要的大事等我决策,总司令催我过江,不过是有意让我早来界首,以免过分劳累和离开危险突起的渡口。"想到这里,一个温热的波浪打在心头,布满红丝的眸子里涌聚着难以尽述的情感,遐想之翼立即在欧洲多云的天空翱翔。

那是柏林一个微雨的秋夜,他们两人面前,摆着两杯温热的咖啡……但他不能在往昔的温情里沉湎很久,他俯视着桌上标示着双方态势的地图:"总司令,你谈谈参谋部的会议情况吧!"

"没有那么紧急,你先吃完红薯,等玉米糊温热了,吃完再谈……"

"那就边吃边谈……"

朱德用最简练的语言,概述了两军态势。

"博古和顾问的意见呢?"

"他们说等你来司令部之后再研究,他们休息了,要不要去……"

"不必请他们了,态势是严重的、复杂的,但也是明显的,除了坚决战斗之外别无他法……"周恩来沉思了一会儿,像自己回答自己,"的确很被动。"

"变被动为主动不但需要条件,而且也需要时间……"朱德微带沙哑的声音,始终平稳沉着,不露任何激动,却具有镇定人心的力量。他对于不能改变的事物,既不勉强,也不抱怨,"我看局势并不过分严重,目前,红星纵队已经渡过湘江,红章纵队正在渡江,当然,八军团本来都是新兵,战斗力有限。一、三军团,可以顶住湘桂两敌,保障渡江的安全是没有问题的。红五军团,正在文市附近与追敌苦战……"这话并没有给周恩来带来多大的安慰,反而引起他的焦虑不安。他站起来,走近窗口,手扶落满灰尘的窗台,谛听着远方的枪炮声。

五军团,是周恩来最担心的一支部队,因为殿后是最危险的任务。此时,他想起古代战场上一个勇敢而谦逊的将领的故事。在战斗中他一直担任着后卫任务,阻挡着强大的追敌,当他保卫了全军安全进入国门时,则策其马曰:"非敢后也,马不进也!"这是多么伟大的精神。

红五军团是1931年12月14日在宁都起义的烈火中诞生的,在反对敌人的围剿中成长为一支劲旅。在这次战略转移中,一直担任着后卫任务,顽强地抗击着优势敌人的尾追。打阻击,走夜路,吃不好,睡不成,边打边走,极为艰苦。五军团的三十四师走在最后。这时,他们还在百里之外。伤亡惨重。

红军的每一个挫折,周恩来都感到自己负有直接和间接的责任,这种不贪功不诿过的品格给他带来比别人更多的自责和痛苦。周恩来的应变若定和临敌不惊的非凡静气,也无法改变目前严酷的现实。他深感自己是不自由的:上下左右的制约,使他的才智无法发挥,使他的主张无法推行。他必须执行上峰的指示,他必须代人受过,一种无力回天的宿命感在他的潜意识中漫漶开来。

世界上哪个人是自由的呢?他回想起在宁都会议上,毛泽东那满含委屈悄然离开会场的背影,心中不由涌起一阵酸楚:"以正确屈从错误,该有多么痛苦!"

回想1928年6月的莫斯科。中国共产党六大的召开,离大革命失败还不满一年。在这短促的日子里,中国革命走过了一段惊涛骇浪的路程。党在城市和农村的阵地遭到严重的打击,全国六万名党员锐减到不足两万人!

面对新反革命的疯狂屠杀,共产党人带着伤痕从血泊中站立起来,投入新的战斗。在这摸索和苦斗中,一种新的危险——"左倾"盲动主义,从右的血泊中抬起了头。

1927 年 11 月召开的中共临时政治局扩大会议,"左倾"盲动主义取得了支配地位。共产国际代表罗米那兹自然要负重要责任。他把中国革命的性质和速度用一句话来概括,称作:"无间断的革命。"当时的中国共产党人,对这种论断的态度是盲从与思考。

党,毕竟很年轻!那时的周恩来刚满二十九岁。能够迈开探求的步伐,在黑暗中摸索,坚持下来就是伟大的,即使跌几个跟斗又算得了什么呢?

十一月会议,把主要希望寄托在广州暴动和两湖暴动上。冷酷的现实又无情地击碎了他们美好的期待。广州起义只维持了三天就失败了。人们不禁要问,主观设想和实际结果为什么完全不同?失败的原因究竟在哪里?党内斗争越来越激烈。一会儿说低潮,一会儿说高涨。

这种对革命形势判定上的重大反复,反映了认识上的不确定性,也反映了形势的变幻无常。这种迷茫游疑状态,曾使"多畏多虑"的周恩来常常沉入郁闷难抒的痛楚内省。他深知权力这把双刃剑,在用之不当时,既伤害革命也伤害自己。他甘愿把重大决策的重担,让给比他更具洞察力和坚定性的人去承担,而他在从属中去弥补有可能造成的损伤。在茫茫深夜中的探求者,一步迈对了,也不要看作无上光荣;一步迈错了,也不能看作终生耻辱。那种为了一时的政治需要,把一方升上天堂把一方踩入地狱的偏颇,既不是辩证唯物主义也不是历史唯物主义!

先驱者的探索是多么艰难,客观上波诡云谲,变幻莫测,主观上各自带着理论与实践的局限。他们处在历史大变动的时代,许多陌生而复杂的问题,提到这些并不成熟的革命者面前。他们面前是没有前人涉足过的深山老林、远古洪荒。在历史没有作出答案前，一切事务都隐在云里雾里，具有极大的模糊性和不确定性，很难说走进峡谷是绝对的好，也很难说攀上悬崖就绝对的坏！也许，认定的平坦大道上突然出现了不可逾越的鸿沟，也许在山重水复疑无路时出现柳暗花明的境界。在不清晰的未知数中，也不允许你从容地思考。革命理论水准的提高与实践经验的丰富都需要时间乃至沉痛的代价。人生，总是"觉今是而昨非"。

一想到血的代价，周恩来那微蹙的眉心，过长的胡须，沉郁的目光，紧闭的嘴唇，疲惫的肩胛，处处流露出深刻的负重之感……斯大林的影像从烟雾中呈现出来："中国革命是以武装的革命反对武装的反革命！"这是斯大林接见他时，一边吸着烟斗，一边用舒缓的语调说给他的，"要研究军事！"

那时，他在莫斯科研究了俄国战争史。

苏沃洛夫是俄国历史上的一代名将。他的坎坷经历，他的指挥艺术，他的勇敢精神，给周恩来很深的印象。从这次西征，他想到了1799 年苏沃洛夫对瑞士的远征。

历史事件是不会重演的，但人的感情却不断重复。周恩来是个温情的人，许多外国学者把他称作伟大的人道主义者。不管这个评价是否精当，苏沃洛夫的一段自白，的确是深深地感动过他：

> 您的画笔能够绘出我的容貌——因为它显而易见，可我内心的奥秘却从未公之于世人面前。那么，让我告诉您：我曾使血流成河，至今提起仍感不寒而栗；可我待人慈爱，毕生未给任何人造成不幸；未判处任何人死刑；任何一只小虫都未在我手下惨遭厄运。我是渺小的，也是伟大的。不论是时来运转，还是时乖运蹇，我都冀望于上帝，并且从未迷惘动摇。

是的，苏沃洛夫把战争的残杀归之为不得已而为之，把一切个人休戚荣辱冀望于上帝,而周恩来的上帝却是中国人民和中国革命!

"恩来,我看你太累了,这里留个作战参谋值班就行了!"朱德凄然地说,"战争,总是很残酷的!"

周恩来从窗边转过身来,一阵突然袭至的疲惫与昏眩使他摇然欲倾,只觉得天旋地转。他急忙走到桌边,伏案暂息。这时候绝对不能病倒!他假寐了一会儿,思路又转向五军团的三十四师。地图上虽然插着标志,但三十四师在什么地方并不确定。在极端频繁的变动中,地图很容易画得混乱不堪,刚刚画上占领马上又变成放弃!经常的涂改会把地图毁掉!三十四师给他印象最为深刻的是两个人:一个是师长陈树湘,一个是一〇一团的参谋长万世松。

那是因为他来苏区后处理的一个复杂而又简单的案件。万世松在养伤期间,爱上了一个有夫之妇——方丽珠。他们同居了三天,被人揭发。可是人们的同情却在万世松和方丽珠一边。这是纪律与感情的矛盾。合理不一定合法。

军团长董振堂认为军法难容,报告军委执行枪决。方丽珠要求将她一齐枪毙,因为她坚持责任在她身上!

陈树湘不愿丧失这个既是下级又是密友的团参谋长,便暗自给周恩来写了一封为万世松开脱的信。周恩来作为红军的总政委,必须正确地处理这个案件。他主张给万世松以降职处分,下放连队当连长。之后,万世松在战斗中表现非常勇敢又颇具军事才能,在西征路上他代替了牺牲的二营营长。

"自古人生谁满愿?"恐怕一个也没有,这便是人生的真谛。周恩来曾经听过方丽珠的申诉,他心里说:"你们是无罪的!"嘴上却只能说:"处分是必要的!"

大军将行,方丽珠要求随军,愿做一名女扮男装的炊事员或是挑夫。她理所当然地被拒绝了。周恩来也许是最重感情的人。平等与仁爱,如果当成褒义词的话,应该加在他身上。在后来的年月里,他收容抚养过多少烈士的子女？又保护过多少身陷冤狱的干部？

这种仁爱之心，曾受到项英强烈的指责。在项英看来：人道主义是资产阶级的感情，在阶级的不可调和的、你死我活的拼搏中，只有残酷的斗争、无情的打击才是坚强革命者的党性！几十年后，在"四人帮"批中国"大儒"的时候，矛头就是对着他。

西奥德·怀特在延安时就认识了周恩来，对他印象极为深刻。他曾说："在他面前，任何不信任的感觉或者对他还有些怀疑的判断，几乎都烟消云散。"但过了若干年后，他意识到对周充分信任是不太适当的。他把周恩来的双重性格、两种形象结合在一起来描写：周恩来"如同本世纪任何共产主义运动产生的人物一样，是一个卓越无情的人。他会以绝对的勇敢、以猫捕老鼠的灵巧，并以一个人经过深思熟虑的唯一行动方针而行事——他就是这样行动的。然而，他还是具有能够表现出热情亲切、情不自禁的那种与人为善的态度和斯文礼貌的本领"。

在理查德·尼克松看来，周恩来的个性既然兼有儒家风度个人品质和列宁主义革命家那种无情的政治本能，那么他就对担任这种政治角色再合适不过。就如同一块由几种金属造成的合金，较之任何一种单一的元素，更为坚实有力。周恩来的政治才能在于能够成功地扮演明争暗斗的能手或者两种角色。

一个新闻记者访问周恩来：作为一个中国共产党人，他首先是一个中国人，还是首先是一个共产党人。周恩来答道："我首先是一个中国人，其次才是一个共产党人。"周恩来的同事们当然都是中国国民，但是他们大多数首先是共产党人，其次才是中国人。周恩来也深深地信仰他的主义，但是把这种信仰推向极端却不是他的本性。

周恩来喝着重新温热的玉米糊糊，顿觉精力充盈，但愿刚才的昏眩是由于饥饿而不是疾病的前兆。后来，新中国的经济困难时期，他跟工人、农民一起喝玉米糊糊时,就提到过湘江边上喝的这一碗。

三 "向着火线上去"

周恩来的精力重新振作起来,全神贯注地审视着军用地图:

"总司令,我想,湘江一战,兵力上损失很大,对士气也是一个严重挫折,目前军心容易涣散,加强部队思想工作,很有必要!"

"我同意你的意见。只要渡过湘江,本身就是一个胜利。"朱德一心安慰他的入党介绍人。他对周恩来向来是一往情深,但"君子之交淡如水",他很少公开展露。这是一种敦厚的情操。"蒋介石是决心把我们消灭在湘江东岸,他的企图没有得逞。我们损失的部队,从数字上看虽然很大,但大都是'猛烈扩红'动员来的新兵,还有一部分是挑夫。我们的主力部队战斗力仍然很强,关键是找一个休整的机会,进行人力物力的补充……必须让全体指战员明白这一点……"

朱德的这些话,的确给周恩来很大安慰,一时间使他感到自我谴责有些过分了。他端详着总司令那张诚实质朴的老农民式的脸,但那双明亮的眼睛里却流露出一种心敛意宁、山崩地裂、不动声色的奇妙风采。"是的,八军团的番号可以取消,把剩余部队补充到几个主力兵团去……轻装轻装就是轻不下来,这下可好,不轻也得轻了!"

"全部用新兵组建兵团,这是一个失策。八军团的溃散,是一个值得永远记取的教训!"只有在周恩来面前,朱德才这样坦诚地批评"最高三人团"决策的失误。

周恩来默然。这使他想起他与李德、博古的争论。

那时,他曾主张把新兵充实到一、三、五、九兵团去,以老带新,新兵就会很快成长为战斗力。博古却觉得增加一个新兵团,声势上五个兵团总比四个兵团大!当时,李德还开了个有趣的玩笑:"苹果虽然一样多,装成五个袋子总比四个袋子多一个。"实战证明了,这是博古不懂军事法则所表现出的"幼稚"。

周恩来是个严于律己、宽以待人的人。他绝不指责博古提出如此主张,却谴责自己没有坚决反对。"这的确是个很大的教训!"周恩来心甘情愿地承担了责任。

朱德知道,周恩来总是把别人的错误揽在自己身上,这使他分外难受。急忙把话题岔开:"关于加强思想工作,你是不是起草一个指示性的电文? 我想,博古和顾问是会同意的。"朱德缓缓地站了起来,"我想到一军团去看看。"

"不,你是总司令,不能老到第一线去,这里需要你。"周恩来声调诚挚而含恳求,他很清楚,朱德绝不是心胸狭隘的人,却总是不想参与"最高三人团"的决策。战地亲临,固然是他的战斗作风,但也不排除是他回避参与决策的方法,以免在严酷多变的政治路线斗争中有所僭越。"那好,你起草电文我休息。"

不知为什么,朱德此时此刻不想离开周恩来,总想为他分担些什么。警卫人员却坚持要他到早已为他备好的屋子里睡。他拍拍警卫员的肩头:"你是个傻瓜蛋,冬天睡觉最好的地方不是空洞洞的房间,而是跟炊事兵在锅灶前的草窝里通腿,越挤越暖和。"警卫人员只好把军毯拿来。朱德便挤在司令部值班人员的草铺上,自得其乐地向警卫人员挤挤眼:"你看,值班参谋们不用起床就能找到总司令,真是两全其美!"说完,把军毯向身上一蒙,睡了。

周恩来伏案书写命令。写完之后,准备送给博古、李德审阅后发出。他看了看桌上的闹钟,已是凌晨两点钟。他觉得这样的政治思想工作方面的文电,没有必要用中央名义发出,因而也没有必要给博古、李德看。他准备用中央局、军委、总政的名义发出,他是中央局书记,又是红军总政委,朱德是中央军革委主席,由他们两人签署就行了。他迟疑了一会儿,由于事关重大紧急,不得不把已经睡熟的总司令推醒。

朱德阅后,令机要科立即发出:

> 一日战斗,关系我野战军全部。西进胜利,可开辟今后的发展前途,迟则我野战军将被层层切断。我一、三军团首长及其政治部,应连夜派遣政工人员,分入到各连队去进行战斗鼓动。要动员全体指战员认识今日作战的意义。我们不为胜利者,即为战败者。胜负关全局,人人要奋起作战的最高勇气,不顾一切牺牲,克服疲惫现象,以坚决的突击,执行进攻与消灭敌人的任务,保证军委一号一时半作战命令全部实现,打退敌人占领的地方,消灭敌人进攻部队。开辟西进的道路,保证我野战军全部突过封锁线,应是今日作战的基本口号。望高举着胜利的旗帜,向着火线上去。

中央局

军委

总政

待机要秘书取走电文后,周恩来对朱德说,他要去布置一下筹粮筹款工作。

"这个工作已经布置过了!"朱德说,"我刚才睡了半个小时,不想睡了,你就在那里……"朱德指着他睡过的地方,"躺一会儿吧。"

"不,我不想睡,有红薯和玉米糊撑着呢。只是两眼有点酸胀。"周恩来用手揉着眼睛。一时间,他们两人相对无言。周恩来双肘支在桌子上用手支着下巴,又在假寐。

周恩来的一生,即便从历史角度来衡量,也是非同寻常的。他此刻在想些什么?他的眼力究竟能看多远?他对人类生活的复杂观察与理解得多深?也许,此时此刻他正用他的敏锐的目光,在人生的无边无际的汪洋大海中,去寻找发现绕过那个足以使革命之船沉没的暗礁？现在，这颗心正为目前的损失备受煎熬。他又想起南昌起义的失败过程。

那时……这时，他的痛苦，他的忧虑，他的伤感，在强烈的自我克制中隐藏极深，几乎无人察觉，只有具有忠厚、诚笃、善良长者之风的朱德，由于他们在柏林时曾有的一段特殊机缘，才能从他沉郁的声音里听出内心的痛苦，从他的身体前倾、双手紧扣而微微颤抖的偶然失控中，探知他的忧心如焚！有时，在他朗声大笑之后，内心却因在左右为难中扭曲自己而低泣！当朱德看到他伏案起草电文时那越来越瘦弱的背影时，心里忽然触动某种深藏的感情，产生出无限怜惜：

他才是真正的忍辱负重的人啊！他做了多少违心违愿的事？他替别人承担了多少罪责？他为什么总是委屈自己的心？为了中华民族的崛起，"鞠躬尽瘁，死而后已"，这蜀国宰相的誓言不正是周恩来的墓志铭吗？

"恩来！你还记得十二年前咱们在德国初次见面的事吗？"

"怎么不记得？那是 1922 年的 10 月 22 日……"周恩来仰起脸来，他惊人的记忆力，常使见过一面的人纳罕，"你是先到法国马赛，而后到柏林的吧！"

十二年后的一切还如此清晰，很使朱德感动："我就是专程去找你的。你记得那天，你唱《马赛曲》，虽然我还听不清词，可是，真叫人热血沸腾。现在，我真想听你唱，还和当年一样……"

"那么，你还是跟我唱？"

"不，我只能是跟着你哼。"

周恩来的眼睛里忽然泪花莹转，这个提议包含了多么复杂深沉的感情啊。他多么感谢这位身经百战的老军人的良苦用心，像个纯真的孩子，用天真的方法宽慰他那悲苦的心。他果然像上台演出似地引吭低唱：

我祖国之骄子，趋赴戎行！

今日何日,日月重光!

暴政与我敌,血旗已高扬,

君不闻四野败兵呼噪急,

欲戮我众欲歼我妻我子以勤王。

我国民,秣尔马、厉尔兵、

整尔行伍,冒死进行

沥彼秽血以为粪,用助吾耕。

……

两人陶醉在这悲愤雄壮的歌声里。这歌,涤荡着烦恼,使他们心中迸发出一种为革命事业自我牺牲的高尚精神。

在中央苏区期间,周恩来能够推心置腹袒露内心苦恼的只有一人,那就是朱德。他跟陈毅也可以深谈,但这种机会很少。只是在离开苏区的前一天,陈毅因伤情必须手术,他才跟贺诚一起去看望他。两人久久地握别,在行色匆匆、周围都是医护人员的情况下,他们无法倾诉衷肠!

第四章 1934年12月1日
湘江西岸一军团阻击阵地

一 打硬仗

晚夜一军团一师、二师都退到第二道阻击阵地。

敌军占领了米花山、美女梳头岭、尖峰岭红军第一道阻击阵地后,攻势更加猛烈。林彪的望远镜里又出现了昨天的决斗场景:那是千篇一律而又绝不相同的搏杀,冲锋、反冲锋。燃烧的阵地上,飞溅着泥尘、沙石、碎尸、血肉。他感受到气浪的灼热。

林彪根据火线损失惨重之报告,命令继续投入部队。又是巨浪与巨浪的互相冲击,相撞、陡立、粉碎,落下,又涌起。尔后就是敌我交错在一起。黄色的怒涛和灰色的怒涛在一起翻卷。

林彪喜欢这样的硬仗。他在叶挺团里当见习排长后来升为连长时,在汀泗桥、贺胜桥和武昌城下,就是在硬仗中拼杀出来的。对于尸骨堆山血流成河已是见惯不惊。他不断地投入兵力,犹如向战争之炉中投入干柴,绝不悲天悯人。在战场上他是纯理性的,静如止水,从不感情冲动。绝不因巨大胜利而趾高气扬,也不因伤亡惨重而痛心如焚。他知道牺牲是胜利的必然代价,惋惜是妇孺之仁。他对敌人,从不蔑视,轻视对手就是轻视自己,只有巨人对巨人之战,才会如此惊心动魄。

在北伐时,他就善于争取主动。他以一个见习排长的身份,在没有上级命令的情况下,竟敢抓住战机,超前抢占了敌方的浮桥。叶挺借此因势利导,提前发动了进攻,奇兵突出,取得了意想不到的胜利,他也因胆识过人越级升为连长。林彪关心的是战斗胜利而不是牺牲多少人,他喜欢大笔挥洒。十几年后,号称百万大军的第四野战军,从东北一直打到海南岛时,他才觉得稍稍伸展了手脚。

浓重的焦烟味和血腥气,饱含着滚烫的水汽,从血污泥泞的黑岩石中升腾弥散,直扑到几里之外。林彪感到窒息,TNT呛人的苦辣味,使他连连喷嚏、咳嗽不止。战神用它烧红的犁铧插进山丘的深层,要把阵地耕遍,播下死亡的种子。一切都淹没在浓烟烈火之中,爆炸的火光不断撕裂着黑色的雾障。

在烟雾上空,却是12月1日(夏历十一月二十五)的明亮的阳光,它以锐不可当之势,把扇形的光针刺入烟雾的软蓬蓬的躯体,而烟雾却像神话中的恶魔在愤怒地翻滚、挣扎、反击,它用喷射的沙石烂泥去抵御斜射下来的光柱的锋镝。浓烟和阳光融混在一起,化成立体的色彩奇异的战云。大地在呻吟,山林在喘息。林彪面对这种景象,一时竟忘了这是人与人的搏斗还是大自然的互相绞杀。

十五分钟的炮火急袭终于停止了,林彪的望远镜里看到了黄色的浪涛。"足有两个营!"他思忖着,密切注视着敌人即将发起的集团冲锋,"何健拼命了,刘建绪准备孤注一掷……他们把四个师十六个团,全部压到一军团的阵地上……但我不能再退了,必须顶住……"望远镜里的战斗场景,引他想到的不是战争多么残酷(那是明摆着的),而是一种撼天动地的雄浑之感。他看到了人类原始的野性乃至兽性的复归。蛮荒、狞厉之气,使他想到原始部落的斗争。

在二百米之外的山坡上,他把眼前的战斗抽象化了。那不是一军团和湘军的拼杀,而是阶级与阶级的大冲突,是两种力量的生死决战。此时,虽然进入冬令,南方的山林却满目秋色,木叶纷纷,一派肃杀之气。他想起曹操北伐乌桓,路过碣石山时留下的千古不灭的名句:秋风萧瑟,洪波涌起……眼前正是那种冲锋和反冲锋的"洪波"。

林彪转身走向更高的山崖。十几名参谋人员、警卫人员和医生跟随着他。他自行其是,并不跟任何人商量。他要看清敌人更大的纵深,判断敌人攻击的后续力,以便决定投入多少预备队的力量。第一线的激战反衬出敌人后方的平静。这种"静"使人莫测高深,它隐藏着诡诈和危险,它会猝发出撼天动地的惊雷。敌方的许多师团长,是他黄埔军校的同学,在北伐战场上,也都有过赫赫战绩。由于阶级立场不同,分道扬镳,成为仇雠。但并不因为他们是反动军人,就成了懦夫和笨伯,十九路军在淞沪抗战中不也打得英勇顽强吗? 他们的成败,不在某个人的才能大小、品格优劣,而是整个阶级的腐朽还是新生。

"如果我的手脚能够自由伸展的话,"林彪想道,"我可以用两天的时间打垮他们……"他放下望远镜,坐在一块岩石上。几发炮弹落在他身后五十米的地方。他袭击敌人的计划是在几分钟之内形成的。如果就在这个晚上,他用少数部队坚守阵地,就像用一只左手揪住敌人的前襟,尔后把主要力量绕向敌后,用右拳去猛击敌人的脑袋……但是,不能,因为部队的任务不是在运动中去歼敌,而是坚守阵地,保障渡口。他对此深感遗憾。

林彪对自己的部队充满信心。他知道他年轻,但他相信有志不在年高。此时,他望着激战的阵地,沉思默想。他想:如果由他来统帅这支大军。绝不会搞得如此乱糟。他想:如果,我眼前不是一万五千人,而是一百五十万人,我就可以像拿破仑一样纵横天下了! 他,作为一个军团长,仍然感到极大的不自由的痛苦,他不能按照自己的意愿去指挥战斗,他觉得他的军事才能得不到充分发挥!

要自由地发挥军事天才,苏沃洛夫、库图佐夫都不行,他们还是受到那些昏庸的当朝显贵们的制约,唯有拿破仑,他才是真正独立自主的统帅！林彪生性沉静而含蓄，几乎从不展露自己的心胸。他几乎没有披肝沥胆的亲朋好友。孤独，是他的外在表现，也是工于心计的内在特征。这种孤独，有时让人望而却步，给人一种阴沉感。但他的眼睛是锐利的，头脑是清醒的，思维是深刻的。他能够审时度势。他懂得时势造英雄的道理，没有深山难出虎豹，没有大海难养蛟龙。

林彪二十四岁指挥他的一军团时，并不感到吃力。只觉得比他当团长、军长时，更加得心应手。就像一个游泳者，在深水里比在浅水里更省力，更能发挥技艺。他相信"韩信用兵，多多益善"，也相信"长袖善舞，多钱善贾"的格言。他并不显得少年气盛趾高气扬。他的特点在于有一种成熟得近乎冷酷的理智，这是政治家、权谋家所需要的一种素质。他跟容易发怒的李德、容易冲动的博古不同，他与彭德怀的粗豪爽直的性格截然相反，静如处子，动如脱兔，很少展露他唯我独尊的锋芒，也很少流露他顽强的自我意识。他只相信自己目光所见，他只相信自己头脑的思考，他只追求自己为自己规定的目标。他是一个有绝对主见的人，很难说这是长还是短。但他不是万能的，人生注定谁也不能完全把握自己的命运。时势的风暴既可以把他推向荣耀的巅峰，也可以把他卷进罪恶的深渊。

二 小计划成功

林彪判断对了，那炫目的闪电、震耳的雷声是炸炮小组的杰作。然而，事态的发展，却完全出乎炸炮小组的意料。这个小组也跟那几个偷袭小组一样，由于地形不熟，敌多我少，敌藏我显，失败了。炸炮小组遭到了敌人的埋伏。这一点林彪又判断对了，敌方是个有经验的指挥官，他提防着红军的夜袭。

战士包春时的枪没有打响，就被击倒了，沿着一条雨淋沟翻滚下去。他只觉得右腿刀剜似地疼，枪在向下翻跌时丢了，身上还有四颗手榴弹。以他参军四个月的经验判断:他的组长(三班长)和另外一个战士,在他向下跌滚时,与敌人展开过极为短促的格斗,牺牲了。

他弄不准敌人为什么没有搜到他,糊里糊涂地躺了一会儿,咒骂自己是个笨蛋。在别人眼里,他是个新兵蛋子;在自己心里,他却觉得应该比那些笨里笨气的老战士更为机灵,更具有战士的品格。他从六岁起,就跟爸爸上山打柴,打猎,种香菇,破毛竹,后来还跟爸爸学习《庄家杂字》:"人生天地间,庄农最为先……"他天天跟山打交道,涉艰历险如走平地。如果部队开展爬山越野赛,他有信心拿到前三名。从于都河到湘江,全连没摔跟头的只有四个人,其中之一就是他。这是他的骄傲。

但是,他又很自卑。参军之后几乎没有一点出色的表现,他气恼自己干了不少蠢事。在古界岭战斗中,他开枪打倒了一个敌人,正想去缴他的枪,却没有想到那个黑大个一下蹦起来,反而把他扑倒了,要不是班长冲上来,他准得见阎王。无名高地之战,就更丢脸,他至今都弄不明白为什么慌了神。

"还答应妹妹,抓个活白匪回来……"包春时奚落着自己,手榴弹忘了拉弦就丢出去,吃了连长的批评。"我净吹大牛,注定什么事都干不成,什么任务也完不成,还自告奋勇来炸大炮,结果,丢了枪,受了伤,连大炮影儿也没见到!"包春时越想越委屈,他不知道应该怪罪谁,也不知道现在应该怎么办。他知道,伤得很厉害,他不敢摸,只觉得血痂粘住了裤管,温温的血还在向外涌,淌在身下的干草上。疼,他能忍。十岁那一年,他到山崖上摘杨桃,摔下来,痛得昏过去。后来,还不是自己一瘸一拐地走回家。这次伤得不一般,凭直觉,准是骨头断了,可他不会包扎。

怎么办? 爬? 爬回去干什么? 能回到阵地上吗? 可是,他只爬了两步,就扯肝抖肺地疼。胸前有个硬物硌了他一下,摸了一把,才想起这是妈妈硬给他戴上的护身符,用纳鞋底的麻线挂在脖子上。

是个由神婆子上了魔法(吹了一口气)的拇指大的桃木人。他有点儿信,相信自己不会死。

"春时,你见过大炮吗?"一排长这样问,"别炸了人家的炊事车!"太瞧不起人了。包春时什么世面没见过?"是的,我当时应该回问排长几句,你见过装炮弹吗?你知道放炮要拉绳吗?你知道……"他为自己的孩子气笑了,"对呀!我干吗不去炸大炮呢!"他检查了一下手榴弹,把两个插在腰里,两个塞在怀里,又摸摸护身符,系得很牢。他不知道是不是合乎战斗要求,咬紧牙关站了起来,站了一半又摔倒了。

膝部的疼痛像尖刀刺进了胸膛又扩散到全身,他畏寒似地把身体缩紧,觉得血痂粘住的伤口又开裂了。他紧按膝盖,想减轻一点疼痛,摸到的却是黏黏的、温热的血,脑袋里隆隆地响着,像几盘石磨在滚动。血!这是自己的血!他由吃惊到愤怒,由愤怒到愤恨,他不愿再想什么疼痛了,他不愿东想西想了,他不顾一切地故意跟自己的伤口为难似地向前爬!

爬!爬!爬!他自己觉得反而振作起来,炸大炮的强烈欲望,使这个青年人产生了超常的坚忍。爬!爬!爬……他一头拱在地上,休息了一会儿,一动也不想动了,疼痛已经为麻木所代替,这样睡一觉该有多好,那是一种甜美的享受。夜风吹着他,茅草抚摸着他,沙沙啦啦地唱着催眠的歌。他在半醒半睡的蒙眬中,产生了一种奇特的幻觉。他觉得自己化作一朵云彩,飘荡在高山之上,俯瞰着整个战场。白匪军那些黑油油的大炮,喷吐着的火球,都落在他家的茅屋上……

他猛然醒了,"炸掉它!"他不甘心,又爬,爬,爬。从晚上九点钟爬到第二天凌晨三点钟,六个钟头完成了三百米的爬行,洒下了三百米的血迹。如果一个健壮的人,用这种毅力走向目标,他可以到达天涯海角。

西沉的圆月斜照着平缓的山丘,照着一门黑油油的山炮。比包春时见到的那些野炮还要大。月光还照耀着走来走去的哨兵,枪刺闪着惨白的光。包春时突然觉得自己身体很沉,有一种极度恐惧的虚弱感,好像再向前爬一寸,也不可能了!他跟大炮相距还有十米,可是,要完成这十米的爬行,比他爬完的三百米还要艰难十倍。但他看到了仇敌,他决不放过它。

"我爬不到了!爬不到了!"他想放声大哭,太冤枉了!就像一个农民,经过一年辛劳,当丰收在望之时,满坡庄稼忽然被一阵冰雹打成烂泥,他怎能不蹲在田头哭泣?世上最痛心的莫过于此了。他哽咽着、喘息着,大睁着蒙蒙眬眬的泪眼。此刻,包春时没有想到父母妹妹,没有想到恩人与仇人,也没有想到无名高地,没有想到军团首长下达的命令,他思想的凝聚点极小,就是眼前那十公尺的距离。任何物质都有极限,包春时的生命力也到了极限,就像一盏无油的灯,能用意志力使它继续燃烧吗?

包春时将要耗尽的生命又燃烧起来,点燃它的不是仇恨,不是愤怒,而是一种愿望,一种希冀,他每前进一寸,就得下一番决心,就得积聚一番力气。生活中最易出现的就是偶然,在他伸手可及的地方,出现了一道一米高的小陡坡,这是一个障碍,不啻于平时的一座三千米的高山。正是这个障碍掩护了他,挡住了哨兵的眼睛。也正是这个陡坡,挡住了他的前程。他就要死在这个陡坡下了!他最后的一点信心动摇了,绝望地向苍天望了一眼,饱含着人生最大的憾恨,发出对命运的诅咒。就在这时,又一个偶然出现了,一棵酸枣棵伸着多刺的枝条向他招手。

"谢谢!"他内心里呼喊着,"你来帮我吗?"他伸伸手,揪住了它,那尖利的刺,深深地扎进他的手掌,他感到一阵狂欢般的刺疼,他拖拽它的反作用力,把他拉上了陡坡。哗哗的沙石洒落下去。哨兵停住了脚步,凝神谛听了一下,以为是小兽,又走动起来。

这时,包春时已经把手榴弹握在手中,他忽然想到,投向那个蹲伏在阵地上的钢铁怪物是无用的,红军兵工厂土造的手榴弹,也许只能像蚊虫似地叮咬它一口,绝不会给它带来致命的伤害。世上巧合的事情太多了,也许在连里,唯有这个刚入伍的新兵最有炸炮的资格,因为只有他见过炮兵实弹射击,他选准了大炮的要害,那就是堆在离炮位五米远的弹药箱。

他已经超越了生命的极限,他活着,他动作。他滚过去,凭着意志力和责任感,他把即将熄灭的生命全部灌注在对弹弦的一拉之中,犹如油灯在熄灭前的陡然一亮,这个刚刚进入十八个年头的生命,在轰然一震的雷鸣中达到了峰巅! 他化成了一声霹雳,连同三米外的那门山炮一齐飞了起来。无名高地上,没有一个人知道炸掉敌炮的是谁。几分钟后,敌军阵地上散射的火花熄灭了,炸炮成功所带来的兴奋也消失了。战士们对明天将是什么样子感到困惑。月亮沉落下去,昏暗的阵地魔影憧憧。突然感到身历目见的一切,都离奇荒诞,犹如梦幻。

林彪夜观星象时,看到的闪光,正是包春时的生命闪光,但他并不知道这个战士已经离开了人世,他只知道计划的成功。当然,并不是很大的成功!

三 军事与政治

拿破仑是军事家,但首先是政治家,如果两者不能兼有,就无法成为权力的象征——法国的皇帝。军事家只能是政治家用以达到政治目的的手中利剑,而不是挥舞这柄利剑的人! 林彪能做到既是利剑又是握剑的、独立自主的最高统帅吗? 三军团也是主力中的主力,他们是红军的两只铁拳,彭德怀不仅比他资历深,而且指挥才能也是有过之而无不及。都是军事家,却不见得都是政治家。在 1959 年的庐山会议上,充分表现出林彪比彭德怀更懂得什么是政治!

彭德怀的"万言书"无疑是反映了真实情况的,甚至说得还没有实际情况严重。但问题却不在于事实,而在于方式、在于时机。大跃进中的失误,毛泽东也是清楚的,甚至知道得比彭德怀提出的还要清楚得多。开庐山会议就是寻求纠正嘛,就是请各位"神仙",献计献策各祭法宝以渡难关嘛。彭德怀的弱点在于只着眼于国内经济状况,而忽略了当时的国际斗争,忽略了政治,忽略了毛泽东的心理因素。那时候,斯大林已经逝世五年了,在毛泽东当时的观点看来,苏联已经变修了,赫鲁晓夫是修正主义的代表,革命的红星已经从克里姆林宫上空陨落了,而引导世界革命的大旗应该高擎在中国共产党也就是毛泽东同志的手上,马、恩、列、斯、毛的座次早已排定了!

当中国举起总路线、大跃进、人民公社三面红旗时,几乎所有中国公民都认为,代表世界革命方向的真正的马列主义大旗,只在中国的土地上高扬。现代修正主义成了世界革命的主要危险。彭德怀,你的眼睛怎么能只盯在饿死几个人的小事上而忘了国际国内的大局——帝、修、反呢?在赫鲁晓夫的眼里,中国的三面红旗无非是小资产阶级的狂热和经济建设上的幼稚病。在这里,伦敦大学的美籍教授斯图尔特·施拉姆作过这样的论述:

> 如果说赫鲁晓夫已经、或者很快就比他的任何一位前任对欧洲和美洲更为了解的话,那么他对中国人的心理却显得比斯大林还要无知。中国人也确实给了他一些抱怨的口实。那过于仓促建立起来的人民公社以及他们企图大规模地组织经济和社会生活多方面的尝试,都造成了混乱,而且最终造成了灾难性的经济衰退。不管怎样,中国人坚持他们的政策,而且不顾苏联的强烈反对,坚持宣称已经找到走向共产主义的捷径(只在两点上作了有限的让步)。在赫鲁晓夫以及毫无疑义在大多数的苏联公民看来,中国是在浪费苏联给他们的宝贵人力

物力……

　　所有这些情况说明赫鲁晓夫的恼怒是可理解的,但是,他的反映应是以两个大错误为特征的:一方面,他故意肆无忌惮地嘲笑人民公社;另一方面,他最终发展到利用经济压力作为迫使中国人就范的手段。其结果是重新燃起了毛对过去欧洲人狂妄自大的憎恶……

　　由于毛把他的威望押在成立公社从而一举克服中国落后状态上面,这无疑使毛对赫鲁晓夫嘲笑公社并竭力利用中国的经济困难捞取政治资本的做法更为敏感。在1958年12月召开的中共中央六中全会上,宣布了毛不再是中华人民共和国的主席候选人的决定,这肯定不是偶然的。这次全会也是一个标志,它向这样一种认识迈出了勉强的一步:即承认不可能在一夜之间一举跃入共产主义……

　　诚然,毛泽东保留了党的主席身份以及他作为中国革命富有魅力的最高领袖的特殊地位。可是,从此以后,当北京的经济政策在1959年和1960年渐渐趋于合理化并更加谨慎时,毛则主要专心于外交事务。事实证明大自然和技术比他想象的更难屈从于他的意志。现在,他要让中国的敌人——公开的敌人"美帝国主义"以及更为阴险的敌人"现代修正主义"来服从他!

这就是当时的庐山会议前后的大背景,这时候,既需要纠正工作中的错误,更需要充分肯定"三面红旗"的伟大正确及其取得的重大成就,因为这是当时反帝反修的需要,是维护毛泽东同志崇高威望的需要,而纠正工作中的失误只能在一定的场合和能够承受的范围里进行。政治斗争需要,这便是真理。该说假话的时候就应该说假话,彭德怀似乎忽略了这一点,林彪却具有透视历史纵深的政治眼光。

悠悠万事,唯此为大,克己复礼。林彪懂得:在领袖面前,即使有独到的卓见,也要造成这是从领袖的旨意中获得启发的印象,从而给领袖以无人比他更高明的安全感。"青梅煮酒论英雄"时的刘备,一听曹操把他当英雄看待,吓得筷子掉到地上,不是很耐人寻味吗?

林彪并不是没有反对过毛泽东,而且公开地反对过。在遵义会议之后,毛泽东在党内军内的领导地位均没有稳固的确立,只是进入了领导核心。代替博古负责中央领导的是张闻天,代替李德在军事上有最后决定权的是周恩来。后来,由于毛泽东提议成立新的三人团来全权指挥军事,在渡乌江前,中央才决定以周恩来、毛泽东、王稼祥成立三人指挥小组,毛的地位仍在周恩来之后。1935年1月28日,土城战役失利,被迫一渡赤水;1935年3月15日,攻打鲁板场失利,于3月16日又第三次西渡赤水。虽然后来把四渡赤水当成毛泽东军事指挥上的杰作,但是当时的林彪并不满意。他认为这种连打败仗之后近似故弄玄虚式地把部队拖来拖去未必高明,本可以搞得更好。为什么非要四渡?三渡行不行?会不会有比四渡更好的摆脱敌人的办法?如果不囿于传统说法,那是可以展开争论的。所以林彪提出改换三人团的领导成员,由彭德怀来代替毛泽东,这里边应该说是稍有心机的:也许进入决策圈的不是彭而是他林彪。这种反对的时机,选得很是时候。此时毛泽东正曲高和寡,也最为民主容人,而且只是从作战指挥上提出意见,而不是从政治上否定,所以并没有动摇毛泽东对林彪的信任。这种公开的用书信提出的方式,更增加了人们对他"光明磊落不搞阴谋"的印象。因为那个时候,还没有形成凡是对毛提意见就是大逆不道的"凡是"观点。那个时候即使"左"得怕人,却还懂得在某个问题上反对谁(即使反对错了)是党员应有的权利。不隐瞒自己的观点,敢于直言是党性原则。

林彪知道:在某种情况下提意见是允许的,某种情况下是不允许的;发表真知灼见,在某种情况下是受奖励的,在某种情况下是要受惩罚的!

如果你的意见提错了，最终证明我对，以你的错误反衬我的正确，我可以哈哈大笑表示欢迎；如果你的意见一针见血提对了，恰中我的要害，以你的正确来衬托我的失误是可以容忍的吗？在特殊情况下，以不损害领导的威望为原则，而不是意见是否正确为原则。

　　建国以后，林彪由于身体虚弱，一直赋闲调养，他精心研究了中国的政治斗争史。在文革期间，大讲宫廷政变，便是他研究的成果。他懂得，在他是人的时候，是可以反对的；当他是神的时候，就只能是跪拜了！林彪懂得，在政治舞台上，不仅需要兵不厌诈，还要有远、近、大、小之分，一切服从政治需要。在某种情况下，坚持真理，便是谬误；拥护谬误，便是真理。

　　在有的编年史上，我们极为聪明的祖先，向后人提供了发人深思的实例。在众望所归的圣贤之家，男主人的不检点使丫头怀了孕（这在平常人家本来是寻常事），当这丫头在严格守密的情况下，生下一个传宗接代的贵子时，他们就会给这个丫头一碗下了毒的人参汤。既得了贵子又保住了圣贤之家崇高的道德威严！死个丫头算得了什么，动摇了圣贤伦理的根基，那就是事关千古兴亡的大局了。失小而保大。这样做是被迫的，合理的！毒死了丫头是行大善而不是作大恶。为尊者讳过，为贤者讳耻，为亲者讳疾。这就是最最道德的道德。谁也不敢说这是最不道德的道德。林彪对此把握得最为深刻。

　　"值得永远信任的只有自己。"这便是林彪的处世格言。做人，也许应该像赫胥黎在《进化论与伦理学》中所说："要意志坚强，要勤奋，要探索，要发现，并且永不屈服。珍惜我们前进道路上降临的善，忍受我们之中和周围的恶。"

　　彭德怀上书，使毛泽东经过许多天的反复考虑。这种夜夜失眠的思索，其痛苦之深超过了秋收起义的失败和宁都会议的解职。这绝不是胸怀狭窄到听不得批评意见，也不是万言书中有哪些言过其实,而是考虑到彭的万言书所引起的后果。这个后果,很可能严重到不堪想象的可怕程度。因为它正好给帝国主义尤其是修正主义提供了"武器",后来批判彭德怀"里通外国"并不是偶然的、随意说说的!

当毛泽东感到自己的威望在国际国内都受到挑战时,彭德怀再来这么一下子,很可能把他从马、恩、列、斯、毛的世界性革命领袖的位置上推落下来,在国外反动势力的推波助澜中,万言书(这在平时算不了什么)在这种特殊的国际国内背景下,就有了摧毁性的威力!林彪深深地懂得这一点,所以,他在批判彭德怀时,说了一句既深刻又浅显的、四不像却很像的、绝妙的话:"在中国,只有毛主席是大英雄,谁也不要想逞英雄。"

如果把1934年的林彪、1959年的林彪、1971年的林彪,这三个人生旅途中的坐标孤立地提取出来,历史的变迁和心灵的蜕变,就显得不可思议,如果沿着他走过的每步脚印去寻觅他的追求,去审视客观力量对他的推动,从这一端到另一端不管它是多么曲折回环,不管他是主动还是被动,不管他是违心还是自愿,它就是合情合理的了!时间,是心灵蜕变的温床;时势,是他浮沉的漩涡,他无力抗拒……

夜,降临了。

林彪站在军团指挥部的掩体边,观察着夜战的进行。硝烟无法遮蔽透明的天体,亿万星座按照它的轨迹永无休止地运行。它也不是自由的,不能离开轨道一秒钟,也不能停留一秒钟;它的生命也是短暂的,从新生到毁灭,也不过几千亿几万亿年的瞬间,多么单调,多么枯燥,多么孤寂,多么冷漠,多么神奇。一时间林彪觉得自己离开喧嚣的尘世已经很远,"我欲乘风归去,又恐琼楼玉宇,高处不胜寒"……

敌人阵地上倏忽间闪出一团火光,而后传来连续的炸响。林彪又回到现实中,那就是包春时炸敌方大炮的火光。

随从人员都在他身边,都注视着他的一举一动,却没人知道他在想些什么,但都知道他谋虑深沉。对于决策,他很少跟别人商讨,绝对地相信自己。

"冷了,回指挥所烤火去!"林彪平静得像站在家门口的台阶上,不动声色,说得轻微而又随便。林彪似乎谁也不看,裹裹披风,绕出堑壕,径自向前走去。一军团——大军西征开路先锋的重任,在这个年轻人瘦弱的肩上,竟然显不出分量。

那时候,他并不给人以逃兵、怕死鬼、临阵脱逃的印象,不然,1928年春天,耒阳战斗时还是一个一营二连连长的林彪,两年后一下成为红四军军长,三年后成为一军团军团长的破格擢升,就有点不合逻辑了。阴谋家的种子,需要有生根发芽、伸枝展叶、开花结果的土壤和气候。人和历史条件密不可分,人创造历史,历史造就人。林彪是一个需要千剖万解的人物。那段历史也是值得千剖万解的历史。什么树上结什么果。

在古往今来的人生舞台上,既没有神,也没有鬼,无论善恶、是非、尊卑、贵贱,都是七情六欲皆俱的活生生的人。假象也许并不都在台前,真容也许并不都在幕后。

林彪回到野战指挥所。这是窝在山坳里的只有四户人家的小山村。他向值班人员询问了一下情况,看了中革军委发来的几份电报,他预计还要浴血战斗一天。他不埋怨中央纵队和中央军委纵队迟迟不能渡江给部队带来的重大伤亡。他知道埋怨是没有用的。

林彪也重视战斗动员,但他的方式与众不同。他曾翻阅过拿破仑对士兵的演说,而且受过感动。那位法国皇帝于1796年4月28日在蒙特诺特战役中是这样讲的:

> 士兵们:你们在十五天内赢得了六次胜利!……在此之前,你们为那些不毛之山而战,并在那些山岩上留下了你们的荣誉。……你们什么也没有,什么都得自己操心。你们没有大炮打了胜仗,没有桥梁能够过河,没有鞋穿能够急行军,你们休息

时没有酒喝,甚至常常没有粮食吃,只有共和国的军队,只有自由的战士才能够忍受你们所忍受的一切。……士兵们,为此应当感谢你们,有功必赏的祖国正以自己的繁荣昌盛来感谢你们……

这些极富感情色彩和煽动性的演说,曾燃起士兵们如火的战斗热情。林彪的战斗动员却只用一句包容万象的话:

"用电话告诉各师、团指战员们,要记住我们是红军一军团!"

他知道这个口号会唤起全体指战员的什么样的感情。因为他自己说这句话时,内心里总是升腾起一种慷慨悲壮的自豪感。只是这种情绪却被他冷凝的声调掩盖了。

林彪盖着军毯蜷缩着,在司令部的嘈杂声中睡下了,瘦小得像个孩子。这种战场的嘈杂,电话铃声,喊叫声,奔跑声,并不很远的枪炮声,是战地指挥员的催眠曲。他并没有立即入眠,白天,望远镜里惨烈的景象,在他脑幕上翻卷不去。人的生命是多么顽强,又是多么脆弱;是多么珍贵,又是多么轻贱。他们是为了活得更好,浴血苦斗,历尽艰辛。死得那么壮烈,像大地深处的惊雷;死得又那么容易,像树上落下一片枯叶,无声无息。

这个蜷缩在军毯里枕着枪炮声微睡的人,他有多少功,又有多少罪? 他是怎么样一步一步迈到万米高空,又刹那间从云端跌落下来以致粉身碎骨的?

罗曼·罗兰说,生活有两种:一种是燃烧;一种是腐烂。

林彪的结局,画了一个模糊不清的句号;叛逃,也画了个沉重巨大的问号:是什么样可怕的外力与自身的思虑,促使他采取了如此下策?!

第五章　1934年11月29日
湘江东岸黄土崖高地

一　担架上的毛泽东

渡过潇水,临近湘江,毛泽东躺在担架上,盖着灰色军毯,怀着一种惆怅的心情体验着孤身一人的滋味。

他望着昏暗的天空,四周,像夏天雷阵雨时的黄昏,炮火的闪光犹如远方的沉雷闪电。一直久治不愈的恶性疟疾,耗去了他的精力。他懒得站直来活动活动腿脚,只是向身上扯一扯军毯,挡住夜风袭来的寒意。湘江,对毛泽东来说,具有特殊的感情,仅仅提到湘江的名字,就会荡起他不尽的情思。湘江,寄寓了他多少梦想与希冀。

十九年前,也是这样一个寒冷的深秋,他站在长沙城西湘江中一个狭长的小岛——水陆洲上,远望层山、近看水流,雄心勃发,游目骋怀,长歌高吟:

> 独立寒秋,湘江北去,橘子洲头。看万山红遍,层林尽染;漫江碧透,百舸争流。鹰击长空,鱼翔浅底,万类霜天竞自由。怅寥廓,问苍茫大地,谁主沉浮?

那时他风华正茂,心比天高,指点江山,激扬文字,不把任何帝王将相看在眼里,视诸侯若粪土,立志主宰大地之浮沉。器大者声必宏,志高者意必远。那是何等气魄！壮怀激烈慷慨纵横。岳武穆、辛稼轩"气吞万里如虎"之势,只能是将帅之威严,却绝非帝王之气概。

毛泽东的性格和浩然之气,并不来源于他的家教。在他父亲眼里,他是个懒惰无用的、不能继承家业并使之发扬光大的不肖子孙。他曾以跳塘相威胁来抗拒父亲的打骂和羞辱。

他的性格来源于湖南的韶山湘水,高岭给他以崇高与坚强,湘水给他以豪爽与奔放。除湖南人粗犷剽悍和我行我素、永不服输的民性之外,《水浒》给他以反叛精神;《三国演义》给他以智慧谋略;中国的秦皇、汉武、唐宗、宋祖、成吉思汗,外国的拿破仑、华盛顿、彼得大帝、林肯……一代代英雄豪杰,都唤起他改造中国的勃勃雄心。马克思主义和中国的古典哲学,像一桌鸡鱼肉蛋皆备的盛宴,一齐消化后变成他的血液。

他是独一无二的,既是伟大的政治家,也是伟大的军事家,既是伟大的哲学家,也是独树一帜的诗人。当他袒胸露肚,躺在藤椅上摆动着大脚丫,或当着客人面解开裤腰捉虱子,间或说几句"天要下雨,娘要嫁人"一类的乡间俚语和"屁话,屁事,放屁"等不雅的短词,也就露出了他怎么也抹不去的农民底色。

美国的韦恩·戴埃说过:"伟人之所以伟大,关键在于:当他与别人共处逆境时,别人失去理智,他则下决心实现自己的目标。"成大业者两个条件是必须具备的:一是经天纬地之才;二是坚韧不拔之志。

两年前的宁都会议,使毛泽东失去了实际权力,这在他来说,是非常痛苦的。本来是以请病假回后方休养的名义,将被解除军职的决定公之于众,结果,他真病了,而且在两年中,几乎都在病中度过。

1972年,理查德·尼克松在驱车前往北京机场时,曾向周恩来谈到过这种心情,他说:"在选举中遭到一次失败,的确比战争中受一次伤还痛苦,后者只伤了躯体,而前者却伤了精神。但是,选举的失败却有助于培养力量与品格,而对于未来的战斗是很必要的!"很难说这位美国总统说的自身感受,就能完全反映此时毛泽东的心情。

当时,周恩来是赞同尼克松的观点的,并且加以补充,他说:"那些一生都走着平坦大道的人是培养不出力量的。一个伟大的领袖只有逆着潮流而不是顺着潮流游泳才能培养出力量。"

这话引起尼克松的进一步感慨:"某些政治领袖从未处于逆境,其他一些领袖则从未战胜过逆境,只有少数领袖能在逆境中树立自己。"当然,这些三十八年后才说的话,不会是预言三十八年前处在逆境中的毛泽东。

此时,在湘江边的毛泽东,并没有想到他的那首《沁园春》,也不曾产生出"中流击水,浪遏飞舟"的任何联想。

战士鲜血染红的江水,使他想起的是鲁迅先生那首著名的《湘灵歌》:

> 昔闻湘水碧如染,
> 今闻湘水胭脂痕。
> 湘灵妆成照湘水,
> 皎如皓月窥彤云。

鲁迅先生这首诗,是根据 1930 年 11 月 24 日革命烈士惨遭杀害的所谓"长沙事件"的报道而写的。那时,李立三的"左倾"盲动主义正在盛行。1930 年 7 月和 9 月两次攻打长沙,革命战士英勇奋战,湘水染赤,杨开慧亦于此时被捕,于 1930 年 11 月 24 日被杀害。

"长沙事件"及杨开慧等共产党人的牺牲震动了全国。上海等地报刊在报道时,曾提到毛泽东和杨开慧的关系,鲁迅在这里借"湘灵鼓瑟"的故事,寄托对革命烈士的哀思,表示对反动派血腥屠杀的愤怒。毛泽东从鲁迅的《湘灵歌》想到了杨开慧,心中充满着一种常人皆有的缅怀与愧疚:当杨开慧带着两个孩子在风险浪恶、危机四伏的湘江两岸为革命奔波时,他在井冈山和贺子珍同居了。无论他如何排遣,某种负疚感总是无形地伴随在他和贺子珍的生活中。

毛泽东和杨开慧曾经有过志同道合、情深意长的幸福。尽管岁月流逝,杨开慧的一颦一笑仍使他不能心安神宁,时时激起青年时期对她的火热的情爱。他对杨开慧和贺子珍的爱,哪个更真挚更深沉,他似乎难以找到测量的尺度,她们两人是不同的。

但是,毛泽东既具有农民式的被人讽之为"乡巴佬"的生活习性,又具有哲学家的深邃、诗人的浪漫、大战略家的远见和领袖气概。这些反差极大的素质,注定使他很难找到满意的伴侣。从杨开慧、贺子珍到后来的江青,她们都只能适应他的一部分需求!

毛泽东久经沧桑,他善于透视别人心灵。他经常感受到杨开慧那温存的目光,宛如撒向他心中的火苗。但他时常对这种热恋采取抗拒的态度。儿女情长,英雄气短,它必然削弱把主要精力用于伟大革命事业的意志!"吴起杀妻求将"的故事,曾引起他久久的感叹。

对伟业的追求,超过生活中的一切。他跟杨开慧的结合,并不总是幸福的:也许应了"若要甜加点盐"那句俗话,他们之间充满着误会、使气、别扭、冲突与和解。

杨开慧对他过分的依恋,曾使他产生过厌烦,写了元稹的《菟丝》赠她:

> 人生莫依倚,依倚事不成。
> 君看菟丝蔓,依倚榛与荆。
> 下有狐兔穴,奔走亦纵横。
> 樵童砍将去,柔蔓与之并。

这首诗使杨开慧产生了误解,自尊心受到了严重的伤害,以致毛泽东数次写信解释也难以消除,杨开慧为此耿耿于怀,久久不与其和解。

1923年的冬天,他们几乎吵翻。那一年毛岸英刚刚周岁,毛泽东要离湘远行。可是,杨开慧不愿意放他走,要么,就把她和孩子一起带上。这两种办法毛泽东绝对不能接受,这就出现了常人(那时他们也都是普通人)家中经常出现的争吵的局面……

以至他离家出发之时,杨开慧竟然不去送行。他是那样苦恼而怨恨地独自踏着长沙东门外的铺地寒霜,披着半边残月,站在清水塘边等待杨开慧心回意转,从后面跑来。

结果,他没有等到。当火车汽笛长鸣,站台上仍不见杨开慧送行的身影,他是多么怨愤,多么伤心,又是多么孤单啊!他当时面对火车窗外疾速向后飞去的山野和天空时聚时散的流云,写下了一首《贺新郎》:

> 挥手从兹去!
> 更那堪凄然相向,
> 苦情重诉。
> 眼角眉梢都似恨,
> 热泪欲零还住。
> 知误会前番书语。
> 过眼滔滔云共雾,
> 算人间知己吾与汝。

毛泽东回想他们之间发生的种种误会,来往书信竟解释不清,既懊恼又遗憾。世上多少家庭,不管平民百姓,还是皇帝总统,夫妻间就是在这种互不沟通的误会中度过的啊!真正是互相爱着,却又互相折磨着。毛泽东希望那些误会,像过眼的滔滔云雾一样消散无踪。

可是,往往事与愿违,旧的误会消除,新的误会随又发生,真的是没有不吵架的夫妻,没有无冲突的家庭吗?真像有人说的:"对外是模范夫妻,对内是互打耳光,只是家丑不外扬"吗?

人有病,天知否?

毛泽东感到人生之复杂,写下一句只能意会不可言传的感触。他本来期望杨开慧会借他离家远行的契机,解开疙瘩前来送行,但他判断错了。

内心之深奥、性格之缺陷,这样的人生之病,谁能参透? 也许只有上帝知道吧? 他踏着深秋寒霜,提着小小的行李箱,步出东门。

今朝霜重东门路,
照横塘半天残月,
凄清如许。
汽笛一声肠已断,
从此天涯孤旅!

他是那样孤独,几步一回头,依然不见杨开慧修长的身影,怨恨之刀无法割如缕的情丝。

凭割断愁丝恨缕。

他的心情由伤感而愤慨,突然涌起的豪情冲决了忧烦沉郁的堤坝,怒涛狂泻:

要似昆仑崩绝壁,
又恰像台风扫寰宇。
重比翼,和云翥。
……

他怀着陡起的稀世豪勇、人杰气概,昂首阔步地走了,不再回头。

从秋收起义失败到宁都会议,每逢坎坷痛苦时,他总是想到杨开慧。在他最苦闷时,贺子珍只能在生活上照顾他,而不能从心灵上宽慰他！因而他也就对杨开慧倍加思念。当他重抄这首《贺新郎》时，才可能面对自己，面对内心，像无数常人一样，在纯属个人的内疚、恩怨、悲苦、忧烦和怀恋中徘徊。

谁的心灵奥秘会公之于众？

二　建议不被接受

宁都会议，使毛泽东离开了军队。从客观上看，对他来说，未必就是坏事。实际上，他的威信并没有降低，甚至还提升了。

他离开前线，专心致力于政府工作，这使他这个苏维埃共和国主席的声望遍布苏区，而且影响到莫斯科和共产国际，引起斯大林的重视。一时的丧失，使他避开危局，并为后来的成功铺平了道路。这永远是一个哲学的思考题。

在当时的局外人看来，一个方面军的总政治委员是没法与一个共和国主席的地位相比的，尽管这个国家只有几个县的属地（相当于现在的地区专员吧）。但它毕竟是一个"国家"！

在红军部队里，士兵们只管打仗，他们知道连长、营长、团长、师长、军团长，却很少过问再往上是谁在指挥：是毛泽东？是朱德？是李德？还是周恩来？他们才不管哪！就是蒋介石也搞不清谁在指挥这支西征大军。他不了解共产党内的斗争和权力的更替，所以在此时来往的电文中，还是用他的习惯称谓"朱毛赤匪"。

当红军指战员们知道打了许多败仗，而毛主席不在前线时，对毛泽东的期望和信赖便急剧地增长起来。毛泽东幸运地并非自愿地躲过了第五次反围剿这一关，这是人生道路上的"塞翁失马"。如果由他指挥，也存在着两种可能性：胜利与失败。那么，这段历史就得重写。谁临危受命，历史责任就落在谁身上。

毛泽东像一切伟人一样，有着极端的自信，又怀有一种与生俱来

90

的历史使命感。他生来是推动历史、改变时势的人！失败了,不妨重来！三湾改编前的秋收起义是个大失败,宁都会议也是个失败,他虽痛苦却不绝望。直到几十年后的"文化大革命"中,他还准备在他亲手点燃的动乱之火不可收拾时,以七十岁高龄,重上井冈山,从头做起。时时表现出胜不骄、败不馁,正是历来伟人、强者的必备素质。毛泽东的目光总是盯着前面,既不为一时的私情所迷乱,也不因突现的艰难险阻所动摇,他懂得要善于等待,也懂得必要的退却,更懂得不失时机。他自信面前没有不可逾越的鸿沟！

警卫员吴吉清告诉他,休养连就在附近,是不是去看一看怀孕已经八个月的贺子珍?"不去了,过了湘江总会见到的!"他的声调里透出极不协调的沉郁和忧伤,马灯照耀下的眸子里涌聚着难以描绘的苦情。一个怀孕八个月的妇女,能走完未来的、不可知的行程吗?他像往常那样,刻意掩饰着内心,用凄楚的目光凝然西望,久久不动。思维的奔马正向四面八方任意飞驰。

在第五次反围剿期间,在西征之前,毛泽东向"最高三人团"提出了向湖南中部进军,以调动江西敌人到湖南而消灭之的建议。具体计划是将红军主力全部集中于兴国方向突围,攻万安、渡赣江,经遂川以北的黄坳,走井冈山南麓,越过罗霄山中段——万洋山,迅速进入湖南境内。再攻灵县、茶陵、攸县,在衡山附近跨过粤汉路,到有农民运动基础的白果一带休整和补充兵源。尔后,再取永丰,攻蓝田或宝庆。在这一地区消灭围剿之敌后,返回江西南部、福建西部。这个建议,有人认为是打破第五次围剿的唯一正确的建议,只是被"左倾"领导者无理拒绝了。

因为历史已经做了出来,证明西进湘江去与二、六军团会合使红军损失惨重,但在那时来看,这两种方案哪一种更好呢? 如果进军湘中失败,甚至失败得比渡湘江更惨,会不会再反转来说:"与二、六军团会合才是唯一正确的方案"呢? 可惜,历史不能对两种方案都作出证明,只能事后作冷静的、科学的分析。

红军开始集结,到达会昌地区,考虑到蒋介石已在湘粤边境组织了封锁线,毛泽东又一次提出:"红军主力应取高排,渡濂江,直下南康、崇义、麟潭,越过湘赣边界诸广山,进入湖南,再攻资兴、耒阳,跨过粤汉路到有工人运动基础的水口山休整和补充兵员。"

这个建议又被拒绝了!

如果按照毛泽东同志的两次建议去做,出现的结果又将如何?是比西进湘西好些呢,还是更糟些? 在当时的条件下应该怎么看?后来应该怎么看? 不管进军湘西与二、六军团会合也好,还是进军湘中也好,在蒋介石南昌行营的军事地图上都预先标示过,也都预先做了准备。这算不了什么高明,即使是一个平庸的参谋部,也都会把几种可能、几个方向都网在思考范围之内,问题是看他的最终判断是否准确、事先预防是否有效。

当时的最高决策机关——"最高三人团"还有中革委主席朱德,这些人,并不都是不分是非、专门拒绝正确建议的愚蠢人! 他们也有利弊权衡,他们的思考,应该说也是周密的! 如果不以后来的对错、尊卑、沉浮定褒贬,站在历史的角度来分析每个人的作用,那就会更公正些。比那些简单化、简约化地一概斥之为"左倾"分子,提供给人们的教训和哲理就会深刻得多!

当时,由于共产国际和中共中央对整个形势的估计出了偏差,提出了占领中心城市和争取一省或数省首先胜利的任务。并且这种极左思潮从共产国际、中共中央翻卷下来,犹如洪水之奔流。谁也顶不住那种残酷斗争、无情打击! 而这种打击正好来自你的同志,来自你自身。就像"文革"中谁没有高举红宝书推波助澜呢? 也像南昌起义、秋收起义、广州起义、两次打长沙都告失败一样,这是一个历史进程,谁能抗拒历史的必然潮流?

那么,这些"左倾"所产生的恶果,应该全部归罪于第三国际的

"左倾"？似乎又不全对,因为第三国际所作的"左倾"决断,除了主观原因外,有没有各国支部提供的不切实际的情况,而由此作出错误判断的客观原因呢？还是歌德说得辩证些:"真理与谬误是同一个来源,这是奇怪的但又是确实的。所以我们任何时候都不应该粗暴地对待谬误,因为在这样的同时,我们也就在粗暴地对待真理……"

为了利用陈济棠与蒋介石的矛盾,周恩来与朱德于1934年10月5日派潘汉年、何长工去寻乌同陈济棠的代表杨幼敏、黄质文进行停战谈判,达成了五项协议,可以互借道路,为红军顺利通过第一道封锁线做了准备！

在这样一种可以让路通行的条件下,去与二、六军团会合是更为有利的考虑,不是合情合理的吗？

第一、第二、第三道封锁线都比较顺利地通过了。这是不是说明"三人团"决定的开进路线并没有错？直到湘江,才由于行动迟缓,受到了敌人的夹击。那么,如果早日丢弃辎重,提前两日过江,是不是损失就会小得多呢？那么,湘江一战的惨重损失是在于行动迟缓,而不是战略方向和行进路线的错误了？

按当时李德、博古的心理,进军湘中是危险的,还是去跟二、六军团会合,有先遣部队接应,有根据地作为落脚点更可靠些。这不是可以理解的吗？

如果当时各申理由,而后投票表决,人们赞成前者还是赞成后者？不能立足今天去要求当时,只能立足今天,剖析当时,不能脱离历史条件而谈历史。

毛泽东的建议不被接受,他并不过分遗憾。他知道应该点到为止,他知道必须等待。"我早说过你的干法不行,结果就是不行！"他认为历史会站出来替他说话,这叫有言在先。

这些历史性的问题,王稼祥负伤之后躺在病床上,也或多或少、或明或暗地思考过。这是他跟博古不同的地方,跟洛甫也不同。这些思考是他认识王明左倾路线的开端,也是他从左倾路线中分化出来的基础。西征途中与毛泽东住在一起,则是他与左倾路线决裂的契机。

1934 年 11 月 25 日夜,是个普通的夜晚,微雨潇潇,从某种角度来说,又是带有历史意义的夜晚。这天黄昏,红军在道县至江华之间,全部渡过潇水,分四路纵队向湘江开进。中央纵队在一个叫九溪桥的小小山村里宿营。纵队部通知,先头部队正在激战,预计在这里将停留八小时,要大家抓紧时间养精蓄锐,以便翻越前面的都庞岭大山。

在瞬息万变的战争年代,八小时,有时显得十分漫长,譬如打阻击;有时又显得极短,譬如睡眠。

王稼祥和毛泽东都坐担架,所以他们经常住在一起。毛泽东不爱骑马,坐担架不仅有充裕的时间休息,而且可以静心思考和读书。

这是一个石壁小屋,明亮的马灯放在两个摞在一起的铁皮文件箱上。王稼祥刚刚换了药,躺在担架上微睡。他的伤口时好时坏,在这种情况下翻山越岭,忍受颠簸,无疑是一种漫长的酷刑。

毛泽东倚在马袋上读书。他白天在摇篮似的担架上早已睡足,安静下来反而不能入眠。毛泽东把灯捻小,还撑起一件雨衣挡起,不让灯光照在王稼祥的脸上。王稼祥眯了一会儿。他看见灯光把毛泽东变形的巨大身影投射到墙壁上,灯光映出毛泽东的长发和那双特大的手。他不知道主席在读什么书,竟是那样专心致志。

"主席,你在看什么?"

"《淮南子》。"

王稼祥有些愕然,这书他没有看过。

毛泽东把书放下,转身面对王稼祥,点上了一支烟,吸了一口,颇带感慨地说:

"对人对事,历史从来评价不一。你看《淮南子》对共工的评价与《国语·周语》和《三皇本纪》的说法就大不相同。有的把他说成是捣乱分子。有的把他说成是争强好胜、争夺王位的鲁莽汉。我认为《淮南子》说法最为可取,你听,"毛泽东翻开书读道:

"'昔者,共工与颛顼争为帝,怒而触不周之山,天柱折,地维绝。天倾西北,故日月星辰移焉;地不满东南,故水潦尘埃归焉。'共工死了没有?书中没有说,但他改变了天地的格局,所以,共工应该是胜利的英雄……"

王稼祥不知如何理解毛泽东不同凡响的举动。在炮火连天、大军西行、危机四伏的路上,他竟然有闲情逸致去评价近似神话的传说。这对当前的处境是一种淡漠还是一种邈远的想象?是胸怀广阔还是从这传说里寻求启示、吸取力量?王稼祥是个精明而又诚挚的知识分子。他在与毛泽东较多的接触中,默默地观察着他。他虽然也是莫斯科中山大学的二十八个布尔什维克之一,却不像其他"吃洋面包"长大的留苏学生那样,只是从别人的传言中,从主观臆测中想象毛泽东。

他比博古、洛甫先到中央苏区,与毛泽东相处很久。他从毛泽东带有悠闲色彩的繁忙中,看到他那样应付裕如地去创造一个完整的"国家",除战争准备与战场指挥,他还同时关注施政、财经、外交、民事甚至开荒、植树……并亲自调查,起草文电、布告、命令和撰写文章,而且竟然能在工作之余博览群书。有时,他看到他长久地独自沉吟,绕室徘徊,那些深思熟虑的腹稿,便流泉般奔涌而出。

他还清楚地记得1932年3月,在中华苏维埃共和国中央人民委员会第十次常务会议上,一致通过的《对于植树运动的决议案》,就是他亲自起草的。决议案以简明的语言阐述了植树造林的重大意义,对开展植树运动的办法和措施也至为详尽。这个《决议》在公布实行之时,正值中央粉碎国民党三次围剿而苏维埃共和国成立不久之际。在战火纷飞、硝烟弥漫的战争环境里,建设伊始、百端待举,毛泽东竟能抓紧战争间隙,发动群众,改造山河,造福后代,没有广阔的胸怀,没有充足的胜利信心,没有远见卓识,岂能如此?

王稼祥深感毛有武能安邦、文能治国的经天纬地之才,由此产生了一种心定神宁的依附感。不过,在崇敬之余,他又有些困惑。他发现,在毛所有出人意外的言论行动中,并不都源于马列主义的指导,而是集中了古今明哲、各种思想的精华的杂糅。这种不纯粹的马列主义,也许正是与教条主义相区别的鲜明的特征。因为世上绝对纯粹的东西是没有的,列宁的论述也并不是马克思的重复! 当时的王稼祥,并不理解这种杂糅是解决中国问题的必须。所谓的"纯粹的马列主义者",像王明、博古,他们只能背诵原文,却往往远离中国实际。以教条来指导革命必然把事情搞糟。

历史证明,不论哲学、文化、科学,都体现着"杂交优势"。马列主义的来源本身,也是杂糅。王稼祥发现,毛泽东很少翻阅马列主义的原著。王稼祥手边有《反杜林论》,有《国家与革命》,有《两个策略》、《"左派"幼稚病》等等,毛泽东却很少借阅,有时浏览一下,似乎并不深研……有几次谈话甚至使王稼祥目瞪口呆,以致使他相信在上海听到的那些传言是真的:

"马列主义是普遍真理……可是,它不可能在一百年前的欧洲开出医治中国的药方。只有中国的大夫号脉之后才能对症下药! ……"

他还听说,毛泽东竟然和教育部副部长徐特立,在长汀养病时,一连几天研讨《贞观政要》,还说过一句放荡不羁让人惊骇莫名的话:"治理中国,需要马克思加秦始皇。"

这些,又使王稼祥对毛泽东产生了距离感。这几年,依附感和距离感始终困扰着他,再加上伤口久不愈合,身体不好,王稼祥总显得忧心忡忡。

在宁都会议之前,在前线与后方激烈争吵时,他才真正看清了毛泽东是对的。他看清了那些只顾执行国际路线,争取一省数省首先胜利的后方委员们,对战争实际是多么无知。他们对前方的指责是多么不公,而且按照不切实际的国际战略,逼迫前线执行是多么可恨可恶!这些人握有尚方宝剑,只顾对国际负责,不体谅前线的实际困难,发号施令,指手画脚。王稼祥开始对这些人的马列主义是真是假发生了怀疑。

由于王稼祥最先与毛泽东接触,由于他比王明、博古更多地了解中国革命实际,所以他最先觉醒。王稼祥在宁都会议上,对撤销毛泽东的军内职务没有举手。不要轻看这一点,在残酷斗争、无情打击的环境与气氛中,不举手需要巨大的勇气。

对这一点,毛泽东始终没有忘怀。

这天晚上,毛泽东又给他大讲《淮南子》,又使他的困惑感加重了。他想跟毛泽东谈谈当前。

三　遵义会议的预演

"主席,这次反围剿的失败,我们应该有一个全面的认识。"王稼祥不无痛心地说,"不然,红军的命运难测……损失太惨重了……"

毛泽东很久没有讲话,一支接一支地吸烟。这个问题,他已经思索很久了。他很清楚这是国际路线所带来的影响所致,也是临时中央以及后方的那些政治局委员们竭力推行国际路线的结果。解决政治路线才是根本。

可是,目前解决政治路线几乎是不可能的!就连开始向正确方向转变的王稼祥和张闻天这些中央政治局委员们也都网在错误路线里面。一个已经没有任何实权的毛泽东,公然挑起反国际路线、反临时中央的斗争,必然使自己孤立起来,甚至有人会怀疑他的动机——

是借暂时的军事失利而对宁都会议的反扑。

当时的局面不像后人所说,好像那时王明的左倾路线只是博古、李德等个别人的独断专行,他们是孤立的,处处受到抵制的,好像那时的左倾路线很容易成为人人喊打的过街老鼠。历史不是这样,坐在担架上一支接一支吸烟的毛泽东也不这样看。

1945年4月20日,中国共产党七大通过的若干历史问题决议的结论性的一段话,反映了当时的实情:

> 犯教条主义错误的同志们,披着马列主义理论的外衣,仗着六届四中全会所造成的政治声势和组织声势,使第三次左倾路线在党内统治四年之久,使它在思想上、政治上、军事上、组织上表现得最为充分和完整,在全党影响最深,因而危害也最大。

思想、政治、军事、组织、充分、完整、最深、最大,这些词句的含义是多么严峻。毛泽东必须谨言慎行。他深深感到潇潇夜雨的寒冷。

在这样危机四伏的远征途中,挑起这样的纷争是不明智的,它将使红军的处境更为危险。他必须讲求策略。

"政治路线无疑是正确的,"毛泽东望着隐在暗影中的王稼祥,说得很缓慢很自然,"在第五次反围剿中,我们在党中央的领导下,在动员广大工农群众参加革命战争方面,取得了巨大的成绩:扩大红军运动成为群众的热潮,使红军数量达到十万以上;在'一切为了前线上的胜利'的号召下,我们保证了红军在财政、物资、精神上的需要;我们的经济建设以及与群众关系的改善,激发了广大群众参加革命战争的热情和积极性,这一切都造成了彻底粉碎敌人第五次围剿的有利条件。"

毛泽东面对二十八个布尔什维克之一的王稼祥,不能不充分地肯定当时的中央。而他所列举的成就,却大都因苏维埃政府的有效努力而取得的。

"那么,未能粉碎第五次围剿的原因在哪里呢?"王稼祥仍然不能把军事上的失利与政治路线的错误分开。苍白瘦削的脸上,露出淡淡的困惑。

"我们应该把注意力集中在纠正军事路线上,战略战术的错误是导致失败的根本原因……"这就出现了《遵义会议决议》中仍然肯定国际路线正确,仍然提出反右倾的那种不易被人理解的现象。直线的光芒照不亮曲折的历史画廊!

"蒋介石在历次围剿失败后,知道他的长驱直入的战略战术同我们在苏区内部作战是不利的,所以他在第五次围剿中改变了,采用持久战和堡垒主义,企图逐渐消耗我们的有生力量,紧缩我们苏区,最后寻求我主力决战,达到消灭我们的目的……"

"敌人的目的部分地达到了。"王稼祥叹了一口气,有些懊丧。

"这是我们军事上的失误帮了蒋介石的忙,我们应该是决战防御,也就是攻势防御,集中优势兵力,选择敌人弱点,在运动战中去有把握地消灭敌人一部或大部,各个击破敌人……可是,李德他们却采用了单纯的防御战略,以阵地战、堡垒战代替了运动战。这是李德从欧洲搬来的舶来品……"毛泽东苦笑了一下,"我们有些人竟然信服这些洋办法……"

王稼祥听了这些抽象的军事理论,仍然不能消除自己的困惑:"敌变我变,我们再用以往几次反围剿的办法还能奏效吗?"

"当然要有变化,可是以不变应万变,你打你的,我打我的,也是争取主动的办法。要以我自身的特长为主,不要去迁就敌人,不要弃长就短。李德他们错就错在不懂得中国国情,不懂得中国红军的特点,更不懂得中国的农民与农村。他把慕尼黑的街垒战、把阿芙乐尔号军舰攻打冬宫、把欧战的许多战术原则,全都搬到中国来。

"他们不了解在目前中国国内战争阶段上,我们还没有大城市工人的暴动,也没有白军士兵哗变的配合,我们红军数量很少,苏区也只是中国很小的一部分,我们没有飞机大炮,而且还处在内线作战的环境。我们只能是决战防御,而不是单纯的防御……"

王稼祥全神贯注地听着。他惊异地发现毛泽东虽然一脸病容,却毫无倦意。在这个高大瘦弱的湖南人身上,似乎潜隐着某种被压抑过度的非凡的智慧和意志。这种强烈的自我抑制和禁锢,反而使他表露出一种不易被人察觉的、凝重的威仪和有力的气度。王稼祥注视着那只夹着香烟的农民式的大手,这只手能力挽狂澜扭转乾坤吗?

"在我们没有发现敌人弱点时,对于敌人的进攻……"毛泽东吸了口烟,继续说,"我们不应该即刻与之进行无胜利把握的决战。"

"我们应该怎么办?"

"我们应该用次要力量,比如游击队、地方武装、独立团、独立营,当然也可以用一部分主力部队配合,在各方面迷惑或引诱敌人。在次要方面,主要以运动防御钳制敌人,而主力则退至适当距离转移到敌人侧翼或后方,隐蔽集结,以寻求有利战机……

"李德鄙视《孙子兵法》,这是他日耳曼民族的骄傲性格的悲哀。他不懂得在中国土地上,孙子比他的克劳塞维茨和苏沃洛夫更为有用。孙武子是怎么说的?'善出奇者,无穷如天地,不竭如江河。'可是李德只知用正不知用奇,死打硬拼是最愚的办法。我们常说'扬长避短',在苏洵的《心术》中,却提出'扬短抑长',这和'扬长避短'是一致的,他说'吾之所短,吾抗吾暴之,使之疑而却;吾之所长,吾阴而弄之,使之狎而堕其中,此用长短之术也!……

"这里,我要说几句博古同志的弱点。他很善于背诵马列主义原文,却不能解决实际问题;他言必称希腊,对自己国家的历史却知道得很少,他们从外国故纸堆里搬些教条来,只能起留声机的作用。他们对自己祖宗两眼一抹黑,怎么能用马列主义的矢,射中中国之的?……"毛泽东觉得不能说得太露太多,这会给与王明、博古、洛甫同样在莫斯科大学吃洋面包长大的王稼祥某些刺激,便把语意一转说,"博古做了李德军事理论的俘虏,却不懂得辩证法,这个弱点充分表现在广昌战役中。"

广昌战役,王稼祥因为在后方养伤没有参加,但他知道红军损失十分惨重,他想象不出那时的情形:"李德和博古亲临前线指挥,据说彭德怀跟他们发生了争吵……"

"争吵,不能解决问题,"毛泽东又点燃了一支烟,沉思良久,猛吸了几口,"争吵,也不能说明问题。在前线指挥部里,争吵、跺脚、骂娘是常有的,甚至拔出枪来要毙人……骂句'崽卖爷田不心痛'是气话,不是问题的实质。问题的实质不仅仅是部队受损失……任何人指挥作战都有遭受损失的时候……"

王稼祥感到毛泽东说得很客观很公正,但有些困惑不解:"那么,李德错误指挥的实质在哪儿呢?"

"李德的真正要害,是整个战略战术的失误,而不在某次战斗的胜负。他很勇敢,却不善使诈,不像西方军事家说拿破仑那样,既有狮子的凶猛又有狐狸的狡猾。他不懂得隐藏自己的长。故意示弱用短,表面看来,是拙劣手笔,其实是高明的策略。他不懂得什么叫'声东击西',也不懂得'若欲夺之,必先予之'的道理,他没有读《三国演义》,连虚晃一枪,败下阵来,卖个破绽,让敌将撞过来的拖刀计、回马枪都不懂……"

"战场上的角逐,的确不是简单的事。"

"也不是一厢情愿的事。敌人要以己之长,击我之短。这就是他的堡垒战术。李德恰恰弃我之长用我之短去击敌人之长,必然陷于被动……"

"的确是这样。"王稼祥完全同意毛泽东的分析,说得十分诚敬。"'神兵非学到,自古不留诀'这是苏轼《八阵碛》里说的。光学兵书也不行,那会变成赵括,关键在于灵活运用,战法之妙,千变万化,以至无穷……"

　　毛泽东此时,似乎不是向王稼祥述说,他已经沉浸在一种忘我的想象之中。他把战争诗化了,精骛八极,心游万仞,观古今于频臾,抚四海于一瞬。在他的眼前,已不是隐在黑暗中的马袋、书箱和王稼祥的担架,而是炮火连天、硝烟遍地的战场,潇潇风雨使他对一、二、三次反围剿的鏖战,燃起强烈的怀念。他的思绪在波澜壮阔的战场上来往驰骋。

　　　　雨后复斜阳,
　　　　关山阵阵苍。

　　他多么希望指挥一支浩荡的大军去创造人间奇迹啊! 正像两年后,在他确实把握了领导权时,写的那首《沁园春·雪》:

　　　　……
　　　　惜秦皇汉武,
　　　　略输文采;
　　　　唐宗宋祖,
　　　　稍逊风骚;
　　　　一代天骄,
　　　　咸吉思汗。
　　　　只识弯弓射大雕。
　　　　……

　　他们实在算不了什么,而且已经"俱往矣"了。"大丈夫当雄飞,安能雌伏?"

　　雄飞的翅膀就是权力。权力不是贬义词,革命就是夺取政权。权力,犹如农民的土地、渔夫的网罟、骑士的骏马、战士的刀枪、画家的纸笔、演员的舞台、科学家的实验室……

　　政治,是不流血的战争。战争,是流血的政治。革命,就是掀翻

102

铲除旧世界草莽荆棘的铁犁。

　　　当年鏖战急，
　　　弹洞前村壁。
　　　装点此关山，
　　　今朝更好看。

　　战争，是壮美的！

　　这就是毛泽东的战争观！"落日照大旗，马鸣风萧萧。"一股稀世豪情猝然充溢胸臆，拔剑仰天厉声问：英雄用武之地在哪里？

　　王稼祥不理解毛泽东此时的心境，却见他眼里闪射出一种亮光，似有一腔炽情从身体内部散发出来，便随口问道："那么，打破敌人的第五次围剿是可能的了？"

　　"当然可能！"

　　"用什么办法？"

　　"先得藏长用短。以短掩长，隐长乘隙。也就是以最拙的手段掩护最高明的行动。大智若愚嘛……

　　"敌人五十万，除新兵外，我们的主力红军不过四五万人，像广昌战役这样与敌人硬顶，就像乞丐与龙王比宝，即便我们伤一敌人伤十，最后还是我们完。拼消耗是蠢人，用兵不用谋是愚人。

　　"在内线作战的条件下，当敌人以绝对优势兵力向我们前进时，红军的退却与隐蔽，足以疲劳敌人，消耗敌人，迷惑敌人，使敌人骄矜懈怠，发生过失，暴露弱点，我们就可以乘隙攻击他……"

　　"可是，敌人步步为营，向我们的腹地步步进逼呢？"

　　"当敌人按照其计划前进时，我们在突击方向，用不着去阻击他，即使暂时放弃一部分苏区土地，即使被打烂一些坛坛罐罐，那也只好随他去。'不丢失苏区一寸土地'，当宣传口号喊喊是可以的，在军事上则是完全错误的。攻守进退这纯属正常。为了诱敌深入，红军主力甚至离开苏区也是值得的。我们在消灭了敌人后,苏区不但可以恢复,而且还会扩大……"

"是的,我们第五次反围剿的军事行动,与这些克敌制胜、行之有效的原则是相悖的!"王稼祥赞成地说。

"在这一方面,周恩来同志也是有责任的,他在第四次反围剿时,提出过'全线出击'的口号,在第五次战争中则变成为全线抵御。在战略上两者都是错误的。这种分兵把口,使我们无法集中优势兵力……"

"敌人的兵力占有绝对优势。"王稼祥觉得客观上的困难也是第五次反围剿失利的原因。只强调客观不对,只强调主观也不对。"而且在宁都会议后,一直反对右倾,反对避战,争取一省数省胜利的目标压力很大……"

毛泽东把准了不谈国际路线和政治路线。不然,必然得罪很多人。在大家对左倾路线还没有认识前枉自孤立了自己,而且很可能冲淡了军事指挥者的责任,而把问题复杂化,反而使要解决的问题不能解决。目前,紧迫的任务是变换军事领导。在军事领导更换后,才有可能解决政治路线问题。他沉默了一会儿,王稼祥认为他的思想被卡断了。

毛泽东又点上一支烟,接着说:"敌人兵力的强大,在我看来,并不可怕,由于敌人处于外线,战略上采取包围与分进合击的方针,这就造成了我们各个击破的机会。敌四面包围兵力必然分散,而我击其弱的一路,便造成了局部优势。在总体上我们弱,在这一路上我们强。在战略内线作战情况下,只有集中优势兵力寻求战役的外线作战,才能使红军掌握主动权。只有把五个指头握成拳头,才能有效地打击敌人。李德倡导的短促突击,也能消灭一部分敌人,但仍属于拼消耗的性质,即使赚点小便宜,却不能在战略战役上争取主动权,不能争取决战胜利。李德不会下中国棋,不懂得弃子以取势的道理……"

毛泽东不断地吸烟,把烟雾慢慢吐出,使王稼祥联想到斯大林的大烟斗。

"雨好像停了,我出去透透气。"毛泽东站起来,走出房门,走上土丘,久久地仰望着迷蒙的远方。他看到了什么呢?也许他看到了未来的遵义会议?还是看到了未来的千山万水和漫漫雄关?

此时,也许他想起了李大钊那句名言:

> 平凡的发展,有时不如壮烈牺牲足以延长生命的音响和光华。绝美的风景,多在奇险的山川!

毛泽东的性格是好斗的:

> 与天奋斗其乐无穷!
> 与地奋斗其乐无穷!
> 与人奋斗其乐无穷!

1910 年秋,他在东山高等小学堂读书期间,抄写过一首《咏蛙》:

> 独坐池畔如虎踞,
> 绿荫树下养精神;
> 春来我不先开口,
> 哪个虫儿敢作声?

那年,他只有十七岁。

不!毛泽东此时想的,是他在四年之后讲的——如何使马列主义中国化。不过这时候想的没有后来讲的系统就是了。博古和洛甫来苏区后,不把他放在眼里,而他也鄙视他们。1941 年 5 月,他在《改造我们的学习》的整风报告中,针对性极强地说到他们:

> 或作讲演,则甲乙丙丁、一二三四一大串;或作文章,则夸夸其谈一大篇,无实事求是之意,有哗众取宠之心。华而不实,脆

而不坚,自以为是,老子天下第一……拿了律己,则害了自己;拿了教人,则害了别人;拿了指导革命,则害了革命。

于是,他给那些教条主义的布尔什维克们画了像:

> 墙上芦苇,头重脚轻根底浅;
> 山间竹笋,嘴尖皮厚腹中空。

这种蔑视,也贯穿在以后他对知识分子的政策中。

夜雨渐渐停了,在云隙中偶尔闪耀着几颗星星。他望着渐渐散开向东南飘荡的云团,把这个夜晚与三年前的一个夜晚重叠起来。

那是反国民党第一次围剿胜利之后的一个夜晚,他站在龙冈的一座巨石嵯峨的山头上,诗兴大发,纵情高吟一首《渔家傲》:

> 万木霜天红烂漫,
> 天兵怒气冲霄汉。
> 雾满龙冈千嶂暗,
> 齐声唤,
> 前头捉了张辉瓒。
>
> 二十万军重入赣,
> 风烟滚滚来天半。
> 唤起工农千百万,
> 同心干,
> 不周山下红旗乱。

共工,敢于用脑袋怒触不周之山,弄得天翻地覆,那才是真正的英雄!此时,毛泽东的心境非同寻常,他感到整个历史的重担向他肩头压来,一种强烈的使命感在他的脉管里沸腾。他从种种希冀与热望中脱颖而出的意志,已经思虑成熟,他的思想与感情已经融为一体,而化为那种不可摧毁的、坚定的信念。

他在背诵十一年前写的那首《沁园春·长沙》:

> 怅寥廓,
> 问苍茫大地,
> 谁主沉浮?

那浓重的湖南口音,在朦朦胧胧、深不可测的夜空里播散开去,流向历史的深处。

第六章　1934年12月1日　湘江西岸界首

一　最高三人团

周恩来与博古、李德见面时,已是 12 月 1 日凌晨五时了。他们必须根据目前情况,决定部队全部渡过湘江之后的安排。总司令在参谋部会议上的意见是值得深思的:"敌人已经在通向二、六军团的方向布下重兵,按原定计划推进还是改变计划,就成了决定全军命运的重大问题。"

李德坚持按原定计划。周恩来却十分犹豫。显然,这是一次两难选择,利弊权衡,有利条件和不利条件似乎相等。

"如果没有湘江两岸的严重挫折,用八万人的哀师,冲过敌人的几层封锁,突破敌人的围追堵截去与二、六军团会合,还是有可能的。"周恩来分析说,"可是现在困难多了,八军团几乎失去了战斗力,这个番号似乎应该撤销,把残余部队补充到几个主力兵团去……五军团损失也极为惨重,三十四师已经失去联系,全部被歼的可能性是很大的。一、三军团正在苦战,这种状况,要冲破敌人的封锁线,保险系数太低了……"

李德的忧虑也是有道理的:"如果不与二、六军团会合,我们将长期处在流动之中,无后方的作战简直苦不堪言,伤员无法安插,兵员无法补充,粮食无法筹措,部队无法休整,没有立足之地、必将被对方一口一口吃掉……"

"能不能先作些试探?"博古也在寻找两全之策,"见机而作,等部队全部开过湘江,作一次组织调整,争取几天的休息时间。我觉得不是改变与二、六军团会合计划的问题,而是如何早日实现这个计划的问题。"

"也好,在这个期间,我们不妨听听其他同志的意见。譬如朱德同志的、王稼祥同志的,还有毛泽东同志的……"周恩来知道博古、李德对毛泽东存有反感,故意把他放在后面。他感到"三人团"已经囿于预定的目标,很难突破原有的思维樊篱。

这一点,恰恰为博古、李德敏感的心理所难容。博古首先提出异议:"既然我们'三人团'是最高权力机构,就没有必要过多地去听别人的闲言碎语,当断不断反受其乱。尤其是毛泽东同志,他一路散布不满情绪,好像我们一切都错了,只有他是对的!还有王稼祥、洛甫,他们三人常在一起……这是一种非组织的派别活动,人们给他们起了个名字,叫'中央队三人团'……"博古激愤起来,用食指向上推推眼镜,两腮簌簌发抖。

"这种时候,可以不考虑这些,"周恩来急忙插断沉浸在委屈情绪中不能自拔的博古,"个人功过是非,谁承担多少责任,在任何时候都是次要的。"

"批评一定要公正,不然,接受起来也不会口服心服。"

"我们的确带的辎重太多,背着包袱打仗是不行的。"周恩来带血丝的眼里有种压抑的激动,"这是我们对西进形势估计不足的地方,我们整个计划是有很多弱点和疏漏的……"

"若说辎重,我们未出江西就丢得差不多了。"李德声调中流露出不耐烦和抗辩的色彩,"压根儿就不该带着庞大的政府机关!现在是谁拖住我们的腿?是物资还是至今仍然没有渡江的那两个中央纵队?哪有带着六十岁的老头子、抬着伤员病号、拖着怀孕的妇女打仗的？我们只能为他们保驾,坐轿子的反而埋怨抬轿子的避战。"

"我认为现在争论这些是没有意义的,"周恩来不愿陷进个人是非的纠缠中,他用规劝的声调说,"问题是如何挽救目前的危局!"

会议出现了折磨人的沉默,或者叫僵局。这是"最高三人团"成立以来,出现的第一次难堪的场面。

1934年夏天,为准备红军主力撤离苏区,实行战略转移,中央书记处决定由博古、李德、周恩来组成"三人团",政治上博古做主,军事上李德做主,周恩来负责监督军事计划的实行。

这一临时性的组织,实际上是统一指挥苏区党、政、军、民一切事务的最高权力机构。在"三人团"开会时,他们不用翻译。博古精通俄语;李德会讲德、英、俄三种语言;周恩来英语最为流利,法语、日语次之。他们用俄、德、英、汉四种语言,可自由地进行交谈。

"最高三人团"的所有功过是非和历史责任,的确是很难分清的。

有时,一个领导者,由于上下左右的制约,干了本来不愿意干的事情,结果反而取得了辉煌的成就,桂冠便落在他的头上,贪天之功,成了时代的宠儿;有的则相反,被迫干了自己极不愿意干的事情,结果失败了,便成了可怜的替罪羊。不管成功失败,任何人都在历史的合力推动下进退沉浮。

当然,主要责任还要由党中央的负责人博古来承担。这只能就他所处的地位而言,正像一流选手因故不能出场,冠军被二流选手获得一样,这个刚从莫斯科中山大学回国不久的青年人(在1931年担任中央负责人时才二十四岁),也是被不正常的历史巨手在仓促而又偶然的情况下,推上中国共产党的权力峰巅的。那时顾顺章叛变,总书记向忠发被捕,王明自感危险离开上海去了莫斯科,只好由他来暂时填补权力真空。他热情奔放、聪明能干,却不成熟,在中央苏区独立决策,推行的又是上面的错误路线,犯错误就带有了必然性。

李德,富有国际主义的献身精神,有军事才华,是名副其实的街垒战专家。他到中央苏区执行一个不可能完成的任务,本身就是悲剧性的。不要说他,就是拿破仑也不行。正像毛泽东不能使秋收起义的成功,周恩来不能使八一起义胜利,叶挺更不能挽回广州起义的败局一样,在历史合力之中,谁也无力回天!

李德,是在第三国际"城市中心论"的高热中被派到中国来的,协助城市工人大起义,进而夺取重大城市。可惜,上海不是巴伐利亚的慕尼黑,南京总统府也不是彼得堡的冬宫,工人手中的木棒也不是阿芙乐尔号上的大炮。在第三国际望远镜里看到的,工人起义大军的红旗在上海海关大楼上迎风飘展,不过是海市蜃楼。

城市工人大起义无望之后,在蒋介石虎视眈眈集中百万大军向各苏区猖狂进攻时,李德被派到了中央苏区,执行共产国际赋予的"夺取一省或数省胜利"的任务。正如一局中国象棋赛,却派了个国际象棋选手来,他还没有来得及弄清车马炮的关系,就仓促上阵了。"顾问",顾名思义,不过是"看看问问",是请来出主意、想办法、供主人参考的客人,没想到,在敌人重兵围困、狂烈进攻之下,惶惶无主的博古,却把他推到前台。

日耳曼民族的雄心傲气和革命者强烈的使命感,鼓励李德在中国的广阔土地上,建立奇功险勋! 他不知道,身处危岩绝巅,在风吼雨啸中,是很容易失足落崖的。

周恩来,从八一南昌起义,就负责军事领导。他熟悉外国,熟悉中国城市。他比博古、李德到苏区的时间都早,并且胜利地领导了第四次反围剿,肩头的承受力比李德、博古要大得多。

周恩来的崇高之处,是没有权力欲,不贪功不诿过。他总是把成就推给别人,而替别人承担责任! 这种品格,使他内心的压力就特别沉重!

事物往往是二律背反:如果解脱了他对错误应负的责任,也就加重了他不负责的责任,开脱,反而成了伤害。犯错误是由于历史局限的认识问题;而明知不对还去执行,却成了党性原则和思想意识问题了。是直言抗辩党性强还是违心屈从党性强?犯错误不是耻辱,是探求者勇敢精神的体现,是为成功付出的代价。后行的成功者不要耻笑先行者跌了跟头,先行者才是真正的开路先锋!

从什么时候,我们民族的胸怀变得狭隘了,浅薄了?原谅因探求而出错的人们吧!剖析犯错的原因以作前车之鉴,不比把人搞倒搞臭好上千倍?对待历史,总要站在更高的层面上,寻求错误的历史成因总比辱及个人品格更有益一些!

如果作一次史海钩沉,你会发现冤案累累,而被永远误解的人物又何止万千?

直到周恩来逝世之后,海内外学者对他的生存艺术和排难息争的调解能力,在公开或私下里总是众说纷纭:

理查德·尼克松在他的《领袖们》一书中这样写道:

半个世纪以来的中国历史,在极大程度上,是毛泽东、周恩来和蒋介石的历史。毛打败了蒋的军队后,就巩固了自己在大陆的统治。这时候,中国共产党人就把毛蒋的冲突实际上说成是一场神鬼之争。毛把自己看作功同二千年前第一次统一中国的秦始皇,他制造个人崇拜,使人们奉为神明。周一般地使自己处于次要地位,忠实地起着使机器运转的作用。

在这三人中……赢得了大陆战争的还是毛和周。在这两人中,周的眼光更具有持久的力量。简言之,周也是我认识的最有天赋的人物之一,他深刻地懂得权力的奥妙。所有这三个人都去世了,但是,周留下来的影响却在现代中国日益占据优势。

周是一个共产主义革命家和具有儒家风度的人物,是有献身精神的理想家和深谋远虑的现实主义者,是政治斗争的能手和杰出的调解人。一个才能上不如他的人如果扮演这些错综复杂的角色,就会以思想和行动上的不知所措而告终。但是周能够担当任何一种角色。或者把各种角色同时担当起来而不给人以优柔寡断,出尔反尔的印象。对他来说,扮演这些角色并不是玩世不恭地伺机换上假面具,而是一个非常复杂而精明的人的不同的侧面,这个侧面能在很大程度上说明他的政治生活如此漫长和政治经验如此丰富多彩。

所有这些品质的交互作用,使他能够在共产党最高领导层中,度过比列宁、斯大林和毛泽东都要长的生涯。

也许这些评价是有道理的。就政治生涯的漫长来说,像昙花一现的陈独秀、瞿秋白、李立三、王明、博古、张闻天等人,就更加无法与他相比!

许芥昱在《周恩来传》中,认为童年时期的周恩来就能在母亲与兄弟之间协调关系搞好家庭团结,由此他锻炼出超人的忍耐性与生存能力,"成为二十世纪生存艺术中无可争议的大师,在他五十多年的革命斗争中能够经历监禁、病魔和国内斗争的考验,从而一直处于中国权力的顶峰,成为中国共产党不可缺少的领袖。"

海外学者认为,周恩来一生中有许多机会成为中国的头号领袖,可他急流勇退,甘居次位,从不处心积虑地去谋求那唾手可得的最高权力:三十年代初,他退居李立三之后,退居王明、博古、张闻天、毛泽东之后;1945年他退居刘少奇之后;1966年他退居林彪之后……甚至准备退到王洪文之后。

周恩来深谙这些斗争的严酷性,在这种左右互换的磨盘中求生存,并不是易事。他有很多机会获取中共的最高领导,他不但没有争取而且让给别人,没有统治欲、领袖欲、权力欲固然是他的高尚品德,但另一方面,也未尝不是他深知,第一把手是风险之地,任何风云变幻,任何轻微失足,都会成为历史罪人而身败名裂。

有些海外学者,对周的不争名利、不谋高位的品格,感到迷惑,他

们从权力斗争哲学或是从生存竞争意义方面去解释。有的则认为周虽然具备了领袖的许多伟大品质,却缺乏两点:

一、缺乏独立的决策能力。

二、缺乏无毒不丈夫的那种森然无情的权术和手段。

有的则认为周恩来的品质"反映了中国传统哲学中的谦让态度",有的则认为"正是周无可比拟的光明磊落的气量使他成为一个重要的排难息争解决纠纷和照顾全局的角色"。有的还认为周一贯小心谨慎地避免强求任何个人权力,而在努力贯彻与实行国家与革命政权的政策时,则一向是个热心的工作人员。他的谦和态度遮盖着不屈的意志,他自我隐没的献身精神使得他成为毛泽东不可缺少的助手……

海外学者对周恩来评价有多少接近真实,那也只能见仁见智。

周恩来的种种优秀品格、温良恭俭让之风采,符合中国固有的传统道德规范,所以他获得持久不衰的声誉与爱戴。

周恩来不愿意陷进个人之间的是非曲直之中,但他又无法摆脱这些是是非非的人际关系。在国共合作北伐时期,直到蒋介石清党向共产党人举起屠刀,他才悟出了一个道理:任何统一战线,只是暂时的联合,是矛盾的综合而不是矛盾的解决。

但是,党内的矛盾是需要解决的。在大军远征的路途上,解决这种错综复杂的矛盾是困难的。他对与二、六军团会合决策,处在左右为难的境地,因为他对目前的态势看得比李德、博古更清楚一些。

"必须与二、六军团会合!"李德以毫不掩饰的冲动站了起来,"不然,我们就落进灾难的深坑里,身败名裂了。"

"的确如此,"博古望着周恩来。他受了李德情绪的感染,忧心如焚,凄惨的声音表示出痛苦和绝望的深度,"放弃与二、六军团会合,等于自杀!"

"现在判定能否与二、六军团会合,为时尚早,"周恩来盯视着铺在桌上的地图，"目前只能督促部队快些渡江,早些进入西延地区,"周恩来用手点着要去的方向,等李德回到桌边,"在这里,争取摆脱敌人的围追堵截……"

"快些脱离湘江是必须的,"李德冷静下来,"即使有些部队让敌人粘住不能过江,也不能等了!"

"可以让他们留在江东岸坚持战斗,拖住敌人。"博古受到了启发,补充说,"要他们留在附近山区打游击,建立新的游击根据地。"

"也只能如此了。"周恩来表示同意,"现在当务之急是选择一个渡江后的集结地点,进行必要的组织调整和休息,而后决定行动方向。"周恩来边说边在地图上巡视着,"现在只能是走一步看一步了。这种被动局面很可能延续很久!"

李德对地图是非常熟悉的,他划定了经木皮口、鹞子江口、庙山、梅子岭经大湾两个山口,进入资源县境的越城岭山区,在油榨坪集结。

"好的!"周恩来认为这条退路是可行的,"博古同志的意见呢?"

"我看就这样定了!"

"等朱总从前线回来,我们再下达命令吧!"

这时天已微明,大家一时无语。博古仍被中央纵队里发生的种种议论所缠绕,无法摆脱,沉思了一会儿,突然没头没脑地说:"说我们这次转移是无计划无准备无目的的,说我们是仓促决定的,"他愤愤地捶着桌面叫道,"这太不公正了!"

"我想,这不是计较个人是非的时候,"周恩来反反复复地说着这句话,"事实总归是事实嘛。"嘴里虽然这样说,西征前的一切准备活动却历历如在目前,周恩来心头涌起一股有苦难言的酸楚……

二 博古叫屈

1934 年 4 月 27 日，广昌战役，红军集中了主力，苦战十数日，但是由于采取以集中对集中、以堡垒对堡垒的阵地战和短促突击战术，尽管予敌重创，自己亦遭受很大伤亡。这种歼敌一千自损八百的消耗战，无法守住广昌，4 月 28 日，红军被迫撤到贯桥、高虎垴一线防御。

4 月 30 日，周恩来致电博古、朱德、李德：

> 我主力经长期战斗相当疲劳，有损伤，新兵多，干部缺损大，尤其广昌战役后，亟需有把握胜利和极大机动。

同时撰写了《红星》第四十期社论，指出"严重的形势摆在我们面前"，"历史给我们的时间是很短促的了。在这里，需要我们以布尔什维克的坚定性、顽强性，不动摇地执行党和苏维埃中央政府的一切号召。"周恩来在列举目前主要危险是右倾机会主义的若干表现时，却把"单纯防御的堡垒主义"和"保守主义的分兵把口子"也分列其中。周恩来在撰写这篇社论时，运用了高超的智慧和精明的外交式的手法，这种绝不炫耀的沉潜明智和斗争艺术，使他在屡次路线斗争的风口浪尖上安然无恙。

这种"既明且哲，以保其身"的性格，只有一双博大精深的眼睛看得最清，那就是对中国的古典哲学已经研究到炉火纯青的毛泽东。周恩来对毛泽东也有同样深刻的洞察。这种互相洞察，就决定了毛泽东与周恩来的贯彻始终的极尽微妙的关系。

这篇社论首先高扬的旗帜是反"右"，而具体内容却隐含着反"左"。在用严酷的方式推行的国际路线下，他只能如此。无论在1959 年的庐山会议上，还是在十年文化大革命中，不管毛泽东有多大失误,他看在眼里明在心里,却没有说过一个"不"字,因为他知道那个"不"字说不得。自责、违心、隐忍与屈从,构成了周恩来一生最大的隐衷与痛苦。

4月,鄂豫皖省委要求派遣军事干部,周恩来根据中央决定,派红二十二师师长程子华前去。

临行前,他与程子华单独进行了长达三个小时的谈话。他们仔细地研究了鄂豫皖地区的形势以及其成功的经验和失败的教训。在周恩来看来,四方面军的战略转移,既是被迫的,也是成功的,不失为打破敌人围剿的一种方法,是得大于失的。他告诉程子华,如果红二十五军在当地坚持有困难,也不妨进行战略转移。这时,周恩来已经萌生了一方面军也在必要时战略转移的预想。

周恩来不是凭借他渊博的军事知识,而是靠他的天赋素质,在错综复杂千变万化的局势中,去抓住最最关键的问题。整个国际国内的态势,整个苏区面临的局面都在他脑中展现出来,像一幅清晰的地形图。他可以纵览整个的轮廓,也可以触摸到具体的景物:城镇、乡村、道路、河流、山峰和森林。可以看到红、白两军浴血搏杀的战场。红四方面军未能粉碎三十万敌人的第四次围剿,向外线转移,以跳出敌人的包围圈,这是不是一种解脱困境的有效之法呢? 利弊权衡下来,是利多还是弊多?

中央苏区面临着五十万敌军的压力,面临着敌人新的战略战术。过去一、二、三、四次反围剿行之有效的方法,在敌情变化之后是不是还行之有效? 第一次成功的经验,第二次未必成功! 敌变我变,这是军事辩证法。刘邦百败一胜而得天下,项羽百胜一败而失天下。哪有百胜而无一败、百败而无一胜之理呢?

那么,中央红军的战略转移需要做哪些准备呢? 会受到哪些指责呢? 会产生什么样的后果呢?

当他向博古、李德提出这个设想之后,他们认为:在万不得已时,这不失为摆脱敌人堡垒封锁的一个办法。

5月,周恩来出席在瑞金的中央书记处会议,研究敌人日益迫近中央苏区腹地,从事内线作战已十分困难的形势,决定撤离苏区作大的战略转移,并将这一决定请示共产国际批准。

想到这些,周恩来当然也感到委屈不平:提前将近半年就做了准备,"无计划,无准备,仓促逃跑"的依据何来?

6月25日,共产国际来电指出:

> 动员新的武装力量,这在苏区并未枯竭,红军各部队的抵抗及后方环境等,亦未足使我们惊慌失措,甚至说到对苏区主力红军退出的事情,这唯一的只是为了保存活力的力量,以免遭受敌人可能的打击。

这个指示,在当时来看是灵活的,提出了两种可能,并没有把话说死。敌人的力量固然强大,然而由此而张皇失措是不可取的,应该坚定信心,如果确实难以坚持,战略转移也并不是一件坏事。

当时的决策层认为应该争取前者,准备后者,于是采取了第一个战略行动。

7月初,实施战略转移的第一步:中央政府人民委员会、中革军委发布《关于组织北上抗日先遣队给七军团作战任务的训令》。指示七军团到福建、浙江发展游击战争,创造游击区域,一直到福建、浙江、江西、安徽诸地界建立新的苏维埃根据地,以吸引蒋敌将其兵力从中央苏区调回一部分到后方去。

7月7日,红七军团从瑞金出发,由中央代表曾洪易,军团长寻淮洲,政治委员乐少华率领,经福建向闽、浙、皖、赣边境开进。

(因时机已晚、攻福州失策,暴露出兵力单薄——只有六七千人,没有实现调动敌人的任务,反而削弱了自己,发挥了敌人据有全国兵源的优势,分兵让敌人各个击破。解放战争时期,淮海战役前,毛泽东曾向粟裕提出类似的外线作战的设想。把敌主力从华中引向江南。粟裕原是七军团参谋长,念及此次教训,便建议歼敌主力于江北。)

7月上旬,国民党经过调整部署后,集中三十一个师的兵力,从六个方向向中央苏区发动全面进攻。博古、李德为了阻止各个方向上的敌军,以掩护战略转移的准备,只能采取暂时的"六路分兵、全线抵御"的作战方针。周在前线指挥各路红军节节抵御,同敌人打阵地战。这种错误的做法,当时认为是出于不得已。

如果囿于历史传统定论,试想当时应该怎么办?全线撤走,把中区丢给敌人,是不是成了真正的仓促逃跑?结果又将如何?

也许会有更好的办法,可是在当时,由于各种局限,"最高三人团"想不出来。

8月7日,为给中央红军主力探索战略转移与二军团会合的路线,红六军团根据中革军委命令,在任弼时、萧克等率领下自湘赣苏区突围西征。

周恩来8月18日为《红星》第六十期撰写《新形势与新的胜利》的社论。提出"我们要更坚决地挺进到敌人后方去"开展游击运动,创造新的苏区、创造新的红军,采取更积极的行动,调动敌人求得整个战略部署的变更,以在运动中消灭白军。

这种大转移的信号已经十分明显了——已经到了近乎泄密的程度了,可见指责"仓促出走"是多么不公。

8月31日,国民党军占领了广昌的驿前,至此,中央苏区的东线和北线完全被突破,西线、南线的战局,则更为困难……

9月,准备战略转移,前往湘鄂西,与红二军团以及先期出发的红六军团会合。

博古在拟定留在苏区坚持斗争的干部名单时,军事方面的干部征求了周恩来的意见,其他方面未曾与闻。

为进行转移的各项准备,朱德、周恩来、王稼祥、项英等连续以中革军委名义发出《为扩大红军的紧急动员令》等等。

9月间,周恩来和朱德曾主持与陈济棠的停战谈判。10月5日,派潘汉年、何长工为代表去寻乌同陈的代表杨幼敏、黄质文、黄旭初谈判。达成五项决议:可以互借道路,为红军长征突破第一道封锁线做了准备。

10月初,中革委命令各军团在兴国、于都,瑞金等地集结,令地方部队接替主力防务。敌即占兴国、古龙冈、宁都、石城、长汀、会昌一线。

此时,中央决定成立以项英为书记的苏区中央分局和以陈毅为主任的中央政府办事处,领导留下的红十四师和地方部队一万六千余人(伤病员近二万人)坚持斗争。

10月10日晚。中央、红军总部从瑞金出发开始战略转移,向湘西进发。在此之前,周恩来曾先期赶赴于都选择行军路线,组织架桥。

10月11日,朱、周、王发布命令:决定将军委总司令部、总政治部及直属队(干部团、工兵团、警卫部队)组成第一野战纵队共五千人,与主力红军组成野战军一同行动。叶剑英任司令员。博古、李德、周恩来、朱德随司令部行动;毛泽东、洛甫、王稼祥编在一纵所属的中央队。

在此之前,中央将中央机关、政府机关、后勤部门、总工会、青年团等单位组成第二野战纵队,李维汉任司令员兼政委。二纵队共约一万人。其中近五千人是刚入伍的新兵,负责运输机器设备。

周恩来非常理解博古的情绪。日以继夜的、多方面的准备,大到第七、第六军团的战略行动,以及战略转移后中央苏区的种种安排,小到西征路上妇女用的卫生纸、病号用的便盆,哪一点是无准备呢?

战略转移几近一个"国家"的搬迁,连铅印厂都带着,哪一点像仓促逃跑？即使错了,败了,也不能任何污水都随意往他人身上泼！可是,周恩来不能助长博古和李德的愤愤不平,如果纠缠在个人功过是非里,那将影响大局。

周恩来记得克劳塞维茨说过:"在战略上一切都非常简单,但是并不因此就非常容易。"犹如围棋的落子,投下去是简单的,可是哪一步是对的,哪一步是错的,就很难说。即使在复盘总结时,也会争论不休。他对种种议论,采取了听之任之的态度。他认为目前去计较这些个人对错得失,是没有意义的,必须把目光集中在现实的决策上,他像挥开蚊蝇纷扰似地摆摆手说:"现在,不去想过去的是非为好,咱们还是看看二、六军团在什么地方吧。"

李德表示赞同,他俯在图上,用手大约量了一下,稍稍舒心地说:"并不太远。"

"从地图上的直线看当然不远,"周恩来苦笑道,"可是翻山过水绕弯子,再加上敌人的堵截,就很难说。二、六军团迟迟不能会合,原因就在这里⋯⋯"

"那么,要二、六军团也向我们靠拢,"李德两拳相碰,做了个双方伸臂握手的样子。

博古受到了启发,兴奋地叫道:"对,要他们配合我们的行动。"

三　二、六军团的行踪

在通讯联络极端困难的情况下,李德、博古、周恩来,没法了解战局的全部真相。而且形势在不断变化,刚刚收复的阻击点很可能马上失守,刚刚突围而出的部队很可能又陷入重围。他们也都担心,在这变幻难测的形势后面,可能隐伏着想象不到的后果,出现更为严重的局面。

李德已经失去驾驭全盘的能力。这时,他才知道,率领八九万大军在敌人重重阻拦下远征,与慕尼黑巷道上的街垒战是两回事,跟他在伏龙芝军事学院课桌前的图上作业,更是天壤之别。

即使在短暂的睡眠中,李德也未曾得到安宁。只要一闭上眼睛,他面前就出现一幅漫无边际的地图,恍惚中看到地图上出现的田野河流和山丘。标示着战争实况的红色、蓝色箭头交错在一起。他苦苦思索,想弄清这些蓝箭头可怕的含义。他还历数了历史上许多成功的和不成功的远征,想从中找到某种借鉴。

现在,李德把一切希望和全部热情寄托在与二、六军团会合上。越快越好!

红军减员虽大,但大都是出征前的新兵,红军主力仍然保留着,仍然是一支能征善战的劲旅!

可是,二、六军团此时在哪里呢?

红六军团是红军主力兵团之一,也是在二、六军团会合后组成二方面军的主要组成部分。六军团的转移,是临时中央和中革军委吸取了鄂豫皖苏区,四方面军战略转移的经验。

当时人们所想,与后来经过"清算错误路线"之后的历史记载是很不一样的:

史载:

1932年7月,蒋介石调集二十六个师又五个旅共三十余万人,对鄂豫皖苏区发动了第四次围剿,当时担任中央鄂豫皖中央分局书记的张国焘,始则采取坚决进攻的错误方针,继则实行退却逃跑,于10月率红四方面军主力向外线转移,实际上放弃了鄂豫皖苏区;12月,红四方面军翻越大巴山,进入川北地区。

1933年2月,中共川陕省委川陕省苏维埃政府先后成立,川陕苏区初步建成。尔后,红四方面军采取"收紧阵地"的方针,经过四个月的作战,粉碎了四川军阀田舜尧会同杨森和刘存厚等部对川陕边根据地的三路围攻,歼敌一万余人。接着红四方面军举行了仪(陇)南(部)、营(山)渠(县)、宣(汉)达(县)三次战役歼敌近两万人。

1933 年 10 月,四方面军与川东游击军会合,川东游击军改编为红四方面军第三十三军,这时红四方面军发展到八万人。

1933 年 12 月至翌年 9 月,红四方面军胜利地粉碎了川军约二十万人的六路围攻,俘敌两万余人,保卫了川陕苏区。

……

那时对左倾路线的认识与后来的看法正巧相反:认为红四方面军的战略转移不是张国焘的罪行,而是适应形势的必须行动,因而才建立了川陕根据地。在不到一年的时间里,使红四方军发展到八万人,这是张国焘的功而不是他的过。

那时候,各个苏区都有大大小小的转移。

六军团的远征是正确的吗?二军团的转移是正确的吗?红二十五军的转移是正确的吗?北上抗日先遣队的派出是正确的吗?如果这些大的奉中央之命的战略性的行动是正确的,那么当时王明左倾路线之下的中央指示不也成了正确的吗?还是错的并不全错,对的并不全对呢?不然,为什么独独一、四方面军的战略转移是错误的?按尊卑而定褒贬,看沉浮而事扬抑,历史便成了任意转动的魔方。

这些配合中央红军作战略转移的计划和措施,哪些是有效的,哪些是无效的;哪些达到了预期目的,哪些由于种种主观客观的原因未能达到;李德和博古都不太清楚。但有一点他们是痛切地感觉到了:六军团与二军团未能按原想的那样顺利地会合,这不能不使中央红军的西征向后推移。

由于军事学院养成的习惯,李德很喜欢标示地图。他可以在地图前静坐很久。在地图上,他看到现实的战场,看到战火纷飞中的攻防进退,犹如亲临其境。在这地图作业里,他善于捕捉住某种瞬息即灭的思想的火花。

李德绘制地图,简直可以说是一门艺术:他不但非常细微地画出敌我双方的位置、行动、双方指挥员的指挥意图,而且善于用线条的粗细,箭头的形状(大小利钝的区别)显示出敌我双方行动的鲜明的特性。他标的地图是活的!

李德对眼前的这张标示得凌乱不堪的地图很不满意,他怀念他的独立房里那张由他亲自标的地图。

两个月以前,那的确是沉重的时刻,他独自一人,在屋子里团团转圈,忽而停下来,疾步走到粉墙上的挂图前,用阴郁的眼光盯视着六军团用连日苦战画在上面的血红的曲线。他站了很久,似乎想用自己的热情、希望、焦灼去感动那只红色的箭头,他恨不能用他高大的身躯挡住敌军阻截的炮口,用有力的双臂推着六军团的脊背直线开进。他把六军团看成是中央红军西征预先挺出的刀锋。

1934年9月3日,红六军团电告中央:他们已经进至广西灌阳东北地区,在灌阳与文市一线展开,在击溃湘敌十六师和桂敌十九师之后,决定在全县以南的界首地区乘虚抢渡湘江,而后向西延地区挺进。

李德在地图上寻找,但他一时无法找到西延地区。他弄不清这个陌生的地名是在桂北、湘南还是黔东。

1934年的9月,赣南的秋老虎露出热魔似的威势。屋前的几棵孤独的洋槐,像病了似地无精打采地低垂下枝条,油绿的叶子像火烤了似地卷了起来。屋前屋后的稻田里,蒸发出带有火药气息的怪味,混浊的水冒着泡,像有火焰在底下烧煮。

李德要闷死了,他仰头看地图时,汗水向眼角里流。

"他在为世界革命吃苦! 我要满足他的生活需求!"这是李德新婚不久的妻子肖月华的心声。这位纯朴的健壮的山村姑娘,把"革命需要"当作爱情,嫁给一个语言不通的外国人。

那时,在极为封闭的山区里,嫁给一个洋鬼子那可需要百倍的勇气和为革命而牺牲的精神,这种特殊的"爱情"是组织上分配给她的,她只能接受。既然是人类,总有相通的地方,他们能满足双方的生活需求,而且有一种不被外人所理解的恩爱。尽管后来,他们闹翻了,李德爱上了与江青一起从上海到达延安的李丽莲,但那并不能说明他们没有享受过、痛饮过爱情的美酒。肖月华为了尽国际义务和妻子的本分,她那从小只会淘米的手,竟然在李德的教授下学会了烘烤她从未见过的洋面包。

炎阳已接近黄昏,收敛了它的威焰,肖月华用自己的竹编筐箩端来了褐中透黄的小老鼠似的面包。"这次烤得特别好。"她脸上带着几分惬意和虔诚。

"滚开!我什么也不要吃!"李德粗暴地一挥手,把筐箩打翻了,两个面包飞到了屋顶,一个面包打在肖月华的脸上。她呆愣了足有十秒钟,不知发生了什么事情,丈夫的满脸怒气她看清了,却不知道他喊的是什么。她的感情受到了挫伤,下唇颤抖着,眼里忽然涌满了泪水:"我的面包没有烤煳啊!"

李德也听不懂妻子作何解释,此时他根本不需要解释,也不需要面包,他需要的是出路,需要的是二、六军团会合的好消息。

当妻子捂着脸呜呜哭泣着跑出去之后,他才发现自己的失态。他本想追出去宽慰妻子几句,怎么宽慰?叫翻译来?他痛苦地向门外瞥了一眼,无可奈何地摊了摊手,耸耸肩膀,算了,然后回到屋里俯身捡起落在方砖地上的面包。

妻子没有回来。屋子里一片寂静,黄昏的凉风吹进来,特制的大竹床上的白纱蚊帐微微飘动。他想喝杯咖啡,在他加糖搅拌的时候,他想到了已经离别人世的母亲,想到慕尼黑城郊的伊斯玛宁镇的那间木板房屋。那时,妈妈两手急速地转动着,用拆洗过的旧毛线给他编织一件出征的薄毛衣,而他端着一杯不加糖的黑咖啡,深情地望着年老多病的母亲。

几天之后,他穿上母亲手织的毛衣,上了火线。他还记得在战斗的间歇里,寄给母亲一封信,附着一首小诗,记忆深处只残留几个不连贯的断句:"我在巷战中勇猛地冲向敌人。""我追寻真理像思念母亲。"

他不久就被捕入狱了,不知道母亲是不是收到了那封信。对亲人的怀念加重了对肖月华的愧疚,冲淡了他对六军团迟迟不能落脚的忧烦。他放下咖啡杯(这是通过地下交通网,从汕头转长汀同咖啡壶一起买来的),想去找肖月华,在门外,迎面碰上周恩来:"你要出去?"

"噢,闷死了,"李德极力掩饰着沮丧,"我想到田埂上散散步!"

"那好,咱们一齐走走吧,"周恩来微笑着,"中国有句古诗,叫夕阳无限好……"

"可是,夕阳已经下去了。"

"那也并不遗憾,还有一句:为霞尚满天。人生总是有得有失,我看晚霞比夕阳更漂亮。"

此时的霞云的确漂亮。橘红色的云带热烈而又凝重地布满西天,落日,以炫目的鲜丽和欢快的威严,把万束金箭从巨岩簇聚的云石山后,成扇面形射向蔚蓝色的、不可名状的宇宙深渊。放眼四顾,美不胜收,使人目爽心畅。徐徐晚风,吹散了白天的燠热,这是大自然给人类的恩惠。田间的早稻已收割完毕,晚稻也丰穗初吐、青中见黄了。他们沿着野草覆盖的小径,用英语交谈。远处传来训练新兵刺杀的喊叫声。

"是有人向你告了我的状吧?"

"当然,冤枉了人嘛。"

"我心里烦躁透了,六军团的迟迟不能立足……"

"这是我们的主观愿望和客观实际脱节。我想起中国的一句古诗,我用英语说出来,可能就不像诗了,'九曲黄河万里沙,浪淘风簸自天涯。'你想,汹涌澎湃、咆哮万里的黄河为什么只能曲折回环不能直泻入海呢?"

李德沉默不语。

"凡事预则立,不预则废,我们想得太简单了,对敌人的围追堵截认识不足……"

"你对这次战略转移总的估计是怎么样的?"李德在较宽的田埂上站住,转身面对周恩来,炯炯有神的淡蓝色眼睛里漾出忧伤,"是比四方面军的转移顺利些还是困难些?"

"当然是困难一些,这一点,我们必须有足够的认识……"周恩来说,"首先,敌人的兵力比围攻鄂豫皖的强大;其次,是我们的家当太多。"

"可以尽量轻装。"

"轻装当然可以,但是中央苏区跟鄂豫皖有着根本的不同。我们不仅仅是一个方面军的司令部,我们有中共中央、苏维埃中央政府、中央军委三大机关,这是三个沉重的包袱,不背不行。"

"可以带少数负责人走,其他的……"

"恐怕不行,红军主力一走,白色恐怖必然降临到苏区,大量机关干部都不是本地人,在无足够兵力保护的情况下,很容易丧失。"

"多带些也许可以,把他们分散到各军团去,也许不至于影响部队的行动。"

"这是一个不错的方案,"周恩来似乎松了一口气,转移中的庞大的机关,是他一直思考而又找不到妥善办法的大问题。"我们可以跟博古同志专门研究一次。"

新兵收操了,唱着歌从他们面前的大路上走过去。

"我们尽快组建新的军团,"李德看着新兵的大刀和梭镖在晚霞中闪动着火焰似的光，"只是武器太少了，大刀长矛只能近战不能远攻……"

"我们的几个主力军团损耗甚大，亟需补充，我觉得以老带新会好一些。"

"新兵只要打几仗就变成老兵了。"李德一心想着新军团的组建，"在慕尼黑的街垒战中，我们的起义者大都是没有经过军事训练的工人，他们打得英勇、顽强，在装备精良、训练有素的反革命武装力量残酷镇压下，坚持了将近二十天，战斗力之强，连敌人都感到意外。"

"我们再跟博古研究吧！"

此时，田野已融在深灰色的暮霭里。周恩来指着明亮的窗口说："你该回去了。那里有人等你吃晚饭……当然面包也许吃不成了！"

"我已经吃过了。"李德脸上绽出了一缕近似顽皮的笑容，轻松地舒了口气。他的一切忧烦、焦虑和愧疚，溶化在一种温馨的、不可思议的柔情里，当然，是暂时的……

1934 年 9 月 4 日，六军团在界首地区顺利地渡过了湘江，向西延地区前进。9 月 5 日，占领西延县城。

9 月 8 日，中革军委给六军团下达了补充训令：

> 在目前情况下，红六军团在新化、溆浦之间山地建立根据地是不利的。依地理条件及敌人部署，目前红六军团最可靠的地域即是在城步、绥宁、武冈山地区。红六军团至少要在九月二十日以前，保持这一地区，力求在这一地区内消灭敌人一个旅以下单位的部队，并发展苏维埃和游击运动。

在这一训令中，由于中央红军战略转移是极端的秘密，尤其是转移方向，更是关系到全军成败的核心机密，不能公开言明。但是，要求红六军团所进行的任务,无疑是吸引与调动敌人于城步、绥宁、武冈山区,然后沿湘黔边境转移到凤凰、乾城、永绥地区建立根据地,以配合即将向此地域开进的中央红军。

9月4日,周恩来、朱德、王稼祥、项英写信给寻淮洲、乐少华并转曾洪易,下达对红七军团作战计划的补充指示,要求他们在"闽浙赣皖边境创造广泛的游击运动及苏区根据地",并在进军途中"进行广泛的政治宣传",以扩大影响。目的仍是牵制敌人,以配合中央红军的战略转移。

1934年9月9日,红六军团根据中革军委指示和湘桂两省敌军集结重兵,企图围歼我军与城步地区的情况,由西延地区继续西进。11日至城步以西的丹江口地区,跳出了敌人合围,而后转兵向南。17日乘虚袭占通道城。18日进至靖县新厂,在新厂东北岩崖山,歼灭孤立之敌五百余人,缴枪三百余支。20日六军团进至贵州清水江以南的黎平,这里是苗族、侗族聚居地区,由于国民党政府与军队的歧视与压迫,与汉人矛盾很深。初时,他们又误以为是反动军队,手执刀矛弓弩,扼山守寨,给红军造成很大困难。由于红军纪律严明和广泛宣传,并积极争取团结土司头人,才消除其敌对态度,转而帮助红军筹粮筹款、勘察渡口、找船只、绑扎木筏、架设浮桥。

红六军团于9月23日由锦屏县的瑶光及清江县的南孟两地渡过清水江和沅水,拟向铜仁、江口方向前进,同位于印江思南附近的红三军(后改为二军团)取得联系。

此时,湘、桂两省敌军为了阻止两个军团的会合,已抢先开到沅水以北地区。

所以10月4日,中革军委急切地发给红六军团一个命令:"桂敌现向南开动,红二军团(即红三军)已占印江。六军团应迅速向印江前进,无论如何,不得再向西移。"可见,中央红军多么殷切地期待着二、六军团迅速会合,以便迎接他们即将开始的西征。

1934 年 10 月 26 日，红三军和红六军团进至四川的酉阳南腰界，召开了两军会师大会。

红三军经党中央批准，恢复红二军团番号。贺龙任军团长，任弼时任政委，关向应任副政委，李达任参谋长，张子意任政治部主任，全军团约四千四百余人。红六军团萧克任军团长，王震任政委，谭家述任参谋长，甘泗淇任政治部主任。红二军团部兼总指挥部，统一指挥两个军团的行动。

从此，红六军团为了配合中央战略转移，历时八十余天，行程五千余里的战略转移任务终于达成，转入到创建湘鄂川黔边革命根据地的斗争。

中央红军急切地循着六军团的开进路线匆匆而来，抢渡湘江的地点仍是六军团的渡江地点，过江后的开进方向仍是西延地区。作战局提供的一切情况表明，形势还是有利的，在李德、博古看来与二、六军团的会合已为期不远。

他们凝视着地图上大约有筷子那样长的距离，沉浸在与二、六军团会合的遐想里，一时间，忘记了湘江两岸还在激战，也忘了由于损失惨重，可能引起的严重后果。李德猛然间把脸仰起来，蓝色的眸子一扫憔悴沮丧的神情，射出欣慰的振奋的光彩，望着周恩来："即使困难再多、再大，我们在一个月内总可以跟二、六军团握手了！"

"这是一种乐观的估计！"周恩来是有南昌起义经验的，他一直担心，路上可能出现预想不到的困难，但他不能说出来，信心是一切胜利的前提，"我的想法是，做最坏的打算，向最好处争取！"

李德过分亢奋、过分乐观的情绪，由于周恩来的提醒，慢慢冷静下来："万一不能会合呢？"他的心境顷刻之间变得黯然了。

第七章　1934年11月·中旬　南昌行营

一　"共军在哪儿呢"

在满眼秋色里，蒋介石中止了大西北的视察，回到了南昌行营。这是他生平最为百感交集、也最为振奋的一天。

红军撤离中央苏区，达到了他发动五次围剿的预期目的，这是他多少年来梦寐以求的"胜利"。

他刚刚在行营的并不豪华但很宽敞的办公室里坐定，侍从室主任晏道刚（原来南昌行营主管作战业务和第一厅副厅长，后来的西北剿总参谋长）立即把大宗报刊文电堆在乳黄色的柚香木写字台上。他懂得，此时蒋介石需要看什么。

第一份电文，便是在《中央日报》、《民国日报》、《中山日报》、《晨报》、《大公报》以及许多大小报转发的红军"西窜"的消息以及连篇累牍的贺电。蒋介石不厌其烦地一遍又一遍地读着过时的旧闻，陶醉在胜利的回味之中，就像一个已经取得决赛胜利的球手，按捺不住沾沾自喜地重读决赛的消息，重温当时的喜悦。在这种时候，即使是成熟老练的大人物，也免不了得意忘形。

南昌出版的《国民日报》赫然的大字标题是：

剿匪军节节胜利中,各方电慰蒋委员长

南昌,蒋委员长钧鉴并转前方将士勋鉴:

赤匪肆虐,于今六载,破坏国家建设,致内不能安,攘外无从,顷得捷报,瑞金光复,赤匪根据,一举荡平,此皆钧座神威及前方将士效命,方克有此。今后残余肃清,复兴大业,益可迈进万疆,曷胜欣幸,谨此电慰,伏乞鉴察。

上海宪兵特别党部叩印

朔自赤匪肆虐,于今七载,东南半壁,庐舍荡然,匪区人民,惨受浩劫,社会惶骇,如临大难,委座神威,督剿有方,熟筹伟略、运稳扎稳打之方策,以制出没无常之流寇,阵地亲临,指挥若定,我全体将士膺命无间,见危思奋,效命驰驱,屡易寒暑,遍屧岩瘴疠之区,殄除祸国殃民之匪……

湖南省党部

捷报传来,举国欢庆,从此犁庭扫穴之功既成,天日之光重见,企仰丰功,益深感戴,尚祈再励士气,歼彼丑虏,措党国如磐石之安,登斯民于衽席之上……

浙江省保安处

这些极尽阿谀奉承吹牛拍马之能事的虚浮之词,使蒋介石有些昏昏然。此时,他有些失态,咕咚咕咚喝了半杯温开水,猛然从安乐椅里挺起来,在湖绿色的厚地毯上来往走动。内心的激情使他躁动不安,往日的一切烦恼、耻辱、苦闷的重荷,从精神上消散了,像卸去枷锁似地感到怡然轻松。

他停在高挂在正面墙上的孙中山画像前。先总理身着大元帅戎装庄严地雄视着前方。

他的目光又移到孙中山手书的条幅上:

安危他日终须仗

甘苦来时要共尝

——介石吾弟嘱书

孙　文

这是蒋介石政治上的一大资本,除了他之外,在国民党中,谁获得过大总统的这般信赖?谁曾享有过这般殊荣?

他与孙中山安危共仗、甘苦共尝的时代早已过去了。此时,他面对画像和条幅,并不是怀旧,充溢其胸的是一种桀骜不驯、不可一世的感情:

"先总理做不到的我做到了,中国,将在我蒋中正手里得到统一!"

蒋介石生逢乱世,虽然几经危难挫折,他都能化险为夷。在北伐之前,在东征陈炯明时,他就自信是军旅中能够夺魁取胜的英才,及至北伐,他便认准自己具有举世罕见的雄才大略,注定是治国安邦、统一中国大业的伟人!他曾捏着指头历数过国民党的元老新秀,他不把任何人放在眼里,没有一个人能够与他相比。

大总统目光深邃冷峻,凝望着前方,对这位自诩为三民主义信徒的反共"英雄"不理不睬。蒋介石久久地注视着他,忽然产生一种犹如注视着一个陌生人的遥远感。

"联俄、联共、扶助农工",蒋介石每想到孙先生的三大政策,就会产生一种亵渎感,就像不愿让人看到耻辱的隐疾;就像眼睛不能直视强光,他不愿窥视自己心灵的变异。他必须保证情绪的稳定和心灵的安宁以及道义上的充分自信!

他回到桌前,让沉落下去的情绪回升到心安理得的宁谧。1927年4月12日共产党人那块压在心灵上的巨石隐入过去,不再浮现。那时,他觉得自己还不够坚决,还不够狠辣,没有把婴儿扼杀在摇篮里,他将引为终生遗憾。致使此后巨石变成挡在他前进路上的大山。

好在这座大山已经崩塌,现在,是彻底清除碎石的时候了。他的面前浮现出一个身材高大,头发灰白,气派高雅,傲慢、僵硬、严肃的脸上高挺着酒糟鼻子,贪馋的嘴角上生着蚕豆大的疱块的外国人,是他的德国军事顾问冯·赛克特。

是这位日耳曼人给他带来了制胜法宝——堡垒战术;还给他带来了法西斯主义的精髓。

那是 1933 年的夏天,冯·赛克特初次到中国来旅行视察。蒋介石请他到庐山军官训练团训话。

这次训话给蒋介石留下了极为强烈的印象,也在他的军事政治生涯中,发生了意想不到的影响。

在讲坛上,冯·赛克特大讲特讲德国军人对希特勒的崇拜。他援引了一个典型例子:

在希特勒还没有登台的时候,有一个叫鲁道夫·赫斯的下级军官,写了一篇得奖的学术论文,很受希特勒的赞赏。论文题目是《领导德国恢复旧日光荣地位的人应当是怎样一个人?》这篇文章是怎样描绘他心目中的领袖的呢? 这位年近古稀的老将军,竟然流畅地背诵出文章中最精彩的一段话:

> 在一切权威荡然无存的时候,只有一个来自人民的人才能确立权威……独裁者在广大群众中间扎根越深,他就越能懂得在心理上应该怎样对待他们。……他本人与群众并无共同之处,像一切伟人一样,他有伟大的人格……必要时他不会因怕流血而退缩。重大问题总是用血和铁来决定的。……为了达到目标,他不惜践踏他最亲密的友人。……立法者必须严酷无情。……必要时,他可以用他的军靴踩着他的人民前进。

希特勒正是这个年轻的德国军人所希望的那个独裁者的形象。

这段话使蒋介石眼里射出快乐的光芒,对冯·赛克特表示出超

常的诚敬。他抑制着狂风骤雨般的激情,对身旁的翻译说了一句颇具中国人智慧而又有几分失去节制的话:

"这个赫斯把中国的'无毒不丈夫'具体化了,可他好话不会好说,干吗叫独裁? 总裁岂不更好?"

一字之差,给人的感觉就大不相同:总裁是尊崇,独裁就成了辱骂了! 他后来成为总裁的时候,人们会产生什么样的联想呢?

冯·赛克特长达两个小时的讲话非同小可,他那近似希特勒的激昂声调,像巨大的针管,把法西斯主义的精髓,注入了国民党青年军官的血液,掀起了一个崇拜领袖的高潮。一种近乎神魂颠倒的效忠领袖的狂热,在军官训练团里翻腾,许多军官竟然以鲁道夫·赫斯做榜样,写了几近荒诞的歌颂委员长的文章。

一周之后,这些中国的鲁道夫·赫斯们,在"领袖万岁"的嚎叫声中,佩上了他们视之为神圣的"军人魂"——一把寒光闪闪的短剑,在铜质的剑柄上,刻着六个字:

不成功,便成仁。

冯·赛克特出身于普鲁士大贵族,在第一次世界大战期间,就历任麦肯森第十一军团、卡尔大公军团、约瑟夫大公军团及驻土耳其最高统帅部的参谋长,德国陆军总参谋长。战后任巴黎和会德国代表团军事代表。1920 年至 1926 年任德国国防军总司令,提出并实施了建立十万"袖珍陆军"的计划,奠定了德国陆军重新崛起的基础。1926 年晋升一级上将退休。希特勒派他来担任蒋介石的军事顾问,并不仅仅因为他丰富的军事经验,更主要的他是一个法西斯主义者,是马克思主义的死敌,是一个纯粹的纳粹。

作为宴请答谢,他赠给蒋介石一套德国明信片,制作华贵精美,上面印着菲特烈大王、俾斯麦、兴登堡和希特勒的不同侧面的肖像,都具有一副同样的不可一世的傲态。文字说明也是绝无仅有的:

"国王所征服的,由亲王建成,元帅保卫,士兵拯救和统一。"

国王是指菲特烈,亲王是指俾斯麦,元帅是指兴登堡,士兵乃指希特勒。希特勒的出身最为低微,但他不仅被描绘成德国的拯救者和统一者,而且还是过去这些把德国造成一个强大国家的杰出人物的继承者。这些明信片上的肖像对蒋介石并不是无所谓的,这些人对他都有深刻的影响。

在五次围剿初期,他那张戴着白手套,右拳抵腰,左手抚刀柄,胸挂青天白日勋章,板着严肃的脸,双唇紧合,目露威凌的照片,就可以从这套明信片上找出摹仿的痕迹!

宴会之后的那天夜间,他们谈得很晚。已是六十七岁高龄而且疾病缠身的冯·赛克特,半躺在安乐椅里,以其狂热的激情向蒋介石传授他的信仰。

赛克特并不直接露骨地宣称反对三民主义,却向蒋介石灌输:领袖必须有绝对权威。在冯·赛克特的心目中,"独裁"并不是贬义词,它是实行专制的必须。他引证希特勒的话说:"决不能实行多数决定制度,只能由负责的人来做决定,当然每个人身边都要有顾问。……由一个人单独做决定的原则是绝对责任与绝对权威的无条件的结合。"

这段话并非希特勒的原话,却很符合希特勒的精神(有心的读者可以在希特勒的《我的奋斗》中找到阐述这一思想的长篇原文)。希特勒的思想,在赛克特看来,并非独创,它是由第一帝国、第二帝国的思想继承和发展而来。

他向蒋介石引证俾斯麦在 1862 年担任普鲁士首相时宣称的那段举世闻名的话:"当前的重大问题,是不能用决议和多数表决来解决的,而是要用铁血来解决。"这位著名的"铁血首相"在解决重大问题时,除了铁和血以外,还辅之以一种巧妙的外交手腕,往往极尽诡诈之能事。

国民党的"领袖超越一切","一切服从领袖","一个国家一个主义一个领袖",提倡个人独裁的一切言论,乃至后来复兴社的"借法西斯之魂,还国民党之尸"的妙论皆出于此。但是,蒋介石并不是没有主见的人,他知道照搬法西斯主义并不符合中国国情,他只能吸取适用于他的一部分。他懂得,中国有着两千年的封建根基,孔孟之道浸透了民族的灵魂。希特勒和曾国藩对他来说,都有参照价值,但他绝不是希特勒,也不是曾国藩。他是独特的蒋介石!

如果把冯·赛克特在庐山军官训练团对学员们的训话和蒋介石的校训比较,就知道他把西方法西斯主义和东方封建专制主义结合得多么巧妙。他鼓吹"挽救国魂"、"挽救军人魂"、"创造国家新生命"。所谓"军人精神"就是"智、信、仁、勇、严",所谓"民族精神",就是"四维"(礼、义、廉、耻),八德(忠、孝、仁、爱、信、义、和、平)。他大力提倡"力行主义",在"一个党"、"一个主义"、"一个政府"、"一个统帅"、"一个命令"下,"完成安内攘外复兴民族大业"。

他的"杀身成仁、舍生取义"来自孟轲,他的"四维"来自《管子·牧民》……他是各种专制思想、孔孟之道和法西斯主义的混血儿。

冯·赛克特,还大量引证他的同胞黑格尔关于战争的论述。黑格尔宣称:"世界历史不是幸福的天国,幸福时期是历史上空白的篇页。因为这些时期是和谐一致、没有冲突的时期。"在黑格尔看来:"战争是最伟大的纯洁剂。它有益于为长期和平所腐化的各国人民的伦理健康,正如刮风使海洋去除长期平静所造成的污秽一样。"

黑格尔的道德伦理观念和强烈的使命感启发了希特勒。赛克特认为,如果谁认真地读过黑格尔的著作,就不难了解,希特勒和马克思一样,都从他的灵感中得到启发。

"忧患足以使人生存,安乐足以使人死亡"的孟子哲学,与黑格尔的战争观也很相近。

黑格尔认为干大事业的人，绝不能以喃喃连祷的那些个人品德——谦虚、仁爱、宽容——来反对去干世界性的功业。建立强大的国家，必须践踏许多无辜的花草——压碎前进路上的许多东西。由于不受伦理道德的约束，在行动时刻来临时，希特勒就能够于心无愧地干出最残酷无情的勾当来。

这些"为了目的不择手段"和"战争狂"的思想，也影响到蒋介石。他在庐山军官训练团训话时，曾引证过希特勒在1925年《人民观察家报》上写的长篇社论《新的开端》和他在贝格勃劳凯勒酒馆举行的纳粹党徒集会上，演讲结束时高呼的口号："除了马克思主义和犹太人以外，共和政体也是'敌人'。……我们的斗争只有两种可能的结局：不是敌人踏着我们的尸体过去，就是我们踩着敌人的尸体过去！"

"现在，共军在哪儿呢？"这个突现的念头打断了委员长杂乱无章的沉思。他急步跨到占去半面墙壁的中国大地图前。这才是他真正游目骋怀的地方。

二 "聚歼于湘江潇水之间"

蒋介石在1：500000的中国大地图前足足站了半个小时。

他要像希特勒统一德国那样统一中国，还为时尚远，但他实实在在地感到自己力量的强大。

1936年7月9日，在陕北白家坪，周恩来与斯诺谈话时，客观地评价了这个时候的蒋介石。

斯诺：你认为蒋介石的势力比前几年增强了还是削弱了？

周恩来：1934年蒋介石的势力发展到顶峰，而现在正在迅速衰落。在江西第五次围剿时，他能够动员五十万军队发起进攻和进行封锁，那是他势力最强大的时期。在他粉碎了十九路军,迫使我们撤退以后,他就成了长江流域的霸主。但这一切取得,都付出了惨重的代价,从此,他的内战口号已完全失去了号召力。

斯诺:蒋介石作为一个军人,你对他作何评价?

周恩来:作为一个战术家,他是个拙劣的外行,作为一个战略家,也许好一些。

作为战术家,蒋介石采用拿破仑的方法。拿破仑的战术需要极大地依靠士兵高昂的士气和战斗精神,依靠必胜的意志。而蒋介石在这方面老犯错误,他过于喜欢把自己想象成为一个带领敢死队的突击英雄。他带一个团或是一个师,也总是搞得一团糟。他老是集中部队,企图猛攻夺取阵地。1927年武汉战役,在其他部队失败后,蒋介石率领一个师攻城,投入全部力量强攻敌防御工事,结果全师覆没。

在南昌,蒋又重蹈覆辙,他不等增援部队到达,就用他的第一师向这个被孙传芳占据的城市发起突击,孙传芳后撤,让蒋介石进入部分城区,然后反击,把蒋军逼入城墙和一条河之间的起伏地带,致使蒋军大败。

不过,蒋在战略上要比战术上强一些,他的政治嗅觉要比军事嗅觉强,这就是他能争取其他军阀的原因,他常能相当老练地全面策划一次战役。

斯诺:从军事角度看,红军在江西的第五次反围剿中失败的主要原因是什么?

周恩来:有两个重要因素致使蒋介石第一次取得胜利:第一,他采纳了德国人的建议,在纵深构筑堡垒群,步步为营,以短促突击向前推进,最后以优势兵力(五十万国民党部队对十万红军正规部队),对红军逐步实施有效的包围。第二、我们未能在军事上同国民党十九路军发动的福建起义相配合,没有支持这支牵制蒋的力量。我们本来可以成功地同福建起义部队合作的,但由于听从了李德和上海共产国际顾问团的建议,我们没有这样做,反而撤退,去攻打蒋介石集结在瑞金附近的部队,这就使蒋介石得以从侧翼包剿十九路军而把它打垮。

蒋介石并不是除了专横暴虐、歇斯底里式的骂几句"娘希匹"、耍一通脾气之外一无所长,也不是后人所形容的一听到枪响就吓得往床下钻的胆小鬼,若是那样浅薄,他就不会服众。人们总耻笑他东征陈炯明时差一点被俘,的确是差一点被俘或是被打死,可是,他当时是黄埔军校的校长,处在这样的地位,如果是怕死的话,完全可以不上火线去冒险。

李宗仁并不是蒋介石的密友,在蒋桂战争时曾打得你死我活,他在晚年的回忆录中,有这样一段记述,想无阿谀奉承、吹牛拍马之嫌,跟周恩来对蒋的评价可以互相印证。蒋的确喜欢把自己想象成一个带领敢死队的突击"英雄"。

那是北伐时期的武昌城下,李宗仁写道:

> 正当前线战况最激时,蒋总司令忽然约我一道赴城郭视察,我因为蒋氏未尝当过下级军官,没有亲上前线一尝炮火轰击的机会,深恐其在枪林弹雨下感到畏缩胆怯。我二人走到了城边,战火正烈,流弹在我们左右簌簌横飞,我默察蒋氏极为镇定,态度从容,颇具主帅风度,很使我佩服。

如果他是怕死鬼,一个北伐军的总司令没有必要像个突击连长那样亲临火线。

无论丑化美化,都是对历史的嘲弄,都将丧失真实。

蒋介石的目光扫过湘南、桂北、黔东,而后落在松桃、印江、德江、沿河和四川的酉阳,这是红军二、六军团所在的地方。为了配合中央红军的西征,他们向湘西发动攻势,意在湘鄂川黔边境发展根据地。

"一定把他们聚歼于湘江潇水之间,绝不能让朱毛赤匪与肖贺赤匪拉起手来!"他像梦呓似地喃喃着,充溢肺腑的是十年来积聚的怨毒恨火。希特勒那句血淋淋的口号又在耳畔震响:"我们的斗争只有两种可能的结局:不是敌人踏着我们的尸体过去,就是我们踩着敌人的尸体过去!"

"现在只有一种结局,"蒋介石怒视着地图,盯视着赤色大军的行进路线,"只能是后一种!"他的目光继续向左上方移去。那是红四方面军的川陕根据地。一年前,那里的红军粉碎过川军二十万人的六路围攻。

蒋介石的眼前,好像猝然亮了一个闪电,一种突然袭至的疲惫,使他的勃勃野心和顽强的自信失去了平衡。这是一支并不比朱毛赤匪更容易粉碎的力量,他觉得彻底消灭红军、统一中国的目标忽而又变得遥远了。他的目光右移,那是雄踞鄂豫皖三省边界的大别山起伏的峰峦。四方面军被迫从这里撤走,反而在川陕边壮大起来。大别山的革命火焰减弱了,却没有熄灭。它在冒过一阵闷烟之后又吐出了鲜红的火苗。那里的红二十五军在罗山发布了《中国工农红军抗日第二先遣队出发宣言》之后,越过平汉路进入了鄂豫边的桐柏山区,而后向伏牛山区急进。

蒋介石顿觉那张挂图在红色烈焰中燃烧,室内弥散开一种浓烈的硝烟气味。他双眼起雾,喉头发紧,足底忽有一股冷气急速升起,直袭心胆。他不愿让烦乱的目光继续在赤匪肆虐的地区停留,那里是使他产生噩梦的摇篮。

他的目光上移,从信阳到南阳到洛阳!

洛阳! 九朝古都,这是许多古代帝王的发祥之地。

三　视察是为了统一

蒋介石的目光,在洛阳停留得最久。

1932 年,一·二八淞沪事变发生,蒋光鼐、蔡廷锴指挥的十九路军在上海,正把日寇打得头破血流、尸骨横飞的时候,南京国民政府却以不可思议的惊慌失措,在事变后第三天仓皇迁都洛阳,留何应钦在南京维持治安,留罗文干主持外交。其余一千多国民党军政要员难民似地涌进古都。因行事匆忙,国民党中央党部及国民政府占据了河洛图书馆,行政院及中央政治会议,挤进了职业学校。三月,由汪精卫主持召开了国民党四届二中全会,决定了在国难期间党务、军事、外交、内政等方面的实施原则。

正是在这里,蒋介石被正式推举为军事委员会委员长兼参谋部参谋长,接着又决定西安为陪都,洛阳为行都。

5 月 5 日《淞沪停战协定》正式签字,12 月 1 日国民政府又迁都南京。

蒋介石很喜欢洛阳。就在一个月前,他从汉口抵达那里,参加中央军事学院洛阳分院的开学典礼。1934 年的 10 月 10 日双十节,正值艳阳高照秋高气爽,他偕夫人宋美龄、私人顾问端纳、少帅张学良、行营秘书长杨永泰、侍从室主任晏道刚登上检阅台。

开学典礼成了隆重的阅兵式,以庞大的军乐队为前导,鼙鼓号角震耳欲聋声达寰宇。校方为了壮大声色,竟从当地驻军借来八辆装甲车,弄得尘土飞扬,烟雾弥漫,青天白日满地红的旗帜在十月的阳光下泛出灼人的血光。学员方队,虽然不太整齐,却也威武雄壮。他们向蒋介石和宋美龄行注目礼,那种激动人心的场面,使感情细腻、奔放的宋美龄莹亮的眼里噙着欣喜的泪花。

校阅完毕,三千学员与部队肃立台前,聆听委员长教诲。蒋介石

先对学员们努力学习、精诚服务进行嘉勉,而后是千篇一律的训导:

> 自古以来,没有一个国家内乱频仍而对外用兵者!不安内
> 则不能攘外,日寇是疥癣之疾,共匪才是心腹大患。共产党只希
> 望我们与日寇拼个两败俱伤,他们坐收渔人之利。共产党的方
> 志敏北上抗日先遣队,名为抗日,实为威胁我南京,企图收围魏
> 救赵之效。……共匪不除,国无宁日!只有先安内才能攘外,谁
> 不懂得这个道理,那就是糊涂虫!

他杀气腾腾地吼叫着,把拳头高举,就像要立即驱赶着台下受检
阅的部队奔赴战场!典礼之后,他余兴未减,驱车去铜驼巷参观老子
故宅。

洛阳古称洛邑,周平王东迁于此,世称东都。战国时,改称洛
阳,因在洛水之阳而得名,成为我国六大古都之一。自周以降,历
汉、曹魏、晋、北魏、隋、唐、梁、后唐、宋等九朝,为时近千年,其建都
之长仅次于西安。洛阳形壮势雄,是中原的心脏。傅毅有《洛阳
赋》:"被昆仑之洪流,据伊洛之双川,挟成皋之严阻,扶二崤之崇
山……"

行营秘书长杨永泰是当时的才子,1915年任上海《中华新报》的
主笔。他充当解说员,使端纳这个中国通为之感佩之至。他们随蒋、
宋之后,迤逦而行。宋美龄虽无兴趣,置此前呼后拥的场合,也谨言
慎行,作出一种娴静高雅庄严之态。从老子故宅东行,出双龙巷西
南,入孔子庙,庙前有碑峙立,上刻"孔子问礼于老聃处"。

此典故唯杨永泰最熟,当众讲解:"孔子适周时,尝问礼于老子,
老聃曰:'子所言者,其人与古,皆已朽矣,独其言在耳。且君子得其
时则驾,不得其时则蓬累而行。吾闻之,良贾深藏若虚,君子盛容貌
若愚,去子之骄气与多欲、态色与淫志,是皆无益于子之身,吾所以告
子者,若是而已。'

"孔子甚为赞服,归后对弟子说:'鸟吾知其能飞,鱼吾知其能游,兽吾知其能走。走者可以为罔,游者可以为纶,飞者可以为矰,至于龙,吾不知其乘风云而上天。吾今日见老子,其犹龙乎?'……"

侍卫长宣铁吾插言道:"我看老子绝非龙,只有委员长这样雄才大略的人才能称得上龙。"

因为阿谀奉承得过分直露,无人附议。蒋介石装作没有听见,却面呈喜色。晏道刚提议去看洛神庙。

洛神典故,参观者大都熟悉:相传伏羲有女,下嫁诸侯,夫死,女投洛水殉节,后人念其贞洁,祀为洛神。

"曹植的《洛神赋》不是很有名吗?"蒋介石目视洛神像回头问杨永泰。

"这是历史的误会,"杨永泰犯了文人卖弄学问的通病较起真来,"曹植的《洛神赋》并不是为伏羲之女写的,而是为甄妃写的。"

宋美龄表示了极大的兴趣,愿闻其详。此时,侍从人员已在庙厢摆好茶座,请参观者小憩。

杨永泰不拘细谨,侃侃而谈,有些得意忘形。他说三国时期,袁绍子妇甄氏美绝天下,魏主曹丕纳为妃,终遭郭后谗言而死。曹植为了怀念她,做了一篇《感甄赋》,辞极艳丽淫秽,曹丕得知,索阅此赋,曹植怕获罪于魏主,只好改名为《洛神赋》献给曹植,后人不察此情,信以为真。

"你能背几句吗?"蒋介石手捧茶杯兴趣盎然。他已经从阅兵典礼上的狂烈激情中解脱出来,变得怡然自得了。

"我只记得他形容洛神之美,"杨永泰虽然狂放,守着宋美龄,他不敢过分轻浮,"其形也,翩若惊鸿,婉若游龙……远而望之,皎若太阳升朝霞;迫而察之,灼若芙蕖出渌波。……丹唇外朗,皓齿内鲜……转眄流精,光润玉颜。含辞未吐,气若幽兰。华容婀娜,令我忘餐……"

有人想以此比宋美龄之美,却不敢轻易造次。

"那么,'东都才子,南国佳人'的成语中的才子是不是指曹植?"蒋介石问。

"当然,曹植算得上才子,"杨永泰像向平常人那样解释说,"可算不上大才子。当时洛阳名士多如牛毛,班固、班昭的名声远远超过曹植。贾谊就是洛阳人,大政论家和文学家……"他发现蒋介石有些不悦,便不再讲下去了。他想起了曹操和杨修的故事。在领袖面前,卖弄学问,未免有失检点,便提议再去参观关林。

这关林在洛阳之南,渡过洛水,便望见红砖碧瓦从松柏丛中隐约显露,便是汉寿亭侯关云长的陵墓。冢前古柏参天,蔚茂成林,故称关林。大殿前有一楹联:

易日刚健中正

书云文武圣神

还有一联:

浩然之气塞天地

忠义之行彻古今

杨永泰以为蒋介石会喜欢,但蒋介石却已兴味索然,吩咐打道回府。秘书长体会到了"伴君如伴虎"的滋味。

第二天,蒋介石便在端纳的倡议下,开始了他的西北视察。

蒋介石的目光左移。那是具有三千年历史的古城西安,中国十一个封建王朝在这里建都。他从这里开始了西北视察的第一步。

14日的《华北日报》用极尽阿谀奉承的溢美之词报道蒋介石夫妇的西安之行:

　　舆论认为蒋介石西安之行与共产党对四川的威胁不无关系。因为国共的任何行动都会变该省为一主要战线,但蒋委员长暨夫人却大肆鼓吹新生活运动。……蒋将军、蒋夫人先后做即席演说，前者用中文，后者用准确、美妙的英文……在座的无不赞叹蒋委员长暨夫人的尊严和风度，深为中国的首脑层中能有这般才智、活力和献身精神的人物而释慰不已。

而后便到兰州。

蒋介石此行，被许多人认为是危险的，由于随行的张少帅和端纳未加阻拦，事后曾受到许多高级官员的斥责。他们认为处在蒋介石的地位，到此边陲之地，随时都有被暗杀的危险。

蒋介石结束了兰州视察之后，走到更为偏远的宁夏、银川。《华北日报》10月21日详细报道了蒋介石的兰州——宁夏之行：

方圆百里左右，只有绵延无亘的尖顶，浅褐色的黄土山丘，山丘四围被冲蚀成干裂的溪谷……

号角吹响了，民众开始欢呼，乐队开始奏乐，欢迎蒋介石夫妇和张元帅。客人们走下飞机，马鸿逵将军和其曾任山东省主席的兄弟马鸿宾将军走上前去与他们一一握手，表明宁夏仍在党国手中！

蒋介石对这句评语，极为赞赏。

内蒙古政治委员会也发报邀请蒋介石去视察，他采取了一个折衷之法，派一位友好使者去内蒙，而他则偕大队人马到达察哈尔的张家口，继而转赴绥远再去太原，孔祥熙由北京到太原迎接。

南昌行营急电告知，中央红军已突围西征。蒋介石即偕行营高级幕僚飞赴南昌，而宋美龄、孔祥熙和端纳则取道北京、天津、青岛、上海返回南京。他们在一个月里完成了一生中最重要的旅途。

这次视察，使他看到了各地方势力的复杂和虚弱，增强了统一中国的信心。视察途中，他曾向端纳问策："用什么有效方法驾驭这些各怀异心的地方势力？"

146

“你可以看看马基亚弗利的《君主论》。”

“马基亚弗利是谁?”

“他是意大利文艺复兴时期的著名政治思想家和历史学家。出身于佛罗伦萨的没落贵族家庭,是但丁的同乡。”

“他的《君主论》的要点是什么呢?”

“他赞美共和国制度,渴望祖国统一。”

“这也是我的奋斗目标。”

“他认为理想的共和国应该是人民代表、贵族代表和选任的国家元首共同参与政权的行使。”

“我也赞成这一主张,这比赛克特讲的德国那一套,更容易被国人接受。”

“但是,在意大利长期分裂的条件下,建立中央集权制君主国,才是最为适当的政权形式。”

“有道理。那时意大利的分裂也像现在的中国吗?”

“不,那要复杂得多。”

“要达到这一目标的方略是什么?”

“希望有一个强有力的君主出来,统一分裂的局面。”

“中国秦始皇就是这样的人物。杜牧的《阿房宫赋》第一句就是:六王毕,四海一。”

“《君主论》不仅主张统一局面,而且还要驱逐外国的侵略!”

“中国也将如此,日本必须从中国土地上撤出去!”

“日本外务省天羽英二在今年 4 月 17 日发表的声明,恰恰反映了他独吞中国的野心。”

“只要有一个强大的中国,任何侵略者的野心都不会实现。我们北伐时的战歌①,就是:‘打倒列强! 打倒列强! 除军阀! 除军阀!

---

① 即《国民革命歌》。此处为该歌第二段。

国民革命成功,国民革命成功!齐欢唱!齐欢唱!'"

"那是一个光荣的时期,辉煌的时期,革命精神焕发的时期。"端纳由衷地赞叹着,"现在的国民党应该恢复北伐时期的革命精神。"

蒋介石黯然。

端纳又回到马基亚弗利的观点上:"《君主论》把政治从宗教和道德的束缚中解脱出来,提出国家利益为政治行为的唯一准则,那就是为了目的可以不择手段。"蒋介石微微笑了。自从涉足社会,从军从政以来,"不择手段达到目的"就是他追求的目标和行动准则,可见天下"英雄"所见略同。

"但是,他有一句格言,你未必同意,"端纳脸上流露出深深了解中国和蒋介石的微笑。

"他的格言是什么呢?"

"敌人的敌人便是朋友。"

"只对了一半!"蒋介石微笑着,是一个自认为看透一切的微笑,并带有几分狂傲的自信,"共产党是日本的敌人,却不是我的朋友。"

"但可以暂时的联合。北伐时期的国共合作,就是证明。"端纳坦诚地提出异议。

"任何联合都是暂时的!"蒋介石也表示出他的坦诚,"我们的格言是,今天的敌人,可能是明天的朋友;今天的朋友,可能是明天的敌人。"

"一切以自身利益为原则!"

"诚哉斯言也!"蒋介石无时无刻不在推行着这个原则,但他对端纳的概括做了一点小小的修饰,"我蒋某所作所为都是以党国利益为最高原则,至于别人是否谅解,我是无所谓的!大行不拘细谨,大礼不辞小让。"

蒋介石的这段回想是愉快的,他希望端纳不久即陪宋美龄来南昌,同他分享胜利的欢悦。他向地图扫了一眼,转身回到桌边,按铃要侍卫长备车,去看因身体不适而住院治疗的冯·赛克特。

四 "他是个好军人,但还不是好政治家"

冯·赛克特仰卧在病床上,昏昏欲睡。将近一年的反共战争,耗尽了他的精力,终因疲劳过度而积劳成疾。即使他预知自己再过一年零五个月就死去的话(他因病重于1935年3月回国,1936年春天就死了),他也还是会那样卖力地为蒋介石工作。

在冯·赛克特的日记中,写着人生四根精神支柱:"爱情、仇恨、信仰和祖国利益。"这四个支柱的集中体现,就是对菲德烈、俾斯麦、兴登堡、希特勒的强烈崇拜。

埃德加·斯诺在他的《西行漫记》中,在评述李德时说过这样一段话:

> 作为一个德国人(指李德),共产党也尊重他对冯·赛克特将军向蒋总司令提出的战术的分析,这件事也真有戏剧意味,两个德国将领,其中一个是彻头彻尾的法西斯,另一个是布尔什维克,却通过这两支中国军队互相厮杀!

更有戏剧意味的是冯·赛克特和李德都是街垒战专家,他们在慕尼黑的激战中,已经刀对刀枪对枪地较量过。不过那时,赛克特是久经战场的德国国防军的总司令,而李德是起义军的一个队长。因此,李德知道他面对的是他的同胞赛克特的堡垒战术,而赛克特却不知道他面对的红军中还有个李德。

这两个军事顾问不遗余力地对抗,一方面是为了他们的使命,一方面是为了他们的信仰。李德是为了推进世界无产阶级革命,而赛克特则是为了消灭共产主义,为了德国的对外扩张!

"我的堡垒主义终于胜利了!"赛克特眼望着乳白色的天花板,曾反反复复地想着,"共军突围西窜,我的使命完成了!"但是这个胜利,给他带来的预期快感很快就淡化了。他忽然发现他的勃勃野心和毕生所追求的并不像他想的那样辉煌。他望着天花板上那盏球形电灯,想到他的故乡,想到普鲁士哥特式大教堂幽暗的穹窿下,日夜燃烧着的火炬;想到他的童年;想到他为第三帝国的兴起所尽的力量……

冯·赛克特对第三帝国的概念是清晰的:第一帝国是中世纪的罗马帝国,那时被称为是神圣的。历史无情,即使神圣而又神圣,却也无法挡住它的衰落。德意志国王奥托一世征服了意大利,统治的疆域包括德意志、捷克、意大利中部和北部、勃艮第、尼德兰,帝国的统治中心是德意志。那时各地处在封建割据中,神圣的罗马帝国并没有真正地统一,在连年战争中存活了八百四十四年,便被拿破仑推翻了。第二帝国是普鲁士在1870—1871年的普法战争中击败法国后,俾斯麦所建立的德意志帝国。这位铁血宰相也只干了十九年。

冯·赛克特认为,这两次帝国都给德国带来了荣誉,而第二帝国后的魏玛共和国却是德国的耻辱。他希望1933年上台的希特勒的第三帝国,比第一、第二帝国带给德国更大的荣誉。获得荣誉的方法,就是希特勒在《我的奋斗》中所宣称的:"不能用和平方法取得的东西,就用拳头来取。"

冯·赛克特完全赞成希特勒的观点:"要取得新的土地,只有在东方才有可能……如果要在欧洲取得领土,只有在主要牺牲俄国的情况下才有可能,这就是说,新帝国必须再一次沿着古代条顿武士的道路向前进军,用德国的剑为德国的犁取得土地,为德国人民取得每天的面包。"

以侵略扩张为目的的军国主义者,颇具日本那种武士道的献身精神。冯·赛克特在1933年5月首次来华时,就精读了日本首相田中义一给天皇的奏折,以便处理好德、日、中之间的关系。他认为田中义一的观点就是从俾斯麦的铁血政策和希特勒《我的奋斗》的启示中得来的:"我日人为欲自保而保他人……"当冯·赛克特读到这里时,深感田中用词之精妙,不像希特勒那样露骨。你看他说得多么可怜可爱可敬可亲,侵略别人反说为了自保,践踏别人反而是保护他人,"必须以铁与血,方能拔除东亚之难局……然欲以铁血主义而保东三省……"他已经把东三省当成自己的了,把强盗逻辑说得多么策略,"则第三国之亚美利加,必受支那以夷制夷煽动而制我,斯时也,我对美之角逐,势不容辞。……惟欲征服支那,必先征服满蒙,如欲征服世界,必先征服支那,倘支那完全被我国征服,其他如小亚细亚及印度、南洋等异域之民族必畏我敬我而降于我。使世界知东亚为我国之东亚,永不敢向我侵犯,此乃明治大帝之遗策,亦是我日本帝国之存立上必要之事也……"

冯·赛克特很敬佩田中义一的气魄。弹丸小国,竟想吞并大东亚,当它真的吞并了东亚,那么,它就要觊觎世界了。那时,德国与日本便为争夺世界统治权而拼杀。可惜我冯·赛克特已经老了!

这种追求世界霸权的欲望,在多少侵略者的头脑中日日夜夜魂系梦萦?

冯·赛克特喝了护士送来的药,那是镇静他烦躁不安的神经的。他微微闭上了双眼,在昏昏欲睡中,他觉得还有什么事情没有做完,但他却无法集中思想了。

他已经陷入了暮年的疲惫之中,稀疏的白发倒垂在枕上。护士对这位外国老人毫无生气的脸凝视了半分钟。他两鬓内陷透出苦涩的凄凉,脸上的肌肉在微微抽搐。她不理解,这个洋老头为什么不在家里颐养天年? 到中国来干什么呢?

当蒋介石在参谋本部次长林蔚的陪同下,穿着白色罩衫走到冯·赛克特病榻前时,赛克特已经沉睡了两个小时了。为了他能够与蒋介石交谈,医生给他注射了兴奋剂。

蒋介石轻轻地握了握顾问宽大却干瘪的手:

"我刚刚从太原回来……怎么样?"

"没有什么病……"赛克特示意护士给他背后垫上枕头,他可以半躺半坐地跟委员长谈话了,"只是心力衰竭,肝脏有点小毛病,精神有些烦躁。"

"共军已经西窜,在途中被我截击,已经大部溃散,此次胜利,仰仗赛将军的策划,除了我个人对你病体慰问之外,还代表党国对你表示谢意。"

"为了共同的灭共大业,不必感谢,"赛克特微弱的声音里带着深深的遗憾和伤感,"只是我暂时不能帮助你制订追堵计划了……"他深深地叹息了一声,使蒋介石感到这个重病的军事顾问,具有一种近乎偏执狂的、畸形人格力量——为了完成他的使命,不惜榨干最后一滴生命的浆液。

"参谋部正在制订这个计划,我已经任命何健将军为追剿总司令了!"

"我原来预计共军会向湘中突围(这正是毛泽东建议的突围方向),现在看来他们是要西渡湘江,去与肖贺共军会合了。"

"是的,几种可能我们都已经估计到,并且做了准备,我想是万无一失了!你可以放心地治疗……安静地休息……"蒋介石不再指望这位已经油尽灯枯的顾问提出真知灼见,准备起身告辞。冯·赛克特却言犹未尽。他这时才意识到红军突围后引起的失落感是什么东西:红军突围,放弃了经营多年的根据地,固然可以认为是胜利,但又很难说是胜利。他毕竟没有达到消灭红军主力于苏区的目的。占领苏区,并不是他的全部目的。

"我想,无论如何不能让共军渡过湘江……"赛克特叹了口气说,"但我又担心,委员长能不能调动起各地方的异己力量。要想统一中国,必须消灭异己。"

"在德国容易,在中国难。"蒋介石苦笑了。

这位法西斯主义者对中国的了解太肤浅了,在这一点上,他不如端纳。

"只靠军事手段是不够的……愿你早日恢复健康。"蒋介石不轻不重地握了握军事顾问的手,告辞了。他在雪佛兰轿车里坐定,对林蔚说:"冯·赛克特是个好军人,但还不是一个好政治家!"

林蔚正襟危坐,目视前方,他有点所答非所问:"委座统一中国之决心,确实是任重而道远。秦始皇统一中国,也是奋六世之余烈,振长策而御宇内。"

蒋介石沉吟良久,忽然问林蔚:"古人言:治理国家有九经:修身也,尊贤也,敬大臣也,体群臣也,子庶民也……你以为如何?"①

"古人言:为政致治,在于识贤任贤,而不在于自贤。"

蒋介石感到林蔚说得有道理,但又体会出领袖只要任贤用能而自己不必有贤德之意,会不会是影射他呢?他一时很难分清这是褒还是贬,却能使他想起在上海交易所被杜月笙、张啸林、黄金荣叫作"阿伟"的那一段历史。

蒋介石宁肯将那段历史忘掉,但他实在不应该忘掉,而且也忘不掉,因为在后来的军事政治生涯中,在中国各派军阀角逐的擂台上,他能够把所有对手打翻,其拳脚运用之高妙,不正是来源于交易所里学到的投机钻营、随机应变的生意经吗?

---

① 典出《礼记·中庸》,蒋介石所记不全,原文为:"凡为天下国家有九经,曰:修身也,尊贤也、亲亲也,敬大臣也,体群臣也,子庶民也,来百工也,柔远人也,怀诸侯也。"

五　与何健"函电交驰"

蒋介石侍从室的工作日记上,用四句话记载了当时南昌行营的忙碌与心情:聚精会神,函电交驰;尽歼流寇,毕于一役。

蒋介石委任任何军官的军职,向来是独断专行,很少跟别人商量,这并不妨碍他识人之深、用人之当。正像朱德分析的那样,他任命何健为追剿总司令是颇费心机的。

何健,字芸樵,湖南醴陵人。1916 年毕业于保定军官学校第三期步兵科。1918 年,湘军总司令程潜委任他为游击队司令。后归唐生智指挥,任骑兵团长和九旅旅长。1926 年 7 月北伐战争开始,他是国民革命军第八军第一师师长,后升任第三十五军军长兼任湖南清乡会督办。

何健在湘南疯狂地屠杀共产党人,是有名的反共专家和健将,手段毒辣而残忍。在国民党内,他是一个善于投机的军人,他和桂军白崇禧、胡宗铎、夏威是保定军校的同学好友,而后歃血为盟、义结金兰,亲如手足。但他明靠桂系,暗通蒋介石。1929 年蒋桂战争爆发,他拥蒋反桂,在李宗仁、白崇禧背后刺了一刀!李、白被迫下野,他被蒋介石委任为湖南省主席。在对中央革命根据地的一、二、五次围剿中,极为卖力,深为蒋介石所青睐。

现在,他委任何健为追剿军总司令,一是因为他会决死堵截红军入湘;二是可以率湘军追剿入桂。因为他与桂军首领的私谊,而不会引起各地方势力的纠纷,所以他能在红军突临湘江前,湘军便先于红军进入桂境,抢占了全州。

蒋介石除给何健下了委任令之外,还给他一封亲笔信:

芸樵兄勋鉴:

今委兄以大任,勿负党国之重托,党国命运在此一役,望全力督剿。并录古诗一首相勉：

> 昨夜秋风入汉关，
>
> 朔云边月满西山；
>
> 更催飞将追骄虏，
>
> 莫遣沙场匹马还。

何健手捧信札，犹接圣旨，受宠若惊，高兴得昏头昏脑，激动得在屋里转圈。若不是参谋人员在侧，他真要纵情高歌拔身猛跳了。沉静之后，当即复电盟誓：拼死决战，绝不辜负委座重托！

何健复电之后，立即赶往衡阳督师，开始了穷凶极恶的堵截，并将蒋介石的手札大量复制，以激励下属、抬高自己。

各地方军阀深谙蒋意，纷纷连电祝贺何健就任新职，颇具戏剧意味。首先发电的竟然是白崇禧，电曰：

> 吾兄督剿赤匪，夙著奇勋，此次复膺新命，帅五省之师，系万民之政，声威所布，匪胆已寒，肃清之功，可为预祝。

其次是何成浚、薛岳、陈继承。

电文引经用典，各展溢美之词，颇类文字游戏。这种虚情假意的官样文章，当时在国民党官场里极为盛行。

六　追剿计划

蒋介石开了一天军事会议，在"明者防祸于未萌，智者图患于将来"的思想指导下，经过争议和补充，形成了《湘桂黔会剿计划大纲》。蒋介石当即于1934年11月17日用命令下达：

> 查赣匪倾巢西窜，我大军正分头追堵，期于湘水以东地区，将匪扑灭。惟虑该匪一部或其残部，一漏网，突窜湘漓水以西，不能不预为歼灭之计，兹特拟定湘水以西地区剿匪计划大纲。

（一）方针

防西窜之匪一部或其残部。如窜过湘漓水以西，应以不使该匪长驱入黔，会合川匪及蔓延湘西，与贺肖合股之目的。围剿该匪于黎平、锦屏、黔阳以东，黔阳、武冈、宝庆以南，永州、桂林以西，龙胜、洪州以北地区消灭之。

（二）纲领

（1）应于匪未窜湘漓水以前，于永、宝、武、黔、锦、黎、洪、胜、桂线上，赶筑工事，先择定重要城镇，构成据点，然后逐渐加强、增密。

（2）于上述地区内，预为坚壁清野之准备，使匪窜过湘江时，进无所掠。

（3）先于上述地区内，严密组织群众，布成侦探网，并由湘、黔、桂军，于上述工事线上，分布民众团体扼守，并扼要控制有力部队，预为区划守备地点。

（4）一旦匪若窜过湘漓水以西，各军即迅就预定地域，相机堵剿。

（5）原任追击之部队，即穷匪所至追截抄袭，与各守备部队联合兜剿。

（三）指导纲领

甲、湘军（北路军派出之追剿部队附之）

（下面皆守备地域及追剿堵截作战细则，略）

乙、黔军。

（下面皆守备地域及作战细则，略）

丙、桂军。

（下面皆守备地域及作战细则，略）

以上各项，各部均应查照办理具报。

这个命令签发时，蒋介石像祈祷上帝似地说了几句话：

"天网恢恢,疏而不漏,能否尽灭匪军,就看各部将士是否精诚合作,膺命无间了!"

计划的确是个好计划,几乎无懈可击,是否精诚合作,膺命无间,就只有上帝知道了。

此令下达之日,红军不但离湘江甚远,而且还没有渡过潇水。十天之后,红军才到达湘江。

而且,渡过湘江之后,不管是李德、博古坚持的向湘西前进,与二、六军团会合也罢,还是毛泽东提议的进军黔境以遵义为中心,在川、黔边建立新根据地也罢,全都网在蒋介石的预计之内和追剿堵截计划之中。如果说,李德的与二、六军团会合的计划是危险的,那么在黎平召开的中央政局会议,按照毛泽东的建议所作的《关于在川、黔边建立新的根据地的决议》同样也是不能实现的,只能放弃此计划被迫四渡赤水,北渡金沙,去与四方面军会合。

这里面有多少得失对错,作出公正的评价是很难的!因为历史不能放在假定的基础上,而评论历史又往往容易放在假定的基础上:李德是把与二、六军团会合,放在必获胜利的假定基础上,而且历史并没有证明与二、六军团会合一定失败;毛泽东否定这个计划,也是建立在与二、六军团会合一定失败的假定基础上,历史也没法证明这个假定不对!

即使与二、六军团会合有重兵堵截,也存在突破与不能突破两种可能。

难道遵义会议后的红一方面军的行进路线上就没有重兵围追堵截吗?为什么说与二、六方面军会合就是不合理的,与四方面军会合就是合理的呢?在张国焘演出的那场分裂戏剧中又是多么危险!似乎也都在无计划无准备之内,而且到陕甘去落脚也不是事先既定的目标。

历史只作出一种答案。而结论却是"横看成岭侧成峰,远近高低各不同"。唯其如此,生活的雄浑、犷悍、怪异、奇诡、蕴藉、朦胧、流动之美,也才在其中。

　　为什么湘江一战,红军损失过半(损失的大部是新兵)就是极大的错误和惨败,而遵义会议之后,三万六千主力红军到达吴起镇时只剩了个零头——六千人,损失达百分之八十三以上,就是极大的正确和伟大的胜利呢?

　　请打开红军长征路线图,看湘江之战前的路线,尽管抬着沉重的轿子,却几乎是笔直的。遵义会议后的路线却是曲折回环比盘肠都多几道弯,哪个更没有准备更没有计划更没有目标呢?

　　这是值得后人深深思辨的!

第八章　1934年12月2日
新圩、文市之间的三十四师阵地

一　阵地即将陷落

炮火已经把远近几个山头上的树丛剥光了。白天,五军团的战士们借着炮弹和飞机炸弹坑作为抵抗的工事,与四面包围的敌军作拼死的搏斗。

12月2日这一天,在新圩、文市之间的三十四师阵地淹没在敌人的炮火中,血肉横飞,弹片啸叫。鲜血和泥沙凝固在一起的褐紫色山地上,遍布支离破碎的肢体和横躺竖卧着敌对双方的濒临死亡的伤员。山崩地裂的搏斗,持续了几十个小时。一团团黑色的碎云,掠过阵地上空,犹如战神翅膀投下的暗影。

三十四师师长陈树湘,站在中间略高于其他阵地的山包上。举起望远镜四面看去,仿佛进入一场险恶的梦境。巡视惨呼绝叫、尸体狼藉的战地是需要勇气的。他看见无数目眦欲裂的眼,瞪着硝烟漫卷的苍穹。

整个红军主力全都过了湘江,他的三十四师被卡在湘江东岸!所有联络都已切断。周围几个起伏的山地成了淹没在血海中的孤岛。他接到的最后指令是:"全力突围,于凤凰嘴一带渡江,追赶前行部队。如果不能渡江,就依据兴安以南山地发展游击战争!"

陈树湘两眼盯视着电文,心情苦涩而悲壮。电文指出了两个可能。但他清醒地知道,第一种可能已不存在,只有后一个可能——突出一部分部队,留在江东打游击。他望了一眼用弹坑连接成的堑壕,鲜血渗透的泥土,泛着酱油似的紫褐色。一堆堆血肉裸露的尸体上,尚未燃尽的衣衫和棉絮,冒着焦煳味的轻烟。滴血的刺刀,折断的枪柄,矗立在焦土之上,在中午的阳光下,闪出令人毛骨悚然的色彩。

　　阵阵灼热的山风挟带混浊滞重的血腥气扑到陈树湘的脸上,像火,辛辣的硝烟直刺鼻腔,使他口焦舌燥、窒闷欲呕。这是战斗的间歇,它意味着占有绝对优势的敌人在重新组织调整兵力之后,再来一次更加猛烈的进攻。

　　全师已经被敌分割,互相失去联系,只有万世松的二营在距师部二百米之外的山丘上。电话线刚刚接通,便传来万世松的声音:"报告师长,我们营还能集中起一个连队,在各自为战的情况下,我建议全师立即组织分散突围……"

　　"你是说,要主动放弃阵地?"陈树湘一向器重万世松,他愠怒的反问声调足以使万世松感受威严。

　　"师长! 我们二营可以撕开一个裂口,掩护师部突出去。趁现在还有这个力量……"

　　可是,此时的陈树湘,却不能接受分散突围。从感情上说,他不愿意放弃阵地;从理智上说,他认为分散突围就是溃散。在万世松看来,师长的这两个观念都是陈旧的!

　　"万营长,你若是把阵地给我丢了,我要杀你的头!"万世松不是个胆怯的人,这句愤怒的话,可能给他带去羞辱,伤害他的自尊。陈树湘认为有必要向部下解释几句,"既然我们师是断后,那就战斗到底吧,像个钉子,把敌人钉死在这里!"

　　"师长……"万世松难过地叫了一声,没有了下文。这是激战的阵地,命令是不容许讨论的!

敌人又开始了进攻,但这次进攻没有预想的那样狂烈。狡猾的敌人改变了战术,它不想耗费过多的力气一下把对手击倒,仅仅是撕大它的伤口,让遍体鳞伤的对手慢慢淌血,而后倒毙。

这种慢消耗似乎是致命的。但事物注定有利必有弊,反过来就是有弊也有利。

陈树湘认为这种慢消耗是可取的,这样正好可以较长时间地拖住敌人。他向部队提出了决战到底的口号,下定了以死殉革命的决心:"同志们! 战斗到最后一口气,宁死不做俘虏!"

这时,师部的特务连长(他是陈树湘的内弟)丢掉了打光子弹的驳壳枪,满身血迹,从弹坑里站了起来,耗尽了皮下脂肪的脸松垂着,塌陷的眼窝在蓬乱的长发下像个骷髅。陈树湘在三十米外竟然不认识他了。他提着马刀,嗓子嘶哑地喊叫了一声,谁也听不清楚他说的是什么,却又都明白是什么意思,全连(只有一个排了)跟他向敌人冲去!

陈树湘被特务连长这个动作弄呆了,他并没有命令他冲锋。这是不理智的行为,他看着冲进敌群的警卫部队。这种殊死搏斗是不是因为他的口号引起的? 战士们竟然缺少韧性,不愿忍受长时间的折磨而去寻求死亡? 那么蛮勇反而成了怯懦,顽强反而成了脆弱?

这种近似疯狂的搏杀,惊心动魄。最残酷的是伤员与伤员的斯拼,他们用手用牙互相扯裂着对方的伤口。他们已无力呻吟,更无力呐喊,在滑腻腻的血洼里扭曲滚动,把最后一点精力注入最后的一击中。

这不是一个人,而是整个阵地,这不是阵地,而是一个人。阵地,犹如一个遍体伤痕血将流尽仍然拼杀不休的巨人。

敌人退下去了。特务连长和他带上去的那三十多名战士,一个也没有回来。

陈树湘决心收缩阵地。他打电话给万世松,要他带二营集中到主阵地上来。他告诉万世松,目前的作战方针是:"拖住敌人就是胜利!""战斗到最后一分钟,战斗到最后一人,战斗到最后一口气!"

说起来,这是陈树湘的历史局限。他是一个起义的旧军人,宁都起义使他接受了革命思想,却没有改变军事素质。"身当恩遇恒轻敌,力尽关山未解围","相着白刃血纷纷,死节从来岂顾勋"。对共产党以死相报,这便是陈树湘的军人魂。

万世松崇尚师长的忠勇,却不同意师长的决心。拼掉是没有意义的,即使能拖住东岸的部分敌人,也不一定有利于主力的西进,因为敌人太多了,杯水无补于车薪。再说,只有不被消灭,突围出去,才能真正长期地拖住敌人。革命需要的不是烈士,而是火种。

万世松的想法,是符合总司令部的指示精神的:突围,选取有利的地区进行游击战争。可是,真理,有时并不在权力一边。

万世松的二营撤到主阵地上。他是一位虽然年轻,党龄却很长的布尔什维克。他有义务再向师长力争,尽管这种提议很容易被视为怯懦。怕死,这是军人的奇耻大辱,但万世松并不怕造成这种印象,因为在历次战斗中他是以勇敢而闻名于五军团的。而且,他与陈树湘私人感情也很好。但事物注定是曲线的、复杂的,他有一个心理障碍,阻止他顽强地坚持自己的意见:他强烈地希望突围出去,重回苏区,是因为于都河畔,有人等他!

"生当复来归,死当长相思。"军人不是无情,而是克制。

敌人不愿再行肉搏,代之以炮轰。二营进入的是肢断躯裂、尸体累累、血迹斑斑的阵地。

"注意隐蔽!"万世松听到第一批炮弹的咝咝声。话音刚落,炮弹就爆炸了,像骤然卷起的狂飙横扫着山丘,大地发出了沉闷的哼哼声。弹片、沙石、染血的肢体、燃着火苗的树兜、冒着浓烟的血衣、断折的枪支……汇成死亡的旋风,腾空迸射。草草挖成的堑壕和一排排旧的弹坑,重新崩塌下去,为一排新的、冒着黑烟的新弹坑所代替。

整个大地发出火山爆发前的颤动,无论钻到哪里,都无法逃避犹如雷电交加呼啸而来的风暴。

十五分钟的炮火急袭,表现出敌人在黄昏前攻陷阵地的决心,用铁与火消灭红军夜间突围的希望。万世松以为这个阵地上只有他一人还活着。可是,他看到身体粗壮满脸污垢,脑袋上缠着肮脏绷带的一排长,从他前边阵地上猛地跳起来,挥着一把大刀向敌人冲去,这几乎是特务连长鲁莽行动的重复。有五个持枪的战士跟他冲进敌群。经历过这种战斗的战士,真是无所畏惧了。

万世松知道这种力量悬殊的拼杀是愚蠢的。打退敌人十次攻击而后灭亡,跟打退敌人十一次攻击而后灭亡的区别在哪里?他一时无法寻找到合理的答案。但他那种回到苏区去的强烈愿望,却在面临死亡时狂烈地增长起来。"中央苏区怎么样了?方丽珠现在哪里?师长的决心是不对的!军人以服从命令为天职,这是旧军队的观念。我是党员,应该抛开个人的杂念……"

连接师部的电线已经炸断,电话员也已阵亡。万世松时而匍匐时而跃进,冲过激战的地段去找师长,准备直言抗辩、据理力争。

师部已经不存在了:那里中了几十发炮弹。阵地是一片血迹。

"师长!"万世松哀嚎似地叫了一声,这是心灵的爆炸,飞溅的是血花;这是受了致命打击的人才有的那种惨叫,已经不像他自己的声音了。他眼里涌满泪水,扑进尸体堆中:"师长!师长!"他嘟念着,边找边啜泣。万世松既不抢救压在坍塌工事下面的参谋人员,也不顾阵地上激战的进程,一心要找到陈树湘。他身上粘满血泥,脸上挂着血泪,嘴里嘟念着"师长,师长!"

这是触目惊心的一幕,那种强烈紧张的寻找,极富悲剧色彩。他力气用尽了,颓然地坐在坍塌的工事边喘息。这时,他听见一个来自远方或是地下的微弱的声音:"老万!"

他愣怔了一下,清醒过来。循声望去,那里分明有两个业已牺牲的警卫员。他刚刚从那里走过,却没有翻转他们,这时他明白了。他们为了掩护师长,扑在他的身上。

"活着!"这是他突现的第一个念头,他迅速跑过去,推开警卫人员的尸体。他看到了满身血迹的师长,"这血也许是警卫员身上的吧?"这是他第二个念头。他看见师长那没有一丝血色的蜡黄色的脸。"师长!"他悲惨而又兴奋地叫了一声。

"老万,你是对的。现在,我命令你带领主阵地上的所有部队突围!"陈树湘指指自己的腹部,"我留在阵地上。"陈树湘腹部杯口大的血洞,使万世松眼睛阵阵发黑。他看到了富有弹性的暗红色的肚肠在蠕动,突然感受到一阵彻骨的寒冷,不由自主地颤栗起来:"师长,我们带你突围!"接着,他发疯似地呼叫救护人员来给师长包扎,猛回头,他呆住了,一时难以理解发生了什么事情。他看见陈树湘慢慢地把勃朗宁手枪举起来,抵近太阳穴边,瘦削僵硬、毫无生气的脸上挂着凄恻的笑容,手颤得厉害。他已无力握牢枪柄。

万世松终于清醒了。他饿猫捕鼠似地夺过师长的手枪:"师长,你怎么能这样?"

"老万,这不是感情用事的时候,那你就代劳吧!"万世松把手枪插进自己军衣袋中。救护人员拖着红十字药包弯腰奔跑过来。

二　陈树湘之死

陈树湘已经无法弄清他是怎样突围而出了,他已经在昏迷中失去了时空的概念。他开头觉得受到了一种猛烈的撞击,从地上飞了起来,而后被猛掷在地上,只觉得一股黑色的漩流冲进他的脑海,脑子被这波浪击成碎片。他已经听不到自己的呻吟了,对他来说,世界已经不存在了。身体如同沉入黑色的海水之中,微微感到它的波动和漂浮。

……他怎么会来到这里？这不是长沙城吗？小吴门外瓦屋街，是灰色瓦房的陈宅。站在门外向他微笑的是妻子陈江英。妻子比他大一岁，已经三十岁了，"男到三十一枝花，女到三十老人家"，可是妻子并不老，微笑着望着他，腼腆羞赧，两颊上泛起霞晕，像新嫁娘一样局促……

他一生在外，戎马倥偬，至今还没有子女，这不能不使他那想抱孙儿的年迈母亲深深遗憾！

他像梦游神似地走进陈宅的厅堂。这是小康之家、书香门第的那种厅堂，他看到了父亲视如珍宝的端砚和笔筒，一个摆放着二十四史的楠木书橱，占去半面墙壁……他在这里度过了童年时代。那是充满欢乐的时代。

他又看到了父亲手书的那幅条屏，那是他从小就背得烂熟了的：

弃身锋刃端，性命安可怀？

父母且不顾，何言子与妻？

名编壮士籍，不得中顾私。

捐躯赴国难，视死忽如归。

北伐时期，他抱着捐躯赴国难的壮志决心，投笔从戎，跟北伐军一起离开了他的家乡！家乡的变化怎么这样大？他有些惊诧。他的家乡小吴门外的石柱，怎么这样高？他家的灰色宅邸，怎么会在云雾缭绕中向上升起？

他觉出有人走动，凑近他的脸。他记起过去在梦中常有这种飞飘的感觉。身轻如云，扶摇直上，突然他觉得摇动得厉害。

……他的眼前出现了红旗招展的宁都！就是在这里，他们举起了义旗投到红军队伍里来。

……他眼前出现了战场。一个黑色的恶浪，把他打沉下去。他坠入了黑色的深渊。

生命是顽强的,有时,顽强得不可思议。陈树湘苏醒过来了,但不是真醒,是梦中的清醒,可怕的噩梦:他站在阵地前沿。炮弹如雨,向他直直飞来,穿体而过,落在阵地上。他不理解他为什么挡不住炮弹的穿射,也不理解,为什么炮弹也伤害不了他。

他的身后是肢体折裂的阵地。突围的士兵奔突夺路而出,他看到血洼里浮泛着粉红色的泡沫。他觉得穿身而过的炮弹的热浪使他像在火中燃烧。他转过身子,眼睁睁地看着万世松带着几十个人冲了出去。他又看到大火一片一片吞噬着他的阵地,他不明白,阵地上为什么只有他一个人直愣愣地站着。脑子里是一片迷茫。他也不明白为什么要忍受万炮穿身的苦痛。紧接着,他感到自己像一朵轻浮的云荡漾溶化在血红色的晚霞中。

这种轻松美妙的时刻不知延续了多久,他觉到了强烈的触动。

"没有死!"这是他听到的第一个声音。

"没死就好!团长就是要活的。"

"听说这是个师长,我看不像。"

陈树湘已经完全清醒了,他落在敌人手中了。他紧闭着双眼。他不记得是怎样落进敌手的,但他还清晰地记得跟万世松发脾气的那个瞬间,那时,万世松决定带着他突围。

"老万!我命令你把我放下,把我的枪给我!"

"绝不!"万世松向战士们低声吩咐,"抬上师长!"

"老万,这样对谁也没有好处,全都完蛋!"

"走!"万世松让战士把师长抬起来。

"老万,你是在犯罪!对革命犯罪!"

万世松根本不听师长在说什么,他把枪一举,带头冲了出去。他带领着三十多人冲出去了,师长的担架却没有跟上来。理智告诉他:如果再杀回重围去救师长,那的确等于犯罪了。

陈树湘希望的正是这样。

早已被战斗榨干了精力的两个战士抬不动他，一屈腿就跌下去了。他从担架上翻落到冷硬的沙砾地上，早已经失去了疼痛感，只觉到一种苦涩欲死的窒闷："生为百夫雄，死为壮士观。早结束这一切吧！"

　　陈树湘又听到七嘴八舌的声音："抬到团部准死，那不白抬了？"

　　"你他妈的啰嗦什么？叫你抬，你就抬……"

　　陈树湘觉得自己被粗鲁地抛到担架上。

　　"听说到团部去照相，一个师长，可是大头子。"

　　"不是照相是照电影……把俘虏的人全照上，送到蒋委员长那里去请功！"担架沿着凸凹不平的道路，颠簸着，摇晃着。

　　"誓死不做俘虏！这是我提出的口号。可是，做了俘虏的倒是自己。"陈树湘微睁开眼睛，他想，"我必须死！可是，怎么死呢？"他盘算着，"若是过河我能不能还有力气翻到河里？噢，最好是在翻山的时候，滚进山沟里。"可是，在傍晚的霞光下，他眼前是一片坡度极缓的丘陵。

　　逃生不容易，寻死也不容易。远望西天，一片灼热的耀眼的灰蓝色，那是大军行进的地方。他对这支大军是忠诚的。作为一个起义的将领，义无反顾地投入革命营垒，并不是事先有了马列主义的武装，而是看到了国民党的腐败，看到了蒋介石"攘外必先安内"的政策不得人心。他感到中国不革命无望，他的同情在工农群众一边。

　　他一时很难判断自己是否完成了任务。全师覆没，这对一个师长来说，其碎心之愧、切肤之痛，难以言表。他觉得他的精血已经干涸，晚风又热得烫人，像一股股流火。这火，随着他的呼吸在体内燃烧。他直想撕裂开自己的胸膛。他抬起手，摸到了自己的胸口，却无力把缠绕在腹部的绷带撕开。

　　头上有一群乌鸦聒噪着飞掠过去，也许它们并不理解人类——这些两脚动物为何制造出如此惨烈的景象。

担架走进了一个小村,在一棵槐树下小憩。陈树湘向押解他的一名排长要水喝。负了重伤之后,喝冷水是可以致死的。

"到团部要喝什么都行,反正快到了。"那个排长拒绝了,但并不凶恶,"你吸烟吗?"陈树湘摇摇头。

那个排长自己吸起烟来,他看着陈树湘毫无生气的脸,似乎要发点善心:"我们也是优待俘虏的。你是师长,自然更是优待。我们团长说过,你们共军中有个叫孔荷宠的军长,向中央军投降后,依然是个大官,你若是高升之后,不要忘了小弟,我叫金东水……"

"什么时候能到团部?"陈树湘问得很急切,以便留给金排长一个他要急于赶到团部的印象。

"大约还有一个钟头吧……"

"金排长,你能帮我松一松绷带吗?"陈树湘乞求似地说,"勒得太紧了,难受。"

"那可不是我干的事! 忍一忍吧!"金东水又滑头地拒绝了,歪起脚在鞋底上摁灭了烟蒂,对他的喽啰们喊道:"抬起来,快走吧!到团部喂脑袋去!"

陈树湘大大失望了,他无法置自己于死地。不,我绝不能活到团部,绝不能让那些狗崽子们给我拍下照来,绝不! 绝不!

他猛然从担架上坐起,双手撕开缠绕在腹部的绷带。他哪里来的这股力量? 甚至连他自己都很难相信这瞬间的真实。这个狂烈的动作,使抬担架的人差一点跌倒,误认为是他疼痛难忍的反应。陈树湘又像中了枪弹似地仰倒下去,头颅如乱炮轰击,神志却分外清醒。他在一小时之内,必须离开人世! 这是多么严酷的一种追求。他的求死之切也许不被别人所理解,但此时,他不难过,也不悲哀,"无愧于口,不若无愧于身;无愧于身,不若无愧于心。"他想,我这短短的一生,也许做过许多错事,但我的心是纯净的,正直的,坚贞的,不容玷污的!

陈树湘冰冷的手感到了自己肚肠的温热……他不觉得疼,只感到头晕心颤,四肢酥软,但他仍然能觉得他的肚肠已经拖到地上,在沙砾路上磨擦着。

　　他必死无疑了,难道陈树湘就没有一点遗憾吗? 当然是有的。在国民党二十六路军时,他也是抱着报国的赤诚之心,作战以勇敢闻名全军,那时他的信条是"平生铁石心,忘家思报国"。可是,后来他发现,他不过是军阀手中的一把刀,这把刀砍出去,是利国利民还是祸国殃民?

　　在新军阀混战的年代,他曾纵马中原,冲锋陷阵。他在为谁而战? 他的刀砍杀的是谁? 他在为谁争权夺势抢占地盘? 在中原大地上,他路过一个被战火烧毁的村庄,火光里,他看到的是满面涕泪向苍天呼号的饥民。他跳下马,把自己薪饷积蓄全部散发给他们,三百二十元白花花的大洋,足以使这些饱受战争惨祸的饥民得到暂时的温饱,但他听到他的参谋长不以为然的声音:"别做傻事吧! 你能给千村万户都散发一份?"

　　混战,像一架绞肉机,不分男女老幼,不分青红皂白,一齐在这架绞肉机里变成齑粉。到底他是在拯救人民于水火之中呢,还是把人民推进水火之中呢?

　　参谋长的话是对的,到处是焚毁的村庄,到处是啼饥号寒的灾民。即使他有千万财物可以散发,第二次战祸不又洗劫一空? 他再无勇气下马,也没有必要下马,他只能打马飞奔,逃避罪责似地避开那些焚烧的村庄和灾民。但那惨烈的景象和怨愤之声却在他心上留下了深深的烙印。"赤心报国无片赏",陈树湘一腔如火的雄心壮志骤然变冷了。我应该怎么办? 每当想到把人民推向战争灾难的刀锋中,也有自己的一只手时,他就感到刻骨的痛楚。

　　就在蒋、冯、阎中原大战之后,他就起了解甲归田的念头。被调到宁都来打共产党,他更是流露出消沉绝望和颓然自弃的情绪。他那年轻的眼睛里竟弥漫着将死老人的灰冷无力。是隐藏在部队中的共产党员万世松突然给他揭开了生活的新篇章。

起义之后,他又恢复了勃勃精力,变得焕然一新。

"大丈夫行事,论是非,不论利害;论逆顺,不论成败;论万世,不论一生。"陈树湘相信自己是为正义而死,只是"出师未捷身先死",而不能报国于万一。

后边那个抬担架的匪兵踏着了一团黏滑的东西,大叫了一声,滑跌下去……

三　万世松突围

万世松带着十几个人从重围中冲出来,向二百米开外的黑压压的森林跑去。追过来的子弹嘘嘘地在他身边飞过。他心里只有一个念头:跑进树林就好了!　森林背后是万仞高山,静谧沉郁,神秘莫测,既让人望而生畏又给人以莫大的诱惑:或使你得救,或使你死亡,两者均等。

森林里可能更是危机四伏,但也可能收容这些从死神手指缝中逃脱的人们,然后给他们一个喘息的时机,进行冷静的思考,重新安排他们的命运。

他们十几个人,有四个倒在中途,不知是被枪弹打中还是用尽了力气,其余的人只顾自己向前奔跑,拼尽最后的力气发疯般地向前猛冲!

二百米开阔地,在他们的感觉中是那样遥远,好像永远跑不到尽头似的。这种田径场上百米赛跑的速度,在这些饥渴疲倦到极点的逃亡者身上表现出来,也是人生奇迹。他们鼓励自己再坚持几秒钟,期望在最后二十米的距离上,在狂烈的喘息中,不致心脏破裂,更期望不被飞蝗般的子弹打中。

他们跃过一条水沟便精疲力竭了，一头扑倒下去，再也无力站起，像蜥蜴似地向草丛中爬去！他们嗅到了发着霉味的树根，终于进了树林……还剩下六个人！

人地生疏，使他们无法立足。他们很快就明白，不回江西没有出路。

万世松是1931年12月24日，由国民党二十六路军在宁都起义时加入红军的，但他却是1929年入党的老党员。

二十六路军的前身是冯玉祥的西北第一集团军。1926年夏天，冯玉祥与邓小平、刘伯坚①等同志从苏联回国后，带领部下在五原（绥远）誓师，参加了北伐战争。当时，不仅许多著名的共产党员如刘志丹、刘伯坚等都在这支部队里担任政治工作，而且它所属的各部的政治工作也大都由共产党员负责。部队中可以公开阅读马克思列宁主义的小册子，集会时还可以高唱《国际歌》。

1930年，蒋、冯、阎军阀混战。冯玉祥失败后被迫下野。蒋介石便通过孙连仲把冯玉祥的第一集团军收编为二十六路军。隐蔽在部队中的共产党员万世松也被编入二十六路军二十五师七十三旅充当中尉参谋。

他们起义后，在石城秋溪进行了整编，发表了《原国民党第二十六路军于宁都起义后加入红军的宣言和中国工农红军第五军团宣言》，一支新的红军部队——红五军团诞生了。万世松当了团参谋长。

---

① 刘伯坚，1901年生，四川平昌人，在法国勤工俭学时入党，先后两次赴苏联学习，曾任西北军政治部主任。中华苏维埃共和国中央执行委员会委员，红五军团政治部主任。红军长征后，留在江西任赣南军区政治部主任。1935年3月上旬，在信丰作战后被俘，3月21日英勇就义。

万世松终于带着六名战士脱出了险境,进入了茫茫山林。一个军人,没有地图,找不到坐标,就等于瞎子。他们只能暂且过着野人般的生活。在万世松短短的人生经历中,有多少次亲眼目睹,人们在无可避免的死亡面前,把个人置之度外,面对死神无所畏惧。虽然每个人不无恐惧之心,但都能视死如归,尽了一个革命者的义务。可是,当脱离险境之后,求生的欲望却分外强烈起来。

　　万世松他们在森林里度过了两个日夜,不得不向更深的大山中转移。国民党的地方部队和地主武装,不断地进山清剿,不觉悟的山民,也把他们当成猎物,不仅抓捕他们可以领赏,而且在国民党的宣传中,他们认为这伙土匪身上既有枪支也有金银财宝。他们就像在一群饿狼围追下的野兔,刚脱出虎口,又落入狼穴。

　　他们衣衫(如果还能称作衣衫的话)褴褛,面目丑陋,发须长而肮脏,比狱中逃犯还要难看。

　　有一次一个进山采蘑菇的孩子,见到他们,大叫一声,丢掉提篮死命奔逃,以为遇上了长毛恶鬼!

第九章　1934年12月2日　油榨坪资水河边

一　血战之后

红军渡过湘江,迅速到达坐落在三面环山,背靠资水的油榨坪。集中休整之后,八军团的部队只剩下了六百多人,其余大部溃散在湘江东岸。

油榨坪是个二百余户的村镇,在这茫茫苍苍的大山区,这也算是较大的村镇了,在三百六十万分之一的袖珍地图上,也标有它的大名。指挥部设置在靠近资水的一家小地主的庭院里。

1934年12月4日,朱德、周恩来、王稼祥发布《后方机关进行缩编的命令》。命令缩小军团以及师级机关的直属队,取消师的后方机关及兵站,将所有后方机关直属队多余人员,全部编入团的作战部队中,立即检查、抛弃、销毁不必要的文牍、物资及行李。

这曾使毛泽东讽之谓磨破了脚的沙子,现在已经彻底倒掉了。

周恩来坐在资水河边,他可以清醒地想象出,这支匆匆从血战中突围而出的部队,没有后方,没有补充,没有休息,不管它多么英勇善战,都会犹如希腊神话里的安泰,离开他的母亲大地,很容易被敌人打败!若要取得最终胜利,他们必须争取达到两个目标:

第一,必须有个立足之地,以便站稳脚跟,然后才能对敌人进行有力的还击。在这点上,他们"最高三人团"是完全一致的。这并没有什么错，犹如后来，红军集聚到陕北，在刘志丹所建立的陕甘根据地立脚一样。

第二，必须有一个能够战胜敌人、率领这支大军摆脱困境的统帅！这个统帅，必须有高瞻远瞩的洞察力，必须具有审时度势的坚强自信，还有那种左右大势的非凡的决策能力！他在敌军、红军中都能保持一种难以撼动的不可企及的力度！他能把千万人的思想和意志统一起来，指导革命之舟脱离危险的航程。

广昌之战不过是对李德威信的一次挫折；放弃中央苏区，也仅仅是对李德威信的一次沉重的动摇；而湘江之战，对李德的威信却是一次毁灭性的打击！

"最高三人团"都负有责任，尽管程度略有不同。他们必须在反败为胜的情况下，才能重建威望。

可是，也许和期望胜利的意愿相反，后面的征程会比目前更糟！

从八一南昌起义失败后的远征中，周恩来很容易看到这次远征的危险。本来，在历史的长河中，总是有许多意想不到的激流险滩和暗礁！要越过这些艰难险阻，到达胜利的彼岸，就要求部队的全体指战员，去完成看来难以完成的任务，去承受难以想象的牺牲，使人类的求解放、求生存的欲望发挥到最大限度，提高到崇高的境界！可是，历史上有多少脱离后方的远征是胜利的？不可一世的风云英杰拿破仑1812年的远征莫斯科，失败得多惨？

那么，在"最高三人团"中，谁能够统帅这支大军走向胜利？在周恩来看来，博古是无能为力的，即使是一个小的战斗决策，他也是依靠李德。那么，李德行不行呢？显然也不行，他虽然有强烈的责任感和自信心，虽然有街垒战的实践经验，也有伏龙芝军事学院中得到的军事理论和知识，但却缺乏驾驭大兵团作战的、把握全局的那种能力。

广昌战役，李德内在的眼力就失灵了。他认识事物的程序被四个因素破坏了:一个来自敌方,一个来自国际,一个来自内部,一个来自自己。

将帅五德:"智能发谋,信能赏罚,仁能附众,勇能果断,严能立威。"谁能具备这些德能? 谁在历次战役中,显露过过人的才智与胆魄?

周恩来的目光落在了毛泽东身上,他了解他。

资水河边传来欢快的歌声。这是宣传鼓动队在教唱:

> 我们人人心中有一团火,
>
> 要把红旗插遍全中国;
>
> 我们的胜利有把握,
>
> 杀敌立功莫错过:
>
> 突破了敌人四道封锁线,
>
> 粉碎了国民党的乌龟壳。
>
> 我们真快乐,我们真快乐。

周恩来心头涌起一阵酸楚。

在红军的中高层干部中,这些欢快的歌声并没有引起心灵的振奋,而是血战后的思考。

这种思考,各自的角度是很不相同的:像周恩来这样,从失败的根本原因和未来的更换统帅上着眼的人并不很多,这样想的无非是中央队里的王稼祥、洛甫、徐特立等人。徐特立跟周恩来一样,是来自对毛泽东的了解,而王稼祥和洛甫,则是来自毛泽东直接对他们的影响。

李德和博古的目光,却注视着这次严重挫折的客观原因和它可能引起的后果。失败的直接原因并不难找,那就是后人所说的那顶沉重的轿子。

"兵贵神速",这是班排连长都懂得的、起码的军事常识。西征路上集中了红军所有的精英:战略家、军事家、谋略家,从毛泽东、周恩来、朱德、李德到彭德怀、林彪、刘伯承、叶剑英,怎么没有能够防患于未然? 也许后人会说:那是当时的"左倾"路线的执行者们拒不听从正确的意见。

那么,当时轿子是怎么抬起来的? 是谁让抬起来的? 谁提过不能抬轿子的意见? 谁拒绝这个意见而一定要抬? 抬或不抬在这样一个军事行为上,就一定体现了执行左倾右倾或是不左不右的路线吗? 今天打了胜仗归之于正确路线,若是明天又打了个败仗呢? 是不是把路线斗争庸俗化了? 如果一切败仗都是错误路线指导下的结果,那么张国焘领导下的四方面军在1933年春粉碎川军三路围攻之后,又相继粉碎了川军二十万人的六路围攻、俘敌两万多人,红军发展到八万多人,是不是他在王明的"左倾"路线统治下又执行了正确路线? 那么,在遵义会议之后,正确路线战胜了错误路线,在土城又打了败仗怎么说?

也许历史结论的随意性就在这里,看最后的解释权落在谁手。1959年的庐山会议既可以把"左"说成"右",十年浩劫,也可以解释成,"十分必要的","非常及时的",甚至"七八年就应该再来一次",而且"收获最大最大,损失最小最小"。

可悲的是,历史不给他们平等的辩论机会,人们只能听到一个原告者或是当家人的声音,缺席审判,自然也就成了一面之词,历史也就这么暂时定了,当然也只能是暂时。物质不灭,真情难死。当人们从蒙昧中历尽磨难苏醒过来,重新思索、重新认识、重新审理、重新反思,也就成为不可避免的了。

历史的画页再翻回湘江两岸。

那么,使西征大军遭受大难的这顶轿子是怎么样的一顶轿子呢? 它有多么沉重?

从中央苏区出发时,仅中央纵队和军委纵队,就有一万四千多人，还有两千多副挑子和担架，另外是大批的驮骡驮马。这样一个庞大的军事机关和后方人员，既是这次战略转移的沉重负担，又是绝对不能丢弃的领导核心。

他们的行进方式必然有前锋后卫和两翼的掩护，这支庞大的机关被保护在五十多公里长的狭长的甬道里，缓缓地按部就班地向着湘江前移。部队被保护任务框死了，完全失去了战场的机动性和主动权，像前后左右四个轿夫那样抬着"轿子"去应付敌人的围追堵截。

这种状态只要有起码的军事常识的人都看得很清楚。后来人们指责部队有逃跑避战思想，可是抬着轿子去攻击敌人怎么可能？要攻击，那就必须摔轿子！这个轿子是可以摔的吗？

这也正是当时"最高三人团"在组织部队作战略转移的两难选择：要么丢掉机关，要么丢掉战争主动权；要么不作战略转移，用八万红军（一半是新兵）去和五十万敌军在苏区厮杀到底。除了这三条路外，当时别无选择……

当然，足智多谋的诸葛亮们，在事后可以设想出第四、第五、第六或是第七种方案，可能都比以上三种好一些，合理一些。但是，在当时，权衡来权衡去，只能采用抬轿子的办法，而且使不明真相的后人大为吃惊的是：这顶轿子竟然是毛泽东让抬起来的！

博古和李德也在反思，但他们共同的反思却是自我辩解。这种自我辩护是由"中央队三人小组"所提出的指责引起的，他们认为这些责难并不公正，甚至认为散布对"最高三人团"的不满是一种非组织活动。这两位王明极左路线的推行者，尽管在中央苏区用残酷斗争、无情打击的手段堵塞言路消除不满，却还不敢把它上升到这是反党反中央的行为。他们认为，人们在受到新的挫折时总喜欢怀旧，很自然地会联想到一、二、三、四次围剿的胜利。

李德建议博古尽快找洛甫谈谈，绝不能任凭不满情绪继续泛滥，以免酿成灭顶之灾。

二　博古与毛泽东

油榨坪挤满了机关人员和直属部队,处处是匆匆忙忙的奔跑、喊叫、争吵。许多担架、骡马拥塞在狭窄的街道里,像一个别开生面的闹市。

博古急匆匆地穿过熙熙攘攘的人群。由于各自忙着自己的事,几乎没有人注意到他,特别是败仗之后。他也不希望引起别人注意。但他不知道洛甫住在什么地方,只好派警卫人员去打听,他站在一个小店铺的廊檐下等候。

天气很好,1934年12月2日下午4时的和煦阳光,怀着善意和柔情抚慰着劫难后的人群。远处的越城岭,锯齿形的峰峦像一排列队的巨人,威严沉郁地颔首静立在那里,恭候他们光临。

博古在焦躁不宁地等待,警卫员却迟迟不来。前面两匹重载的驮骡相撞,物资散落在街口,巷道发生了阻塞。一排抬伤员的担架停在他的前边。

靠他最近的一个伤员,伤在腹部,绷带洇出已经干结的铁锈色的血,脸上像蒙上一层死灰。他望了博古一眼,那是濒临死亡深渊的眼神,无言地瞩望着他要去的那个陌生世界。接着就出现了惊心动魄的一幕。一个头上缠着绷带,脸肿得像透明的瓦罐似的伤员认出了中共中央的负责人,猛然从担架上坐起:"博古同志,绝不能把我留下!"

这声音是可怕的,像一头豹子受了致命创伤之后的哀嚎,显然头部受伤使他神经受了刺激。充血的眼睛,从肿成一条缝的眼皮下透出一种疯狂。

博古一时认不出这就是时常给他送电文的机要秘书。但他知道,安插伤员是最棘手的任务。这是无可奈何的事情,安插几乎等于丢弃。许多伤员宁愿自杀,也不愿落进敌人手里。

"我叫他们把我打死,"他一甩手臂,僵直地指着陪送的卫生人员,"可这些狗崽子们反而把我的手枪没收了!"令人毛骨悚然的凄厉之声,极富悲剧气味。

博古只好跨前几步,蹲在担架前,安抚他:"我叫他们一定把你安插在可靠的基本群众家里,多给你留下一些经费,等伤好了,可以再找部队嘛。"

连博古也知道,这种哄孩子式的宽慰,显然不解决问题。

"你命令他们打死我,用我的手枪。"他用不可违抗的声调,给博古下了命令。

"同志,你不要冲动,这样不好……"

"那好,我自己来,"不知何处来了一股蛮力,他几把就把绷带扯了下来,血流如注,他受了电击似地仰倒下去,很难说是昏迷还是死了过去。博古手扶担架,石化了似地蹲在那里,不知如何是好。

"博古同志,你还是忙去吧,"卫生队长把博古搀起来,"处理伤员是最叫人挠头的事,他们不管不顾……你不好办……"

"是,是,"博古很感谢卫生队长善意的开导。如果伤员跺脚骂娘,任何人都只好忍着。

他一回头,警卫员正好来到他身边,轻声说:"首长,他们离这里不远。"

博古带着伤员留给他的一腔沮丧之情,踏进警卫人员指给他的小院。他首先闻到一股扑鼻的肉香,接着听到毛泽东浓重而又欢快的湖南口音,似乎在开一句什么玩笑。

"我来看看你们,"博古站在门口,当即找到了探访的借口,"稼祥的伤口怎么样了?"

"进来,进来,你来得晚了一会儿,"坐在桌子右边的王稼祥热情地用手势向博古打招呼说，"供给处分了一只鸡，饱餐了一顿……我身体还可以。"

"请坐吧！"坐在方桌另一边的毛泽东动了动身子，指指左边空着的座位，"洛甫刚刚走了，他觉得不舒服，大概是放的辣子太多了，吃不消。"

博古坐下后，却不知如何开口。毛泽东放下筷子，示意警卫人员收拾桌子。"打仗要好的指挥员，改善伙食要好的供给处长。怎么样，你们军委纵队的伙食怎么样？"毛泽东拿起香烟递给博古，博古摇摇手表示不吸。他便自己吸起来。

"当然不如你们休养连。不过有时吃得也很好，有时就只好啃红薯了……"

警卫人员在收拾桌子，毛泽东一边悠悠然地吸着烟，一边风趣地开着玩笑："鸡肋，鸡肋，弃之可惜，食之无味。可是，我们连鸡肋也都啃光了……"

"当然，三个人吃一只鸡（其实是两只），太少了嘛。"博古应酬着，仍然找不到可以深入交谈的话题，"明天翻越老山界，据说挺陡的，你们又不能骑马，坐担架就更困难了……"博古说出这种说了等于什么也没说的话，颇为后悔，但仍然无法打破尴尬的局面。

"山再高总被踏在人脚下。"毛泽东吸着烟。

"必要的时候，刘大个子可以背着我爬山，"王稼祥诚挚地希望博古放心，"过九嶷山的时候，就是他背我过苍鹰岩的。"

"这次转移，比预想的困难，湘江一战损失太大，除了敌人强大的客观原因外，主观指导上肯定有很多不当，有很多教训可以吸取。"博古点到此处，不再多讲，以试探对方的反应，引出对方的论点。

"应该很好地加以总结了。"王稼祥坦直地说，"像这样马不停蹄当然不行，静不下来嘛，要有个相对的安定环境……"

"我们(指"三人团")也正在思考这些问题。"

"思考是纠正失误的前提,"毛泽东弹弹烟灰,"找出个所以然来嘛。魏征的话是对的:思所以危则安矣,思所以乱则治矣,思所以亡则存矣。我们也要想想为什么失利嘛。找出失利的原因来就好办了。"毛泽东不愿给博古太强的刺激,把失败说成了失利。

"总结主要是找主观原因,"王稼祥说,"客观困难是明摆着的,强调客观容易忽视主观。"

谈话进行得极为勉强,说的也都是不咸不淡、没滋没味的话。就像一辆负有重载而缺少润滑油的车,每推动一步,都吱吱嘎嘎响一阵,使人感到吃力,甚至不堪忍受。虽然不能说完全言不由衷,却的确称得上话不投机,双方都保持着礼节上的客气,内心却在拉大距离。说一句,掂几掂,越谈越有一种疏远感。

博古知道王稼祥话中所指,觉得很不舒畅。他已经预感到统一认识之难了。"当然要重视主观原因,"一种强烈的辩护的意愿在博古心中挣扎,他用略带反驳的口吻说,"客观原因也不能忽视。总结,要全面。片面,不容易找出真正原因,也不能解决实际问题。"

三人的交谈戛然停车,这种六目相视、面面相觑的情状,实在叫人难受。

"失利也不是全是坏事嘛,"毛泽东懒散地在藤椅里伸展开四肢,悠然地说,"《周易》云:穷则变,变则通,通则久。坏事变好,而是事物的辩证法嘛……"

博古一时很难领略这段话的深意,也不知这段话指向何在,但他却掂出了它的分量,似乎也察觉了毛泽东隐秘的心境。博古对中国古典哲学研究太少了,无言以对。他极不适应这种场合,便借口去看看洛甫,告辞了。

三 博古与洛甫

湘江血战,几乎引起所有人的反思,只是地位不同、角度不同、经验不同、深度不同,当然结论也绝不相同。

洛甫接受了毛泽东和王稼祥的总体构想,毛泽东提议由他整理一个带有总结性的系统的意见。洛甫知道,最先同意毛泽东意见的是王稼祥而不是他。但是王稼祥重伤经久不愈,很难当此重任;而由毛泽东亲自出面向"三人团"发难,也是不利的。因为毛泽东自从宁都会议被解除军职之后,一直处在无权地位,并被视为抵制国际路线的右倾路线的代表,在此情况下,他的意见很容易引起逆反心理。"堡垒最容易从内部攻破",那么,这些意见由当时的所谓二十八个布尔什维克之一和推行王明路线的四大金刚之一的洛甫来说,就策略得多,明智得多。这也就是他后来代替博古当中央书记而不是毛泽东的原因。

洛甫唯一为难之处,就是他不懂军事,也从未过问过军事,目前要解决的恰恰是军事路线问题。由他来完整地表现出毛泽东对五次反围剿的军事分析是困难的。在许多方面他的理解是矛盾的、朦胧的。直到九年后(1943年12月16日)的延安整风时,他还讲过这时的处境:

> ……此外关于军事系统方面,青年团系统方面,保卫局系统方面,我知道得很少,所以也说不出什么来。

> 关于博古如此纵容李德,信任李德,把他捧为"太上皇",这件空前奇案确有值得好好研究的必要。我在十九路军事变时,觉得李德把军队西调不对,广昌战斗中使军队硬拼受损失不对,其余我知道很少。

洛甫心境复杂。自从渡过潇水后,肠胃又一直不适,辣子鸡的确他吃不消,胃隐隐作痛。他怕明天爬山不便,就早早躺下了。

刚刚把被子往头上一蒙,博古便踏进门来:"怎么? 真的病了?"

"哪里,胃稍稍不适,老毛病了,在莫斯科时就犯过。"洛甫披衣而起,坐在床沿上。"怎么? 你怎么有空到中央纵队来了? 坐,坐。"

博古坐在一把吱吱嘎嘎的竹椅上。他觉得与洛甫单独相见,机会难得,便开门见山:"思美,"博古用只有少数人知道的名字称呼洛甫,声调恳切而带凄恻,"现在红军处在极其困难的境地,李德同志非常焦虑,他希望我们莫斯科来的同志紧紧团结起来,共渡难关。"博古用"思美"来称呼洛甫,近乎苏联名字中的"爱称",表示特别的亲近和特殊的感情,犹如中国人略去姓名只叫字。毛泽东同志,泽东同志,润之,用这三种称呼时的情感与身份都是不一样的。

博古原名秦邦宪,在苏联的名字波古良,博古是从波古良演化而来;李德原名奥托·布劳恩,在苏联的名字利得洛夫,李德是由利得洛夫演化而来;洛甫,原名张闻天,在苏联的名字依思美洛夫,洛甫是由依思美洛夫演化而来。由于博古跟他特别亲密,称"思美"以示区别。使用别名化名,这在当时是一种时尚,也是工作、安全、保密的必须。同样,在中国的外国顾问,也都有一个中国的名字,如罗易、马林、越飞、加伦……

博古这个亲切的称呼唤起了洛甫无尽的感情,但他表示沉默。那时,他们的确是亲密无间的同学、战友,可是事物总不能停止在一个水平上。罗贯中在《三国演义》的开头那句话是有道理的:天下大势分久必合,合久必分。

当年在中山大学里的二十八个布尔什维克,现在都在何方? 兵无常势,水无常形。变化是必然的,真正涌聚在王明旗帜下的能有几人?

"王稼祥到苏区来得早,"博古说得有点伤感,"他跟毛泽东在一起的时间长,受他的影响是必然的!"

洛甫从床上站起来,呷了一口白开水,用审视的目光看着他的同学,心想:你嘴里在说王稼祥,还不是拿他来影射我?

"你听说过吗?"博古显然没有注意到洛甫的心境,只顾说下去,"在宁都会议上,对撤销毛泽东的职务,他竟然没有举手!"那神态,那语气表示不举手就意味着背叛。

"这是每一个共产党员应有的权力嘛!"洛甫淡淡地说。显然,他并不想跟博古深谈。他放下水杯,竟然没有给博古端水。

博古对洛甫的回答甚感意外:"难道这不是对中央,对共产国际的态度问题?"

"噢,"洛甫推了推眼镜,"不要看得那么严重嘛。"

博古渐渐感觉到洛甫对他的疏远和冷淡。他这才比较清醒地意识到他们之间的裂隙在中央苏区时就开始了。西征出发前的那场争吵就露出了端倪,不过他当时没有在意就是了。博古到苏区负责领导临时中央之后,洛甫到临时中央政府当人民委员会主席,意在剥夺毛泽东担任苏维埃共和国临时中央政府主席的一部分政治权力,这就使王明路线执行者,把握了党权、军权、政权,以便全面地推行王明的政治路线。

那是战略转移之前的一个明朗的秋夜,洛甫怒气冲冲地来找博古。博古对洛甫的怒意是有思想准备的。在前天,他们就瞿秋白和何叔衡同志能否随军出发就发生过争执。瞿秋白当时正在吐血,何叔衡年迈多病,博古认为他们同部队行动,不但增加部队的负担而且他们也会被拖垮。

洛甫则认为博古对政府人员照顾不周,缺乏感情,把瞿、何留在苏区,势必更加危险。博古坚持把他们留在苏区,然后找机会送他们到上海去养病,洛甫认为这是一种不负责任的搪塞,在红军突然撤离、白匪四面杀入的情况下,哪里有可能托关系护送他们去上海?

博古坚持说是"三人团"的决定,洛甫只好服从。洛甫又一次感到无权的悲哀。

在洛甫心目中,博古虽然聪明、热情、能干,却不够老练,甚至有些冒失。在中山大学反对托洛茨基的斗争中,他的旗帜并不鲜明。在私下里,他纠正了博古许多模糊认识,使博古充分地认识到托洛茨基主义者完全不了解中国革命的性质。那时候,他把博古看成是一个热情奔放的、虚心向他求教的小弟弟。他之所以能够做临时中央的负责人,既不是靠他的经验和才华,也不是靠他的资历和威望,而是靠与王明、米夫的亲密关系。而现在,他竟然高高在上,独断专行,不把他这个人民委员会主席放在眼里。

当时,为了战略转移的机密性和机动性,"最高三人团"决定少带机关人员,并且把非带不可的人员分散到各军团去,这样便于行军作战。开始洛甫也是同意的。可是,作为政府主席的毛泽东认为这样不好,不如把机关集中,编成战斗单位。到底分散好,还是集中好,洛甫并没有明确的预见。也许各有优点各有缺点吧。但是,人的感情因素有时是十分微妙的:由于他对博古的独断专行早就有了强烈的反感。他就把这次能否听从他的意见,当成博古是否尊重他的试金石。

"怎么了?思美,"博古见洛甫怒气冲冲,脸上完全不由自主地突现出素常的快活直率的微笑,一边让座,一边用俄语说出了五个字,这种称呼并没有使洛甫觉得亲切,反而产生了一种捉弄人的亵渎感。他以为博古在居高临下,故作宽宏的姿态,"又有什么不满意了?"

"你不觉得把政府工作人员分散到各兵团去,是欠慎重吗?董老、徐老、谢老、林老都是五六十岁的人了,毛泽东同志的夫人贺子珍还怀着七八个月的身孕,他们怎能跟部队行动呢?"[1]

"那怎么办?"博古不无诧异地说,"把他们留在苏区?前几天你不是为把瞿秋白和何老留在苏区而大发脾气吗?"

"可见你对政府人员的安全思考得太少。"洛甫责备着,"毛泽东同志提议把政府机关集中,也好统一照顾。"

"你也认为这样更好些吗?"博古弄不清是他的意见还是毛泽东的意见。

"我同意毛泽东同志的意见,因为他是政府主席,'三人团'应该尊重他的意见!"

"这的确是值得考虑的意见,我跟李德、恩来商量后,立即把决定告诉你……"

这个建议终于被采纳了。当然,这个建议引起了严重的后果:部队必须抬起中央机关和中央政府机关这顶轿子。

如果当时"最高三人团"预知抬轿子产生的严重后果的话,他们准会拒绝这个提议。事实是,博古当时虽然采纳了洛甫的提议,却没有弥补他们之间已经很难弥补的裂隙。

1943年12月16日,洛甫在延安整风期间,记述了他和博古的矛盾和冲突。今天加以仔细推敲,非常耐人寻味。尽管它还不太完整,还不太明朗,字里行间却展露出当时的真情:

> 我同博古同志的公开冲突,是在关于广昌战斗的一次讨论:我批评广昌战斗同敌人死拼,遭受不应有的损失,是不对的。他批评我,说这是普列汉诺夫反对1905年俄国工人武装暴动的机会主义思想。我当时反驳了他的这种污蔑,坚持了我的意见,结果大家不欢而散,其他到会同志没有一个表示意见。

---

[1] 洛甫此说稍有夸张,是年,董老48岁、林老49岁,谢老51岁,徐老57岁。唯留苏区的何叔衡最大,59岁。

从此时起,我同博古的矛盾加深了,他有一次似乎是传达李德的意见,说:"这里的事情还是依靠于莫斯科回来的同志。"意思似乎说,我们内部不应该闹磨擦。当时,我没有重视这句话,现在想起来,倒是很有意思的。

由于这些矛盾的发展,博古开始排挤我。五中全会后,我被派往中央政府工作,就是把我从中央排挤出去的具体步骤。

这一点,洛甫觉得理由并不充分,让他去担任政府的人民委员会主席这样的重要职务,说是排挤,那么,不排挤,应该担任什么职务呢?他在整风笔记中又写道:

这是"一箭双雕"的妙计。一方面可以把我从中央排挤出去,另方面又可以把毛泽东同志从中央政府排挤出去。

这的确是很耐人寻味的,也是令人费解的。如果说,第三次左倾路线的推行者,以博古取得党权,以李德取得军权,以洛甫取得政权,以达到从思想上、政治上、军事上、组织上的统治,以洛甫同志去排挤毛泽东同志在政府的地位,是可以理解的,那么洛甫同志去担任人民委员会主席是从中央被排挤出去呢,还是加重了他在中央的地位呢?如果不受排挤担任此职,在中央应该是什么地位呢?他在笔记中继续写道:

后来,又把我派到闽赣做巡视工作(项英从闽赣巡视才回来后),实际上要把我从中央政府再排挤出去,把中央政府的领导交给别人。

交给谁,笔记中没有言明,括号中提到"项英回来后",是否暗指把领导权交给当时是政府副主席之一的项英?很难说。洛甫在笔记中继续写道:

我不在中央政府时期,博古等公开批评中央文牍主义,在背后攻击我,直到快要出发长征以前,我才从闽赣回来。

当时政府是不是真有文牍主义?公开批评是不是攻击?后人只能存疑,洛甫继续写道:

> 当时关于长征的一切准备工作,均由以李德、博古、周恩来三人所主持的"最高三人团"决定。我记得他们规定了中央政府可以携带的中级干部数目字,我就提出了名单交给他们批准。

> 在出发以前,"最高三人团"要把我们一律分散到各军团去(后因毛泽东提议未分散),我当时感觉得我已经处于无权的地位,我心里很不满意。记得在出发前有一天,泽东同志同我闲谈,我把这些不满意向他坦白了。从此,我同泽东同志接近起来。他要我同他和王稼祥同志住在一起——这样就形成了以毛泽东同志为首的反对李德、博古领导的"中央队三人集团"。给遵义会议的伟大胜利放下了(原文如此——笔者注)物质基础。

这段笔记的内容是非常丰富的,也是值得后人深深研究的。历史的书页可以来回翻阅,使非当事人有了前后眼。洛甫的整风笔记在延安整风的条件下未必全是真心话,但也不乏实情。因为长征中的当事人都在,他不能把没有的说成有,"最高三人团"要把机关人员分散到各军团去(这是拆轿子的方法),而由于毛泽东提议才没有分散(这是组装轿子的方法),应该是实情,不然,毛泽东会出来说明。当时,博古却处在被整的地位,能否有充分的解释机会?在"解释就是不虚心"的压力下,是否有索性包下来的心理?都很难说。别人对他的批评指责是否公允也很难说。在宁都会议上,毛泽东同志不也被剥夺了发言权吗?庐山会议上的彭、黄、张、周,文革中的刘少奇……不也失去过申诉机会吗?

历史,是严酷的。一个人的功过是非、休戚荣辱,总要留下他的足迹。它告诫人们,不要制造冤案,不要违背正义,不要扼杀真理,人人最终都要站在历史明镜前显露真容。

历史的画页又翻到湘江西岸，资水河边。洛甫劝博古，不要把王稼祥倾向于毛泽东的表现看得过分严重。其实，也等于说不要把"中央队三人集团"看得过分严重。其实已经十分严重，他们已经为改换领导做准备了。

"改换领导是必须的，正确的!"洛甫这么想，但还不能把这种情绪流露出来。也因为他这么想，而在反对第三次左倾路线斗争中建立了不可磨灭的功绩。

在中共七大选举时，毛泽东同志有两次发言（1945年5月24日和6月10日），就特别提到了这一点：

> 遵义会议是一个关键，对中国革命影响非常之大。但是，大家要知道，如果没有洛甫、王稼祥两个同志从第三次"左"倾路线分化出来，就不可能开好遵义会议。

洛甫面对着博古，他期望着大变故——改换领导的时机早些到来，此时，他却只能沉默。

"洛甫同志，"博古不再亲切地称"思美"了，这种称呼太富于个人色彩和感情色彩，不够庄重，"听说你们中央队有个'三人小集团'，对五次反围剿以来的党的工作有许多不满，真的吗？为什么不当面说出来？……这样……很不好吧？……为什么不在会上……"博古没法把内心的话全说出来，便不合文法地打住了。在博古看来，洛甫他们是非组织活动。但博古错了，行为与手段，是由阶级立场和路线对错来定褒贬的，这种活动是为遵义会议立大功。

洛甫似乎也错了。

二十五年后的庐山会议上，那种背后议论，可就成了彭、黄、张、周"反党集团"。差别就在于你拥护的是什么，反对的是什么。

"我们始终认为党的政治路线是正确的,"洛甫说得很真诚,很谨慎,也很策略,"第三国际的路线和指示也都是正确的。"他绝不多说一句话,怕言多有失。

　　博古感到了片刻的欣慰。既然承认中央的路线是正确的,那就基本上承认他博古也是正确的。某些枝节问题,工作上的疏漏,军事指挥上的失误,就好解决了。

　　"如果没有原则上的分歧……"博古又把话打住了,这种吞吞吐吐、欲言又止的谈话,使他难受,两个同学之间既不想互相隐瞒又不愿袒露真情,这种尴尬场面还是早结束为好。他直愣愣地盯住洛甫清秀的脸,寻找不出确切的答案,只见洛甫略微苍白的嘴唇有些颤抖。他不想继续谈下去了,沉默压得他喘不上气来,可是,他又不想结束,似乎想为挽回他们的关系再努一把力。因为他和李德都感到,为了摆脱目前失败带来的信任危机,需要巩固自己内部的阵线,争取更多的理解和支持。这方面,洛甫占有举足轻重的地位。他不由得哀叹了一声,感觉到自己的面颊微微痉挛,心灵上袭来一阵寒意,用沉重得近似绝望的声调断断续续地说:"……如果没有原则上的分歧,你们又承认中央路线的正确,那么,我们莫斯科回来的同志,就应该紧密地团结在党中央的领导之下……"

　　沉默,残酷的沉默。

　　洛甫也很为难,他不能把毛泽东、王稼祥跟他谈的一切告诉博古,他不能单独跟博古争论军事上的问题。在军事问题上,他比博古知道得更少。他负责政府工作以来,对军事工作几乎一无所知,他只知道第五次反围剿失败了,他认为毛泽东解释得头头是道,很能服人。

　　博古把目光从洛甫脸上移开,凝视着盖满黑灰和挂满蛛网的小窗,他与洛甫之间已经失去了坦诚对话的基础。小屋内的空气是停滞的,散发着霉味。他需要透透气,便站起来告辞。他走出小屋看了看手表,只交谈了九分钟。多么漫长而又短暂的交谈。

直到遵义会议之后,洛甫代替他担任了中央书记,他一方面如释重负,另一方面却又向坏处想了很久:"噢,你洛甫是因为无权不满才拥护毛泽东的吧?毛泽东是利用你想掌权而把你分化了吧?"一会儿,他又否定了自己的猜测,心想:"我不会是疑神疑鬼,以小人之心度君子之腹吧?"

博古从河边小屋走出来时,绝对没有这般想。因为他做梦也没有想到洛甫会代替他。既然他们承认中央的路线完全正确,他还有什么担心的呢?他站在资水河边,茫然地站了很久,跟洛甫的交谈给他带来一种奇异的压迫,不祥的预感折磨着他,此时,他最需要的是支持与鼓励。

此时,莫斯科美丽无比的白桦林,大概已经黄了。一个幻象在他深度近视的眼前凝聚起来,终于显现出一个鲜明的形象:中等身材,披着质地优良的深灰色风衣,头发浓厚而闪亮;衬着白净的椭圆略长的面颊,目光熠熠有神,给人以潇洒、干练、精明的印象。他就是波波维奇同志(王明在苏联的名字)。他向博古送来一个充满信心的笑容,然而,还没有被博古实实在在地捕捉住,便在傍晚时分的蒙蒙岚气中消失了。

晚风袭来一阵透骨的寒气,博古打了个寒噤,他充分领略了历史的辛辣与人心的复杂,胸中猝然生出一股怒意。他觉得有许多话应该当着洛甫的面直言不讳地说出来,吞吞吐吐是不明智的。目前,那种残酷斗争、无情打击是无法进行了,可是,不如此,就无法统一意志,统一认识,统一行动,路线就无法贯彻!组织纪律是必须的,铁的纪律!对,我应该回去找洛甫挑明,让他把一切不满说出来,摆到桌面上!博古被自己鼓动起来,产生了一种难以遏止的欲望:要与洛甫争论个水落石出。

他转身向回走,一步一步走上倾斜的缓坡,但他每走一步就增加一分犹疑,我去跟他争论什么? 有没有用? 是不是把事情搞得更大更糟? 裂缝会不会越撕越大? 你越不承认错,他就偏找你的错;你越说他错,他就越不承认错,这不正是人性的弱点吗? 而这个弱点,不能说人人皆有,总是很普遍的,自古以来闻过则喜的能有几人? 你把一个人的七分成绩说成十分,尽管也不真实,但他绝不会怪罪你,可是你把他的三分缺点说成四分,他不恨你一辈子才怪呢。博古突然停住脚步,对洛甫的怨愤化成了自己的感悟:是啊,我这不是闻过则怒吗? 我这不是因为他夸大了我的缺点而怨恨吗? 当我指责他时,他是不是也在指责我?

博古走上斜坡,却不是向北而是向南,回总部去,他应该再找李德谈谈。也许是天下本无事,庸人自扰之。不,不会这么简单,从毛泽东和王稼祥的谈话里,还咀嚼不出其中深味?"穷则变",变什么? 博古又停住脚步。他不愿意走进闹嚷嚷的街道,又转身沿着斜坡向下走,又走回原来伫立的地方。

越城岭的色彩却已大不相同,那浓重暮霭笼罩下的山峰呈现出沉郁的青钢色,而那山峰后边的天幕上,业已沉落的太阳却蓦然间散射出炫目的金色光芒,给越城岭绣上了一条燃烧的金边,幽寂黑暗的山谷神秘得使人心慑。山峦起伏像汹涌的深海……最后一缕光芒熄灭了。

博古观赏着眼前的景象,觉得与他的命运、处境、前程乃至思绪有着某种不可言喻的相似之处。他决定回去,甚至也不跟李德谈起与"中央队三人集团"会面的情形,实在无可奉告。

他托托自己深度的眼镜,径直走回去。虽然见到了周恩来,却没有谈什么,只说向下面走了走。他发现在他离开司令部这段时间,战斗机体照旧运转。他想早睡,但觉得有点饿,一天吃两顿饭,对于日夜奔波的人来说,很难适应。夜深了,他仍不想睡,头脑里仍然沸腾着与洛甫抗辩的激情,这种自树靶子自己打的抗辩是那样激烈,比面对面更为逼真。

"对十九路军事变的策略是错误的!"这是洛甫指责的声音,"军事上,应该配合福建政府击败蒋介石,而不是把兵西调。"

"我知道这不是你一个人的意见,连周恩来也曾有过这种设想,可是,我认为不管是南京政府还是福建政府,都是国民党的政府,本质上都是反动的。冯玉祥、阎锡山、李宗仁、白崇禧、李济深,都反对过蒋介石,可他们都是反共的,不过是大小军阀之分,这是阶级路线问题。

"在这种情况下,我们是帮甲军阀打乙军阀好呢,还是帮乙军阀打甲军阀好? 李德同志的设想是合理的,当两个敌人动手的时候,我们最好不要插手,坐在高山观虎斗,等他们拼个筋疲力尽一死一伤时,我们再动手,我们把部队西调,也不失为'围魏救赵'之法。更何况,我们也曾派第三军团去截击过东征的蒋军,不过去得晚了一点……"

"可是陈铭枢、蔡廷锴很快就被蒋介石打败了!"

"这一点倒出乎意料,可是蒋介石也是付出了代价的……"

"我们却失去了第五次反围剿胜利的机会!"

"即使我们配合了福建政府,会不会与陈铭枢、蔡廷锴一起被打败呢? 再说,我们战略转移并不等于第五次反围剿失败。"

"把中央苏区丢了还不算失败?"

"并没有丢了中央苏区,我们的力量还在,大的转移是争取主动的措施,你能说运动战中大踏步后退就是失败吗? 我们退是为了进嘛,四方面军不是建立了川陕根据地吗? 井冈山不也丢了? 能说是大失败吗?"博古的脑屏上战火弥漫,在这种时候,要作出冷静的反思是不可能的。

四　周恩来讲故事

在湘江东岸,红五军团三十四师进行着最后毁灭性的战斗,此时,油榨坪却处在和平静谧之中。

湘江血战,双方都受到了严重创伤。敌人,并没有立即紧跟红军而至。中央两纵队,在油榨坪一带,得到了一天宝贵的休整时间。周恩来从繁忙的事务中摆脱出来,缓步在资水河边。下午三时的金色阳光,温柔地抚慰着他。他深吸了一口气,立即感觉到南方山林的空气,纯净、清新,混合着落叶的芳馨,在温软的风中,一丝丝浸润到他的肺叶里,前天辛辣的硝烟味,已成了遥远的记忆。

他一人走着,警卫人员与他拉开十五米左右的距离。他不知不觉地放慢脚步,迎面看到树丛里站着一个持枪的女兵,老远就向他大喊:"你不能过来! 不能过来!"

周恩来微微一笑,那个女兵他认识,叫王泉媛。"我们在洗澡……"

这里的确是个洗澡的好地方,夹岸杂树丛生,绿萝纷披,庇护着一段宁静的河湾,水深及膝。河面宽阔,水流平缓,不时传来嬉笑和溅水声。经常栉风沐雨、风餐露宿的女兵们,并不怕河水的微凉,洗净身上的尘泥污秽,那是多么惬意痛快。

周恩来转身向回走,沿着弯曲的沙质的河岸,向一棵高大伟岸的白果树走去,因为那里传来胡琴悠扬的乐曲。那是他所熟知的《梅花三弄》,音韵自由地舒卷飞扬,欢快明净,又如泣如诉。音乐的魅力就在于某种情绪的高度抽象,它像一首蕴含着深奥哲理的诗。音乐具有最大的可塑性,不管你是喜是悲是愁是怨,音乐的波涛,都能把你的百端情感融入进去,升华成一曲欢快的委婉的忧伤的歌,涤荡着你被日常事务沾染了的心灵。

周恩来从他身边走过去,那个拉胡琴的业余音乐家,正把自己溶化在音乐的天国里,忘掉了人间。周恩来不去打扰他。那棵高大的银杏树,使他想到自己的故乡。他并不敢十分确定跟前这棵生有扇形叶的树就是银杏,它和苏北平原上的银杏树略有不同。

久违的故乡,像个遥远的梦境,资水潺湲北流,它是不是汇往长江?

他坐下来,想起幼年时读的诗:

> 大江歌罢掉头东,
> 邃密群科济世穷;
> 面壁十年图破壁,
> 难酬蹈海亦英雄。

陈天华在日本蹈海自杀是可以理解的,那是他对黑暗中国深深的绝望,那是对中华民族沉沦的悲号。他也许算不上英雄,自杀不是战斗! 只能在中华民族的大悲剧中加进一个小悲剧。正像四十七年后,为了控诉社会上的恶势力而跳海自杀的女青年范熊熊。①

周恩来面壁十年仍然未能破壁。什么时候能够深刻地揭示出中华民族的生命动力和悲剧性的根源呢? 幼年的周恩来在寻找,壮年的周恩来在寻找,恐怕老年的周恩来还在寻找。他本身不就是悲剧性的吗? 他把寻找中华民族腾飞崛起的接力棒交在后人手上! 他坐在资水河边,听到中华民族八十年代改革大潮的澎湃之声了吗?

他又听到了激水的溅溅之声。在他右边,树丛掩映的浅水里,有个战士把裤脚挽到大腿根,冲涮他的蓑衣,那是褐红色的棕织蓑衣。这个蓑衣给他的印象太深了。在行军途中他见过它,在湘江东岸的炸弹硝烟中见过它。这就是那个牵驮骡的战士。

---

① 范熊熊,宁波某公司青年职工,1979 年 10 月,她发现招工中的"不正之风",几次反映问题未果之后,愤而投海自杀。

他走过去,和这个战士攀谈。战士只知道他是骑马的大首长,并不知道他叫周恩来。他告诉周恩来,他叫文庆安。他很满意自己的名字,就是"喜庆安宁"的意思。

他把他披蓑衣的原因说得很含糊,只说是父亲的遗物。他知道首长反对迷信。也许世上最聪明的周恩来,也未必窥得破这个老实巴交的农民战士的心灵秘密。原来人人的心扉并不是随时打开的。文庆安不愿意和首长多谈,他小小的年纪就懂得言多必失。只有同乡,才是他倾诉衷肠的对象。

列宁是怎么评价农民的呢?"农民,他的善良和残忍,他的勤劳和自私,他的聪明和狡诈是分不开的。"周恩来却想打开这个战士带有神秘色彩的心灵。

"在江东岸拉驮骡的是你吧?"周恩来先坐下来,又抬手要他坐到自己身边来。

"是的。"文庆安把蓑衣晾在一块卧牛石上,怯生生地坐在周恩来身边。

"飞机差一点炸着你吧?"

"可不,一块弹片嗡的一声紧贴着我的脸飞了过去,热风把我扇了个趔趄……"

"好险,你应该注意防空,卧倒。你们受过防空训练吗?"

"空是防不住的。"文庆安像个哲学家似地抬头望望湛蓝的天空,"这要看命大命小。"他发现自己说漏了嘴,立即补充说,"我知道首长是不相信这个的。可事情就是怪,就说前几天吧,中央队的首长们围成一个圆圈在开会,一颗炸弹恰好落在正中间,眼看全完了,可是,没有炸。我听说子弹有瞎火,可没有听说过炸弹也有瞎火,你说,这里面能没有命大的?"

周恩来不由得把身体后仰,哈哈大笑,他也听说过这件事,由文庆安用宿命论的观念说出来,觉得很有味。这是群众对不能理解的事物的一种解释方法。"不管命大命小,还是要学会防空。"

首长的关切深深地打动了文庆安。他差一点把他截去小拇指的"秘密"说出来,后来觉得还是不说为好,便改口说:"我倒不怕挨炸,就是怕天天走啊走啊,也不知哪一天才走到头,也不知哪一天转回咱苏区去。"

周恩来一时很难回答。他把目光投向明天的行程,莽莽苍苍的越城岭像宇宙大厅里的一扇壮丽无比的屏风,摆在他面前。资水河上荡漾着金色的阳光,几只白鸥在水面上翔掠,山雀在林间啁啾。几只沙鸭在碧波的茜草中钻动。周恩来只觉筋肉徐徐松弛,感到疲倦后的酣畅和焦虑后的安适,心静如资水,缓缓流逝。

他也觉得文庆安的疑问应该回答,应该予以恳切的回答;难道这是回答文庆安吗? 岂不是也在回答自己?

"我给你讲个故事吧,"周恩来想了一会儿说,"我这个故事叫《沙漠里的绿洲》,你想听吗?"

"想听。"

"从前,在一个叫撒哈拉沙漠的地方,张眼一望是无边无际的沙丘,看不见一棵青草。有一个阿拉伯的小伙子……"

"小伙子叫阿拉伯?"

"不,那不是人名,是地名,那是很远的地方。那个小伙子叫什么无关紧要。他一心要干一件大事,对人民有好处的事,他的爷爷告诉他,做好事不容易,没有决心没有耐性什么事也做不成。

"小伙子要爷爷交给他一个最能考验决心和毅力的任务。爷爷把自己的拐杖交给小伙子说:'去,去把它插进沙漠里。'

"'这还用什么决心耐力呢?'小伙子以为爷爷逗他,'走到那里一插不就完了?'

"'不,'爷爷说,'我叫你让这个拐杖长成一棵大树,大树再生小树,小树再长成大树,子子孙孙向下繁殖,直到沙漠里有了一片绿洲,

你的雄心壮志就算完成了。'

"'怎么才能活呢?'小伙子已经有些为难了。

"爷爷说:'水是一切生命的源泉,这拐杖是一根鲜树枝,只要有水就能活,你看,水井就在这里,你向沙漠里送水,来回也不过一天的路程。'

"小伙子第二天一早兴高采烈满怀信心地去了。插上爷爷的拐杖浇上了水,回来天就黑了,吃了饭倒头就睡,天刚亮,就被爷爷推醒了。爷爷告诉他,沙漠渗水渗得厉害,像个漏斗,要天天浇水才能活。

"小伙子傻眼了,'天哪,这要浇到哪年哪月?'

"爷爷笑了,'你不是自己要找个最能考验决心和耐力的事情做吗?'

"小伙子没有办法,虽说稍微有点后悔,但他还是抱着希望,看爷爷的拐杖能不能发芽!他每天早起晚归浇那根无枝无叶的拐杖。小伙子总不见拐杖发芽,他失望了,怀疑爷爷骗他,那根拐杖本来是死的。他用手指甲刻了一下拐杖,竟然水津津地泛起绿色。小伙子又恢复了希望。

"大约一个月吧,拐杖真的长出了绿芽。小伙子已经不再计算日子了,只要树能长大,他就要用水浇,浇到老浇到死他都不在乎。"

"为什么?"文庆安被这个故事迷住了。在湘江东岸,毛泽东主席也给他们讲过灵渠的故事。

"这个小伙子天天担水,看着拐杖长成了枝叶茂盛的大树,大树旁又生出了小树,他的爷爷已经去世很多年了,他还是不断地浇。沙漠上终于有了一片树林。有一天,他忽然跌倒在井边,在水里一照,才知道自己头发已经白了,跟他爷爷生前一样白。

"他终于挑不动水了。他又要他的子孙继续浇那片树林,他向他的子孙们说了一句很有意思的话:'只要那片树林长绿,爷爷就永远不会死。'"

"首长,我也是有耐性的。"文庆安觉得充实了不少,他望了望越城岭的高峰,忧心忡忡地说,"听说明天要翻这座高山,我怕驮骡上不去!"

"是很难爬,"周恩来站起来说,"只要小心一些,总可以上得去。实在不行,就丢些东西嘛。不过有个好处,在山里行军,不怕飞机……"

第十章　1932年10月　中央苏区宁都

一　周恩来与陈毅

江西省军区司令部警卫连的十二匹战马从李园村的茂林里穿出,向着孤剑削空直刺云天的翠微峰缓缓而去。

前面并辔而行的是一匹白马和黄马。后面十匹马与之拉开三十米的距离相随而行。这是从骑兵连的四十五匹战马中精选出来的,精壮,稳健,整洁,皮毛被梳理得在九月的艳阳下闪着亮光,马蹄嗒嗒,清脆可闻,像一曲乱鼓声碎的音乐。

"仲弘,你今天安排这样雄壮的场面,很可能让敌机来光顾咱们。"说话的是坐在黄骠马上的周恩来,他用马鞭遥指翠微峰,"的确壮观,真的有路可上?"

"这就是事物的辩证法了,"陈毅豁达地说,"远看似无路,近有上天梯,就怕到时候有路你也不愿上了!"

"也可能吧,"周恩来承认说,"我今天的兴致没有你高。记得在法国勤工俭学时,你就想登阿尔卑斯山脉的勃朗峰。"然后又揶揄地笑笑,"可是没有爬上去。那可是西欧第一高峰啊!"

"不是没有爬上去,而是没有机会爬!"陈毅认真地更正着,"那时候心比天高,就像你那字,翔宇,翔宇,翱翔于宇宙。"

"即使那时年轻,也没有你今天这样的兴致。你是诗人,可我不是。"周恩来依然心事重重,"今天的确天气晴和,江山如画,是登高望远的好时光。"

"春秋多佳日,登高赋新诗嘛,"陈毅兴致勃勃朗声大笑,"我本楚狂人,凤歌笑孔丘……我见青山多妩媚,青山见我应如是……"

"情与貌,略相似……"周恩来忍不住接下去嘲讽道,"可是,你不是赋新诗,老是念旧诗。"

"老实说,我今天是无诗可做的!"陈毅沉声说,"我只是想陪你散散心,背着所有人,偷偷把你骗出来,真是用心良苦噢。"

一个感情的浪头打在周恩来心上。"如果让毛泽东同志知道咱们在这种时候游山逛景……那是会引起误解的。"

"不会,即使知道,"陈毅解除周恩来的忧虑说,"他也会理解的。你太不会忙里偷闲了。"

"事情撺成堆了,不忙没办法,可惜一天只有二十四小时。"

"这正是巧者多劳,智者多忧……"陈毅挥挥马鞭,像把世俗纷扰赶开,扬声说道,"不说这些了,既然游山逛景,就逛个痛快。你看,那里有多少红男绿女正在登山?"

周恩来张目望去,山丘迤逦起伏。树林茂密,更衬出翠微峰高标独耸,阳光斜射在它沉郁的青钢色的岩体上,闪出暗蓝色的光辉,愈显得这把倚天之剑神韵冷凝、凌厉超凡。一只苍鹰盘旋其上,从容豪迈,恍若精灵。

在光秃的石壁夹缝里,有登山者的身影隐现其中,并传来悠远的呼唤,引起周恩来无限感慨:"战争虽然给人们带来了灾难,却没有把人民压倒,人们仍在欢度传统的佳节!"

"这完全吻合重阳节的典故,"陈毅接话,并带提问的口吻,"你知道这个典故吗?"

"我只知重阳登高,男饮菊酒女佩茱萸以避邪魔的风俗,却不知有什么典故。"

"你看你看，"陈毅故作夸耀地说，"闲来无事多读书，可见你没有我读书多！"

"在法国时你就会吹大牛。"周恩来报以揶揄的微笑，"可见积习难改……"

"学问不是吹的！我是本地的司令员，父母官的父母官嘛，不了解当地风俗民情何以为政？"

"当然，你的学问是从县志上得来的！"

"你又错了。我的学问比县志大得多。你不信回去翻，县志对当地风俗是这样记载的：'九月九日重阳节，从九月初三起即相率登山，红男绿女，不绝道，至九日反阒无人矣。'说了等于没有说。"

"那么，你的典故呢？"

"现在我不说……"

"不说等于没有。"

"不说不等于没有……到了！"陈毅首先勒住白马，等候随从卫队赶上前来。他与周恩来翻身下马，把缰绳交给卫兵，便缓步拾级而上。

到达登翠微峰的裂隙。隙缝可容两人上下，凿有石阶，游人攀登，恍若壁虎攀援而上，状极惊险。但登上峰顶，却豁然开朗，顶地平坦，房舍寺庙团簇其上。峰西便是久享盛名的金精洞，洞左石壁上镌有明人手迹："金精胜概"四字。右侧为一小池，小清见底，洞呈新月形。

陈毅和周恩来均无意登峰，便在洞口一侧的茶亭中休息。警卫人员各自选好了自己的岗位。待招待人员泡好了当地名茶"双井绿"。陈毅又要了两斤冻米糖。一斤给警卫人员分食，一斤留在茶桌上，跟周恩来边吃边谈。"这种糖你没有吃过吧？这是江西特产丰城冻米糖，你尝尝……"陈毅把糖袋子推到周恩来面前。

这种洁白晶莹、香甜、松脆、进口即溶的糖，的确特具风味。周恩来笑笑说:"今天咱们过的是神仙生活,居名山,看奇景,饮清茶,吃米糖,就缺听高论了。你名为请我游山逛景,实则教我聆听你的妙论,对不对?"

"所以我现在就口出高言……"

"我正洗耳恭听……"

两人都开心地大笑。这是发自心灵深处的真正的笑。两个人不分高下,不分身份,不拘礼节,敞开襟怀,亲密无间,无所顾忌,纵情豪放,畅所欲言,只有最纯洁的友谊、最纯真的心灵才能如此。他们是可以互相见真心的!这种极为轻松的气氛,就像一个人从窒闷得难以承受的屋子里突然冲出门外,做一次痛快的深呼吸,哀极而笑,乐极而哭。

他们两人表现得如此愉快,那是因为他们都知道宁都会议的严峻性,不过是借此宽展一下郁闷难舒的心境。

"任何复杂的局面,并不是今天才有,自古皆然,所以温故而知新……"陈毅端茶自饮,谈话开始严肃。

"善言古者,必有节于今。"周恩来也饮茶,"这是《荀子·性恶》中的话。那时,他已经用整个心灵去体验人生之多艰了。"

"马克思主义批判地继承了欧洲的古典哲学,不懂得中国古典哲学的人,把握马克思主义就很容易变成教条主义者。"陈毅大发感慨,"毛泽东同志运用中国古典哲学达到了挥洒自如、出神入化的程度。我是佩服的。"

"万事翻覆如浮云,古人空在今人口。"周恩来不愿意太具体化,因为当前的严重政治态势是令人触目惊心的,"孟浩然《与诸子登岘山》的话是对的:'人事有代谢,往来成古今。'联共如此,中共亦将如此,谁也无法避开……"周恩来回想起党内历次严酷的斗争,心情黯然而又沉重。

"这就是我要讲的重阳登高的典故了。"陈毅讲得极其严肃,"这是南朝时的传说。据梁吴均记载,说汝南地方有个叫桓景的人,跟随当时的哲人费长房游学多年。有一天,费长房忽然对桓景说:九月九日,你家当有灾难,你要赶快避难,并告诉他避难的方法……

"桓景就让家里人各做一个绛色布囊,盛满茱萸,挂在胳膊上,在九月九日这天,登高山饮菊花酒以避灾难,心里却并不全信。傍晚回家,果然祸已发生,家中所有鸡犬牛羊尽皆暴死。得此验证,费长房说:'物代人也。'"

周恩来叹息道:"是为牺牲。杀牛羊以代人受祸,这是人性的自私,也是人性的残忍。"

"如今世人重阳节登山皆为喜庆游乐,当初却是避难!"

"后人总是愿意化悲剧为喜庆。就像端午节赛龙舟,屈子见了也不知什么滋味。也许又赋新《离骚》了。"

"后人把历史悲剧化成喜剧,也许是精神生活的必须,"陈毅说,"不然,人们就会被连续不断的悲剧压垮了!"

"追求欢庆是人的天性。人生得意须尽欢,莫使金樽空对月!可是,忧国忧民何日了?灾难总是降临,避是避不开的。"周恩来感慨系之,"即使你是费长房,我却不是桓景……"

陈毅沉思良久,而后缓缓地说:"既明且哲,以保其身,在《诗经·大雅》里可是褒义词。"

周恩来表示疑义:"可后人当作贬义词。也许应该是个中性词。"

陈毅却引经据典坚持己见:"唐代人是怎么看的?'既能明晓善恶,且又是非辨知,以此明哲择安去危,而保全其身,不有祸败。'这是有道理的。"

"明天你也列席会议吧!"周恩来转换了话题,"斗争是很尖锐的。"

"旁听有时最为难受。"陈毅蹙着眉头旋着茶杯,"有话不说,胀破肚皮。"

"你应该了解会议情况……真不知会议会开成什么样子。"两人心情骤然变得沉重起来。埋头饮茶,却已是淡而无味了。

"会议既然搬到我们司令部里来开,我早说过,只能尽地主之谊,保证你们这些委员首长们住好、吃好,可无法保证会议开好……"

"好了,不谈这些了,"周恩来站起身来说,"既然来游山逛景,就逛一逛吧,谈这些问题十分累人。"

"那就进金精洞吧!"陈毅也站起来,"先看金线吊葫芦。"

"此名欠雅!"周恩来笑笑。

"可是逼真!"陈毅也笑笑,"但不能看得太久。"

"为什么?"

"我们得早点回去,今天我陈毅大请客,得去关照关照。"陈毅边说边往洞里走。

"果不食言!"周恩来笑笑,"有什么名菜? 我知道四川人爱吃辣。江苏人可不行。"

"不,今天全是江西名菜:莲花炒血鸭、浔阳鱼、水浒肉,还有永新狗肉。你们一吃,就知道我这个军区司令员没白当!"

"快别谈吃了,我肚子都咕咕叫了!"

这时,传来敌机轰炸宁都城的隆隆声。陈毅带路,周恩来随后,沿着倾斜的石蹬阶梯,走向洞穴深处,越走越暗,黑洞洞、冷森森地,平添了几分袭人的寒气与清净超然的氛围。

"当心脚下,"陈毅轻声关照,似有所隐喻,"路线走错,碰得脸青头破。"不知无心还是有意,在黑暗中反而能说明话。"天天路线路线,几乎成了独家特产。也不知真有假有,还是整人的手段……"

"说有就有,说无就无。"周恩来微颤的声音里透出一种悲苦,"就像这金精洞穴里的路,似有似无。左拐右弯,只能边走边摸索。"

"而且忽上忽下,弯弯曲曲,"陈毅信口溜出,"一脚蹬滑,断筋碎骨。"

"怎么? 与其履险,咱们还是向回走吧,将来到我们江苏去看善卷洞去。"

"也许应该向回走了,"陈毅回身,"现在是后卫变前导,该你在前边探路了!"

二　周恩来夜不能寐

苏区中央局会议在江西省军区司令部作战室召开,这次使毛泽东被解除军职的所谓宁都会议,在许多史料中是没有的,即使提一句半点,也是隐在云里雾里。会议原来是在宁都县城天主堂附近的县立中学里召开,由于敌机不断轰炸,便移到城北四面寨江西省军区驻地来。这里群山耸峙林木茂密,李园村便坐落在诸峰之中。这里是风景区,房屋集中而且整齐,地主庄园、豪门府第、富贾别墅和李氏宗祠,有大量空房可以驻军。山石嵯峨,峦峰峻嶒,是天然防空之所。

军区司令员陈毅一向是豁达慷慨之人,他对到会人员表示竭诚欢迎,那欢迎词当然是陈毅式的:"你们保证把会开好,我保证你们吃好、住好、玩好。咱们三好换一好总可以吧!"

"那你可要慷慨解囊了!"任弼时笑笑说。

"你还不知道,我陈毅囊空如洗。"

"那你是大慷机关部队之慨了?"项英凑趣地大声叫着,他很久没有这样兴奋了。

"我自有妙法……"

"我知道你还不是派游击队到白区慷土豪劣绅之慨?"王稼祥快活地说,"你打游击是老手。"

陈毅不承认也不否认,只是微微一笑:"我已经派人进城去请名厨师了,而且还是两个。诸位可以点菜……"他本想与爱吃辣子的毛泽东开个玩笑,但他知道此时毛泽东心情极为恶劣,开玩笑的分寸极难把握,便改口说,"当然主要是江西风味。会议期间,我可以提供一个骑兵排,护送你们游翠微峰逛金精洞,如何……"

"咱们的仲弘同志大尽地主之谊了!"周恩来抚掌大笑,"我们以开好会议来表示谢意吧!"

毛泽东一直闷声不响。

当天下午,陈毅借口陪周恩来去看驻地地形,便首先到了翠微峰。

物质是精神的基础,但陈毅为会议提供的舒适的住房和佳肴美馔,并没有使与会者精神轻松。大江流日夜,客心悲未央,安静的长夜反而愁多梦不成。

周恩来游翠微峰回到李园村,即准备第二天继续开会。对于这次会议能否开好,开出个什么结果来,他无法预想。他的处境是极其为难的,他是苏区中央局书记,会议当然由他主持。会议的主要矛头又是对着毛泽东和他本人。在宁都城里开会的第一天,气氛就处在极度紧张状态。如果不是敌机数次轰炸,会议不得不暂停起了一点调节作用,其紧张程度大有直线升级的趋势。

正像历次党内路线斗争一样,总要步步深入,最初的和风细雨很快就变为狂风暴雨加冰雹,总给人以"乌云压城城欲摧"之感。什么"自由、平等、博爱",什么"人性、人道主义",全都是散发着腐朽臭气和毒素的资产阶级货色。只有残酷斗争,无情打击,才是革命的坚定性,才是路线斗争的法则。绝不调和,谁敢调和?批斗会场,就是绞杀心灵、人格、尊严和独立思考的战场。不杀个血流成河、尸骨堆山决不收兵。一方是大张挞伐,一方是引颈受戮,所以显得格外残酷无情。

这一夜,周恩来几乎没有睡。这种严酷的斗争对于宽厚待人的他来说,是多么艰难。陈毅和他交谈,全是情长谊深、发自肺腑之言,但不能使他摆脱困境,他感到解除毛泽东的权力似乎已成大势,不可逆转。

这种大势的形成是必然的吗?周恩来到苏区来之前,这种趋势已经很明显了,那时,他是深有感触的:

1929年的一年内,共产国际给中共连续来了四封指示信:

第一封是2月来信,主要内容是贯彻国际六大的反右立场。

第二封是6月7日来信,是关于农民问题的政策指示。提出改变对待富农的策略,改变中共六大"中立富农"的政策为"反对富农"的政策。

第三封信是关于中国工会工作的决议,提出:"必须实行坚决的斗争,来反对党内各种对赤色工会的取消主义倾向,这种取消主义倾向是左倾危险和十足机会主义的表现。"

第四封是反对国民党改组派和中共任务的10月来信,要求中共反对"右倾主要危险"是为了在农村推行反对富农路线,在城市推行反对资产阶级、反对第三种势力的路线。

这四封信,为立三路线的产生提供了基本的指导思想和行动依据。这四封信,从各个侧面来贯彻"反右倾主要危险"的基本精神。

谁握有这四封信的精神,谁就握有了生杀予夺的尚方宝剑。谁就可以所向披靡。

李立三虽然也执行的是国际路线,他既站在那个位置上,他就不能不执行,可是,他毕竟还能独立思考,并不把共产国际指示的每一句话都当成神圣不可侵犯的圣旨。他曾一度公开拒绝共产国际的指示,指责共产国际不了解中国情况,说忠于共产国际遵守国际纪律是一件事,而忠于中国革命又是一件事!

沙俄土壤上生长的无产者的果实,必然带上了封建专制和大国沙文主义的基因;而以苏联共产党为核心的共产国际,也会染上封建专制的色彩,绝不允许有这种独立性。共产国际,需要绝对服从,所以对中国共产党——世界上唯一有如此巨大组织、如此巨大地域、如此巨大武装力量的党的领导人,特别关注。对那些反国际路线的领导者自然存有疑虑和愤慨!所以,对共产国际"绝对忠实"的王明的上台,和远在群山中拥兵自重、自行其是的毛泽东的下台,就成了大势所趋和历史的必然!

这种更换领导的斗争有时表现得极为尖锐和残酷,有时不在你对还是错,而在于需要你下台!借助肃反以排除异己,为自己的掌权扫清道路。因此,肃反扩大化也成了一种必然趋势。

在路线斗争的潮头上,谁也不能主宰自己。但是,在不能主宰自己中又大致有三条道路供你选择:

一、见风使舵,随波逐流;

二、趋炎附势,推波助澜;

三、逆风顶浪,人亡船沉。

不管你选择哪一种,注定都是悲剧性的。

古人言:"识时务者为俊杰。"话是不错的,什么叫"识时务"?怎样才算"俊杰"?每个人的解释和理解都是不一样的。

愁多知夜长,周恩来翻来覆去思考陈毅白天提到的联共、中共历次的路线斗争。这些斗争的是是非非恍惚不定、模糊不清,极为难解,近似虚幻。迷茫和惶惑像一件不透气的军衣,紧裹住他,使他憋闷。他披衣起床,桌上时钟指着两点,他便埋头处理公文,这是他的忙以忘忧之法,直到曙色透窗。

周恩来步出庭院,四周景物都在轻雾朦胧之中。他悄然走上房后小山,朝阳突然跃出,景物立即着了魔法,变得光灿鲜明,一夜困倦顿然消失,心神为之一振。平静宁谧的山林展接天际,高空是一派青蔚,莺雀鸣啭,泉水淙淙,无尽色彩映入眼帘,不由心扉顿开。太阳越升越高,金光如泻,使人目眩心畅。他似从美梦中遽然醒来,便急步下山。早饭之后,他就要回到严酷的现实中了。

三　宁都会议

在法庭上,原告与被告的争辩是平等的,因为在争辩双方之上还有一个法官,这个法官是否公正,又受到陪审团的监督,双方的理由都能尽情申述,以求正义的仲裁。

会议,不是法庭,甚于法庭,一方是认罪,一方是审判。你申辩吗?认罪不诚,罪加三等!

陈毅不是苏区中央局成员,他列席会议只能旁听,这个特权除了他是会议场地的主人外,还由于周恩来的争取。

室内烟雾缭绕,令人压抑。面对窗口而坐的周恩来,不时向院外景物投去凄楚的目光。会场之内的气氛与早晨山间散步的自然风景反差太大了。会议继续前天的内容。

项英坐在周恩来对面。在周恩来宣布开会后,他首先对前天的会议作了简要的概括:"我认为会议的焦点只有一个,那就是在前线的委员们,首先是毛泽东和周恩来两同志是否认真执行共产国际和中央(临时中央的"临时"是后来加的,当时谁敢如此说?)的指示问题。那么,结论也是一个:没有执行!"

"先慢一点结论好不好?"周恩来缓缓地说得很谨慎,"会议刚刚开始,结论已经有了,那还开什么会? 也听听前方同志的意见嘛。"

项英气得两眼发乌,激动得握笔的手簌簌发抖,正要发言,凯丰把刚吸着的烟,烦躁地在烟灰缸里捻灭,霍地站了起来,抢到项英前边:

"难道屡次抗拒中央的作战指示,还不能说明问题吗? 每次战斗都叫苦连天,难道不是对胜利缺乏信心吗? 对争取一省或数省胜利的目标采取怀疑的态度,难道还不是右倾情绪吗?"凯丰说一个

"难道"就用拳头擂一下桌子,他尖利刺耳的声音四处乱钻,扎得人难受。

顾作霖没有站起来,言词却更为激烈:"我认为不是叫苦,而是失败主义,对国际路线和中央指示不是认真还是不认真的问题,而是抗拒的问题,反对的问题……这种严重性是绝不能忽视的!"

王稼祥痛苦地沉着脸,他深知这种步步升温、层层加码的做法,已是司空见惯,谁拎得高,谁就最正确、最积极、最忠诚、最坚决、最革命;谁降温,谁就是跟错误站在一起。这时,如果有人给前方委员们戴顶反党反国际的帽子,恐怕也无人公开站出来反对。但是,在这种时候,人人都被迫表态,既没有发言的自由,也没有不发言的自由。因为不表态拥护,就意味着反对。王稼祥只能避开实质性的问题:"慢慢说,慢慢说,激动反而不容易解决问题!"

洛甫于1943年12月16日在延安整风时的笔记中,讲过这种心态,他写道:

> 他(指博古)的拿手好戏,就是把你的反对"左",曲解成"右"而加以打击,我平时就怕他这一点,怕他找到我的"右"打击我,所以我反"左",常常是胆怯的。……或者反一下"左",赶快转过来说要反"右"。

在宁都会议上,有多少人抱有这种心态在发言?

"这是严肃的斗争,"凯丰立即打断了王稼祥,"温情主义就是调和主义,对错误的东西,残酷和无情是必要的也是应该的!"

"爱憎分明嘛!"顾作霖立即跟上,"这不是态度问题,是阶级立场问题。王稼祥同志根本就没有跟毛泽东划清界限。这是很危险的!"

"我看,会议要开好,首先要端正态度。态度不正,怎么能清算错误?"

"对,先打态度!"

又有人更为疾言厉色向上加码:"这是原则问题、党性问题……"

会议出现了沉默。人人都在思考应持的立场。这里不是袒露心胸的地方,却又是展示品格的地方:因为这里有奖有罚,既有可能因一句公道话被打翻在地,也有可能踩着别人的肩膀向上爬!

激烈的战斗者们仿佛要把那些假革命一眼看穿似的,用气势汹汹充满敌意的目光巡视着会场。

陈毅看到这种局面,身体前倾,嘴唇哆嗦着。在忧伤的目光里,隐含着无限焦虑。在这种情况下,任何人都无法敞开内心实事求是。稍有抗拒,必将遭到加倍反击。他不理解,对自己的同志,怎么能提出"残酷斗争,无情打击"呢?他观察着周恩来,看他怎样应付这种局面。

周恩来对后方的政治局委员们的强烈的、过火的指控和无理而又自信的态度,很是愤慨。这些人并不了解前方的战争实际,而且他们也不想了解实际,只顾一味地贯彻中央和共产国际的旨意。他们只对上负责,他们的耳朵只听上面的命令却不听真理的呼声。这是一种隐藏极深的变相的自私。面对所有后方的苏区中央政治局的委员们,周恩来以难言的苦衷说:

"前方的情况,跟后方的情况大不一样,和在地图上推想的更不一样。"

项英却扭住不放,他不想听前方同志作具体解释:"反正你们是寻找借口不执行命令,这是根本事实。"

"根本事实,你们就是不想听!"周恩来一脸苦涩地说,"你们总让人把话说完嘛。"

"具体事实不是问题的实质,问题的实质在于你们对命令执行得不坚决!"项英严厉地说,"这里是对共产国际指示的态度问题。

你们对国际路线是忠实地执行还是口头答应执行……这里应该特别指出的是毛泽东同志，他对国际一向采取不尊重的态度，拥兵自重，顽强地坚持自己的做法……"

毛泽东的手里夹着一支香烟，没有点燃，好像把它忘了似的，抑制住狂烈的怨愤，尽量平静地反驳说："这是不公正的！我们在前方尽一切可能按指示去做，可是不符合实际情况的命令，叫人难以忍受……目前，我军的实际力量，不可能攻打中心城市，这是有血的教训的。即使因此获得不执行命令的罪名，也不能拿着战士的无谓牺牲去机械地执行！比如……"

但是后方的委员们却不愿听毛泽东的解释。"应该检查主观原因，应该深挖思想根源……我们的红军斗志高昂，一向是攻无不克的！"

这些指责，出发点都是放在假设的、臆想的基础上，简直不可理喻。一种极端政策的推行，可以造成许多人的畸形心理。就像一辆从陡坡上向下滚动的车，它冲决一切障碍，以加速度的冲力向下滑行。先要你打下一两个中心城市，再让你争取一省数省胜利，再让你把胜利旗帜插遍全国……再让你几十天跑步进入共产主义，挟五洲，揽全球。梦魇似的狂热，梦呓似的谵语，直到撞崖落谷车裂轮飞噩梦始醒。

那时共产国际具有至高无上的威望，威望可以造成盲从。威望是个好东西，它可以把你引向光明的峰巅。威望是个坏东西，它可以把你引向黑暗的深渊。

周恩来深深知道，握有共产国际尚方宝剑的委员们，对前方的几个委员（主要是毛泽东和他本人）是一种居高临下的审判。他还不太相信（尽管他隐隐意识到了）以他的拒不执行指示为借口，剥夺毛泽东在军队的权力。这种可能性，在他心上投下难以言喻的阴影。他要尽最大努力，不使这种局面出现。这时，他看了毛泽东一眼，只见他脸色蜡黄，两腮微抖，反映出内心深处被强抑着的感情风暴。周恩来找到了一种策略，他试图把路线问题（他认为本来就不是路线问题）引到军事指挥上来：

"我认为对毛泽东同志的指责太过火了，这不符合实际情况。但是，我不否认军事指挥可能存在着许多问题，如果有什么错误，我有责任！甚至我的责任更大更直接。"

项英却固执地认为这不是军事指挥问题，而是指导思想问题，是悲观情绪问题，是对共产国际的态度问题，因而也就是路线问题。这些倾向特别明显地表现在毛泽东同志身上。

这种印象，来自项英的历史优越感。他认为毛泽东跟莫斯科、跟第三国际向无直接联系，几乎没有任何"血缘"关系，对第三国际的路线既无认识也无感情。

他还认为毛泽东是个农民知识分子，对工人阶级并不真正了解，也缺乏工人阶级革命斗争的鲜明性：执行的是富农路线，重视农村，忽视城市。

他还认为毛泽东对马列主义并不虔诚。你看毛泽东的书箱里是什么书吧，几乎全是封建时代的老古董：《吕氏春秋》、《贞观政要》、《三国演义》、《红楼梦》、唐诗宋词，甚至还有《金瓶梅》。使他最为惊讶的是，毛泽东竟然从当地一个老学究那里借来了一本《周易》，后来，他打听到这是一种测字算命的书。毛泽东在几次会上讲话，很少说马克思列宁怎么说，总是顺口来几句孔夫子怎么说，老子庄子韩非子怎么想。……而他项英自己却抱着一本《共产党宣言》，一本《国家与革命》反复苦读。更主要的是毛泽东对争取一省或数省胜利毫无信心，对夺取中心城市更是不赞成。这种同志在军事领导岗位上，国际路线是很难贯彻的。

项英对周恩来的调和主义，深感不快，他必须抓住实质性的问题："我们认为，毛泽东同志丝毫没有认识自己的错误，为了保证国际路线在红军中得以贯彻,毛泽东同志应该离开总政委的岗位。"

"不!我不同意。"周恩来一改往常的冷静,炯炯目光直视着项英,大声地说,"我们应该承认,我们前方的同志确有以准备为中心的观念。后方中央局的同志集中火力反对等待倾向是可以理解的,但是,我们应该充分认识敌我力量的对比。敌人正在准备大举进攻,而我们不做准备,就不可能有效地粉碎敌人,这一点,后方的同志应该给以充分的估量。……我不同意对毛泽东同志的过分批评。我深深知道,我们在前方的同志是尽一切可能进行战斗!"

"对毛泽东同志的批评,并不存在过分的问题!"凯丰立即激烈地反驳,"而是过分温情姑息的问题。"

"对红军力量估计不足,过分夸大困难,这是右倾机会主义倾向,不是批评的问题,而是残酷斗争无情打击的问题!"项英怒气冲冲,巡视着会场,似有无尽怨怒要向外发泄。

"应该平心静气地谈清问题,过分激动并不利于问题的澄清与解决。"王稼祥又重申自己的意见,尽量说得缓和,但是项英感到了某种屈辱。他认为王稼祥这个吃洋面包长大的"苏俄派"应该支持他才对。

会议室里又笼罩着令人难堪的沉寂,所有人的目光都集中在项英身上,集中在他难以捉摸的性格上。有这种性格的人,会满腔热情地去完成上级交给的任何任务,表现出特有的认真负责和魄力。但有时又会固执地坚持一种明明不合实际的教条,决不承认新发现的真理。容易绝对,善走极端。后来陈毅对他的性格作过这样的评语:"狭隘而不开展。顾小利而忘大义。逞英雄而少办法。"

项英在六年之后的皖南事变中临时动摇,换上便衣首先脱逃的行为,就表现出他这种性格的弱点。

项英阴沉着脸,残酷斗争来不得半点温情:

"我们必须无情地打击右倾机会主义,保证国际路线的完全的实现!"几个委员表示附议。他们对项英坚强的政治原则和斗争性给予应有的尊重。

会议的内容,会议的争辩,会议的情绪,不断地重复推磨,一圈一圈又一圈。疲劳轰炸,一直推到筋疲力尽,达到预想目的为止。

"当然,批评可以从严!"周恩来用伤感的目光巡视着会场,感到如果双方硬顶,斗争便会升级,促成对方采取极端措施,那就很糟。不弯则折,把事情弄僵是不利于大局的,他转圜说,"可是,组织的变动是不应该的。毛泽东同志的经验偏重于作战,他的兴趣也在主持军事工作,留在前方是适合的。"

王稼祥赞成周恩来的看法。

项英却立即反驳,声调越来越坚决:

"现在中央局关心的不应该是如何照顾某个同志的经验和兴趣,而应该注意的是如何在红军中执行国际路线!"

此时,已是下午一点钟。周恩来宣布休会,下午三时再开。

四　推迟表决

会议又进行了一天,照旧推磨。项英有些不耐烦了:

"我认为争来争去已经没有意义,有的同志发言,专谈枝节专谈现象,不谈根本不谈实质,这是主持会议的周恩来同志的责任。"他冷峻地望了周恩来一眼,"问题反而被搞复杂化了。归根到底是路线问题,既然如此,不但在思想上解决政治上解决,而且应该从组织上解决!"

思想解决意味着批斗;组织解决意味着改变领导,对某些人要撤职查办。见惯不惊,会场气氛并没有由此而更紧张。

"我认为摆摆前线的困难,也不是不可以……"

"困难永远都有!"顾作霖立即恶声打断对方,"问题是右倾机会主义者们畏惧困难,夸大困难,不去解决困难!"

"对!"凯丰像喊口号似地叫道,"我们共产党人面前没有克服不了的困难!"

"问题是后方对前方的要求过高。"周恩来说。

"问题恰恰在这里,"项英紧盯着周恩来,激烈地打断他,"前线同志认为中央要求太高,国际要求太高,就等于说中央和国际的指示脱离实际。有这种极端错误的思想,怎么还有决心去克服困难呢?精神先垮了嘛,"项英终于抛出了最有刺伤力的杀手锏,"怀疑国际指示的正确性,这是什么性质的问题?!"

"从第一、二、三次反围剿的胜利看,我军是战无不胜攻无不克的,可是,现在,前方同志总是完不成战斗任务。"顾作霖进一步补充,"主观不努力,客观找原因……"他本想来几句狠的,可是他找不到更具杀伤力的投枪。

会场上,大概只有陈毅最清醒了。他侧身事外,比较客观。他深深感到权力是一种可怕的力量:既可以推行真理,也可以扼杀真理。既可以把主观失误说成客观困难,也可把客观困难说成主观失误。顺我者升,逆我者降,这便是权力的法则。在这种时候,一切过激的言词,一切过分的举动,一切的无限上纲,都是革命斗志高昂的表现,都是被鼓励的,是造轰轰烈烈声势之必须,那是冲锋陷阵时威慑敌胆的呐喊,是迈向百分之百的布尔什维克化的脚步声,越过头越好。

理论的伸缩性是无限的,运用之妙是无穷的,随意性是可怕的:愿意跟你握手,可叫与人为善;愿意把你打翻,就叫不调和的斗争。说它轻,则轻如鹅毛;说它重,则重如泰山。

凯丰是有政治斗争经验的:在莫斯科中山大学时,他就仔细思考过了,他懂得政治斗争的严酷性。在路线斗争的风暴中,有人可以乘机扶摇直上,有人则被卷入万劫不复的深渊。

1927 年初夏,斯大林和托洛茨基的斗争,因中国国共两党分裂而更加激烈了。政治路线斗争,必然和权力斗争连在一起。那时,凯丰、王明、博古都看得很清楚,具有学识才华、备受欢迎和尊敬的中山大学校长卡尔·拉狄克,就是因为公开拥护托洛茨基而丢掉了校长的职位的!

在两派激烈的斗争中,任何人都要考虑自己在斗争中要站在什么位置上。有的考虑坚持正义和真理,有的考虑对自身的安全和发展是否有利。那时,副校长巴维尔·米夫正在中国执行特别使命,学校的管理权力出现了真空,联共中央任命教务长阿古尔代理校长。他力图稳固和提高自己的地位,作为一个正式的校长屹立在革命历史舞台上,便极力争取一些有影响的学生的支持,很快就在身后集结了一大批学生,根本不把联共党支部书记谢德尼可夫放在眼里。这种拉帮结派的方式使中山大学形成了两大敌对营垒。

以阿古尔为首的教务派,以谢德尼可夫为首的支部派,很快就展开了“血战”式的互相攻击。许多学生不愿参加这种互相诋毁、攻讦以达争权目的的斗争,这就形成了学校中的第三势力。第三势力又成为双方争夺的对象,学校成了“不似流血,胜似流血”的战场。直到米夫回到中山大学,两败俱伤的内耗战仍在继续进行。王明因陪同米夫回国而没有卷入,所以他对学校的形势看得比较清楚。他建议米夫把握住第三势力,联合支部派搞垮阿古尔的教务派,从而为米夫担任中山大学校长铺平了道路。

在米夫看来,这是一个很高的策略:因为互相指责的两派,并无严格的是非,第三势力倾向哪一方,哪一方就会取胜。如果米夫把第三势力投向阿古尔一方,把谢德尼可夫打倒,恰恰稳固了阿古尔代理校长的地位,后来的正式校长就是阿古尔而不是他米夫了。

王明不但向米夫提出了解决学校混乱的高明的策略,而且是第三势力的争取者组织者,他成为米夫的得力助手和主要心腹就不是偶然的了。

凯丰那时并不处在举足轻重的地位，但他洞察了这场斗争的来龙去脉。由米夫、王明组织起来的第三势力的核心，便形成了后来"反对派"称之为二十八个布尔什维克（这二十八个人是哪几个，说法不一，带有某些随意性和流动性）这一同盟式的集体。无论对于中山大学、对于中国共产党本身，都产生了深远的影响。凯丰便是二十八个布尔什维克之一，①他和博古一样，崇拜米夫、敬佩王明，相信共产国际无比正确。

　　凯丰几乎经历了历次派别和路线斗争。米夫、王明取得了对阿古尔教务派的斗争胜利后，反托洛茨基反对派的斗争随之而起。这场斗争的爆发点，是 1927 年 11 月 7 日庆祝十月革命十周年的游行中出现的骚乱。

　　凯丰每当想起那场骚乱，历历如在目前：当浩荡的游行队伍走进红场入口处即将到达检阅台时，游行队伍中的托洛茨基分子突然挥起早已备好的旗帜高喊反对斯大林拥护托洛茨基的口号！这种挑衅性的举动，在这样的场合，就显得加倍严重，遭到斯大林拥护者的反击是必然的。这场斗殴，在游行队伍的严密组织下，限制在不太大的范围，就像河流奔泻中出现的一个漩涡。

　　当中山大学的队伍接近列宁墓时，包括斯大林在内的苏联领导人举手向革命的中国青年致敬，并高喊中国革命胜利万岁。在学员队伍中，竟然有人冲破"乌拉"的喊声，高呼拥护托洛茨基的口号！这种当众侮辱斯大林的举动，使联共和来自世界各国的来宾都感到震惊。

———————————

①　二十八个布尔什维克一般是指：王保礼、王盛荣、王云程、王稼祥、朱阿根、朱子纯（女）、孙济民、宋潘民、杜作祥（陈昌浩之妻）、陈绍禹（王明）、陈昌浩、陈原道、何克全（凯丰）、何子述、李竹声、李元杰、沈泽民、汪盛荻、肖特甫、张琴秋（沈泽民之妻）、张闻天（洛甫）、孟庆树（王明之妻）、夏曦、秦邦宪（博古）、殷鉴、袁家庸、盛忠亮等人，这二十八个人中，约二十人受过高等教育，能流利地说一两种外语，只有五个人是工人阶级成分。

反击当然是激烈的,一周之后,托洛茨基和季诺维耶夫(当时所谓的"托季联盟")便被开除出党。盛怒之下的斯大林,指令米夫对中山大学的托派活动进行彻查。这一费力的彻查继续了数月之久。这种彻查并不限于找出喊口号的托派分子,而是在调查时展开了思想斗争。要斗争,必须组织力量,以王明为首的二十八个布尔什维克便成了米夫指挥下反托的基本力量。

这种思想斗争不可能泾渭分明,斗争呈现出复杂性、严酷性是必然的,而斗争手段的多样性也是必然的。为了斗争,不择手段。逼供、诱供、诬陷等也就应运而生。这种不正常的现象,在后来的历次运动中不断地重演,在苏区的肃反运动中还有所发展。阴谋家、投机者便从中兴风作浪,成为某些领导者排除异己打击持不同意见者的手段。

凯丰并不认真思考临时中央的指示是否合乎实际,也不知道前线所提出的困难是可以克服的还是不可以克服的,他只知道:执行中央指示就是对的,不执行就是错的。不需要动脑筋去思索中央指示对在哪里,不执行者错在哪里。

项英与凯丰略有不同,他有深沉思考的习惯,善于总结概括,喜欢条理分明。他的长条笔记本上,有对目前这场斗争画出的公式:

斯大林同志精神=共产国际指示=中共中央指示=后方委员们的意见=斯大林同志精神。

这可以顺理成章地推演成"我就是党的化身","我就是正确路线的代表","我就是斯大林同志精神的体现","我的结论也就是党的结论亦即共产国际的结论亦即斯大林同志的结论","反对我就是反对党,也就是反对第三国际,也就是反对斯大林……"谁能抗拒?谁敢抗拒?谁能说清这个浑圆圈是合理还是不合理呢?

无论对毛泽东还是周恩来,项英都有一种天然的优越感:1928

年6月党的六次全国代表大会在莫斯科召开,斯大林单独接见过他,对他的崇高评价是他终生难忘的:

"项英同志,你是中国革命真正工人阶级出身的领导人,既要重视斗争,更要重视学习,使自己完完全全布尔什维克化。"还送给他一支手枪一支笔,这是战斗与学习的象征。

这种所谓的"高度评价",实际是一种误解,仅仅是赞扬他的工人阶级出身。这是一种得天独厚的优势,就像普通工人向忠发,就是在重视选拔工人阶级出身领导人的指导思想下一跃而成为中共总书记的!工人阶级出身,在那时比一切优秀素质更可贵。

但是,工人出身并不能保证他就有领导水平,也不能保证他就是真正的百分之百的布尔什维克,所以向忠发也罢,顾顺章也罢,一被捕就叛变。毛泽东不是工人阶级出身,周恩来更不是。劣等门第,低贱种族,在项英眼里,他们的革命坚定性就大可值得怀疑。

这种被误解了的"清醒",是可怕的!坐在旁听席上的陈毅是另外一种"清醒",他陷入深沉的悲哀。

会议又进入新的一天,事实胜于雄辩,只要还允许说话,争辩就不会休止。项英要毛泽东最后表态。

毛泽东对会议的目的看得越来越清楚。任何争辩无非都是一种形式。性质早已定了,结论也早已定了。再有力的雄辩,再真切的事实,只是增加激流的浪花,徒然延长会议时间,直到剥夺他的军权为止。有理也如此,无理也如此。形势看清了,心情也就坦然了。

他缓缓地站起来,平时微躬的腰板挺得很直,他对这些脱离实践只会背诵教条而又自以为是的人,充满着反感与鄙视。在中山大学的洋课堂上,在上海漂亮的寓所或是简陋的亭子间里,根本就不知道苏区的山上长草还是长树,也不知道红军战士吃的是大米白面还是草根树皮,反而来指责他的山沟里出不了马列主义。不了解情况地瞎指挥,反而指责别人抗拒指示。并不是所有中央都是对的,陈独秀、李立三，瞿秋白也是中央，王明不是因为抵制他们而逼"英雄"吗？但他不能这样说。

项英一语道破了天机，王明的中央绝不允许他毛泽东拥兵自重。他必须向忠于国际路线的人，也就是王明的百分之百的布尔什维克们交出权力！

喜吃辣子的湖南乡下人那种倔强，促使他要说几句杀伤力特强的话，而后拂袖而去。然而，他终于明白目前需要的不是感情的发泄而是理智的克制。他呻吟了一下，痛苦得像大病后的那种呻吟。终于平静了，他说了几句话，既不是检讨，也不是表态，那是很耐人寻味的。

"天下理无常是，事无常非。先日所用，今或弃之；今之所弃，后或用之。我恭候中央的处理……"中断了几秒钟，又说了两个字，"完了。"会议又出现了静默。平静如水。

项英带着一种朦胧的诧异，急忙在长条笔记本上写了几笔，扯下来让坐在旁边的顾作霖传给陈毅。顾作霖溜了一眼，那是潦潦草草的几个字：毛说的是什么意思？

陈毅回条，先交给顾作霖：此乃列子的话，意思是，天下没有永远正确的道理，也没有永远错误的事情，先前认为好的，今天认为不好放弃了；今天认为错的放弃了，明天又当成对的拿来再用。

顾作霖在陈毅条后加了一句："这是拒不承认错误的表现！"然后传给项英。

项英看后，又加了一句："而且准备东山再起，日后反扑。"又传回顾作霖，顾作霖又交给凯丰。

凯丰又加了一句："可见山沟里出不了马列主义是对的！"又传给另外几个后方的委员。

人们疑惑的目光都随着纸条来去，但心情都没有一个是平静的。

"既然毛泽东同志已经表示听候中央处理。"项英说得很缓很慢,"我想会议没有必要延长了,大家事情多得很。我想,毛泽东同志在目前的情况下,留在红军领导岗位上是不合适的!"

敌方既已举起降旗,战场立即陷入沉寂,炮火不再轰鸣,呐喊也就停息。

"解除毛泽东同志的军内职务是非常必要的!"

"我们举手表决吧!"

"我不同意这种仓促下结论的做法,"周恩来尽量和缓地说,"至于如何处理,要经过充分酝酿再说。陈毅同志为我们安排了翠微峰之游,盛情难却。文武之道,一张一弛,弦绷得太紧不行。我建议下午休会,舒松舒松,明天再开!"

项英反对,认为这种中断会议的做法是不利于问题解决的,这是袒护毛泽东的做法。

顾作霖和凯丰附议项英的意见,并作补充:"会议结束后再去翠微峰不更好吗? 可以玩个痛快。"

任弼时认为:"休息半天,算不上中断会议。"

后方委员们自忖,半天休息,也许并无大害,或恐有利,也就同意了。

午休后二时骑马出发,陈毅假托军区有急事处理,派秘书长陪同。

第十一章　1932年10月
江西宁都北郊李园村

一　红色十字架

中共六届四中全会召开不久,1931 年 3 月 25 日至 4 月 14 日,共产国际执行委员会第十一次全会在莫斯科举行。这次会议主要是在资本主义世界经济危机进一步加深的背景下召开的。共产国际执行委员会书记曼努伊斯基向国际各支部宣告:无论过去、现在和将来,右倾始终都是主要危险。这样一来,便把反对右倾主要危险绝对化、定型化了! 这为王明左倾路线提供了强有力的支持和依据!

即使有人保持着清醒的头脑,在"左倾"的洪流下,任何个人都是一棵脆弱的芦苇,不弯腰即折断,无法阻挡洪流的奔泻,甚至连个浪花也不起!

1931 年 8 月,中共中央作出了《关于接受共产国际执委第十一次全会总结的决议》。不仅认为党内主要危险,"依然是右倾机会主义的灰心、失望、消沉",而且加码为"在中国的特殊条件内,右倾机会主义紧接着公开背叛革命,同时,他们更其采用了最可耻最怯懦的机会主义的两面派的态度"。这样,就把党内斗争的不同意见,与背叛革命联系起来,视同志为敌人,从而为"残酷斗争,无情打击"的过火斗争制造了理论根据。

在肃反扩大化中,就有这样一件事例:一个战士夜行军掉了颗手榴弹,被推演成反革命:"你损失了革命武器就是帮助了敌人!假使被敌人捡去,袭击了我们的指挥部,你不成了反革命的帮凶了吗?"这种令人难以置信的荒唐逻辑,一直延续在历次政治运动中。

王明等人改造了中央领导机构之后,又系统地向全国各地派出中央代表或中央代表团,去贯彻"反右倾"斗争,"改造和充实各级领导机关。"(派夏曦至洪湖成立湘鄂西中央分局,夏任书记;派中央代表团至中央苏区;派张国焘、陈昌浩到鄂豫皖边区;派曾洪易到赣东北)。为了把权力夺到王明路线推行者的手中,采用多么残酷的手段都是允许的,值得的。

1931 年 5 月 12 日,鄂豫皖中央分局成立,张国焘任书记兼鄂豫皖军事委员会主席。为了取得党政军的领导地位,清除异己,张国焘进行了残酷的肃反,使许多优秀的领导人及优秀的党员蒙冤死去。这种夺权,不是明令撤换,而是用莫须有的种种罪名,搞倒、搞臭、搞死。这种方式的向后延续,在十年浩劫中,导致了那些本该有个幸福晚年的革命家们的惨死。

1931 年 8 月,中央发出了《中央给苏区中央局并红军总前委的指示信》,指责"中央苏区现时最严重的错误是缺乏明确的阶级路线与充分的群众工作。……对于消灭地主阶级与抑制富农政策,还持有动摇的态度。"这封信是在苏区开展"反右倾"斗争的动员令,也是王明路线向苏区大举贯彻的一个信息。

1931 年九一八事变之后,即 9 月 20 日,中共中央发布了《由于工农红军冲破第三次围剿及革命危机逐渐成熟而产生的党的紧急任务》的指示,用三次反围剿的胜利来证明共产国际对形势估计得完全正确,又一次给动摇、悲观、失望、消极的立三主义残余以致命的打击。

决议认为"目前中国政治形势中心的中心,是反革命与革命的决死的斗争"。从这种过头的估计出发,提出苏区的党必须更坚决地贯彻执行国际与中央的一切指示,"不要再重复胜利后休息"的错误,要"集中力量追击敌人退却部队,消灭他们的一方面,在政治军事顺利的条件之下,取得一两个中心的或次要的城市"。文件认为"党内两条路线斗争的加深与组织上的巩固,是实现上述任务的必要前提。目前主要危险还是右倾机会主义"。

根据这个指示,1931 年 11 月 1 日至 5 日,在瑞金叶坪召开了中央苏区第一次党代大会(即赣南会议),由中央代表团主持这次会议。在"集中火力反右倾"的纲领下,指责毛泽东关于苏区建设和红军战争的主张为实际工作中的"狭隘经验论";土地革命中的"富农路线";军事工作中的"游击主义"和"单纯防御路线";以及政治上的"极严重的一贯的右倾机会主义"。这次会议是王明路线在中央苏区"反右倾"的开始,也是夺取毛泽东领导权的第一步。

在四中全会期间,为了避免党内严重分歧继续下去而导致党的分裂,瞿秋白在三中全会所犯的调和主义的错误上承担了责任,退出政治局。在周恩来、瞿秋白去留的问题上,米夫采取了"留周去瞿"的方针。

那是多么沉重的时刻。周恩来记得瞿秋白摇摆着,从他的书桌旁站起来,咳嗽着,把手伸向燃有微火的壁炉。他自言自语,像朗诵一篇文章:

"唉,这些日子天气太坏了,清冷,阴沉,这夜风,就像鬼魂在黑夜的荒原上游荡、哀嚎!"

周恩来坐在沙发里,以为瞿秋白在构思作品,他看到他瘦削的腮上升起一片红晕,这对肺病患者来说,并不是好兆头。但他不想打扰他。

瞿秋白的嘴唇抽搐起来,他慢慢用手捂起了脸,让目光转向内心。然后他向周恩来走了几步。历史、哲理、热情,在他脸上荡起激情的风云：

"恩来！我常常由于痛苦而疲倦……"瞿秋白的声音忽然变得暗哑了，像是一颗正直的受了屈辱的心滴下的一串清泪。

周恩来心情沉重地静静地坐着，他没有勇气观察瞿秋白的脸。因为注视一位善良高尚的知识分子的痛苦情状，自己也会倍加痛苦："屈子说：亦余心之所善兮，虽九死而未悔。我们也只能用任劳任怨来宽慰自己了……"

瞿秋白默然不语，走向窗口，凭窗而叹："任劳任怨不难做到，只是屈辱……士可杀不可辱，固然是旧观念，忍辱负重却是最难的……"

周恩来站起来，走到窗前，拍拍瞿秋白的肩膀："这种心情我理解，路漫漫其修远兮，你要保重身体，准备长途跋涉……"

"我的痛苦不在于失去了职务，恩来，你了解我，我也了解你。我们自己授予自己的使命是不是太大了？我们也许最终无力承担它。我们这些殉道者，连生命都不怕舍弃，还怕丢弃一时的地位吗？古人言，朝闻道，夕死可矣。痛苦就在于我至今仍不知道错在哪里。"

"决定你离开政治局，你知道，我是不同意的。"周恩来拉着瞿秋白苍白瘦削而又发烫的手，"哟，你在发烧……"

"每天晚上都这样，很快就退的！"

"可是，我留在中央也是很为难的。"

"这我知道，心不怡之长久兮，忧与愁共相接。我们这些知识分子，枉怀忧国忧民之志，到头来也许像屈原一样投入汨罗江。中华民族灾难深重，你留在中央，一副沉重的担子也就压到你的肩上了。"

"这是我们这一代人的责任，只能鞠躬尽瘁，死而后已。"

"那你就背负历史的红色十字架走到底吧！"

两人紧紧握手，不由潸然泪下。

现在,周恩来已经不止一次地觉出这个红十字架的重量了。而且也不止一次听到那些屈辱的心灵在哭泣。他又在重温与瞿秋白四目相对时的那种感情。

二　前后方的严重分歧

周恩来中止会议,是一种策略。就像一个排球教练,在对方攻势凌厉而我方连连失球的情况下,要求暂停,以转换部署、稳定情绪、寻求扭转局面之法。他始终认为,毛泽东留在部队里是对革命有利的。

毛泽东的地位比他低,但他尊重毛泽东。在前线与毛泽东相处的时间里,他观察过毛泽东,认为他是个智慧超群的人。在他貌似宁静的身上,潜在着非凡的精力和意志;他农民式的甚至有些笨拙的动作里,有种无形的凝重威仪和有力的对别人能施以深刻影响的气质。

周恩来沉思着,追溯着促使毛泽东解职的背景,寻找有无把他留在军队指挥位置上的可能性:

1932年1月9日,中共临时中央发出《关于争取革命在一省与数省首先胜利的决议》,要求红军要"努力求得将中央苏区、闽粤赣、赣东北、湘鄂赣、湘鄂边各苏区联系成整个一片的苏区,并以占取南昌、抚州、吉安等中心城市,来结合目前分散的苏维埃根据地,开始湘鄂赣各省的首先胜利。"

1月上旬,周恩来致电临时中央,说明中央苏区红军目前攻打中心城市有困难。临时中央复电:至少要在抚州、吉安、赣州中选择一个城市攻打。

根据这一指示,苏区中央局在瑞金召开会议,决定攻打处于苏区包围中的赣州,以便将中央苏区与湘赣苏区连成一片,解除向北发展的后顾之忧。中革军委发出攻取赣州的训令,任命彭德怀为前敌总

228

指挥。

历史功罪之所以难以分清：就是每个做决策者与执行者都不是绝对自由的：有的是自己想抵制的，却迫于领导命令或群众压力而去推行；有的是自己想推行的，却迫于上级的干预和群众的抵制而不能实现。自己所做的并不是自己想做的！

1932年1月28日，"一·二八事变"发生，淞沪十九路军抗战开始。

1932年2月4日，根据中革委部署，红军三军团借国民党淞沪抗战之机，围攻赣州。久攻不克，3月7日撤围。

2月19日，苏区中央局发出《对目前政治形势的分析与苏区党的任务》，分析了"一·二八事变"后国际国内形势，指出苏区党"应利用目前极端有利的时机……夺取中心城市……集中主要火力反对主要的右倾危险。……同时也不要放松那种左倾的反中农倾向"。

自1932年2月中旬以来，上海的《时报》、《新闻报》、《时事新报》、《申报》连日登载国民党特务机关伪造的所谓《伍豪等脱离共党启事》。对此，上海的中共临时中央进行反击。2月20日，中央机关报《斗争》发表《伍豪启事》，指出这是"国民党造谣诬蔑的新把戏"。2月下旬毛泽东也以中华苏维埃共和国临时中央政府主席名义发出布告，指出："这显然是屠杀工农士兵而出卖中国于帝国主义的国民党党徒的造谣污蔑。"

1932年3月中旬，三军团从赣州撤围之后，集结在赣县江口地区。周恩来到江口召开苏区中央局会议，总结围攻赣州的经验教训，讨论今后红军的行动方针。会议决定红军主力向北发展，夹赣江而下，并以红一、五军团组成中路军（后改为东路军）以三军团、红十六军等组成西路军，分别作战。

1932年3月30日，率东路军行动的毛泽东致电周恩来，提议东路军"必须直下赣泉，方能调动敌人求得战争，展开时局"。并告以漳州易守难攻。

1932年4月4日,中共中央机关报《斗争》又发表了题为《在争取中国革命在一省数省的首先胜利中,中国共产党内机会主义的动摇》的长篇文章,把党内的正确思想以及对"左倾"冒险主义持怀疑和抵制态度的同志,一概斥之为"右倾机会主义",因而号召全党要加以"最坚决的无情的斗争"。

4月10日,红军东路军攻占龙岩。11日,毛泽东王稼祥致电周恩来,通报战况和下步行动,说:龙岩胜利原因是为团结兵力,攻敌不备。

4月14日,临时中央发出《为反对帝国主义进攻苏联瓜分中国给各苏区党部的信》,信中指出:"右倾机会主义的危险是各苏区党面前的主要危险。"继续要求对右倾"作最坚决的无情的斗争"。

在这种反右反右的隆隆雷声和急风暴雨之中,那种"残酷斗争无情打击"的狂潮犹如山洪暴发,冲决一切向前奔流。

4月20日,红军东路军攻占闽南重镇漳州,歼灭守敌张贞部约四个团,俘敌一千六百人,获两架飞机及大量军用物资。

22日毛致电周,说:漳州大捷"达到剪除粤敌一翼之目的……影响时局甚大"。

1932年5月11日,苏区中央接到中共临时中央4月14日给各苏区的信。经过讨论,决定接受中央的批评:周起草决议承认苏区中央局"自去年三次战争胜利以来,对于目前形势的估量,犯了极严重的一贯的右倾机会主义","号召中央苏区各级党部全体同志在红五月工作中,立即实行彻底的转变","坚决进行胜利的进攻,争取苏区的扩大,争取闽赣湘鄂苏区打成一片,争取中心城市——赣州、吉安、抚州、南昌与江西及其邻近省区的首先胜利。"

但是,周在起草的时候,每每都陷入自我矛盾之中。他一时无法断定这是什么风向,他也难以预测风云变幻的高空及其周围更广、更深、更大的存在。

孔子云:君子有九思:视思明,听思聪,色思温,貌思恭,言思忠,事思敬,疑思问,忿思难,见思义。

周恩来望风雨而深思。他的情绪在矛盾的漩涡中陷得很深。他的宽阔饱满的前额上一向是没有皱纹的,但眼角上的鱼尾纹却深深刻下他内心的痛苦,他的明亮的眼睛产生出一种异常的向内深缩的遥远感。他必须在这种时局的风雨中,找到方向和出路。他在冷静思索之后,觉得必须进行隐晦的抵制,不能走向极端,要讲两面,以备后来反复中自己的责任解脱。于是仍然提出:"须彻底纠正中央局走过的右倾机会主义错误。右倾机会主义是苏区党内主要危险。……同时对左倾的'轻敌'、'盲动'的错误,也应反对!"

这是一种外交式的手法和辞令。这是没有办法的办法。只有他自己知道内心的苦衷。

可是,这种反右的怒潮,仍然有增无减。

5月20日,临时中央再次给苏区中央局发出指示,对周恩来到苏区后的工作仍不满意,电文说:

> 伍豪同志到苏区后,有些错误已经纠正,或部分的纠正,在某些工作上有相当的转变,但是,未估计到反苏战争的危险,未巩固无产阶级的领导及加强工会工作。一切工作深入下层的彻底转变,或者还未开始,或者没有达到必要的成绩。

指示电再次强调,"目前应该采取积极进攻策略……夺取一、二中心城市,来发展革命的一省数省的胜利。"

简直是逼命!

这种明知是错还要被迫去执行的痛苦,胜过任何痛苦。这是一种心灵的煎熬。他又想起与瞿秋白握别的那个夜晚,再次深感红十字架的沉重。

周在临时中央的斥责和督促下,于 5 月 30 日在苏区中央机关刊物《实话》第五期上发表《拥护全国红军的胜利,坚决执行积极进攻的路线》。

在四十年后的文化大革命中,他又体会到了同样左右为难的、极端痛苦的心灵煎熬感,背着红十字架走到生命的终点。

1932 年 5 月下旬,国民党调集十九路军赴闽"剿共",粤军三个师侵入赣南,向于都窥进。

6 月 9 日,蒋介石在庐山召开湘、鄂、豫、皖、赣五省会剿会议,准备在全国范围内对苏区发动新的围剿,先围剿鄂豫皖、湘鄂西苏区,后移兵中央苏区。

6 月下旬,临时中央与苏区中央局决定恢复红一方面军总都,辖一、三、五军团,取消东路军、西路军番号。

1932 年 6 月 25 日,周恩来在瑞金召开苏区中央局会议,决定:"在人民委员会下仿苏内战例,组织劳动与战争委员会。"7 月 7 日,中华苏维埃共和国临时中央政府执行委员会决定周恩来任劳动与战争委员会主席,负责主持"计划并指导关于革命战争的一切军事上、经济上、财政上、劳动上的动员事宜",集党、政、军权于一身!

1932 年 7 月上旬,红一方面军在赣南、粤北的池江、水口圩,击溃粤军十五个团,中央苏区南部得到稳定。周恩来以中央局代表身份上前线,后方由任弼时代理中央局书记。于 7 月 21 日在信丰致电苏区中央并转项英,报告一方面军情况,并将在月底前渡赣江北进,准备与敌作战。

同天,临时中央发出给苏区中央局及赣闽两省委指示信,继续批评"没有及时采取进攻的策略,积极地扩大苏区",犹如一个执枪在后的督战队!

中共苏区中央局(此时任弼时代理书记)提议由周恩来兼任红一方面军的总政治委员。

周恩来认为不妥,与毛泽东、朱德、王稼祥于 7 月 25 日致电苏区中央局:

> 我们认为,为前方作战指挥便利起见,以取消政委一级,改设总政委为妥,即以毛任总政委,作战指挥权属总司令、总政委,作战计划与决定权属中革军委,关于行动方针,中央局代表有决定权。

1932 年 7 月 29 日,周恩来鉴于苏区中央局(这是临时中央的意旨?)仍坚持由他兼任红一方面军总政委,便致电陈述说:"这将弄得多头指挥,而且使政府主席将无事可做。泽东的经验与长处,还须尽量使他发展而督促他改正错误。"强调"有泽东负责,可指挥适宜。前方决定,于实际于原则均无不合,请你们再考虑"。

1932 年 8 月初,周恩来在兴国主持召开苏区中央局会议,决定红一方面军继续整编,在前方由周恩来、毛泽东、朱德、王稼祥组成最高军事会议,以周恩来为主席,并随军行动。

9 月上旬,在前方的周、毛、朱、王,与在后方的苏区中央局产生了日益严重的顶牛,后方由于有临时中央的尚方宝剑,不顾前方实际困难,一味督战。

前方已经尽了最大努力,仍不能实现后方越来越高的、超过实际可能的过高要求。又加此时周、毛、朱、王接到临时中央 9 月 14 日转来的鄂豫皖红军反围剿失利,已经撤离苏区的电报,复电鄂豫皖中央分局:

> 红四方面军目前应采取的诱敌深入到有群众工作基础的、地形便于我的地方,掩蔽我主力目标,严格执行群众的坚壁清野,运用广大的游击队,实行四面八方之扰敌、截敌、袭敌与断绝交通等,以疲劳与分散敌人力量,不宜死守某一点,以便利敌之分进合击。……这样在运动中选择敌人薄弱部分,猛烈打击

233

并消灭敌人一点后,迅速转至另一方,以迅速、果敢、秘密和机动求得各个击破敌人,以完全粉碎四次围剿……

显然,这些战略战术是正确的。

可正确的战略战术未必能取得胜利。巧妇难为无米之炊。

9月23日,周、毛、朱、王致电苏区中央局并转临时中央,报告下一步行动方针,说:"出击必须有把握的胜利与消灭敌人一部,以便各个击破敌人,才是正确的策略,否则急于求战而遭不利,将造成更严重错误。"

这几乎是等于违抗命令,跟临时中央的要求南辕北辙。

9月25日,苏区中央局致电周、毛、朱、王,对他们的行动方针提出不同意见,说:

> 我们不同意你们分散兵力,先赤化南丰、安乐,逼近几个城市来变换敌情,求得有利条件来消灭敌军。并解释这为积极进攻策略的具体布置与精神,这实际上将要延缓作战时间一个月以上。而不能结合呼应鄂豫皖、湘鄂西,可以演成严重错误。

周、毛、朱、王立即致电苏区中央局进行反驳,坚持原定作战计划。

以正确来服从错误太使人难以忍受了,在这种情况下,必然痛恨别人握有瞎指挥的权力而又痛恨自己无权决定。他们不能不据理力争:

> 马上可能求得战争,的确对于鄂豫皖、湘鄂西是直接援助,并开展向北发展的局面。我们对此已考虑再三,但在目前敌情与方面军现有力量条件下攻城打援,是无把握的。若因求战心切,鲁莽从事,结果反会劳而无功,徒劳兵力,欲速反慢,而造成更不利的局面。

并提议即刻在前方召开苏区中央局全体会议来讨论红军行动的方针与发展方向。

在前线与后方的矛盾过程中,周恩来体会到,毛泽东独撑中央苏区局面时,在执行中央的许多并不符合实际情况的指示时,非常善于运用艺术。独撑局面,要求主要负责人具有非凡的品格,要求他不仅有善于处理各种事务的能力,而且要有对构成政权、战争、社会生活的巨大综合体,有一种内在的洞察力和下意识的感知力!

中央苏区,这个党、政、军、民在战争中运转的综合体,包罗万象:敌方及其统帅部的战役战略意图,红军的情况和与之对抗的方针。必须了解敌我双方在整个战争态势中的地位、技术装备、精神和战斗力;必须了解地形特点气候条件以及其他数不胜数的种种因素和条件;必须在敌强我弱的条件下有胆有识地、挥洒自如地推动着战争机器的运转,使之向有利于我方的主动与胜利转化!

周恩来深感毛泽东在这方面眼界的开阔,思路的清晰和想象力的活跃!

9月26日,苏区中央局也是当即回电,犹如面对面的争吵:他们既不懂军事,也不了解实情,但为了完成一省数省首先胜利的注定达不到目标,一味督战,这就成了"君叫臣死臣不得不死"了!

后方的中央局仍坚持"向西进击永丰"的意见,并以"项英、邓发已去闽西参加会议,而且你们亦须随军前进"为理由,表示"中央局全体会议不可能开"。

你们还是执行命令吧!啰嗦什么?

但是前方无论如何难以从命。

9月29日,苏区中央局致电周、毛、朱、王:

> 九月治(二十六)训令收到,我们认为这完全是离开了原则、极危险的布置。中央局决定暂时停止行动,立即在前方开中央局全体会议。

这已经不是争吵,而是命令与抗命了!

周恩来从这些往事的回忆里,仍然不能确定中央是因为前方不执行命令而撤掉毛泽东,还是以不执行命令为借口以改变领导,把军权从毛泽东手里夺过来,或许两者都是。

如果仅仅是前者,那比较好办,他可以把不执行命令的责任承担下来。如果是后者,要让毛泽东继续指挥部队就不可能了。

三　陈毅

列席这样的会议,对陈毅来说是一种心灵的煎熬。一场并不遥远的噩梦老是缠着他不放,他的面前老是恍惚着一个年轻秀丽的面影。

他是绝对没有想到她会投井自杀的!那是 1930 年多雨的春天,赣西南地区在中央“反对和驱逐 AB 团的指示”下,开始打 AB 团(AB 是反布尔什维克的英文缩写)。到了七八月,在河西红军学校抓了一些,杀了一些。那时打击对象主要是富农分子和流氓分子,这本身就已经超出了 AB 团的范围,但凡是要打击的对象都冠以 AB 的罪名加以处置。

到了 10 月份,越打越多,红一方面军总前委和赣西南地方党都认为,从军队到地方从党组织到政府机关和民众团体,到处充满着 AB 团,一时间风声鹤唳草木皆兵。群众被发动起来,都痴狂地屈从于一股迷误的昏乱的热情。从 11 月起,红一方面军的打 AB 团运动就推向轰轰烈烈的高潮,接着春风野火似地漫卷到地方。极左路线推行者,把群众发动起来,造成一场扩大化的灾难,再把这种灾难的责任让群众去承担。

一个医院的女护士与一个伤员在山林里幽会,被人看到了,受到严厉的审问:"你们在树林里干什么?"

"我们开学习会。"

"什么学习会要到树林里开?一定是 AB 团的反革命会。"

当两个男女青年感到问题比谈情说爱严重百倍时,改口也无人相信了。

刑讯、诱供的方法是高超的——先对男的说:"她已经承认是 AB 团了,你能不是?她说是你发展了她!坦白从宽,抗拒死罪!"

于是,男方为了从宽写了认罪书。这份认罪书又摆到了女方面前:"你看,他都认罪了,你怎么还敢抵赖?!"

女的实在傻了眼:这到底是怎么回事啊?难道拥抱着亲个嘴,就是 AB 团?"那好,我也是!"

女护士的心破碎了,签字的手颤抖抖地握不住笔。

"终于成功了!打了两个 AB 团!"那种兴高采烈,那种沾沾自喜,那种为革命作出了重大贡献的自豪,一时间忘了他们是在践踏战友的已经滴血的心。不久,那男那女抱着坦白从宽的希冀被红缨枪戳透了心脏。处死 AB 团,不值得浪费子弹。

把不是 AB 团的战友打成 AB 团,那是误伤,还算不上残忍;那种明明知道不是而硬把他打成是,也还算不上残忍;最最残忍的是干得那么虔诚,那么自觉,那么欣慰!而且把这种不把人当人的恶作剧,当作成功的经验推行。

这也许还不够残忍,残忍的是,那两个冤死的男女,在死前已经变成了十恶不赦的真正罪人:"你们两个既然是 AB 团,是哪个发展了你们?你们又发展了谁?"

这种上连下挂,使那等候坦白从宽的男女,更为目瞪口呆。他们知道,已经陷入了万劫不复的深渊,自杀而死吧,死不成的。自杀,正说明你真正有罪,不然,好好一个人为什么要自杀?于是,在严刑拷打下,就乱咬乱咬起来,使许多战友陷入与他们同样的死境。他们是多么无辜，又是多么罪孽深重！

真正的反革命、阴谋家和坏蛋，趁机兴风作浪：匿名信，假证据，打击报复，诬陷，消除异己，公报私仇……不愿作恶的好人，反而不被信任，坏蛋成了积极分子，因为他们乱抓乱杀毫不心慈手软。这时候，真是闭门家中坐，祸从天上来。只要有人背后告了你的黑状，你还在梦中，睁开眼就成了反革命。

赣西南地区，波及到闽西……由 AB 团进一步扩展到"改组派"和"社会民主党"。

1931 年 2 月 21 日赣西南的《通告》中提出《集中大力进行这一肃反工作》，3 月，闽西的虎冈地区，开公审大会，杀了数以千计的好同志。

这是怎么回事？一时间人们全都疯了，全都傻了，平时亲密无间的战友互相成了仇敌。你怀疑我，我怀疑你，甚至夫妻之间也不能相信了。甚至正在战场上对敌作战的人也是 AB 团了。人人自危，人人噤惧。"天不怕地不怕，就怕特派员来谈话！"

总前委派作风极坏的李韶九当了肃反委员会负责人，他抓了江西省行委和赣西南特委的大部分负责人，又抓了红二十军的领导干部，严刑拷打，逼供，酿成了"富田事变"。

那时，陈毅被派往赣南去领导肃反工作，这是对他的一种考验。"你不打反革命你就是反革命！"即使你打反革命也可能说你袒护反革命而被清除。他认为反革命即使有，也不会那么多。

"不久我就有匹好马骑！"李韶九放出风，他指的就是陈毅那匹白龙驹。

陈毅也知道，很可能有人要把他当成 AB 团的黑后台，早晚要把他揪出来。他也拍拍腰中的勃朗宁说："我陈毅的枪也不是吃素的！"

这跟十年动乱中"继续深挖五·一六"是多么相似！不挖到预

想的那个黑后台是绝对不会停止的。

"不获全胜决不收兵!"多么革命的口号,多么可怖的口号! 我要挖多少就挖多少。要有,成千上万;要无,一个也没有。陈毅整天提心吊胆,度日如年。他对刚满二十岁的妻子说:"菊英,若是我被打成 AB 团,你怎么办?"

肖菊英,这个信丰城里的柔弱姑娘,愕然一愣,脸色变得煞白,薄薄的嘴唇哆嗦起来:"……你……你干吗吓唬我呢?"

"我吓唬你?"陈毅对肖菊英的稚气表示惊诧,"你怎么会这样想? 当前的情势你还看不出来吗?"

"那我就去死!"肖菊英恍若变了一个人,浑身透射出一种决绝冷凝的森然之气。

"不! 不! 你要跑回娘家,避避风头,等运动过去……若是我不回来,你也就不要回来了,是不准反革命的妻子革命的!"陈毅不敢把更可怕的后果说出来。

肖菊英哭了,从此,她没有笑过,也变苍老了。痛苦像只无形的大手,揪住了一颗纯真无邪对革命抱着无限向往的心。

陈毅后悔了,他不该把自己的忧虑告诉她,那种遗嘱式的安排,岂不把姑娘吓死? 他想尽一切办法安慰她,但是,各地捕杀 AB 团的枪声却更加重了姑娘的疑虑。她在那些用刀砍死、用红缨枪戳死,用石头砸死的 AB 团的血洼里,看到了自己未来的现实。

大打 AB 团的声势有增无减,使肖菊英感到大祸正在敲门。

1930 年 11 月至 12 月,一个月中,不到四万人的一方面军,就打了四千四百多名 AB 团分子,杀了几十个 AB 团团长。永新县接连把六届县委都打成 AB 团,只允许一个自首,其余全杀了!

杀就杀吧,一枪打死一刀砍死也好,可是,不,有的竟然被生锈的铁丝刺穿睾丸牵着去游街。

陈毅接到了去总部开会的通知。"时候终于到了,"他暗自思付，"这是一出鸿门宴，生者为过客，死者为归人，死就死吧！"他真正要托付后事了："菊英，我去开会……"陈毅接受了上次的教训，不能讲得太明。他指指墙上的挂钟："等到下午六点钟我还不回来，你就快走，也不要带任何东西，那就出不了村了，一定去信丰城，藏起来。如果我没有事，我就派人找你回来，如果无人找你，你就别回来了……"

这是陈毅生活中的一大错误，他既没有想到妻子是那样脆弱，又没有想到她是那样刚强。

肖菊英既没有哭泣，也没有哀叹。只是低首垂目，漠然无语。这种悲极凄绝之气，使陈毅为之悚然。

他回来晚了两个小时，这两个小时在烟雾腾腾的会议室里过得太容易了，而他的妻子却忍受着比两个世纪还久的毒刑。肖菊英认定她的命运已经定了。她开头总是反驳自己："一个日以继夜为革命工作的人，怎么能跟反革命连在一起？"

但一个二十岁的姑娘不会推理，只会比较：正在火线上杀敌的红二十军的领导人不也成了 AB 团吗？她弄不懂许多革命者为什么都让 AB 团这个鬼魂附体，把自己拖下黑色深渊？她认为丈夫已被邪魔选中，不会再回来了。

一时间，她心如枯井：逃走有什么意思？活着有什么意思？

一个稚嫩的心灵能经受住两个钟头的煎熬吗？其实，陈毅骑马的身影一在远处树林里消失，她就受不住了。一整天，她的眼睛盯着窗外，不饥不渴也不困，只盼望那白马的身影从树林后面钻出来。

墙上的挂钟残忍地向前走。"当！当！当！"敲响了下午六时的最后一声。

整天的烈火焚烧已经使姑娘不能多忍受一分钟，她必须离开这个世界。但是她不能就这样离开陈毅，她要带走他一点什么东西。她仰起惨白无泪的脸。看见墙上贴着陈毅笔录的一首诗。这是唐代祖咏的《望蓟门》：

> 沙场烽火连胡月，
>
> 海畔云山拥蓟城；
>
> 少小虽非投笔吏，
>
> 论功还欲请长缨！

"弘，我们走吧，离开这煎熬人的世界！"她是那样平静而又坚定地把丈夫的手迹揭下来，塞进自己的怀里，像个醉酒的人，踉踉跄跄跨下门前的台阶，走到院内的一口半枯的井边。此时，晚风呜咽，满天阴霾，村庄犹如荒坟，一个求死若渴的妇女，倒撞下去。咕咚一声，结束了一个人的悲剧，却没法结束时代的悲剧。

陈毅埋葬了妻子，尽量不让这颗陨落的石子击起舆论的浪花，好在死人如蚁的动乱年代，死个年轻妇女不过小事一桩，谁去过问飘落的一片树叶？但他的心海却狂飙怒卷不能自持，陡生出一种毁灭一切的激情。

他先是怨恨自己，不该预告凶信；继而怨恨菊英，不该如此脆弱，竟然寻此短见。

在山崩地裂的感情冲击之后，他终于平静下来，望着室外黑暗的夜空，吐出了两个字：

"怪谁?!"

这是一个多么难以回答的难题！伤心一人黄泉后，再得斯人又几年？诗人的气质，诗人的激情，使他把眼前的斗争高度抽象起来：

那是来势迅猛的泥沙俱下的混浊洪流，由高山之源汹涌狂泻而来：初时，还是涓涓细流，可是千百条细流一边奔泻着一边扩大着、接纳着、积聚着，沿着雨淋沟、大冲沟啸聚而来，推波助澜，涌入河床，万源齐汇，越滚越大，越来越猛，裂岸惊涛，势如万马奔腾。

夹岸芦苇一齐倒伏下去，有几杆耿直的、幼稚的或是尚不清醒的芦苇来不及倒伏,就嘎巴一声齐腰折断了。

不倒伏即断折。

"菊英,你是不是在这大肃反的洪峰下的那杆稚嫩的芦苇?"陈毅悚然而惊似有感悟,"难道我就不是一株既倒伏又待折的芦苇?洪峰是不可抗拒的!问题是:我们这些人既是芦苇,又是波澜,你冲激我,我冲激你,推波助澜的不正是那些倒伏的芦苇吗?洪峰似乎是没有的,是一批芦苇去摧折另一批芦苇,可是,没有洪峰,芦苇能互相摧折吗?"

不,任何比喻都是蹩脚的!这种现象也许古人早已概括过了:顺我者昌!逆我者亡!

宁都会议,不再是肃反会议,这是用数以千计的同志的鲜血换来的。但在会议上仍然翻卷的却是与肃反相同的洪峰,仍能听到受屈冤魂的哭泣。他跟周恩来的翠微峰金精洞的交谈能否有效?陈毅想象不出周恩来在这不可抗拒的洪峰面前将如何摆脱困境。

四 变通之法

会议继续召开。

周恩来为会议向最好的方向发展,运用了自己的全部才智,但他知道,事物有很大的不确定性,人也如此。

思想"左倾"的人并不是事事都"左",而且有可能在某个问题上很"右";思想右倾的人也不是事事都"右",有时也很"左"。这种二分法,连老祖宗都知道。但智者千虑必有一失,那就是说他也有不智的时候。这件事处理得很好,另一件事可能办得很糟。

周恩来仍然认为前方委员们是对的,但硬顶必将受到加倍的反击,有时甚至是毁灭性的!曲则全,枉则直,陈毅和他在金精洞谈话的深意就在这里。在肃清 AB 团时,陈毅的遭遇他是知道的,这无疑是经验之谈。

阶级斗争有时很残忍的！周恩来不能不有所变通。如果他和毛泽东不能同时保留，就是保留一个也是好的。但他还是争取两个都能保留，不能不带有讨价还价的色彩，他说：

"毛泽东在前方，对战争是有利的，他可以贡献很多意见，以利于军事指挥。为了保证国际路线的贯彻，可以有两种方式：第一，由我来负主持战争全责，泽东同志仍留在前方助理；第二，由泽东同志负指挥全责，我负责监督计划的执行。"

这个换了说法的提议，基本上等于没有变动，立即遭到激烈的反对。这是个不可能实现的提议，周恩来不能只手回天。

"我既然得不到中央局的信任，"毛泽东感到争取无望，退意已决。他缓缓站起来说，"我留在前方是不适合的。我现在身体不好，痰中带有血丝，时常低烧。我向中央局请一个时期的病假，至于回不回前方，我服从组织的决定！"

毛泽东忽然感到，知不可为而不为，乃是明敏洞达之举，急流勇退，未必就是坏事。他平静下来，推开身后的椅子，冷然地说："也许大家还有许多话当着我的面不好说，我现在可以退席。"

在周恩来看来，毛泽东具有高瞻远瞩的决策能力。他一向认为：在一大堆表象中去伪存真、分析判断，作出决策是最难的，而去把它付诸实施，是比较容易的。这近乎陶行知的"行易知难"。毛泽东具备"知"的能力。

由于敌情我情的不断变化，原来的思路往往被现实所阻断。周恩来深知，一位统帅，当他纵览全局权衡利弊的时候，他遇到的困惑是很多的。正是平时常说的：举棋难定，首尾两端，左右为难，进退维谷。

周恩来要为战斗战役负责，为全军命运负责，为革命事业的成败负责，甚至要对历史的进步与倒退负责，所以他力争毛泽东留在红军的指挥位置上无疑是真诚的,但是否被人理解或误解,那就只有天知了。

毛泽东离开军事指挥岗位。他的空虚和失落感是很自然的。

从少年到老年毛泽东都有一种尚武精神。他在 1917 年发表在《新青年》第三卷第二期上的《体育之研究》,已经充分表达了这种精神:"国力恭弱,武风不振,民族之体质日趋轻细,此甚可忧之现象也。……夫体育之主旨,武勇也。"

到 1929 年的"战地黄花分外香"再到 1961 年的《为女民兵题照》,"中华儿女多奇志,不爱红装爱武装",他的尚武思想是一脉相承的。"枪杆子里面出政权"是他的至理名言。

1917 年(毛二十四岁),毛泽东还是湖南长沙公立第一师范四年级学生时,就做过军事指挥的尝试。

那时,在护法战争中,段祺瑞为夺取湖南,于 1917 年 9 月派他的陆军次长傅良佐为湖南督军。傅到任后即委派北洋军第八师师长王汝贤为总司令,第二十师范师长为副总司令,向南军发动进攻。南北两军在衡宝一线相持近月,双方互有胜负。11 月初,王、范二人企图在混乱中取代傅良佐,傅仓促出走。此时北洋军斗志松懈,南军乘势北进,不断取胜。11 月 16 日,王、范退出长沙,北洋溃军成群结队四处奸淫掳掠,一时间长沙城秩序大乱。第一师范位于长沙南郊,靠近粤汉铁路,为溃军必经之路。校方准备动员全校师生往城东阿弥岭躲避。担任校友会总务的毛泽东却挺身而出,他分析了溃军只顾抢劫不愿战斗的特点,提出依靠学生志愿军留校自卫的主张。

毛泽东组织学生志愿军日夜警卫,并作出严阵以待的模样,使溃军行至校前而不敢入内。当溃军在师范南面猴子石一带惶惶麇集,不知所趋时,毛泽东放弃了保守防御,果决地组织出击。以土枪、长矛、鞭炮,武装起学生志愿军,并取得附近警察分所的支持,在暗夜里突然向溃军分进合围。警察首先以长短武器打响,学生志愿军则呐喊助威,溃军早已如惊弓之鸟,在风声鹤唳、草木皆兵的失魂落魄中,被解除了武装。

有人说:"毛泽东浑身是胆。"有人称他为"毛奇将军"。

叶捷卡德琳娜女皇、彼得大帝、惠灵顿、拿破仑、乔治·华盛顿等风云英杰从《世界英杰传》里站出来,在他面前炫耀他们的奇功险勋。毛泽东写道:"华盛顿经过八年苦战,始获胜利遂建国家",表示出他对开国元勋的尊崇与向往。中国秦始皇、汉高祖、唐太宗也都是他崇尚的人物。

1964年,他对法国议会代表团说的一句话,很耐人寻味:"虽然罗伯斯庇尔是伟大的革命家,但拿破仑给我的印象更深。"

他不愿单纯做一个罗伯斯庇尔式的革命家,指挥千军万马的拿破仑式的开国元勋更是他的追求!

宁都会议,使他丧失了军权,其痛苦的深度是可想而知的。

宁都会议达到了预期目的——毛泽东被解除军职,离开了他创建的中央红军。

毛泽东推开椅子,向门口走去,他的脚步匆促而沉重。他这时的一切细腻的动作、表情,全部落进坐在门口右边角落的陈毅眼里。

会场上哑然无声,无人挽留,无人送行,无人动作,全都心悬气敛,看着那高大微躬的背影和蓬乱的长发,从门口走出。

当那轻微的布底鞋声在条石台阶上消逝之后,沉重的会场才舒了一口气。战斗已告结束,会场已不是战场。情绪立即涣散了。

项英、顾作霖、凯丰等等这些积极的冲锋陷阵者,在大获全胜之后,并没有带来预想的那种愉快,反而感到一种从未有过的孤寂和惆怅。

奇怪的成功后的失落感。

陈毅永远也忘不掉毛泽东走向门口时那黯淡的目光。那目光凄楚中透出一种宁静悠远,仿佛辨认一个陌生的去处,追随一桩神秘难料的命运的奥秘。

陈毅心头不由一阵悲凉泛起,想起他与毛泽东相处的那些患难与共既不全好也不全坏的岁月。他蓦然间提出了一个动议,这个动议在一分钟前是绝对没有想到的:

"毛泽东同志离开部队之前,是不是请他给军区机关和直属部队讲一次话,他对部队是很有感情的,这里,有许多同志是跟他一道从井冈山……"

"没有这个必要!"项英打断了他,"给机关部队作个报告,当然是需要的,目前亟需的是要大家理解中央和共产国际的基本路线。"然后他以坚决的、不容置辩的口吻说,"这个报告我已准备好了,你们军区定个时间,由我来作!"

又一阵使人感到压抑的寂静降落在会场上。

史载:

10月26日,中共临时中央任命周恩来兼任红一方面军总政治委员!宁都会议后,项英、顾作霖,曾找周恩来谈话,批评周"在斗争上是调和的,是模糊了已经开展的斗争战线"。周恩来表示不能同意这种批评。

11月12日,周恩来与在后方的中央局成员分别致电临时中央,报告宁都会议经过与争论情况。

后方中央局成员认为:

"这次会议是开展了中央局内部从未有过的两条战线斗争,打破过去的迁就和平状态。"

"周恩来同志会前与前方其他同志意见没有什么明显的不同,在报告中更未提到积极进攻,以准备为中心的精神来解释中央指示。"并且"不给毛泽东错误以明确的批评,反而有些问题为他解释掩护,这不能说只是态度温和的问题","我们认为恩来同志在斗争中不坚决,这是他个人最大的弱点,他应该深刻了解此弱点并加以克服。"

周恩来在电报中表示:"承认我在会议中对泽东同志的批评是采取了温和态度,对他的组织观念错误批评得不足。另外却指正了后方同志对他的过分批评。""认为未将这次斗争局面展开,是调和,是模糊了斗争战线,我不能同意。""后方同志主张召回泽东,事前并未商量好(可见并没有做两面派——作者注),致会议中提出后,解决颇为困难。"

临时中央复电:肯定周恩来是正确的,指责周是调和派是不正确的,强调领导一致是目前最重要的。

1932年12月30日,国民党赣、粤、闽边区"剿匪"总司令部下达对中央苏区进行第四次围剿的命令,调集三十个师分左、中、右三路发动了全面进攻。以陈诚指挥的蒋介石嫡系十二个师约十六万人为中路,担任主攻任务,采取分进全击的方针,企图在黎川地区与红军决战。

中央红军在没有毛泽东同志的参与下,由周恩来、朱德领导开始了第四次反围剿。

第十二章　1934年9月·中旬　于都竹沟村

一　翻放的墓碑

山区的初秋,极为绚丽多彩,令人心荡神摇。小路上落叶缤纷。收割后的田野里红花草(紫云英)铺遍了地面。成群的山雀不时像一片灰云似地落进田间,啄食收割后的余粒。

这里,如果没有敌机偶然临空,人们简直忘了日益迫近的战争就在不远处进行。

山洼里有一所独立小院,很古老了,显得特别苍凉。上百年的风雨吹打,门窗已经糟朽了,贴在石墙上的青苔也都干枯,像一块块黑斑。两株高大的梧桐还枝叶繁茂,显得很有气派,不像有黄落的意思。

在小院的竹篱上爬满了红紫白三色相间的牵牛花,篱下有一丛含苞待放的新菊,在窗前的竹竿绑成的支架上,挂满了丝瓜和扁豆。绿油油的叶子沐浴在温馨的秋阳里,给人一种超尘出世的幽静感,万物在轻灵地生死中转动,人的思想意识也舒卷自如地浮涌……

两个带短枪的红军小鬼在小院外的山路上来回游逛,显得有些无聊。他们不时地瞅瞅在房前一条灰色石桌上对坐的两个人,他们一边品茶,一边热烈地交谈。

说话的人大约有七十来岁,顾长干瘦,稀稀拉拉的头发已经雪白,眼睛闪着壮年人才有的智慧的光亮,和他的年龄很不相称。他的额头很大,光洁无皱,有点哲学家的派头。他的对面是毛泽东,毛泽东一边吸烟,一边微笑着审视着他。显然,对这个老学究式的人物很感兴趣。

"红军没有来之前,那旧衙门可是不得了。县志上是怎说的?望公门不寒而栗,视县令尊若帝天!"老学究很快就忘了对谈者的地位。

"这里的旧风俗,跟我们湖南差不多,父可以不慈,子不可不孝,宗族至上。这里过去不也发生过宗族间的械斗吗?"

"从我记事起,有过五次。最厉害的一次是1904年,双方死伤三百多。现在是亲不亲阶级分,过去是亲不亲宗族分。我看过你写的《湖南农民运动考察报告》,有道理。过去,这里同族为他族所欺凌,必合群往救,不惜流血拼杀。谁家有理无理是不论的,各族只为本族搏杀。人类自相残杀,自古至今,从不间断,可见人性为恶……"这位老学究只顾自己说下去,而不细究毛泽东来拜访他的用意。大概这是文人的通病。"荀子说:'人之性恶,其善者伪。'董仲舒说:'性未可全为善,教之然后善。'我认为应该说人性善恶难分。"

毛泽东也侃侃而谈:"恶是历史发展中最活跃的因素,资本主义的原始积累,每个毛孔里都滴着鲜血,可是,它是社会进步的必然代价。我们打土豪分田地,在土豪劣绅来说为之恶,在劳苦大众来说为之善,这一点有个叫黑格尔的外国人说得对:善与恶是不可分割的。现在国民党进攻咱们苏区,为之恶,我们打他们为之善;他们说造反是恶,我们说革命是善……"

毛泽东递给老人一支香烟,老人本不吸烟,但他没有谢绝,接在手里,略怀不安地说:"这一点我与主席所见不同,'十年天地干戈老,四海苍生痛哭深。'在老朽来看,战争总是恶的。生灵涂炭,田野荒芜,是大破坏!"

"可是，不破不立，破字当头，立在其中。没有灾难换不来幸福。"

"也许宁愿不要幸福也不要灾难……"

"这是老聃的无为。与其相濡以沫，还不如相忘于江湖。这是幻想，树欲静而风不止，人欲安而盗横行。"毛泽东抬手拍死一个蚊虫，把沾血的手给罗自勉看，"蚊要吸血，人当如何？"

"到底是相濡以沫好，还是相忘于江湖好？"罗自勉陷入一种困惑。他起身到炉边提壶给共和国主席续茶。

毛泽东这才发现，眼前的长条石桌，乃是一块石碑，不解为什么有碑文的光滑面反而朝下。他弯下高大的身躯，带着孩子般的好奇，探进头去瞅看。毛泽东的不修边幅的衣着，补了前头的布鞋，乱蓬蓬的长发，把头歪到石桌下的动作，使老学究产生了一种亲近感，他不像是国家主席，倒像是个脾性随和的邻居，可觉得这人又像国家主席，具有那种"大行不拘细谨，大礼不辞小让"的气度，这大大激发了老人的谈锋。

老人带点神秘的色彩说："提到这碑，说来话长，这是八大山人朱耷为静居寺书写的古碑，静居寺在一百年前已经倒塌，我的祖先从百里之外偷运来了这块国宝，传到我手上已是第三代了……"

"这是真的？"

"绝对是真的，我这里有一张碑文拓片……"

毛泽东见此拓片，眼睛为之一亮。诗云：

题静居古寺

重到静居独悄然，
隔窗窥影尚凝禅。
不逢野老来听法，
犹见邻僧为引泉。

龛上已生新石耳，

壁间空带旧茶烟。

南宋弟子时时到，

泣把山花对几筵。

……

青云圃八大山人庚辰仲春

"天下古迹，后人伪托居多，大家都相信人杰地灵，许多名人古墓掘开却是空的，冒牌货！"毛泽东叹道，"这就是历史真伪难辨之处，不管是真是假，这块古碑还是很有保存的价值。"

"我敢保证这是真的！"罗自勉以文人的耿直叫了一声，好像一个童叟无欺的商店老板，听到有人说他的货物是假的。

"当然，我想也是真的！"毛泽东愉快地笑了。他觉得人老了，有时像天真的小孩，便立即把疑问收回，"待将来革命成功之后，国泰民安之时，你可以把它献给历史博物馆，还要把你这个收藏者的大名放进去，那么你罗老先生也就流芳百世了。"

"那时候还能留这种东西？"罗自勉忽然产生一种希望和幻想，"那时候不再打菩萨了？共产党也要这些古董？"

"这是中国的文化嘛，好的东西都要继承，《孙子兵法》够老的了，现在对我们还很用嘛……"

"主席有这样的胸怀就好了。"罗自勉喜形于色，他觉得过去由于心情郁结缩紧了的血液，突然流畅起来了，"说实在的，我们那个村苏主席不断地来敲打我，把我当成老古董，我怕他把这碑砸了，才倒放着的。主席有这句话就好办了，我可以正过来放了……"

"你们村苏主席不是叫王虎林吗？"

"正是他！……这人……倒是……"

"那你还是先翻着放吧，农民，有时是很固执的。"毛泽东意味深长地笑笑，"你必须善于等待，我说的是将来，而不是眼下……"

"那我也许等不到了!"罗自勉带着含蓄的伤感说,"我又没有后代……"

"后代是靠不住的,一切的延续靠广大人民。"毛泽东凝视着这个半生孤独的老人,觉得他像一个超然于岁月之外的人物,隐约飘逸幽深难测,猜不透他内心所想,"你是这一带群众信赖的郎中,所有怀念你的人都是你的安慰,这才是砸不碎的碑石。听说你会望诊,不用号脉就知道病情。真的吗?"

"那还能假? 望诊是传统医学的精华,"老人似乎悟出了毛泽东来访的目的,露出苦涩的神情,"农会的人说我妖术惑众,所以我是不轻易给人看病的。我剩下的日子不多了,我有我的紧要之事……"

"我近来也有小恙,"毛泽东以恰到好处的谦恭掩饰着内心的好奇,"你能为我望诊一下吗?"

"你有医院,有名医,有西药,当然用不着找我老朽献丑了。不过,你脸色苍黄津液失调,心神抑郁,除恶性疟疾之外,肺亏肾虚,大便干结,泌闭难舒。目前要静心补养,祛忧解烦,可保无虞……"

毛泽东表露出应有的惊愕,罗自勉所言皆中。

"这么说,古代流传的扁鹊见蔡桓公的故事是可信的了?"①

"当然,《内经灵枢》中说,'脏腑美恶皆有形,视其外应,已知其内脏,则知其所病矣。'由此可知,任何一个脏腑器官的病变都会影响精气津液的正常运行,就会在面部和五官呈现出来。心者,生之本,神之处也,其华在面,其充在血脉;肺者,气之本,魄之处也,其华

---

① 扁鹊见蔡桓公,立有间,扁鹊曰:"君有疾在腠理,不治将恐深。"桓公曰:"寡人无疾。"扁鹊出,桓侯曰:"医之好治不病以为功。"居十日扁鹊复见曰:"君之疾在肌肤,不治将益深。"桓侯不应。再居十日,扁鹊复见曰:"君之病在肠胃,不致将益深。"再居十日,扁鹊望桓侯状扭头就走,桓侯使人迫而问之。扁鹊曰:"疾在腠理,汤熨之所及也;在肌肤,针石之所及也;在肠胃火齐之,所及也;在骨髓,司命之所属,无奈何也。"居五开,桓侯体痛,使人索扁鹊,已逃秦,桓侯遂死。

在毛,其充在皮;肾者,主蛰,封藏之本,精之处也,其华在发,其充在骨;肝者,能极之本,魂之居也,其华在爪,其充在筋;脾、胃、大肠、小肠、三焦、膀胱者,仓廪之本,营之居也,其华在唇四白,其充在肌。凡十一脏,取决于胆也……"

毛泽东对老人,不由肃然起敬。

老人有点悲怆地说:"在我年轻时,远涉他乡,为人医病,勉称行善,实为糊口。我必须有所积蓄以养晚年。若是上天能让我再活二十年,我就会给人间留下比这块古碑更有价值的东西……"

"七十已是古稀,"毛泽东要一眼把老人看穿似地凝视着他光洁宽大的脑门,"你还精神矍铄,思想敏锐,你一定会长寿的,在于都,我就见过三个百岁老人。将来行动困难了,苏维埃会照顾你的,我们要有自己的养老院。"

老人苦笑了一声:"王虎林可不这样看,他把我当成怪人妖孽,不是我能给人看病,早就把我当土豪劣绅打倒了。"

"有这等事?"毛泽东扫了一眼破败的茅屋。老人虽是大家后裔,却一生清贫,无法想象村苏维埃怎么会得出这样的结论,"他们为什么这样对待你?"

"我在研究《周易》。一天,村苏主席叫我去给人看病,看到我正在画八卦,说我宣扬迷信,把我几十年的研究全都烧了。唉!无知之人当道……"老人瘦骨嶙嶙的脸上流下了两行混浊的泪水,可以使毛泽东感受到他的创巨痛深。那时,这个一生傲骨铮铮信奉士可杀不可辱的老人,为了抢救他呕心沥血的智慧的结晶,跪在地上苦苦哀求。

王虎林却铁面无私。

"你研究《周易》有什么用呢?太难懂了。"毛泽东说。

"我已经研究了半生,深感易理集人类智慧之大成,堪称真正的天书。愚人多以筮书而鄙视之,真叫人抱哭于荆山之下……"

"你是什么时候想到研究《周易》的呢?"

"说来话长了,你到过宁都的翠微峰吗?"

"宁都?"对毛泽东来说,这是个敏感的地方,不正是那个宁都会议使他落到今天这个地步的吗? 然而,时间具有奇特的磨蚀力量,现在,两年过去了,那种敏锐的刺激感已经淡化,他已经心定神宁无所震颤了,"那可是个极为惊险的山峰,也是个隐居修炼的好地方,明末清初的著名文学家魏禧不是在那里隐居的吗?"

"这就越说越近了,"罗自勉终于找到了倾诉衷肠的知音,显得特别亲近,"我的祖母就是魏家的姑娘,魏罗两家世代联姻。我的那部《周易》就是当时的'易堂九子'精研批注过的。……可惜,叫王虎林给我烧了!"

这真使毛泽东有些瞠目而视了。他对面坐的竟然是个不见经传的大学问家。

二 《周易》之辩

罗自勉谈起这些历史名人来如数家珍,充满敬佩。对毛泽东来说,对这些历史名人的见解,由于有马克思主义的观照,更是新奇迭出,见高一筹。罗自勉当然感叹敬畏不置。世上没有任何纯粹的东西。毛泽东的哲学思想自然也是杂取众长。

毛泽东的母亲是个虔诚的佛教徒,幼年给他以深刻的影响。他也曾依在母亲身旁,跪在家设的佛堂前,向着烟气氤氲中的神像,献出童年的全部虔诚。佛教的教义在后来的无神论者的头脑里还有多少残渣,恐怕他本人也难以澄清。

后来的国外文人学者,用毛泽东睡觉必然头朝东来证明这个马克思主义者仍然是迷信的。这一点,可以从他所有故居中去获取考证。

罗自勉向他阐述的《周易》之见解,也得到了他多次的赞赏。

《周易》二字的训诂有二:一谓"周"者是周代,二谓"易"者是占筮之名。在罗自勉看来,全是胡扯淡。因为中国虽有"看了诗经会说话,看了易经会算卦"之俚语,但《周易》绝对不仅仅是算卦占卜的书。他说古有三《易》,《连山》以艮为首,艮代表山;《归藏》以坤为首,坤代表地;《周易》以乾为首,乾代表天;天能周匝于四时,即乾元、亨、利、贞,亦春、夏、秋、冬周而复始,无穷期也。生死之谓"易","易"乃变化之无穷。"宇宙间周而复始变化无穷",乃是《周易》的真正含意。

罗自勉认为:《易》道之大,无所不包,其用至神无所不存,远在六合之外,近在一身之中。

《易》以通天下之志,以定天下之业,以断天下之疑,至大至博无可比拟。散之在理,则有万殊;统之在道,则无二致。故易有太极,是生两仪,两仪生四象,四象生八卦,交感变化无穷,否泰往来,兴雾交替,剥复循环,万有宏深之哲理,此原始反终,并非简单循环,乃终始更迭,推故更新,旧星死灭,新星迭出。天体如此,人事也如此,时而在泰,时而在否,遇泰时不必过喜,时过则否;遇否时不必过忧,时过则泰。虽龙飞在天之时,当防亢龙有悔之日。虽在"潜龙无用"之时,亦无须忧虑,时过则显在天矣!

毛泽东静听老人谈《易》,似群山迤逦,常有奇峰突起。自古风尘多奇士,岂敢相轻?

毛泽东简直认为这个半人半仙的老人,犹如预言自己的命运。宁都之变,是为"潜龙",飞天之日,必将来临。一种宿命之感,油然而生。深思老人所谈,一种奇怪的迷惘空幻感从四面袭来,他用一种挣脱这种氛围的情绪沉声说:

"《周易》我也翻过,文字古奥,义理隐微,许多易象失传,致使易理难明,使一般读者望而生畏,不知所云……"

罗自勉却借此进一步阐明他的见解,并怀有绝对的自信:

"自古深于《易》者,无不洞天达人,有自然之乐。有时我在秋夜,天高气爽之时,遥观天象,无不浮想联翩。《易》中卦爻辞皆由相生,有其相即有其数,有此相数才有此易理。我想宇宙生生死死,无不周而复始,人类由生而灭,由灭而生,至今循环了几万亿代,已很难说?一个星球的生死,亿亿亿年,当代人类才几千年?在我们这代人类之前,已有几千几万几亿代人类由生到灭?王母娘娘的蟠桃三千年开花三千年结果并不算久。人类五千年文明史,在历史的无尽长河中只翻了个小小的浪花,甚至连浪花都算不上,只是一个泡沫……"

毛泽东惊愕地看着罗自勉,他这些玄妙的易理竟然跟自己的一些幽思相吻合。他想起 1929 年 10 月重阳节之日,登高望远,游目骋怀,展望红军越过武夷山再度入闽作战,开辟了闽西地区武装割据的新局面。不由诗兴勃发:

> 人生易老天难老,
>
> 岁岁重阳,
>
> 今又重阳,
>
> 战地黄花分外香。

这里面不正含着罗自勉讲的"剥复循环,原始反终,人短天长,推故更新"的易理吗?后来的诗词中常常出现的"小小寰球"和"有几个石头磨过,小儿时节……"也许就是罗自勉向他阐述的易理种下的思想基因。

罗自勉追述了自春秋战国、汉魏至宋代二程(程颢、程颐)至元、明、清以来的易学研究分歧。可分相数、易理两大学派:

相数学派,研究对象倾向自然现象,运用《周易》相数学,对天文、地理、历法、农业、医学、冶炼、航海、乐律、兵法、术数、养生等均有很大助益。

易理学派则偏重社会现象,将《周易》引向哲学、社会科学。

罗自勉认为这种分法是易学研究之倒退。阴阳八卦,时空合一,其变化无可穷尽。万物之象,万物变通之理,皆在《易》中!所以他向上天要求二十年的寿限,向毛泽东寻求研究权利的保护,他惧怕眼前的村苏维埃再来一次"焚书坑儒"。

毛泽东告诉罗自勉:"秦始皇只是在咸阳活埋了四百六十个方士和儒生。这是为了中央集权制度的推行而被迫的,不用强有力的铁腕就无法统一六国……"

直到四十年后,他提出"批林批孔"时,还阐述了这时的看法,并一时盛传他写的一首诗:

> 劝君莫骂秦始皇,
> 焚书之事待商量。
> 祖龙虽死魂犹在,
> 孔丘名高实秕糠。
> 百代数行秦政制,
> 十批不是好文章。
> 熟读唐人封建论,
> 莫将子厚返文王。

可是,罗自勉对秦始皇焚书坑儒与毛泽东的看法大相径庭。他准备找好论据,到于都城外何屋——毛泽东的住处去跟他争辩个水落石出。

三 《土地法》

一阵急起的枪声打断了毛泽东与罗自勉的谈话。子弹带着暴躁的音流,尖啸着从小院的上空划过,有一颗子弹竟然穿过葡萄架打进糟朽的门框里。

"主席! 主席!"警卫员跑进来气喘吁吁地报告,"山上有反水的反动分子,警卫排追上去了!"

毛泽东缓缓站起,终于弄清了发生了什么事情:"不要紧张嘛,在咱们家门口嘛,"毛泽东重又坐下,"不就是几个反水的老表吗,他们没有受过训练,枪打不准!"

"那可不能大意,说不定是对着你来的,"罗自勉脸色灰白,嘴唇哆嗦,声音抖抖地说,"若是刘洪恩的人暗自钻进来捣乱呢?凶残着呢。"

"国民党还没有学会游击战争,"毛泽东叹口气说,"现在是自己人打自己人,这是个大教训。天作孽犹可违,自作孽不可活噢……"

毛泽东望着天空,没有说下去,罗自勉以为他指的是那些反水的老表。其实,他指的是二次土改"反富农路线"的极左政策。

毛泽东忽然想到了什么,吩咐警卫员:"快去告诉黄排长,不要打死他们,要说服他们放下武器,带来见我! 快去! 快去!"

待警卫员飞跑而去后。枪声不断,但已远去。他又跟罗自勉笑谈起来,罗自勉见他手中的茶杯平静如常,这种临危不惧、遇变不慌的气度是做不出来的。他仍担心主席的安全,惴惴不安地说:

"主席,咱们是不是到屋里坐?"

"院里最好,笑揽东篱菊,清茶不厌多①。你不为政,不知为政之难。老表反水,全是错误政策所酿成的激变。治事不若治人,治人不若治法,治法不若治时,时者之所以存亡,天下之所最重也。"

毛泽东不管罗自勉是否听懂,只管按自己思路说下去:"要通过这些教训,争取有一部科学的土地法。"

---

① 此句为唐张旭《清溪泛舟》中"笑揽清溪月,清辉不厌多"顺口演化而来。

"主席,古人言:不以仁政,不能平治天下,此话可对?"

"这话只对一半,对人民施仁政,对刘洪恩就得用暴政……咱又转回刚才讲的秦始皇不以强暴不能灭六国的争论了……"

这时,黄排长带进一个中年人来,他的衣服被扯碎了,臂有轻伤划痕,被麻绳五花大绑地推到毛泽东面前。他的嘴角滴着血,粘着泥。一看就知道是经过激烈搏斗才把他降服的。

这人粗壮威猛,对毛泽东充满敌意,他似乎不想活了:"主席!算你命大,我是对着你打的,可是,是个瞎火……离得也太远了。"

"不是瞎火也不见得打着,"毛泽东带着奚落的微笑,"进攻长沙退到三湾,子弹打穿了我的帽子,裤脚上还钻了两个洞,连根汗毛也没有伤着我。你看,"毛泽东诙谐地拢拢长发说,"到现在我都不愿意戴帽子,怕子弹穿洞……我是你们的主席,你为什么打我?"

毛泽东示意黄排长给他松绑,可是黄排长怕他行凶,没有执行。

"你们不让我活嘛!"

"哟,这可是个严重问题啊,我会算,是村苏维埃把你的地分了,把你当成了富农,对吧?"

"是的! 本来我是拥护苏维埃的!"

"他们错待了你,你又错怪了我。你是哪村的?"

"竹沟村!"

"叫什么名?"

"宋雨来!"

"这名字挺好。"

"我认识他,"罗自勉站出来证实,"本来是个好小伙子,种地里手……"

"你为什么反水? 就为分了你的地?"

"主席,我太冤了!"宋雨来忽然泪如雨下,他扑通一声屈膝跪倒在毛泽东面前,"你要为我伸冤做主啊!"

"给宋雨来松绑!"这次是命令了。

黄排长只好遵命。

"让宋雨来洗洗脸,"毛泽东继续吩咐警卫员,"给他倒杯水喝!"

"吃茶吧!"罗自勉去取茶碗。

宋雨来洗了脸。毛泽东让他坐在石桌边。

警卫人员紧张地注视着,以防宋雨来突然袭击。黄排长在俘获这个壮汉时,他曾像猛虎似地反抗过,三个人才降服了他。

"有苦就诉,有冤就伸,你慢慢说。"

宋雨来是个劳动能手,他的婆娘也是个很能干的女人,他们日夜操劳,有用不完的力气。他家的地种得最好,村民们羡慕地称他们的地叫"刮金板"。产量居全乡之首。一年可交二十多担公粮,家里过着比别人宽裕的生活,本来是可以选上劳动模范的,可是,第二次土改,重新划定成分,地主不分田,富农分坏田。王虎林的弟弟王啸林早就看准了宋雨来的地,王虎林把他划了个富农,就把土地没收了,交给他弟弟种,并且分了他家的浮财。

宋雨来气疯了,眼看即将收割的麦田归了王啸林,终年的辛劳、刚烈的秉性、满腹冤情,使他胸中涌沸起怨毒恨火,实在无法遏制报仇雪恨的激情,一把火把一片金黄的麦田烧光了。这一下就成了破坏苏区建设的反革命。王啸林带着赤卫队逮捕他,妻子为了掩护他而被击毙。他逃进了山林……

"去把王虎林找来!"毛泽东深深洞察了宋雨来的冤情。

王虎林很快到了,一路上他已经想好了策略,在毛泽东面前,表现出应有的谦恭,可是他斜睨罗自勉和宋雨来时的目光,就像利刃似地直抵过去,充满威胁。

"我们村只有一家地主,他的田地几年前就分了,贫农们要求再分田,只好矬子里面找将军!"

"宋雨来既不是地主也不是富农,怎么好分他的田?"

"主席，我也没有办法，这是农会的决定：谁家富裕，谁家就是富农，就分谁家的，只要不分到自己头上，分东西，谁不愿意？大家都愿意……"

可见，多数人拥护的政策不一定是好政策。

不患贫，只患不均。毛泽东叹了口气，这就是农民意识的严重性……

"可是有的人家也富裕，"宋雨来不服，"为什么单单分我的？明明是有意欺负我……公报私仇……"

"你怎么这么说？"王虎林内心恨得咬牙切齿，却尽力克制着，搅浑水，"你烧了麦田，破坏征集红军粮，本身就是反革命活动！"

"我烧的是我自己的田，是你们逼的！"

"谁也没有逼你烧麦田……"

两人发生了激烈争吵。

"你们都不要说话，听我断案。"毛泽东毫不掩饰对王虎林的反感，声音不高却有一种潜在的威慑力量，"哪个不服，再提意见：第一，宋雨来原系下中农，经过勤苦劳动，上升到富裕中农，对吗？"

在王虎林和宋雨来认可后，又说：

"第二，既然是中农，就不能当富农来对待，对吗？"

"对！"

"不能矬子里选将军，这样，谁家富裕了就打谁，谁家还敢富？革命是为了过好日子嘛。王虎林，你把村里中农打完了，再打贫农，整天靠打别人的财产过日子，谁还积极发展生产？你不能鼓动贫穷户去打富裕户，我们要有个法，不能乱打……"

王虎林嘟囔出一句震古烁今的话：

"还不是谁有权谁就是法，谁权大，谁说了算。先前我听乡苏、县苏的，现在我听主席的，你怎么说，我怎么做就是了。"

罗自勉见王虎林瘪了，趁机出气：

"这就叫言出法随,王虎林,你以前说我反动,我就成了反动;可是国家主席跟我平起平坐,和我交了朋友,你还敢说我反动?"

问题被扯乱了,问题被扯远了,问题也被扯深了。这的确是个很难说清的问题:谁是法? 谁是天? 法大还是天大? 言出法随对吗?

王虎林是弄不清的,他也不必弄清,但有一点他是异常清楚的,目前,国家主席比他这个村苏主席大,目前,这两个被他踩在脚下的猪狗不如的下等贱民,一个罗自勉一个宋雨来,在主席面前告了他的状。这是绝对不允许的! 他恨不能将他们一口咬碎:"他们怎么敢? 他们算什么东西? 竟然敢告一个苏维埃主席的状,可真是无法无天了!"

可王虎林不敢发泄出来,只能把仇恨埋在心里。还有一点他也是清楚的:在竹沟村,我苏维埃主席就是天,我说的就是法。

这场关于法与天的不明不白的小小纷争,在中国古老的土地上,恐怕要延续很多年。

警卫排长看看天色已经不早,他们还要赶回何屋去,在处处都有反水分子的情况下,走很长时间的夜路是危险的,他们不能不连连催行。

"王虎林,我现在就写个政策给你,你带回去念给全村群众听,不许改动,要原原本本……"

毛泽东对这位村苏主席印象不佳,从他对罗自勉和宋雨来的眼神里,看到了他的邪心恶念,便抽出钢笔,拿出小本,写道:

"凡过去定为中农成分的,不管生活是否富裕,一概仍为中农。生活好靠劳动,靠精耕细作,不能靠分浮财! 宋雨来的土地应归还,他烧麦田当然不对,反水更不对,但情有可原,应不予追究。望全村团结起来,一致对敌……"

王虎林答应一切照办。毛泽东要王虎林带宋雨来一齐回村。

"主席,他王虎林不会放过我的!"宋雨来向主席寻求保护。

"两天后,他还不把土地给你,"毛泽东特意把话说给王虎林听,"第三天你就到县城何屋来找我!"

宋雨来又要下跪,被毛泽东制止了,并且特意在王虎林面前,拉着他粗糙的手,表示支持。

一部科学的土地法并不是很容易产生的。1929 年 4 月,毛泽东在兴国文昌宫制定和颁布了《兴国土地法》,把《井冈山土地法》中的"没收一切土地"作了原则的改正,改为"没收公共土地及地主阶级土地"。可是,法既是人制定的,也要人去执行。在批判"富农路线"后,不仅没收富农土地,而且也把富裕中农当成富农清算了。诚然,前进道路上的一切失误与挫折,只能使人民付出更大代价,却不能阻挡革命胜利的到来。

他回到何屋后的第二个早晨,站在屋后青山之上,忽然想到了他写的《星星之火,可以燎原》的结束语,那是多么豪迈而富有诗意啊,他坚信革命高潮的到来:

> 它是站在海岸遥望海中已经看得见桅杆尖头了的一只航船,它是立于高山之巅远看东方已见光芒四射喷薄欲出的一轮朝日,它是躁动于母腹中的快要成熟了的一个婴儿。

四 为政之难

天黑了。罗自勉的独立小屋,离散落在山沟里的竹沟村大约有二里山路。

王虎林在前面慢慢走着,宋雨来在后跟着,两人都不讲话,心思各不相同。

王虎林越走越慢,他早已怒火中烧,他憎恨宋雨来,也憎恨毛泽东,他们使他受了奇耻大辱,他决意杀人!宋雨来有了共和国主席的保证,也有恃无恐。

在宋雨来眼里,王虎林是个大坏蛋。可是,他是革命的急先锋,在最初打土豪分田地时,是谁第一个冲进刘兆庆家大院的?是王虎林,而不是他宋雨来是谁揪着刘兆庆的花白胡须逼他跪倒在全村群众面前的?是王虎林,而不是他宋雨来……是的,宋雨来佩服王虎林的胆量,但他仍然认为他是个坏蛋。后来,王啸林当了赤卫队长,竹沟村就是王虎林的天下了。

他可以随意强奸妇女,受害者却敢怒而不敢言。一个不识时务的丈夫在妻子被窝里,把光屁股的王虎林拖出来狠揍了一顿后,第二天夜里这个丈夫就消失了。他被赤卫队抓去枪杀在一个远离竹沟村的山沟里,罪名是与刘洪恩的铲共团相勾结,企图血洗乡苏维埃,证据也是有的,那是刘兆庆的儿子刘洪恩给他的一封铅笔写在烟盒纸上的信。

谁能查清这信是真是假?谁送来的?当然有人,可是这个人在看守不严的情况下跑了,打了几枪没有打中,谁去查清?谁敢去查?火线上死人千万,后方失踪一个农民算得了什么?等于死一个蚂蚁,大不了算死一只鸡。大家要干的事情太多了,谁有空去管?谁愿意自找麻烦、自找难堪?

1933年3月15日,以主席毛泽东,副主席项英、张国焘的名义签发了《中华苏维埃共和国临时中央政府中央执行委员会第21号训令——关于镇压内部反革命问题》,其中有一段文字是这样写的:

> 边区各县裁判部,对于已捕犯人,应迅速清理。凡属罪恶昭著证据确实的分子,首先是这些人中的阶级异己分子,应立即判处死刑,不必按照裁判部暂行组织和裁判条例第二十六条须经上级批准才能执行死刑的规定,可以先执行死刑后报告上级备案。至于中心区域,同样要将积案迅速解决,不准仍然堆积起来,稽廷肃反的速度。即在中心区域,若遇特别紧急时候,亦得先执行死刑,后报告上级,这是敌人大举进攻的,我们应取的必

要手段,不能与平时一概而论的。

王虎林听到传达后,真是如鱼得水。政策也许是好的,但不完备的条文执行起来,伸缩性可就太大了!什么是证据确实?谁来核定这证据是否确实?要有什么样的证据?一句话?一封信?一个举动?放了一把火!这火是谁放的?是抓人的人放的还是被抓的人放的?还是另外的人放的?栽赃诬陷怎么办?

王虎林在前边走着,突然哎呀一声跌了个跟头,脚崴了。痛得不能动,坐在路边捧着脚踝骨直揉搓。

“我回村去叫人来接你?”宋雨来不想去扶他。

“不,你是反水分子,单独回村赤卫队会抓你的!”

这时,他看到向西北行走的一串火光,那是毛泽东回于都何屋的路线。

夜更黑了,宋雨来的心收缩起来,浑身毛发根根直立,悚然生出一种不吉的预感,但是,毛泽东高大的身影和巨大的手在庇护着他,那有力的一握,那句“三天后到何屋来找我”的话,使他的生命万无一失地有了保障。

“那怎么办呢?我扶你回家吧!”宋雨来勉强地说。

“那真是谢谢了,你把我拉起来吧,我的脚疼得不敢沾地了!”

人之将死其言也善,鸟之将死其鸣也哀。王虎林用的就是这种将死的哀音,使宋雨来无端地生出几分怜悯。

他弯下腰去,要把他所憎厌的村苏主席扶起,从此,他们将要握手一笑泯恩仇了。

宋雨来似乎眼前有烛光倏忽一闪,是王虎林被毒烈仇恨烧红了的目光,带着几分讥诮嘲弄和狞恶的神情。

“不好!”宋雨来刚要立起,这是十分之一秒发生的事情,他觉得眼前蓦然爆裂了一个雷霆。在爆响之后,他像风化的山石一样,摇颤了一下,就轰然坍塌下去……一头拱进路边的草沟里,一切都变成了神秘莫测的死寂。

王虎林丢掉了手中的猫头大的石块，觉得不妥，又拾起来，在宋雨来头上砸了几下，便健步如飞地回竹沟村去了。

他的弟弟王啸林正惴惴不安地在家里等他。

"先毁尸灭迹，"这是弟弟听完了原委之后的第一个反应，"可怎么向毛泽东交待呢？"

"山野里的狼会改变他的面目，谁也不会认出他来。"

"总不保险。"

"那就把他拖进西沟里去，那里草深树密。"

"这事你去干吧。"哥哥把地点告诉了弟弟，"带上枪。"

"我想带几个队员去！"

"不，绝对不行！"

"可是，我一个人，拖不动……"

"只能一个人，这是毛泽东亲自过问的事，一点风声都不能透！"

当弟弟不很情愿地向外走时，哥哥又叫住了他："你顺路把二先生找来，就说我有急事找他！"

二先生原是竹沟村的小学教员，老了，在村苏维埃当文书。虽然守旧，但文笔流畅，颇有才情，王虎林还是留用了他。

第二天下午，毛泽东在何屋收到王虎林的一份报告：

毛泽东主席：

昨日所教，胥遵上命：凡中农利益，不损毫分。过去错误，当即改正。临夜偕反水分子宋雨来归村，行至中途，路边林中忽有呼啸声起，宋雨来一变谦恭之貌、温顺之态，猛然对职扑击，凶如虎豹，恶如狼豺，将职推入沟中，继而举石砸职头部，幸职预有所备，未被击中，迅即逃回。

窃谓：宋雨来系反水分子头目，对苏维埃积恨极深，决难悔悟。昨日之表现，实为被俘后之伪装。

职疏于戒备,看守不严,逃此反水分子,愧愤奚似?请求处分,以赎渎职之过。并望政府,派队殄除此祸,以平民愤,以安地方。书以至诚,伏乞明察。

专此

报呈

竹沟村苏维埃主席

王虎林

毛泽东面对这个报告愣了很久。

"宋雨来怎么会跑了?他竟然骗了我?他还有没有说出来的问题!火烧麦田的确太过分了,但他……王虎林是靠不住的,这是个假报告!那么,宋雨来总会来见我的……"

三天过去了,宋雨来没有来。

毛泽东派人去竹沟调查此事,但村民对此几乎一无所知。王虎林又重述了宋雨来逃走的经过,还带调查者去看逃走的地方(当然他怕万一露出什么马脚,未敢带到真正的凶杀发生地)。在这块地方除了踏倒的草丛外,什么也看不出来,因为路边到处都有踏倒的草丛。

调查者以精确的调查记录,证明了王虎林所说一切是真实的!

毛泽东看着写来的调查报告,批示如下:

"古云:上情下达,下情上达,所以为泰;上下之情,壅而不通,天下之弊,由是而积,不可不察也。"

毛泽东自以为是十分清醒的。可宋雨来之死,已是千古之谜。

"君子可以欺其方",只要说得合情合理,就会使人相信。悲剧在于自以为是洞察一切,其实是上当受骗,所以冤案难免,失误难免。

第十三章 1934年12月4日
越城岭山中（上）

一 徐特立与毛泽东

徐特立和毛泽东坐在资水河边。他们的谈话像澄澈的资水，舒徐有致缓缓地向前流淌："润之，从撤离中央苏区那天起，我就考虑这个问题了，博古同志热情干练，却没有实际经验；恩来同志组织观念强，温良恭俭让，事无巨细过分繁忙。这样，一切军政大计全委托于不了解中国特点的李德……这种状况潜在的危机使人担忧……出于革命整体利益，你是责无旁贷的……"

毛泽东默然。他拾起手边的一块石子，投到河中，翻了个小小的水花。

徐特立无法测知毛泽东在想什么，进一步说："《商君书》有言，苟可以强国，不法其故；苟可以利民，不循其礼。这不仅仅是权力问题，而是事关革命利益的大问题……"

"事之难易，不在大小，务在知时。"毛泽东深深知道时机的重要，"时机不备，徒劳无益。"

"我倒觉得时机到了……"徐特立还不清楚毛泽东早在为时机的到来做准备，便进一步叮嘱道，"天予不取，反受其咎；时至不迎，反受其殃。"

"是的，也许正是时候，司马迁不是说嘛，'天下无害灾，虽有圣人，无所施其才；上下合同，虽有贤才，无所立其功。'审时度势，困难很大。"毛泽东像是自语，他面对的是握有共产国际指示和中央权力的力量，以他离开领导岗位两年之久的影响能否与之抗衡，的确没有把握，必须谨慎从事，万一再跌个跟头，爬起来就更难了，"必须先知致弊之因，方可言法之利……"

"我想，致弊之因，你已经找到了。"

"只能说正在找，而且还要大家能够接受。"毛泽东沉思良久，"徐老，你还记得，唐太宗在贞观初年，就向侍臣们提出'帝王创业，草创与守成孰难'的问题吗？"

"当然记得，房玄龄和魏征的看法是不一样的，房说创业难，魏说守成难，只是原话记不起来了。"

"其实，他们两个都是从自己的经验出发，都有片面性。唐太宗说得很清楚：'玄龄昔从我定天下，备尝艰苦，出万死而遇一生，所以见草创之难也。魏征与我安天下，虑生骄逸之端，必践危亡之地，所以见守成之难也。草创之难既已往矣，守成之难，当思与公等慎之。'他的看法是很全面的，而且是从实际情况出发的。我们目前，既是草创也是守成，所以两者皆难！"

两人一时无语。

徐特立仔细揣测毛泽东的用意，他知道毛泽东自青年时代就精读深研《贞观政要》，身任苏维埃共和国主席后，更有了实践感受，对《贞观政要》有着极深的见解。

徐特立还记得那是 1932 年 10 月，宁都会议之后，毛泽东放弃军职以休养为名从前线回到后方，结果真的病了。

他记得那时的毛泽东比眼前还瘦，眼窝深陷，而且吐血不止。他住进了汀州福音医院附设的老古井休养所。

老古井休养所在汀州城外北山脚下的一座别致精巧的淡红色小楼里,原是一个大土豪的别墅,1929 年红军入闽,土豪逃亡,从此成了福音医院专供高级干部的休养地。

毛泽东痰有血丝,先以为是胃出血,后来经过 X 光透视,发现肺部有一块阴影,但已经钙化。对痰做了细菌培养,没有发现结核杆菌。但是根据症状,不能完全排除肺结核的诊断。治疗的方案是:多休息,增加营养,辅以药物治疗。

可是,傅连暲去看徐特立时,却悄声对他说:"毛主席的身病好治,心病难医。"他发现毛泽东的痛楚从体内流溢而出,眼睛因为面部苍白憔悴而显得乌黑,透出悲哀与忧烦,但他在徐特立面前,表述不出来,只要求徐老给他鼓励与安慰。

这位苏维埃政府教育部副部长(部长为瞿秋白)思考了很久,他了解毛泽东的青年时代,但他很难说了解毛泽东的现在。那时,毛泽东是他的学生,而现在毛泽东却是他的顶头上司。毛泽东对老师总是尊敬有加,但徐特立在看毛泽东时,却有一种仰之弥高的模糊之感,觉得有些话不好当面说出,思忖再三,便手录一首 1905 年自写的七绝诗:

言　志

丈夫落魄纵无聊,
壮志依然抑九霄。
非同泽柳新稊弱,
偶受春风即折腰。

徐特立并不真正理解当时毛泽东的心情。

毛泽东阅后笑笑,有些话也不好当面说,随录旧作一首回奉徐特立:

270

送纵宇一郎东行（七古）

云开衡岳阴晴止，天马凤凰春树里。
年少峥嵘屈贾才，山川奇气长钟此。
君听吾为发浩歌，鲲鹏击浪从兹始。
洞庭湘水涨连天，艨艟巨舰直东指。
无端散出一天愁，幸被东风吹万里。
丈夫何事足萦怀，要将宇宙看秭米。
沧海横流安足虑，世事纷纭何足理。
管却自家身与心，胸中日月常新美。
名世于今五百年，诸公碌碌皆余子。
平浪宫前友谊多，崇明对马衣带水。
东瀛濯剑有书还，我返自崖君去矣！①

　　唐太宗十八岁起驰骋沙场，转战南北，二十九岁做皇帝，政局稳定，政绩斐然。但他并不沾沾自喜，"满招损，谦受益。"这是魏征谏太宗书中的名句。唐太宗可贵之处不仅在口头上而且在行动上保持谦虚谨慎的作风，毛泽东后来向全党发出的"谦虚谨慎，戒骄戒躁"的教导，也许正是从《贞观政要》中来的。唐太宗认为"人言做天子则得自尊崇，无所畏惧。朕则以为正合自守谦恭，常怀畏惧"。可见，他是从哲学和政治学的高度，来看待位高权重后的民主作风和谦

---

① 纵宇一郎是罗章龙1918年去日本时的别名。临行前新民学会在长沙北门外平浪宫为罗饯行，毛泽东用二十八画生的名字写此诗赠之，但罗因故未能到达日本。诗中："天马凤凰"指衡山诸峰之形状，"屈贾才"指屈原、贾谊。"秭米"形容看宇宙为米粒般小。"名世于今五百年"句，见《孟子·公孙丑下》："五百年必有王者兴，其间必有名世者。""诸公碌碌皆余子"句，典出《后汉书·祢衡传》："常称曰'大儿孔文举（融），小儿杨德祖（修），余子碌碌。莫足数也。'""我返自崖君去矣"句，语出《庄子·山大》："送君者皆自崖而反，君自此远矣。"此诗充分反映毛泽东青年时期志向远大、气势恢宏和对中国古典造诣之深。

虚谨慎的。

但是，言行一致，贯彻始终并不容易，尤其在一片歌功颂德声中，能够保持清醒的头脑则更难。

"唐太宗的过谦态度从理论上讲是对的，从实践上讲是不对的。"毛泽东那时认为，"唐太宗曾引用《尚书》中舜诫禹的话说：'汝惟不矜，天下莫与汝争能；汝惟不伐，天下莫与汝争功。'用《易》中的'谦卜'辞说：'人道恶盈而好谦。'天下不争是到不了手的！'谦'是达到目的的手段而不是目的。"

徐特立听后唯唯，为了达到目的，不惜作伪使诈，这的确是个值得思索的大问题。

"唐太宗的抱负是远大的，"毛泽东说，"他用毕生精力达到他的目标：'使丰功厚利施于来叶，令数百年后读我国史，鸿勋茂业，粲然可观。'我们在千年后读这位皇帝的嘉言，看这位皇帝的懿行，仍然收益颇多。"

徐特立又唯唯。

后来毛泽东曾不止一次在整风中告诫说：我们共产党人不要连封建时代的人都不如。这是多么严峻的问题。

即使呼唤出一个千年前的贤君明主来，又将如何？一个深陷在几千年前的思想意识泥坑里的民族，历史悲剧是注定要发生的！

当我们高唱"桃花源里可耕田"和"六亿神州尽舜尧"时，有几多眼睛能看到中华民族意识的倒退是何等迅速，一直退到"史无前例"悬崖上，以极端的聪明，干极端的蠢事。既然"冷眼向洋看世界"，那么，还有什么世界文明更比天朝好呢？向后看比向前看容易得到心理上的满足，所以我们老吃"忆苦饭"。

徐特立又回想起他与毛泽东的一次玩笑式的谈话：

那是在瑞金城西十六公里处的云石山。这是一座树木苍翠、怪石嶙峋的独立小山，万石簇聚高矮参差，形似云叠天际。长征第一步就是从这里跨出,后人称云石山为长征第一山。许多作家、记者、旧地重游的老红军和中外游客,都从这里迈出重走长征路的第一步。

山上有一古寺,名曰云山古寺。庙里的菩萨已在打土豪分田地时,被扫地出门了,人民便成了自己的玉皇大帝——"一切权力归农会!"

1934年7月,中央政府从沙洲坝迁移到这里,中执委主席毛泽东,人民委员会主席张闻天就在寺内办公。古寺侧后,有一棵数百年的香樟树,浓荫如伞盖,是毛泽东看书、沉思与人倾谈的地方。他曾仰望浓如绿云的树冠对徐特立开玩笑说:

"当年刘皇叔坐在大树下纳凉时,怎么说来着? 当我做了皇帝时当以此为伞盖! 这也许是罗贯中的虚构!"

"也许不是虚构,它充分表达了刘备当时的雄心。古人有言:'虎豹之子未成文,而有食牛之气;鸿鹄之雏羽翼未全,而有四海之心。''功崇惟志,业广惟勤',干大事业的人,不立志是不行的!"徐特立说。

"中国不是西方国家,统一中国,治理中国光靠外来的教条不行,要有中国的方法。你到过欧洲,也到过苏联,据说那里的松柏都跟这里不一样。"

"这个道理很对,"徐特立表示赞成,"中国的事情就是这样。《考工记》里说:'桔逾淮而北为枳',事实也是这样,换了水土就变味。"

"可见你和那些吃洋面包长大的布尔什维克不一样,虽然也吃过几天,可是脚还站在华夏大地上。有些人,脚在这里,脑袋还在那里。身首异处,能长久乎?"毛泽东不由哈哈大笑,半开玩笑半认真地说:

"治理中国,要中西结合,西为中用……马克思加秦始皇。不过秦始皇不是人民的皇帝,而是封建君主!"

这时的毛泽东,他的想象中,只能出现他所深研真知的中国历代王朝兴衰的画面,那些秦皇、汉武、唐宗、宋祖,各自带着显赫功业的灵光,走过他的面前。淮河以内的泥土自然会把江南之桔变成枳。长也在斯,短也在斯;得也在斯,失也在斯。

二　天欲堕,赖以拄其间

当年的老师与学生,今天的上司与下属坐在资水河边,望着弯弯曲曲的流水。

"西征以来,我思虑很久,"徐特立说得很沉很重,仿佛字字千钧,"我综观全军上下,全党上下,唯润之治人将兵无所不宜,学足以通古,才足以御今,智足以应变。军旅大事,革命大事,任重道远,此历史重担,唯奇才能挑。我想,非润之莫属。"

这种"青梅煮酒论英雄"式的嘉许,虽然不至于使毛泽东像刘玄德那样闻雷落箸,却也颇感惶悚。在权力之争的风浪尖上,是很危险的。

"啊,人皆可以为尧舜,"毛泽东急忙谦逊地说,"有为者亦若是。如果义不容辞,不管局面多少严重,我们都要面对现实,承当起我们各自的责任,血的教训是需要总结的。你的话很对,不能再像现在这样维持下去,这是全党全军的利益所在。"

他们并坐久望,东方高升的太阳正把它的光线投射到越城岭之上。也许历史上很少有人把它称为雄浑峥嵘的赫赫名山,可是,它横断整个西部天际,以其威严神秘静寂的景观令人心慑!

这是红军远征以来所面对的一座最高的大山,上面无人涉足的林木闪出一种生涩的铁青色。山上那些嵯峨奇异的怪石,在云涛中隐现,像是具有灵性的兽类,对这支陌生的大军满怀敌意。

整个越城岭摆开高低不一的峰峦挡在红军面前,它是大军的敌人;也是大军的保护神——进入山区,敌人就无法形成包围。

那山石林木中间,似藏似露地有座庙宇,笼罩着一种令人悲悯的阴沉的孤寂,它曾经目睹过多少红日的升起? 它自从蹲在那山坳里,可曾见过一次落日的盛景余晖吗? 那上面有僧侣吗? 他们执意要把它安排在这远离人世摒弃尘嚣之地,究竟是怀着一种怎样的隐衷?

毛泽东的眼前仿佛划过一道闪电,那是一道照亮古往今来的闪光。

晨露升腾翻卷,凝结成条条白云,给越城岭抹上一层苍凉激越的色彩。毛泽东想到明天将走进这未可知的境界里去,胸中沸腾起诗的激情:

> 山,
> 倒海翻江卷巨澜。
> 奔腾急,
> 万马战犹酣。

警卫员们来叫他们吃饭。

"吃什么?"

"米粉蒸马肉。"

那是在过湘江时,被炸死的骡马。

这种肉吃起来是酸涩的,它把毛泽东的"万马战犹酣"的诗情破坏了。

当他缓缓站起,轻雾从眼前散开,猫儿山的主峰上百丈石崖陡立而起,在阳光沐浴下,光洁如精钢,峭拔奇突如擎天一柱。被破坏的诗情又重新勃发:

> 山,
> 刺破青天锷未残。
> 天欲堕,

赖以拄其间。

是革命之欲堕,赖这支满身血迹的红军以拄其间吗?抑或是工农红军欲堕,而赖他毛泽东本人以拄其间呢?诗无达诂,作者本人也未必完全明确。

毛泽东在下午五时半随队出发,他的心境与渡湘江前大不相同。他弃担架而乘战马。迎面是一轮滴血的夕阳,霞云张起一面紫红的条状大旗,在西天飘展,犹如泛着血沫的湘江!

三 毛泽东与贺子珍

"子珍,你憔悴多了。"毛泽东看着腹部隆起的妻子,关切地注视着她的表情。他们互相看了一会儿,在明亮的马灯下,互相探索着对方心底的奥秘。

这是他们在西征途中第四次见面,前三次都是匆匆数语便分手了。由于休养连的支部书记董老的精心安排,他们才在这所石壁小屋里有半天单独相处的时间。

董老是很风趣的人,他把贺子珍推到毛泽东面前时,哈哈大笑着:"子珍是我的兵,请共和国主席代我管理半天,养精蓄锐,明天一早好翻老界山。"

"董老,你说错了,"毛泽东欢快地纠正道,"在这间屋子里,子珍是皇帝,我是臣民,由她管我,不信你问子珍。"

贺子珍满面羞涩,面颊上忽然泛起一片霞晕,一时找不到话说,在毛泽东的腰眼上捣了一拳,代替了千言万语。

"你看,你看,专制之风当即表现出来!"毛泽东向董必武故作诉苦之状,"王者无咎,皇帝打人是不犯法的!关关雎鸠,在山之丘(毛泽东故意读错),窈窕淑女,君子好逑,你看,"他指着妻子的大肚子,"子珍可够苗条的了!这叫情人眼里出西施。"

贺子珍又只好动拳头,一种甜美温馨的幸福在脉管里流过。

　　"春宵一刻值千金,"董老继续逗趣,"君子成人之美,过多侵占你们的时间便成罪过,奉送佳诗四句,祝你们晚安:'有美一人,清扬婉兮,邂逅相遇,适我愿兮……'"说完扬扬手,走了。

　　"董老念的什么诗?"贺子珍仰脸问道。

　　"郑声乱雅,董老开我们的玩笑哩。"

　　警卫员端来洗脸水,正想退出去时,贺子珍把他喊住了:

　　"小吴,我们休养连每人发了一包炒花生,慰劳慰劳你们吧!"她从挎包里掏出一个牛皮纸袋来。

　　"不!不!你留给主席吧!"小吴脸急得绯红,连忙摇手向门外退去。

　　"拿着!"贺子珍用老大姐训小弟弟的命令声,"主席有更好的哩!"

　　"我不相信还有比花生米更好的!"毛泽东一下把自己放在跟警卫员同等的地位,装出舍不得的样子。

　　"哪,"贺子珍又从挎包里拿出一袋来,"这是炒黄豆!"

　　小吴站在门口笑了,他知道主席最爱嚼黄豆。

　　"鱼与熊掌不可兼得,我只好要物美价廉营养好的炒黄豆了!"主席快活得像个贪吃的孩子,当着警卫员的面就咯嘣咯嘣嚼起来。

　　"主人在仆人面前,都不是英雄。"这句西方格言从毛泽东的吃相里得到了证实。

　　小吴已经想好了自己的策略,一把从子珍手里把花生米抢了过去,向子珍做了个小鬼脸,把门一拉,跑了。

　　"这叫各为其主!"

　　"为什么?"贺子珍不解其意。

　　"小吴鬼得很哩,你当他会吃吗?给我留着,关键时刻他就拿出来。说实在的,花生你应该自己留着,你比我更需要营养……"

"不，我们休养连有优待，尤其是怀孕的女同志，有特殊供应，"贺子珍拍拍挎包，洋洋自得地说，"我什么也不缺。"

毛泽东本想再开几句"羡慕"休养连的玩笑。但他看着贺子珍疲倦的容颜便沉默了，把冒着热气的木盆放在妻子面前："咱们先洗脸后洗脚，你先我后。"

"为什么？"

"贾宝玉不是说过吗？女子总比男子干净！"

子珍又拍了他一下，先洗起脸来。毛泽东从背后看着妻子笨重的转动，心头突然袭来一阵隐隐的忧虑。贺子珍的第六感官告诉她，背后的丈夫向她投射的是什么目光。

等毛泽东最后洗完了脚，贺子珍端盆向外倒洗脚水时，看见小吴正坐在屋前的草垛旁把短枪横放在膝盖上，眺望着天边的星星。听见倒水声，他回过头来。

星斗满天，照得地上挺亮。

"小吴。"贺子珍忽然想试验一下毛泽东预言的可靠性，"你的花生米呢？"

"吃完啦！"

"这么快？半斤多哪！"

"你想警卫排有多少人？吃起东西来像老虎，半斤，还不够塞牙缝的呢！"

"我来翻翻你的挎包……"她真的带着几分威胁的样子，向他走过去。

"那可不行，"小吴急忙把垂在右胯的大包转到怀里，"这是军事机密。"

"小鬼！"贺子珍用手点了他一下，拎着木盆回屋里去了。

虽在苦难中，她的心是温暖的。

贺子珍在半尺厚的绵软的草铺上，铺展着军毯和潮湿的发硬的棉被,毛泽东坐在垫了马袋的铁皮书箱上吸烟。

"子珍,你真的憔悴多了。"他又重复了一遍。

"人老了嘛!"贺子珍莞尔一笑。

这个笑容依然美丽。尽管还含着几分忧愁,但那眼神里却分明含着希望和幸福的光芒。她虽然来自县城,出身小小的官宦之家,却不是多愁善感的姑娘,她有着挥刀上阵的男子汉的气质。作为革命者来说,这是长;作为妻子来说,这是短,刚毅有余,婉柔不足,潜隐着后来离异的危机。

这个笑容,对毛泽东来说,太熟悉了也太珍贵了。他一生也不会忘记这个笑容。

"人老了嘛。"这是贺子珍随便说的。可是,在毛泽东的印象里,她的确"老了"不少。

在他们认识并结合的六年来,经历了多少人世沧桑?贺子珍已经生过三个孩子,一个由于不足月,生下来就死了,那是马背上颠簸所造成的结果。第二个是女儿,降生在行军途中,只能寄养在老表家里。没有来得及问清收养者的姓名,连哪个村庄都记不得了。第三个是毛毛,一个聪明活泼酷似父亲的儿子,三岁了,留在中央苏区她妹妹贺怡那里。

怎么能不见老?她已是将有第四个孩子的母亲。漫漫征途,风餐露宿,怎么能不憔悴?

可是,贺子珍的这个笑容在毛泽东的记忆里永远不老。

他第一次被这个睹之令人醺畅的、熠熠闪光的眼神吸引的时候,是 1928 年的夏天。红四军第三次打下永新县城。这个美丽的县城,坐落在罗霄山脉中段的青峰环抱中,碧波见底的永川河绕城而过,给山城留下一派秀色。

毛泽东在"大力经营永新"的思想指导下,在永新作社会调查,住在西乡塘边村一家地主的四合院里。它已经归贫雇农所有。

贺子珍是永新县第一任妇女部长,她按照县委的指示带着工作组到西乡调查,并建立党的组织,成立暴动队,开展分田地的工作。一个十九岁的姑娘,热情高、勇气足、胆量大,就是不知道如何进行调查。

"你去召集一个座谈会,我可以给你示范!你带着小本记录就是了!"毛泽东一下被光彩照人的姑娘吸引了,竟不能自持地对她注视了好久,直到贺子珍涨红了脸,低下头去。

调查会开得很成功,活跃,自然,深刻,群众在这位毛委员面前无拘无束,敞开了胸怀。

会后,他对作记录的贺子珍说:我给你三天时间,写一份"西乡塘边村调查情况",可以补充我的《永新调查》。

"为什么三天? 我看一天就够了!"

"那好,就一天吧,写好了来找我!"

贺子珍笑了。就是这个笑容犹如一支神矢,带着活泼的姿态、鲜艳的色泽、爱情的芬芳,青春的热烈,射中了毛泽东的心。

这个笑容,曾长久地伴随着毛泽东,不管是春风得意的早晨,不管是厌闷欲绝的长夜,这个笑容总给他带来愉快和安慰。

直到二十五年之后,中国历史上那个风雷震荡的多事之秋,他想再看一看这个笑容,烦乱的心,期望从这个笑容里得到某种宽慰。

他们避开江青那双阴毒而又嫉恨的眼睛,在庐山匆匆会上一面。可有谁知,这次会面是凄苦的,悲惨的。那个笑容之花早已在风刀霜剑下摧折了,枯死了,不再散发芳香。毛泽东面对那张陌生的、为生活折磨得抑郁的脸,一种人生的苍凉刺入他的心窝、涌入他的肺腑,使他呼吸变得沉重起来。二十三年的分离,对坐了还不到十三分钟,便再也无话可谈。毛泽东只有痛苦的压抑,贺子珍只有哭泣。

可有人追索这幕悲剧的成因?

坐在越城岭下小屋里的毛泽东,无法预知二十五年后的那个"未来",他眼前显现的只能是对井冈山那个笑容的记忆。

隔了一天,贺子珍果然来了,脸红红的,腼腆得叫人生怜的样子,使毛泽东备感好奇。她声言没有完成任务,左写右写写不好。

"我说嘛,一天要完成三天的任务,当然有困难了。没关系,一回生两回熟三回就能当师傅,你坐。"毛泽东给她泡了一碗老百姓土法自制的苦味很足的茶,"咱们今天来个互相调查吧!"

作为已经结过婚的三十五岁的男子汉,他会立即感到十九岁女性的诱惑力。她穿着淡蓝色的偏大襟短衫,藏青色的长裤和有袢带的圆口布鞋,洁净、优雅、大方。闪亮的短发衬托出红扑扑的椭圆的脸,年轻丰满的胸脯曲线使人感到肌肉的弹性和皮肤的光润,一种人生本能的冲动,越来越难自制地在他体内扩散开来。

毛泽东恍惚中看到了一幅乡村仕女图。是什么风水在这穷乡僻壤塑造了这么美丽的形象?他立即想到了曹植的《洛神赋》,"余情悦其淑美兮,心振荡而不怡,无良媒以接欢兮,托微波而通辞。"是罗霄山脉的崇峻造就了她的刚毅?是禾川的绿水造就了她的温柔?是深谷的幽兰造就了她的气质?是蓝天的云霞造就了她的纯净和艳丽?

"你是名门望族官宦之家的小姐,"毛泽东开始了他略带幽默的调查,借以打破贺子珍的拘束,"参加革命可不容易。"

"我父亲是当过安福县的县长,可是后来遭人陷害,反而坐了大牢……"

"清官难做嘛,你父亲贺焕文不会巴结豪门显贵,当然就干不长了。"

"毛委员,你怎么一说就准?"贺子珍有些惊奇。她相信不会有人向毛泽东说起她的身世。

"我会判断……"毛泽东微笑着,喊警卫人员拿点什么吃的来招待客人。警卫员告诉他,镇上小店里有卖芝麻糖的。

"那就芝麻糖吧。"警卫员欢快地跑出去了,贺子珍不好意思地红着脸。

"我们湖南人爱吃辣子,所以干起革命来也有股子辣劲。"

贺子珍忍不住笑了,笑得很开朗:"毛委员,你真会说笑话,我不吃辣子,可我带暴动队守永新南门的时候,也有点辣劲。"她自觉说得有点夸张,忍不住也笑了。

"就一点也不害怕?"

"开头当然挺紧张,一干起来就忘了怕……"

贺子珍变得无拘无束了,站起来给毛委员续茶。这时才察觉腋下、背上有津津的汗水流下。她不知为什么如此腼腆紧张,在几千人的大会上讲话也没有怯过场啊。

警卫员最善于体察首长的需求,以最快的速度买来了一斤芝麻糖,向桌上一放回头就跑,刚跨出门槛就被毛泽东叫住了:"跑那么快干啥子嘛?又没有老虎追着,任务还没有完成哩。这糖,一半待客,一半慰劳你的警卫班,有福共享,利益均沾嘛。"警卫员硬是不听命令,向贺子珍笑笑,跑了。

这种家人般的亲密气氛,使贺子珍感到温馨。

"这些小鬼头,我听他们的比他们听我的还要多。"

"那怎么可能呢?"

"怎么不可能?在战场上,我指挥全军,他们就指挥我,这里不能站,那里不能呆。你想上个山头,他们硬是把你拉下来,有个小鬼竟然嫌我个头太高,让我弯下腰走路……"

贺子珍忍不住哈哈大笑,含在嘴里的芝麻糖也喷了出来。"我都笑岔气了。"贺子珍捶捶自己的胸脯,忽然发现自己有些忘形,立即安静下来,不好意思地低下头,但她消除了最后一点陌生感,觉得同眼前这个人谈话是一种愉快,就像在女友和哥哥贺敏学面前一样,心甘情愿地敞开胸怀。

"我猜你喜欢看武侠小说,《大五义》、《小五义》、《大八义》、《小八义》、《七侠五义》、《七剑十三侠》,说不定还看《十三妹》……"

"哎呀,"贺子珍忍不住两手一拍,"你一猜一个准,我从小就喜欢……"

"从哥哥的书架子上偷的?"

"你又猜对了。"

"不偷怎么行?妈妈是绝对不准女孩子看这种书的。"

"反正你一说一个准。"

"女豪杰中你喜欢谁?花木兰?穆桂英?十三妹?还是秋瑾?"

"我都喜欢。有一段时间,我还想进山学艺,要当红线女侠。"

"想当红线?你看,这一点我没有猜到。我想,《红线》的文字太深,你不一定看懂。"

"你又猜对了,我让大哥解释给我听。"

"那么我来考考你,红线在潞州节度使薛嵩身边做什么工作?"

"记不清了,好像叫'内记室',是会弹唱的吧?"

"当时的'内记室'就是现在的女秘书。你还记得在红线帮助薛嵩盗来田承嗣的枕边金盒,辞别而去时,薛嵩送给她的那首诗吗?"

"一句也不记得,"贺子珍遗憾地摇摇头,"压根就不知道其中还有诗。"

"那是你大哥没给你讲。我可以背给你听。"

毛泽东看出贺子珍的惊讶倾慕之情,便进一步加深她的印象,轻声背诵道:

> 采菱歌怨木兰舟,
>
> 送别魂消百尺楼。
>
> 还似洛妃乘露去,

283

碧天无际水长流。

接着又向贺子珍作了解释。

毛泽东在贺子珍眼里，立即成了闪着灵光的人：这样的风趣，这样的渊博，这样的胸襟，这样的才华，这样的平易，超出了她的想象。

此后，贺子珍真像潞州节度使的女秘书红线女侠一样，成了毛泽东的女秘书。在永新调查期间，他们双方印象如此深刻。"英雄美人殊死恋"，是古今不变的法则，他们的结合也就成为理所当然的了。

那段时间，他们炽情如焚，体验到了人生情爱的全部温馨、豪壮与瑰奇。

"人怎么能不老呢？"贺子珍坐在草铺的军毯上，整理着自己的挎包，"都快把我愁死了，我一闭眼就想到毛毛，我天天梦见他。"贺子珍的眼圈红了。

毛泽东沉默着，这种感情和忧虑是没法宽慰的，只能忍耐。但是，贺子珍的忧虑在毛泽东思想上引起的感触是难以尽述的。他，何止一个毛毛，多少亲人在战争中丧失了，多少战友在战火中离开人世？在刑场上倒在血泊里的杨开慧又出现在他面前，那殷红的血流进了湘江，与今天千万个战士的血融汇在一起。

战争造成了人间多少悲剧？毁灭了多少家庭的幸福？葬送了多少人的未来？"野旷天清无战声，四万义军同日死"，杜甫的《悲陈陶》把战乱写得多么悲壮！慈母失子之痛，青年阵亡之惨，苦难之深重，是任何尺度都无法衡量的。

但是，人们并没有被苦难所压倒，他们踏着战友的血迹投入新的战斗。他们是不是都知道，只有用战争才能消灭苦难，只有用战争才能摧毁不平，只有用战争才能制止战争？

在湘江两岸，在战火纷飞的战地上，战士们掩埋了战友，又投入浴血搏斗。他们怀着怎样的悲伤、愤恨、痛苦、希望、信心和激情向往着未来的胜利啊!

必须引导他们走上正确的道路,这不是个人的权力问题,也不是个人的荣辱问题,而是事关全军生死存亡的问题,必须斗争,必须争取,必须讲求策略以达目的。英明,是一种多方面权衡利弊寻求制胜之法的艺术。

此时,毛泽东的心境非比寻常,他跟贺子珍的根本区别就在于,她沉陷在失去孩子的哀伤里;而他,却从这种哀伤中挣脱出来,把目光投得更远,想得更开阔。

"润之,听说不久就能跟二、六军团会合了,"贺子珍把挎包理好,放在军毯下权作枕头,"但愿这个孩子不再生在半路上。"

"大约还有几个月?"

"两个月吧。"贺子珍说得不太肯定,的确,她不知道自己什么时候分娩。

毛泽东又点上一支烟,他不能告诉贺子珍,跟二、六军团会合的计划将会成为泡影。为了孩子和妻子的安全,他应该赞成与二、六军团会合,那将给她一个分娩的安定环境。可是,不能,那将使全军陷入绝境。

此时,毛泽东的思路已经越来越清晰了,他的理智与感情已经融为一体。"不能与二、六军团会合,那是一条危险的路,是一个陷阱,必须改变这个目标,必须扭转这个航向,把李德、博古手中的舵轮夺过来,让几经风浪即将触礁沉没的航船,驶向胜利的彼岸……"

毛泽东从马袋上蓦然站起,在屋中踱步。这需要进行耐心的说服工作,王稼祥已经从错误路线中分化出来了,洛甫也已开始分化。不过,要战胜那些人,还需要得到更多同志的支持,需要更多同志的觉醒。但是,毛泽东的这个决心不能跟贺子珍说。

贺子珍却以为丈夫在为她即将到来的分娩的处境焦虑。

面对成千上万年轻战士的死亡，再忧虑一个婴儿的新生，这种生与死的强烈反差，正是人类在战争观念上的一个难题。

毛泽东在思考准备夺取一个决定性的转机之后，忽然想到必须安慰妻子几句："车到山前终有路，船到桥头自然直。"毛泽东紧靠贺子珍坐在草铺上，"世上没有闯不过的险关，也没有克服不了的困难。古人都能做到发愤忘食，乐以忘忧，不知老之将至，难道我们革命者还能让忧愁压倒吗？好了，该睡了，明天一早，就可以领略越城岭的风光了……"

"爬山太难了，挺着个大肚子……多难看啊！"

"可是有个好处，飞机不能钻山，可以慢慢爬。你得拿出守永新南门的劲头来……噢，咱们睡吧……"他伸手捻灭了那盏风雨灯。

毛泽东豁达的鼓舞对贺子珍来说，并不是无所谓的。这天晚上，她梦见永新城的那场难忘的战斗：白狗子沿着云梯向城头上爬，她指挥着赤卫队，用石头向下砸，一架一架云梯翻倒下去，敌人的尸体躺在城下，敌人溃退了，纷纷跳到禾川河里……她让号手吹号。她从城墙上一跃而下，踏在敌人尸体上，"冲啊！"她被人推了一把……她听到毛泽东在叫她："子珍，子珍，该起来了。"

她睁开眼，马灯已经亮了。悠扬的军号声震荡着晨雾，在群山间回荡。

第十四章　1934年12月6日
越城岭山中（下）

一　披蓑衣的战士

　　文庆安从昏迷中醒来，发现自己躺在水沟里，冰凉的蓝得发黑的水流漫过他的肚皮、浸过他的胸脯，全身的疼痛随着他的清醒越来越强烈地冲击着他。他试图扭动一下身体，痛感立即传遍他的全身，袭来阵阵昏眩。

　　他从两百米高的斜崖上滚落下来，竟然没有粉身碎骨。这是他那紧裹在身上的棕蓑所创造的奇迹。

　　他还记得滑落的瞬间，那天下着蒙蒙细雨。山路像抹了油似的滑润，驮骡上庞大的马袋在拐弯时，被一块突兀的悬石撞了一下……

　　他还记得驮骡向下翻滚时惨烈惊愕的嘶鸣，如果他当时松开缰绳就好了。可是那时，他却下意识地死死地拽住驮骡，结果一齐滚下山沟。

　　文庆安知道，他的驮骡比任何驮骡都重要。驮的是中央纵队的军需物资和食品——腌猪肉、炒米、炒豆、花生、香烟，以及非到不得已时才能启用的物品。此外还有日用必需品——电筒、电池、火柴、蜡烛等。许多行路艰难，个人带不动的物品：衣衫、毯子、水壶、干粮袋，还有舍不得丢的书籍。

他半身浸在涧底的湍流里，身边就是摔死的驮骡。物资、食品、书籍全都散落在树丛石堆中，有一部分浸在涧底的流水里。

他无法判断在这涧底里昏迷了多久，他无从知道眼下是什么时辰。因为阳光无法透进这狭深的沟底。他意识到自己的脸上在流血，那是蓑衣掩护不到的地方。

他慢慢活动着，一眼看到身旁挂在乱树丛上的蓑衣。他像注入了一种无形的蛮力，竟然忍着剧痛坐了起来。

就在摔死的骡马旁边还有一具尸体。尸体仰面躺着，头颅已经破碎，五官已分辨不清。一身扯碎了的灰色的军装，在湍流冲激下，跟水草一起挣拽波荡。一支步枪早已从枪托处摔成两截。

他发疯了似地把半埋在石堆下的战友往外拽，又哭又叫："来人啊！救命啊！"喊声如在瓮中，传之不远，像一团团驱不走的幽灵，固执地又回到他的耳朵里。很快，他就发现一切都是枉然，这种下意识的"救命"的喊叫，使他羞愧。

他只能从死者裸露的整齐洁白的牙齿上，认出是个年轻的战士——不会超过二十岁！战士的草鞋已经磨透了底，脚趾粘着泥沙和血迹，血迹发黑。他的左腿奇怪地压在背后，臂膀翻扭着，垂挂着，可以想象出滚落时的惨景。

"他死了，我竟然活着……我们一样年轻。"

他忽然明白了，那是因为自己身上披着棕蓑。这保护服像绵软的气垫似地使他没有摔死。……这是生活中常说的那种运气？他拽过他的棕蓑，他发现那编织细密的棕蓑除了染有几处血迹外，竟然完好无损。

文庆安没有什么幻想，很快就弄清了目前严酷的现实。他在这深沟坞底最少也躺了一天一夜，这一点，从水中泡胀的黄豆和花生就看得出来，米袋里的炒面早已成了面团溶化在流水里，似奶黄色的乳汁浸出。这时，他想到的唯一的人是他的母亲。他看见母亲又跪在打土豪之前的旧神龛前,微合双手为他祷告上天。他可怜起母亲来,她的命太苦了。他猜不出未婚妻是不是跟妈妈在一起。不然,母亲怎么度过这漫长的岁月呢?

接着,他看到了那摔得肢断颈折烂成一团的驮骡,才想起中央纵队已经丢下他走远了,他立即感到无尽的恐惧。一个人,落在这荒无人迹的深山沟里,将来会怎么样?

眼下,他不缺吃的,清流也早已滋润了他的焦渴。

山沟弯曲着,他不知道应该向哪一头走。他裹着蓑衣,更相信它的灵验了。他把摔散的军毯铺在乱石堆上,躺下来,迷迷糊糊地睡着,养精蓄锐。

生活在艰难中的人的生命力,特别顽强,疾病创伤的自愈力也大得惊人。像他这样的伤痕累累、饥饿寒冷、疲倦交迫的人,浸在冷水里一天一夜,竟然没有伤风感冒,这是多么奇怪。就像长在路边的马莲草,经过人踏牛啃,反而极端茂盛地生长起来。

他曾起过从此回家的念头,可是,他没有地图,似乎得走比唐僧上西天去取经的路程还远,有几个十万八千里才能到家?他是回不到家了,他必须追上部队,然后,跟随部队再回中央苏区去。

二 是战士,更是农民

文庆安十九岁。他左手的小拇指少了一截。他母亲生了九胎,都没有活下来。他生下来第九天,他爹爹手持剪刀,把心一横,剪掉了他的手指:残缺不全了,阎王爷就不屑要了。这个小拇指并不妨碍他劳动,当时并没有想到也不妨碍拿枪。

文庆安在中央苏区的连年战火中长大。一个富有梦幻的青年人,自然梦见许多酷烈的战斗。有些场景,使他毛骨悚然,胆战心惊。他是独子,又少了一个指头,他可以避免动员参加红军的妇女会的纠缠,苏区的青年多着呢,就是扩红扩到几十万,也扩不到他身上。

"猛烈扩红一百万!"就是这个口号决定了他的命运。他逃不出这一百万!

他参加红军,当然是很勉强的。但是,他也不是一个完全自私的怯懦的青年。在梦中,他也获得过参加战斗的光荣,幻想过人们在他的保护下安居乐业的骄傲。

在这次猛烈扩红的浪潮中,他没有等到扩到十万就参加了红军。在报名后的第一天晚上,他失眠了,脑海里就描绘出许多酷烈战斗的画面来。既使他畏怯,又使他兴奋,当他在新兵队列中高唱《上前线》时,他的热血沸腾了:

> 炮火连天,战号频吹,胜利在召唤。
> 我们工农红军,英勇高歌上前线。
> 用我们的枪刀头颅和热血,
> 嘿! 坚决对敌去作战!
> 保卫苏区,保卫革命,消灭白匪军。
> 猛打猛冲又猛追,我们奋不顾身,
> 用我们的枪刀头颅和热血,
> 嘿! 多打胜仗立功勋!

只有妈妈对儿子的热情表示担心,她总觉着儿子不是当兵的料。当她听说儿子已经报名,事情已经不可挽回时,母亲深深地叹了口气说:"这是命! 伢子,你就依妈一件事,把你爹爹的棕蓑衣带上……"

"为什么?"

"这是吉祥物。那年,你爹爹下着大雨给地主老财送木炭,从山上跌下去,没跌伤,就幸亏了披着这件蓑衣,带上它吧。你爹爹在天之灵会保佑你!"

"连长不让呢?"

"哪能呢？我去找你们连长，不让，我就不让你去当红军！"

连长是同乡，答应了老妈妈的请求。

离开家乡时，他有些兴奋，对未来生活充满着浪漫的憧憬，而母亲抚摸着卷成圆筒的棕蓑，两行热泪从布满皱纹的面颊上淌了下来："伢子，以后你可当心，"然后把一个放着袜子、布衫还有四块他爱吃的油炸糕的小包塞到儿子怀里，"要听你们王连长的话……论辈分，你叫他叔叔。"

他有点烦躁地听完了母亲的长篇叮咛，追上队伍。当他回头看看母亲那消瘦的身影在暮霭里颤抖时，心头感到深深的内疚："妈妈太孤单了！"

本来，他是准备在这年春节就结婚的，可是，他把婚期推迟到回来之后。他的未婚妻，是个不太好看却很勤劳的姑娘。答应在他出征之后，便来他家，跟妈妈一起住！

在西征途中，他时常想着这个事，而且一直后悔，应该结了婚再出征。在苏区这种情况很多。有的战友骂他是傻瓜。

"如果结了婚，万一牺牲了，不叫人家守活寡吗？"他据理力争。

"可是，现在死了，你连女人啥滋味都没有尝到，岂不白活一辈子？"

在一、二、三、四次反围剿中，他曾作为民工支援过前线，抬过两次伤员，也听了好多英勇作战的故事。他惧怕受伤，却又向往英雄行为。他脑子里装满了英勇杀敌的故事。他曾想，将来有了孙儿，他会给孙子讲古："那时爷爷在火线上，真刀真枪地跟白狗子干过！可不像你们……"

可一想到打仗，他总有点心虚，想到有可能死去，就更不敢想：他怎么能设想母亲没有了儿子，未婚妻没有了丈夫，未来的孙子会没有爷爷呢？他不敢保证自己能成为视死如归的勇士。他也曾想到如何临阵脱逃，但是，这个念头很快就放弃了："不！我绝不能当怕死鬼。

即使活下来，母亲还有什么脸面见人呢？我的未婚妻也不会敬我了，我的孙子也会因为爷爷当过逃兵而羞耻。不能，死也不能！"后来他才知道连里有防止逃亡的十人小组。

当他们离开江西，并认准红军远征有可能永远回不了中央苏区时，有些新兵丢弃了抬扛的物资，甚至手中的武器，逃跑了。

那天夜里，跟他同时入伍的同乡文庆桐和他商议，嘴唇对着耳朵说："庆安！咱们离家已经远啦，前村的牛伢已经跑回去啦！"

"咱们不能走。"

"为什么？"

"走，就是开小差，就让人瞧不起……"文庆安没有讲他内心里曲折回环的奥秘，"逃兵，名声不好，准会窝囊一辈子。"

"可是，我们并不是反革命啊！前村有人因为错分了他的田，他拿起枪来反水打红军，捉住他，不但没有治他的罪，还把分的田还给了他，还向他道了歉呢。说政策出了错，不怪他们……"

"开小差和反水不一样，红军并没有错待咱们。"

"可是，我是为了分地才参军的。现在不光见不到地了，也见不到家了。咱们抛家舍业别妻离子去送死，到底为了什么？"文庆桐认为自己有道理。文庆安却也说不出他哪里不对。

"逃兵若被捉回来，是要受罚的！"

惩罚逃兵，在红军第四军第九次党的代表大会决议中早提到了：单纯的军事观点、极端民主化、非组织观点、绝对平均主义、主观主义、个人主义（包括报复主义、小团体主义、雇佣思想、享乐主义、消极怠工、离队思想）、流寇思想、盲动主义残余，其中包括枪毙逃兵制度和肉刑制度等等。

在 1933 年 7 月 11 日还发过一个《反逃跑十人团的组织与工作纲要》，开头是这样写的：

> 为了开展反逃跑斗争，完全消灭部队中的逃跑现象，最大限

度保障红军的巩固,依据方面军首长第七号训令决定,在各部各单位中组织反逃跑"十人团"。

这是在回忆录中很少提到,甚至不可能提到的,但却是当时的真实。讳避了真实情况,把粉饰过的历史给人们看,是违背马克思"把历史的内容还给历史"的要求的。虚假与欺瞒,是虚弱的表现。造假,可以葬送一代人,教坏一代人,污染一个民族的灵魂。

那些久经战阵的老战士们,却有一种战斗的焦渴,没有仗打就觉得无聊,一听说打仗,便欢欣鼓舞。这种具有原始的、神圣的英勇牺牲精神,也感染着新兵,很容易产生那种"活着干,死了算"的拼命主义。

文庆安对那些开小差的新兵采取体谅的态度,而他自己却克制住这种没出息的欲望,想成为一个有血性的堂堂正正的男子汉!

文庆安的政治觉悟和其他战士一样,是明确而简单的:"红军是穷苦人的队伍,打土豪分田地,领导穷人翻身求解放,过上不受压迫不受剥削的好日子。"在指导员上入伍第一课之前他就懂了。而且懂得这个道理,就可以当指导员当宣传员了,就已经够用一辈子的了。这就是他们头脑里的全部马克思主义。

严格说来,这个道理之所以易学易记易懂,是建立在农民自身利益(打土豪分田地)基础上的!农民不像一些出身名门的知识分子那样,他们背叛自己的家庭、阶级,放弃优越的生活条件,冒着掉脑袋的危险参加共产党,追求的是伟大的理想和真正的信仰,所以他们的斗争来得坚决,视死如归。

而中央苏区中的许多农民,尤其是中农,当土地政策侵犯了他的利益后,他们立即反水,拿起枪来打红军!

农民的利害关系是明确的,目光也是短浅的!

三 灵渠与战争

涧底一片死寂,风不吹,树不摇,鸟不叫,只有流水淙淙,更衬出峡谷的宁静。

文庆安产生了一种极端的孤独感,他想听听枪炮声和飞机的嗡嗡声。他甚至愿意碰上一个敌人,不管是他打死他,还是他打死他,或者谁也不打死谁,而是共同分配食品,互相搀扶着走出这深沟坞底,都好。可是,一个人也没有。他觉得委屈,为什么独独他落到这种比死还可怕的地方?他忍不住泪水潸潸流下,渍疼了脸上的伤口。文庆安远离了战争,远离了阶级斗争,远离了尘嚣,只留下了生存意识和希望与人类共处的愿望。他为革命而厮杀的意识淡化了、模糊了,湘江两岸的激战,竟成了遥远的梦境。

但他终于记起了那个篝火飘动的夜晚。那时,中央纵队的许多人都围着篝火说笑。唯独他,面向东方,望着黑沉沉的夜空,出神。那秘不可测的远方是他的家。

他仿佛看到他母亲坐在油灯前,摇着古老的纺车……看到他的未婚妻坐在床前给他缝补破了袖口的棉袄,仰起脸来,问母亲说:"妈,庆安眼下在哪里?什么时候回家?天冷了,这棉袄可怎么送给他?"

文庆安曾经几次出现过大哭一场的念头,但他不能,他应该表现出男子汉的气魄和苏区青年人的骨气。

后来,文庆安调到中央纵队来拉驮骡。原来的马夫在出江西的时候失踪了。

文庆安到中央纵队来,心里是高兴的:他离开战斗部队,到被保护着的首脑机关来,坐在别人抬的轿子里,相对来说是安全的。虽说那身棕蓑是吉祥物,但其可靠性总是值得怀疑。

在行军休息时,在一堆篝火边,他见到了苏维埃共和国主席毛泽东,那时披着一头长发的毛泽东正给休养连的人讲灵渠的故事:"你们问我,咱们走到哪里去吗?"毛泽东用浓重的湖南口音说,"这是军事秘密,我不能说,再说,还要看敌人的情况。敌人安了当头炮,我们只能把马跳。可是,我可以告诉你们,咱们前边就是湘江,湘江上游有一道运河叫灵渠……"

大部分人都第一次听说,而且认为湘江的发源地是在湖南,而不在广西。毛泽东给每人分了一支烟,是美丽牌的香烟,士兵不容易吸到,感情立即拉近了。

"秦始皇当政的时候,先后修建了四大工程,第一是万里长城,第二是都江堰,第三是郑国渠,第四就是灵渠了。这些工程在世界上也是少见的! 就说长城吧,世界上谁家也没有……"

共和国主席不想讲政治,只想怀古。

文庆安听到主席用赞扬的口吻说起长城,这出乎他的意外。他听到老人们讲过,秦始皇修长城死了很多很多人。孟姜女哭倒长城,他在戏曲的唱词中早就知道了,在他心目中,秦始皇是个十恶不赦的大暴君。

"秦始皇为什么修灵渠呢?"

"这要从秦始皇灭六国说起。两千多年前,秦始皇统一六国,成立了中央集权制的国家。为了统一中国,他调动了五十万大军,兵发岭南,进行征服岭南的战争……"

听者似乎感到了一种伟大的气势,被车辚辚马萧萧的凛然之气所震慑。

"可是,岭南地区山高沟深,交通困难,军马粮草不易运送。那时候秦始皇亲自到岭南来现地勘察,看到湘江和漓江可利于交通,就产生了把湘漓两江接通的想法,好从江上运送粮草。他委托一个名叫史禄的大臣,征集民工,苦干了五年,开凿了灵渠……"

因为那时候毛泽东穿着灰布长衫,一头长发,脚穿打了袢带的布鞋,端坐在人们中间,对每个人(不管干部战士)都和蔼可亲,使文庆安联想到他认识的一位教书先生。

　　毛泽东拉家常的谈话方式,使人感到特别亲切。他渊博的知识和新鲜的见解,更增添了诱人的魅力。他兴味盎然的谈吐和微笑,流耀出一种使人爽心悦目的风采。连一向舌笨口拙的文庆安也一改往日的腼腆提出了一个颇具想象力的问题:"修灵渠也死了很多人吧?"他又想起了孟姜女哭倒的长城,会不会也有个孟姜女第二哭塌灵渠呢?

　　"总是要死人的,那时候时间紧迫,军令很严,不能按时完工的,不能保质保量的,思家逃跑被抓回来的,都要开刀问斩。饿死的,病死的,累死的也不在少数!"

　　"果然和修长城一样,怪不得人们都说秦始皇是个大暴君呢!"

　　"我看不能这样说,干大事业就不能怕死人,不死人怎么能干成大事? 就像我们为穷人打天下吧,不死人怎么成?"

　　毛泽东手持燃火的柴棒,却没有点烟,他观察着战士黯然的神色,觉得他们还不懂得伟大事业和个人牺牲之间的必然联系。"一将功成万骨枯"的名句是不全面的,不贴切的,因为有个人事业和人民事业,正义和非正义之分。他必须给战士们带来某种鼓励——在危机四伏、浴血搏斗的时候,绝不能回避死亡。

　　"人总是要死的嘛! 司马迁早就说过,有的死重如泰山,有的死轻如鸿毛。死,谁也逃不脱,像唱本里唱的'自古人生谁不死? 只分来早与来迟'……谁也不会长生不老。可是那些为事业而死的人,就长生不老。你看长城老了吗? 灵渠老了吗? 已经两千多年了,咱们还在这里说它们。一提到长城、灵渠,就想到秦始皇,所以秦始皇也不老,没有他,中国就没有长城,没有灵渠嘛!"

　　毛泽东对秦始皇的新解,使战士们活跃起来。文庆安似乎悟出了什么,篝火闪闪,吐着玫瑰红的火舌,散射着橙黄色的光亮。

毛泽东带着一种悠然远思的威仪不住地抽烟,给人一种大彻大悟的超然物外的印象,那种陶然自得自信自负的情态充分表现出一种诗人的浪漫气质。

"那么,秦始皇还是有功的了?"

"当然,这灵渠不光为秦朝统一中国作出了贡献,而且直到今天还为人民谋福利嘛,这是真正的千秋功业,彪炳青史。汉高祖时,南越王赵陀占据岭南,想独霸一方,刘邦派陆贾去说服赵陀。陆贾行走的方式和路线就是从内地乘船,经灵渠进入广州的。农民起义领袖黄巢,率领农民革命军攻打广州以后,再折回来攻打长沙。千军万马也是从灵渠中运载而过的,两千年来除了军事上的用途,对商业农业也起了很大的作用。所以历代都整修灵渠……谁也忘不了秦始皇……"

毛泽东的这番闲谈,在一些人来说,无非是一段趣闻,对某些人来说却是一种历史知识,而对某些人来说,则会引起更深更广的思索。

"毛委员!"这种习惯性的称呼,显然来自一个老兵。在井冈山的时候有人还称他为毛党代表。即使称他为毛主席,也不是全国解放后的毛主席那个层次上的。那时候的"主席"二字并不比党代表、毛委员更高大。因为那时的"主席"遍地皆是:××村苏维埃主席,××村农会主席,就像当今的××工厂的工会主席一样。

"毛委员!你说,咱们是不是打了大败仗?"

"你是指哪方面?"

"咱们把苏区丢了!"

"那不算什么了不起的事,你经过三湾改编吗?"

"没有,我是以后参加的。"

"在三湾改编时,那才真是打了大败仗呢。有人悲观失望,离开了革命,那时,愿走的可以走,愿留的就留下。当时我说过:要把眼光放远点,楚汉相争,刘邦屡败,一胜而得天下。项羽百战百胜,可是垓下一战,只好唱一出霸王别姬,而后自刎乌江!"

篝火边的人们沉默着,仿佛自己也置身在"牧童拾得旧刀枪"的古战场上。

"什么时候才能不打仗呢?"从篝火照不到的暗影里送来一个苍凉的声音,像从远古传来。

春秋无义战,古往今来一切正义的非正义的战争,全都在毛泽东的脑幕上展现。哪个朝代不在战争中死,哪个朝代不在战争中生?在这全军战略转移的中途,最大的危险将至未至,前程何去何从?但是,惨重损失已成定局。

这是一个深沉不祥,神秘难测之夜。在前后左右的炮火轰鸣中,多少战士(包括敌人——他们也是人,也是中国人,炎黄的子孙)血肉横飞?在这悲凉之夜,人们也不乏壮怀激烈的感情:"风萧萧兮易水寒,壮士一去兮不复还。"

毛泽东看着围在他身边的干部和士兵。明亮的篝火,把夜衬托得更加幽深漆黑。朦胧怅惘的神秘之感,使他失去了时间地点的现实概念。他处在超越现实的梦幻之中。古代、当代、未来,凝聚在一起,统一于他的心理流程之中。

"什么时候才能不打仗呢?"

毛泽东不能回答,他只能说:"战争是不可避免的!"

人类的历史,在某种意义上来说,不就是一部战争史吗?哪个时代没有战争?两千多年前的古代神话《黄帝战蚩尤》、《女娲补天》说的就是战争;从《国殇》、《战国策》到《史记》,记载的也是战争;在国外更是如此,从古希腊荷马的两部伟大史诗《伊利亚特》、《奥德赛》到俄国的《伊戈尔远征记》也都是描写的战争。人们惧怕战争,讨厌战争,反对战争,可是,又津津乐道地谈论战争,甚至歌颂战争!

战争,无疑是残酷的,是大灾难,但不也是历史进步的催化剂吗?不也是民族性格的强化剂吗?在社会学家们无休止的争论中,去看功过是非,去透视战争这个魔怪受胎分娩的成因。

当流血的悲剧中最激烈的一幕正在历史前台上演时,在当事人来说是难熬的;在历史的观众来说,却是最为壮烈难忘的。那些演出悲剧的人,感受可能是最深的,但却未必能深刻理解,当局者迷;只有看台下的观众才能进行清醒的思考。万千思考,也未必能真正理解战争。"战争是政治的继续",那么,政治如果与战争结伴同行,人类将如何处之?

历史不止一次地要求人类的良心,要求以审慎的探索的目光来审视与评判这些灾难深重的岁月,以便使这些在苦难中受过折磨和牺牲的人,心灵得到安宁,也使人民牢记心上,从中吸取精神滋养与有益的教训,避免灾难与悲剧的发生。

围坐在篝火边的毛泽东和战士们,如何来理解战争,理解革命,是很不相同的,而且每个人的认识,都随着形势的变化,心情的波动而变化。

"利益原则",这四个大字在人类史上,是不是达到政治目标的战争的根源?不管是个人的、集团的、阶级的、民族的、国家的……这些利害冲突,便出现了人类千变万化的奇观:由于利害冲突,兄弟可以反目成仇;亲属间互相残杀;今天的朋友,明天成了仇人;昨天的敌人,今天成了朋友;我弱时和你谈判求之不得;我强时你要谈判我就绝不接受;欺凌与反抗、掠夺与自卫、弱肉强食、优胜劣败、争权夺利,何时休止?革命先驱向往的大同世界,何日出现在地平线上?真会有大同吗?真可以消灭冲突吗?它会不会违反矛盾无时不在、无处不在的法则?

毛泽东从中国历代纷争中,早就看清了这一切,后来他作了一种无懈可击的高度概括。

"世上没有无缘无故的爱,也没有无缘无故的恨!"

什么是毛泽东说的"缘"和"故"呢?

世界上许多政治家、作家、哲学家都认真地思索过这个问题:

拿破仑说:"要人顺从就范,有两个最有效的杠杆,一个是恐惧,一个是利益。"

当《基督山伯爵》中的主人翁爱德蒙·邓蒂斯被人陷害投入死牢时,他不明白这是为什么,他想不出他在世上谁是他的仇人。然而,法利亚神甫以他的精通社会的渊博知识告诉他:没有仇人是不可能的! 你的存在对谁不利? 你的死去会给哪些人带来好处? 这个利害原则,使他能判断出要置他于死地的是谁!

这种利害冲突是极其残酷的,以至古老的民族得出"害人之心不可有,防人之心不可无"的结论,而在西方也有一句名谚:"当心那些惧怕你的人!"

人人反对战争,而战争年年不绝。

什么时候消灭了利害冲突,什么时候便消灭了战争的根源。

篝火渐渐黯淡下去。

队伍又行进了,文庆安带着无尽的思绪随队而行。在湘江岸边,四十米内的炸弹竟然没有伤着他,他相信了棕蓑的神奇,这次落崖而未粉身碎骨又作了第二次证明。

文庆安躺在阴森森的树丛掩盖着的碎石上,他仿佛已经离开了人间。他无法判断出周围的一切,他不知道部队开向哪里,也不知部队对他的落崖采取过什么措施。但他仍然想着毛泽东给他讲的灵渠的故事,甚至萌生出将来到灵渠去看看的念头。他甚至想到,沿着他摔下的这条山沟,能不能走到灵渠去?

这时,他眼前又出现了周恩来给他讲的沙漠上的那片绿洲。他把自己想象成那个给手杖浇水的小伙子,太苦了,但也很有意思……
这两个故事含义是截然不同的,却又都使他神往。

四 不可预卜

　　驮骡上丰厚的食品物资,给文庆安提供了寻找部队的物质基础。
他以一个农民的精细带上了他的所需。

　　他到底应该去追部队呢还是向回走?他一时拿不定主意。开
头,他倾向重过湘江,返回江西。他很明确,他回江西,跟文庆桐不一
样,文庆桐回去那是耻辱,而他却是光荣。但他不知道向东还是向西
更为吉利。

　　而后,他决定占卜,他认为父亲的在天之灵会给他一个启示。

　　他的占卜方法是从女孩子们那里学来的,遇到疑难不决的时候,
就采摘下一朵多瓣的野花,从第一瓣扯起:行,不行,行,不行,行,不
行……看最后那一片花瓣是落在行还是不行上。

　　他找不到多瓣的野花,却扯到一枝密叶丛生的地丁草,向东,向
西,向东,向西……结果地丁草不同意他回老家,明确地指示他去找
红军。

　　当这样决定后,他又产生了动摇。他看到母亲枯瘦的脸上泪水
潸潸地流,他看到未婚妻站在村头望着他,在悲痛自己的命运决定
时,他竟伏地大哭起来。

　　但是,神祇的意思是不能违拗的。他必须去找红军。

　　他从没有浸水的马袋里找出腊肉,饱餐一顿。他为那匹无力带
走的死骡子深深惋惜,不然,可以保证一个连队过上三天神仙般的生
活!然后,他从战友那摔断的枪上卸下一把刺刀,还有用油纸包的两
盒火柴。驮骡上的东西,几乎应有尽有,上面还有一个红十字药包,
他记得是一个累垮了的医生放上去的。他也生着病,实在背不动了。

其中还有几根粮袋,也是休养连里几个女同志放上去的。

那时,他这个骡夫,几乎具有无上的权力,被人尊崇。他可以任意地同情一些人——"好吧! 可以放上!"也可以任意拒绝一些人——"不行! 你想把骡子压死啊!"

这种自主支配权,使他觉得很幸福,很惬意,很满足。但他还不知道,这就是权力的功能。不然,为什么一些人,宁愿终生拼搏,也要攫取最高的权力呢?

后来,他知道被他拒绝放挎包的,是个很大的首长。他并不歉疚,也不后悔,"首长又怎么样?"他不在乎,他是驮骡的主人!

崖顶上的阳光,给他提供了方向。

他做好了充分的准备之后,便披挂着所需要的物品,按命运指给他的方向——向西。

在马袋的物品里,他发现一片破碎的杯口大的镜片,不知是哪个女同志的。照了照自己,吓了一跳。他对着那个奇丑奇恶奇脏的脸,左脸青紫,肥胖而饱满,他弄不清是撞伤还是擦伤的,反衬出右脸的瘦小和枯黄。左脸的额头和颧骨的皮肉浸出的血迹已经干结。眼泡肿得厉害,把眼挤成了一条缝。整个脸扭歪着,像两张不同的面孔拼到一起的,真叫难看。

带着这样的面孔能不能见人呢? 他不能在意了,必须及时去追赶队伍,便毅然决然卷起棕蓑,向山沟的西口走去。

可是,事情完全不像他预想的那样。他沿着水流弯弯曲曲前行。脚下的山沟越来越窄,渐渐向上。原来不是一条横裂山体的东西向的直沟,而是沿山而下的裂隙。他慢慢发现自己是在登山。那裂隙原是个山水大冲沟,犹如瀑布,呈四十五度角弯曲而上。

他仰视蓝天,弧形的苍穹罩住两壁高峰。他向上攀登、摇摇晃晃向着山峰走去。恍如大难中苦行而来的香客,去朝拜要去祈福的神殿。他虽生在山区,却没有真正领略过原始森林的威严。

这时,他忽然醒悟了,命运跟他开了个残酷的恶作剧式的玩笑。

这道万千年为洪流劈开的大冲沟,只有向东,才能走出越来越开阔、越来越平缓的出口,理智告诉他:应该返回去!

可是,他必须"认命",必须听凭命运的裁决:"走出出口未必就能脱离危险,也许正好自投罗网,落进敌人手里;向西,是沿沟而上,就像探寻江河的上游,未必就没有出路,也许那里有村庄、寺庙,碰上神祇化成的猎人、樵夫、药农来拯救他呢?"每当左右为难,徘徊不定,犹豫难决时,"听天由命"便是文庆安解决难题的秘诀。

这是一种痛苦的跋涉,也是勇敢的、悲壮的跋涉。文庆安以他超常的毅力完成了第一天的攀登。直到他用尽最后一点力气。在眼冒黑星,天旋地转中,一头栽倒在沙石堆里,他挣扎着,还想爬起来,但只是扭动了几下,就失去了知觉。

文庆安,这个既屈从于命运而又与命运顽强抗争的人,再次苏醒过来。他不知昏睡了多长时间,满天云雾找不到太阳藏在何方。他环顾峻峭的山峰,茫茫林海,这时他才知道什么叫原始森林。这里的山,跟他家乡的山是不一样的,那里有层层梯田,有散落在山坳里的大小村寨。这里,却是一片洪荒,他仿佛逆着时序向远古走了好多年,到达了史前时期。

他的思想变得迟钝而又敏锐,环境的改变引起人的心理改变竟然如此巨大,实在难以想象。文庆安从恐惧悲哀中解脱出来,生存的意志压倒了一切,他准确地判断了形势,决绝地决定了行动方针:

按自己规定的数量,他吃了黄豆和花生米。在石凹里掬饮了积存的雨水,便裹起蓑衣安睡。他曾想到在睡眠中有可能被野兽吃掉,但他不怕,他也是野兽,而且还是握有刺刀的野兽。他想征服这座大山,他要养精蓄锐。母亲的纺车、未婚妻的针线筐箩,湘江东岸的篝火,秦始皇的长城和灵渠以及湘江水面上战友们的尸体,全都是太虚幻境。他心中只留下一个形象是真实的,那就是让沙漠中生出一片绿洲的那个少年。他现在已经放下水挑子，来到越城岭的原始森林中……

文庆安非常奇怪，一切伤痕、夜寒、疾病都不能给他带来疼痛，他成了铁铸钢打的了。这种麻木的超常的生理状态，使文庆安在庆幸之余悚然而惊，他想到了本村的那个疯女，她在冬天不也只穿着单衫吗？她跌在荆棘丛中满身划伤，也不是不觉疼吗？那么，我是不是也疯了？

他提着刺刀站了起来：这是一座什么山啊？这么高，这么大，在进山前，不是说只有两千多米高吗？现在只有他一个人，除了一只与他平行的山鹰之外，这里从未踏上过人类的足迹，连野兽也没有，他是不是走到天庭来了？整个天宇都是他一个人的！

文庆安的目标，就是山的极峰，翻过峰巅，就是他的出路。他又攀爬了一天。他无法找到到达峰顶的路，左冲右突，突不破茫茫森林的包围。越城岭好像识破了他的念头，沉稳而又阴险地为它的对手摆下八卦阵，设下了盘陀路。

文庆安的身体终于垮了，意志也终于垮了。他一头拱在草丛中，口吐白沫，发出痛苦的呻吟。他想：只要再动一下，全身就会肢断肌裂，心也会碎了："我不行了……"

他不明白，命运为什么会指给他这样一条路，他父亲的棕蓑怎么未能保佑他脱出苦海？他想从父亲的幻影里得到某种启示。可是，父亲的面容淡化了，在他滞钝蒙眬的眼前浮现起来的是那个挑着水桶的青年人，他到沙漠上去浇灌那块绿洲！那绿洲与他眼前的绿色屏障融会在一起。

文庆安似乎悟出了一个道理：任何人都无法走到目的地，任何人都像战死在湘江两岸的战友那样，倒毙在奔向目的地的中途。此时此刻，他的那些远离他而去的战友，又有多少人倒下了……他们只能走一段路，然后，像那个创造沙漠绿洲的青年一样，把挑水的扁担交在子子孙孙的手上。

文庆安又顽强地向前走,毫不退缩。他用一种亢奋狂热的情绪来跟大自然斗争。最后走上绝谷断崖。

在他已近枯竭的瘦弱的肌体中,迸发出来的求生本能、耐性和毅力是无与伦比的。但他终于没有走出远古洪荒的大山,倒在了他所热爱的土地上,生命的浆液融进苍翠的山林中。

中国大地的农民之子,一个真正的华夏人!

在他那撒满血滴的山岩上,匍匐而行的痕迹写出了这样一行字:

问题不在于是否走到预想地,而在于百折不挠地向前走,走到最后一口气!

第十五章　1934年10月7日　中央苏区瑞金

一　项英的叮嘱

这是一座古旧而又阔绰的庭院。院中石铺甬道的两旁,是堆有假山的花园,几株丹桂正散发着浓香。

这是庭院中最简朴的一个房间,里边的摆设都是项英式的。一切地主豪绅的华贵家具他都清除出去,借以保持工人阶级清贫的本色。项英绝不会忘记他家的那间木板小屋,也不会忘记他那为富贵人家刺绣和洗衣的母亲,还有捡垃圾拾煤屑的妹妹。

这个房间里,除了嵌在墙上的穿衣镜和刻在大理石上的"追远斋"之外,一点土豪气息也不存在了:没有髹漆过的杉木桌,用木板搭的单人床,补了补钉的破棉被,一切都和他补过的灰军装相匹配。艰苦和朴素,不但是革命者的风格,也是中华民族的固有美德。

就在那张老百姓家都有而在这个院里反显特殊的杉木桌子旁,坐着李德和博古。他们都穿着灰色军衣,泡子灯捻得很暗,大概只有一支蜡烛的光亮,项英坐在下首一边。在警卫员给他们沏水时,项英吩咐:从眼下起,不经喊叫,任何人也不准进屋。

警卫员立即退了出去,他们当然知道这是一次极端机密的小会。

博古既是主要的谈话人,又充当李德与项英的翻译。项英一字不苟地做着记录,交谈的时间相对地拉长了。

谈话是在亲密而又严肃的气氛中进行：

"我同意中央的安排，"项英边说边翻着长条形笔记本，"关于中央分局的委员，还可以再定夺一下，不合适的应该调换。我念一遍，看有错漏没有……中央分局书记项英"……项英像在大会上宣读条令似地读出自己的名字，而后一字一顿地说，"委员由陈毅——贺昌——邓子恢——张鼎丞——谭震林——梁伯台——陈潭秋——毛泽覃——汪金禅——李才莲等担任……"

他在每个名字后留一个空隙，以便听者对人选重新审视思考。

"我看就这样吧，已经研究过好几次了。"博古对项英的过分认真和繁琐作风，有点不耐烦了，他喜欢干脆，"倒是陈毅同志担任中央办事处主任是否合适，可以考虑，第一，是他的身体；第二，是他的情绪……这是李德同志最关心的两点！"

从交谈的气氛，使人感到他们三人可以开诚布公无所保留地交换意见。

"这人我了解，闲来无事读诗书，"项英说了一句很少说的俏皮话，"像他这样出身的知识分子，大都有种温情主义，动摇性是他们的阶级出身的劣根性。这一点上，有点像周恩来，最容易倒向右倾机会主义。……他的办事处，在他养伤期间，我可以兼管，党政统一嘛！"项英似乎权衡了陈毅任办事处主任的利弊，"这人也有长处……不喜欢抓权，这一点，也有点像周恩来。至于右倾情绪，可以展开斗争嘛！反正他是在中央分局领导之下……"

博古把项英的话翻译给李德，李德首肯赞同，然后说："这次红军主力转移到外线作战，是争取战略主动的根本措施，四方面军远征川陕建立了新的根据地，并取得了大的发展就是证明：鄂豫皖并没有丢！这不是失败，而是胜利，旧的保持了，新的诞生了……"

这种警句式的论点，李德等待博古给他翻译之后再向下讲，以便加强项英的印象。

"我们把你留在中央苏区，就是考虑到坚持苏区斗争的艰巨性，它需要一个政治上坚强的负责人来领导……博古同志和我都认为，你可以兼任中央革命根据地军区司令员和政治委员。"

　　无疑，这是一项重托。今后，举世闻名的中央苏区，便是他项英展示宏图大略的舞台了。

　　项英对共产国际绝对忠诚。在中国的传统哲学观念中，这种"士为知己者死"的所谓知遇之恩，将长期发挥着潜在的不易察觉的作用。

　　博古与李德深知这一点。按理说，苏区中央分局书记这一职务，应该由中央苏区的创业奠基者毛泽东来担任，可是，临时中央对毛泽东不但没有兴趣而且怀有戒心。共产国际和临时中央，要的是忠诚的绝对服从，而不是独立自主精神。

　　"考虑到你的精力，"博古补充说，"贺昌同志可以作为你的助手，任政治部主任。"

　　项英沉思了良久，认为贺昌听他的话，能与他合得来，便无异议地接受了。

　　项英的工作作风既有突出长处也有突出短处：他严谨，严谨到刻板的程度；他勤奋，事无巨细，一概付出全部的热情；他忠诚，对共产国际的指示视若神圣；他坚定，用顽强的意志和毅力去追求既定的目标。

　　这种性格，在他参与领导京汉铁路工人"二七"大罢工时，就充分表现出来了。陈毅暂时不能工作，项英并不在乎。他不怕忙碌，只怕分权。一个人干起来可以运用自如，指挥顺畅，省得别人来干扰。大权独揽，是件痛快的事。

　　"李德同志，我觉得留下的兵力少了一些，"项英又翻早已准备好的笔记本，"由中央局指挥的只有二十四师，另外还有第三、第七、第十一，三个独立团，战斗力都比较弱，承担保卫苏区的任务，显然十

分困难!"博古翻译给李德,李德也拿出本子,显然,对这种讨价还价不甚满意:

"恐怕不能再留更多的部队了,西征任务更为艰巨。主力西进,蒋介石必然跟追,这就减弱了苏区的压力,除你说的由中央分局直接指挥的一个师和三个独立团外,还有江西军区的一、二、三、四团……还加上各县的独立营和游击队,全部武装力量,已经超过三万人!"

博古翻译后补充说:"我认为这是一支非常可观的军事力量,此外,还有近万名伤病员……"

"这只能是负担。"项英叫苦说,"可以把他们疏散到群众中去,变成骨干力量!"博古在潜意识中,想到这方面毛泽东很有办法,但他没有说出来。

项英继续叫苦:"像何叔衡这样年老体弱的同志,像瞿秋白这样重病吐血的同志,都留给我们,我们还要提供保护,将来怎么顾得上?"

"你要他们跟着西征吗?那不更难?不把他们拖死才怪。只要环境许可,你们想法把他们转送到上海去养病。这是对他们最妥善的安排!"

"也只能这样,"项英无可奈何地说,内心却很厌烦,怎么老把包袱向苏区丢?

李德从图囊中抽出标好的地图:这地图上以精确的线条和各种标志,划定瑞金、会昌、于都、宁都四个县之间的菱角形地区为基本游击区和最后阵地。

项英对着地图看了很久,但他不熟悉图上作业,没法预想出未来如何坚守的方案。

"你们的基本任务是保卫苏区,保卫土地革命的胜利果实。"博古说。

"还要注意在苏区内部和周围进行游击战争,"李德补充说,"把杀进苏区的国民党军队搞得日夜不得安宁,绝不能让他们建立起统治。你们应该有个明确的指导思想,将来配合主力红军,在有利条件下进行反攻!争取一省或数省首先胜利,仍然是我们坚定不移的目标!"

"这是一个伟大的战略目标!"博古兴致勃勃地说,"你们要有坚定的信心!"

"我们有信心有决心完成这个目标。"项英既是一个理想主义者,也是一个现实主义者,同时也是一个空想主义者。他认为,他能够像毛泽东一样,把中央苏区重建起来,并且干得比毛泽东更好,因为他熟知中央苏区创建与发展的历史。

1929 年春,毛泽东从井冈山下来,挺进赣南闽西时,力量是有限的。在瑞金大柏地一战,打垮了刘士毅独立第七师,歼敌八百余人,缴枪八百余支。接着,部队以日行百里的速度乘胜向闽西进军,于 3 月 11 日夜间,部队悄悄地绕过闽西军阀郭凤鸣所设置的埋伏,飞越瑞金与长汀交界处的隘岭,到达了长汀县四都乡。后来在长岭寨(又名胜华山)消灭了郭凤鸣旅,打死了郭凤鸣,为开辟闽西革命根据地奠定了基础。

那么,在苏区已有充分根基的情况下,有三万人的武装力量,实在也算可以了,重建中央苏区的日子不会很远。项英似乎心定神宁了,他准备在保卫苏区中大显身手,在重建苏区中创造奇功显勋了。此时,他反而为西征的主力担忧起来:

"苏区的坚持与恢复是不存在问题的,你们放心好了。当你们重新归来时,面貌将会大变的。我倒担心你们的远征。你们应该注意周恩来,这个人容易转向,对国际路线是动摇的。周恩来的出身我清楚,旧官僚家庭的那一套处世哲学培育了他的调和主义……"

项英停下来等待博古翻译。

"他在青年时代,长期在国外从事革命活动,"李德说,"他是应该将自身弱点洗涤净尽的……"

"他不可能清洗净尽，他是不是愿意清洗还是个问题。"接着项英举出了证据，"他并没有对自己的官僚家庭有所认识与它断绝关系，而是充满怀念和感激之情。他在1928年10月离苏回国时，不顾身负传达六大精神的重要使命，竟然在沈阳逗留，看望他的伯父，重温天伦之情……"①

博古与李德对此，并不像项英看得那么严重。但李德在他的《中国纪事》中，站在为自己辩护的立场上，对博古、洛甫和周恩来提出了自己的看法：

> 博古作为党中央总书记当然不得不主管政治问题以及越来越突出的军事问题，这就使他违背自己心愿地成了毛的对手。他只有二十五岁左右，在理论上很有修养；虽然年轻，但政治上很有经验，然而在制订军事方针时，他总乐于接受我的建议和周恩来的决定。

这一点，李德写得很策略，很有分寸。他说博古乐于接受他的"建议"和周的"决定"，以证明他不是后人说的"太上皇"。

> ……我同博古之间逐渐建立了友谊，这种友谊也经受了以后几年意见分歧的考验。我同他作过多次交谈，从交谈中我知道，他在很多方面不同意毛的观点，但他认为必须同毛合作，以便用马克思主义思想影响他而维护党的统一。他被毛"贬职"以后，还一直坚持这种看法，直至1946年悲惨地死去。诚然，这种"忠诚"的态度，使他以后又激烈地支持毛的政策。
>
> 只有共产国际的权威和苏联的利益，在他看来始终是高于

---

① 项英此说略有出入。周恩来在沈阳停留是为了向中共满洲省委传达六大精神，顺便去看望伯父也是事实。

一切的。

　　洛甫比博古年纪大些,受的教育也比他全面;洛甫和博古一样致力于增强党的无产阶级的阶级性,多次表示很蔑视毛泽东的小资产阶级农民意识。但是作为负责政府和苏区工作的中央书记以及闽赣苏区政府的新领导人,他也逐渐陷入了毛的影响之下,并转到了他的路线一边。对此起决定作用的,首先是毛的军事计划。显然他相信这个计划在中央苏区的具体情况下是正确的。但洛甫并不因此而放弃他自己的立场,所以,在他作为博古的后任当上中央总书记之后,又多次同毛发生冲突。到六十年代,毛终于把他彻底赶下了台。

　　共产党领导人中精力最旺盛、策略最灵活的是周恩来。周受过中国的古典教育和欧洲的现代教育,有丰富的革命经验和国际经验,有杰出的组织才能和外交才能。然而在政治上,他总是力图见风使舵,使自己适应环境的变化。在蒋介石担任黄埔军校校长和国民革命军最高司令时,他曾任黄埔军校和国民党国民革命军政治部主任。

　　他在 1927 年组织了上海起义和南昌起义,但是作为中央常委和政治局常委,他在二十年代末也参与或容忍了陈独秀和李立三的错误。1932 年他担任中央苏区中央政治局领导人时,把毛泽东排挤出党和军队的领导岗位。现在他支持王明和博古,拥护共产国际和中央政治局常务委员会的路线。他一直是政治局常委,与此同时又扩大了他在军队中的势力,因为很多指挥员是他当时黄埔军校的学生。第四次反围剿军事上的成就,大大提高了他的威望,他把这些成就完全算在自己的功劳簿上。在前敌指挥部和总参谋部合并以后,有关战事的一切领导权都集中在他的手中。实际上他指挥着全部武装力量,包括独立部队和地方部队。尤其值得注意的是,1939 年底他在一份表格上写道:1932—1935 年曾任中国红军总司令。当他在长征中及时觉察到毛泽东占了上风,于是就毫不犹豫地转到毛的一边。我觉得,他至少是在一些方面,违背了自己比较正确的认识,成了毛的忠实亲信。

李德的这些观点,无疑是带有强烈的好恶、恩怨、得失的个人色彩,是不足为据的,不可能公允,但也不失为一种看法。因为他自己觉得别人对他的评价也不公正。这种以不公对不公的互相攻讦的情绪,是生活中常见的,后人自会比较和辨别,总比只听一个声音好。

生活中,人事关系大概是最复杂的,智莫难于知人。博古、李德、项英,在人事安排上花的时间和精力也最多。

"外举不弃仇,内举不避亲。"话是好话,实际生活中,却往往反其意而用之。

人们常常叹息:人心不古,今不如昔。其实这是一种误解,是后人把前人纯洁化了,"匪今斯今,振古如兹",只要看看红四军的古田会议决议和整党整风记录,就知道人的真实精神状态了。自古皆然!历史的逻辑往往是这样的:如果这个人最终是站住的,他就绝不会有缺点;如果这个人后来是倒下的,他浑身上下也就没有一个好细胞了。

二 让安泰离开大地

项英强烈地关切着无产阶级事业,当然也就更关心人事安排与未来的命运。

> 毛泽东这个人就更值得警惕了! 他是个农民知识分子,一脑子封建农民意识,他讽刺马列主义者为言必称希腊,可是,他是言必引古书。所以他向往权力,他城府很深,一肚子农民式的

精明。

项英在大军将行万事待理的时刻,竟这样详尽地介绍毛泽东,是很不寻常的。

"我一到苏区,就碰上了肃反,发生了富田事件。这人的政治倾向本来是右倾,可是处理富田事变却左得出奇,原因就是借肃反整掉那些反对他的人嘛……"

李德在三十九年后写的《中国纪事》中,用"据说……"方式,引用了项英的这一观点,同时,他也写出了周恩来与项英在这个问题上的看法:

> 周恩来称毛当时采取的恐怖手段是"镇压反革命斗争中的过激行动",项则直率地称之为"党派斗争"……

显然,周、项对肃反的评价是有质的差异:前者是肃反的扩大化;而后者却是排除异己的行动。

事物的复杂,还在于同是一个提议,出自内心的动机却极不相同。周恩来提议毛泽东同志应该随军长征,因为他是中央红军的创始人,是因为他雄才大略,高瞻远瞩,指挥娴熟,他应该在红军中发挥作用。

李德和博古本来是不同意的,可是后来他们从另一个角度思考了这个问题。

"所以带他西征,"博古对项英说,"就是要他脱离开中央苏区这个根基……"博古说到这里已经是触及到很深的层次了。

李德和博古在研究去留名单时,对留毛在苏区好还是带他西征好是颇费据量的。毛泽东在军内已无职权,苏维埃共和国主席一职,在离开他的"共和国"后已经毫无实际意义。如果把毛留下,他很可能在原来的深厚根基上东山再起!这本来并不是什么坏事,但李德、博古却不愿中央苏区重新落在一个与国际路线相违拗的人手里,所以他们选择了项英。"让安泰离开大地",把毛泽东从党、政、军方面全部架空。

博古和李德认为在中央苏区贯彻国际路线,主要阻力来源于毛泽东和他在军内外的影响,所以他们对毛泽东的特点作过充分的研究,这些研究在正式与非正式的场合都进行过。李德在他后来的《中国纪事》中写道:

> 我在中央苏区最初三个月,结识了一些领导人物,这里我想插一段我对他们的观察和判断。这些观察和判断都是很粗浅的,而且最初的印象也难免同以后的印象交织在一起。为了尽可能地全面,我把一些在当时通过谈话以及其他途径得到的消息也写了进来。

> 和我本人经常有些来往而又很熟悉的人是很少的,即使在"保卫措施"比较放松和我的脚病痊愈以后,我的活动范围也主要是局限于定期访问中央委员会、总参谋部和军事学院,还有总共到前线去了五次。当然,还有很多偶然碰到的人及其名字,我已忘记了。

> 给我印象最深的当然是毛泽东。他是一个身材修长的,几乎可以说是很瘦削的四十来岁的中年人。他给我的最初印象,与其说是一个政治家和军人,不如说是一个思想家和诗人。在很少的几个庆祝会上,我们见面时很随便。在这种场合,他总是保持一种威严而又谨慎的态度,总是鼓励别人喝酒、说话和唱歌,他自己则在谈话中插进一些格言,这些格言听起来好像是无关紧要的,但总有一定的含义,有时还含有一种恶意的暗示。很长时间我都吃不惯味道很浓的菜,像油炸辣椒,这种菜在中国南方,尤其在毛的故乡湖南是很普遍的。

> 这就引起了毛的讥讽,他说:"真正革命者的食粮是红辣椒。"和"谁不能吃红辣椒,谁就不能战斗。"当有人第一次提出,

我们的主力是否应当突破敌人对中央苏区的封锁这个问题时，他用一句毫不相干的话（我想可能是老子的话）回答说："良庖岁更刀，割也；族庖月更刀，折也。今臣之刀十九年矣，所解数千牛矣，而刀刃若新发于硎。"

总之，他喜欢引用民间的形象比喻，引用中国历史上哲学家、军事家和政治家的格言。有人告诉我，历来很著名的红军八项政治原则和四项策略原则中的一部分也是毛从历史中，也就是说从十九世纪后半叶太平天国起义的口号中吸收过来的。他根据中国古代军事著作《孙子兵法》提出了"不打无把握之仗"的原则，但在长征路上他又引用孙子的另一句话"投入亡地然后存，陷之死地然后生，夫众陷于害，然后能为胜败"。就连他那句关于红辣椒的格言也是随形势而变化的。

在云南时，真正革命者的标志是鸦片，因为当时发给红军战士的津贴，不是银洋而是鸦片。而在西康，革命者的标志是虱子，在那里我们几乎让虱子给吞吃了。类似这样的格言和比喻，我们还可以随意举出一些例子，这暴露了他的功利主义和实用主义的思维方法，但其效果还是明显的，因为它们毕竟适合了一定的具体情况。毛不仅在私人谈话中或小范围里运用这些格言和比喻，而且还把它们引用到他的讲话中，并以革命的激情从中引出令人铭记的口号。我自己就经常亲眼看到，他是怎样用这种办法深深地影响了听他讲话的农民和士兵。

当然，毛也用一些他所熟悉的马克思主义术语，但他的马克思主义的知识是很肤浅的。这是我对他的印象，博古也同意这种看法，他还说了几条理由：毛从来没有在国外生活过，不懂外语；中国又非常缺少马克思主义著作，有限的几本至多也是第二手的，原著更是屈指可数。糟糕的是，毛用折衷主义的方法，曲解马克思主义的概念，并加进其他的内容。例如他常常讲无产阶级,但是他所理解的无产阶级,不仅仅是产业工人,而且包括所有最贫穷的阶层——雇农、半佃户、手工业者、小商贩、苦力,甚至乞丐。他的阶级划分,不是从"社会生产的一定历史地位"及其同生产资料一定的关系出发,而是从收入和生活水准出发。这种对马克思主义阶级概念的庸俗歪曲,在实践中影响很深,例如上面引用的第二次苏维埃代表大会的统计数字,就是这种影响的表现。这种歪曲使毛可以按照主观判断来确定不同阶层的阶级性质,并在实际上否定了工人阶级的领导作用。无产阶级政权和无产阶级专政,他交替使用的这两个概念,被他归结为共产党的统治,而共产党的统治在他看来又体现为红军的力量,因为他认为,阶级斗争主要是以内战的形式进行的。

李德所说的毛泽东的短,恰恰也带来了毛泽东的长。他由此而没有成为脱离中国实际的教条主义者,而形成了把马列主义与中国革命实践相结合的毛泽东所独有的思想,而这却成了中国革命走向胜利的法宝。这对博古和李德来说是很难理解的。在他们看来条文比实践更重要,或许由于来得比较容易。

关于这个问题,我同博古和其他马克思主义者交谈了多次,我知道,他们对这一切是有认识的,但是他们却没有与之斗争。他们不想由于这些"理论"问题同毛泽东破裂,这当然也是符合共产国际执行委员会的路线的。他们知道,毛在中央苏区有着广泛的群众基础,我们有时开玩笑说,他的影响是利用了"民众的激情",其实倒不如说是基于长期共同进行武装斗争的传统。由于这种传统,毛同农民的关系非常密切,但对于没有参加武装斗争的"城里人",则以白眼相待。因为他同工业城市的工人阶级几乎没有什么接触,所以在他的眼里,苏区以外共产党人英勇的地下斗争是无足轻重的。他认为,只有农民军队的武装斗争才有意义。他狂妄地以为,只有他才能担负起把他所理解的革命引向胜利的使命,所以在他看来,只要有利于他达到个人独裁的目的,任何手段都可以采用。

但是,项英比博古、李德更熟悉毛泽东的素质,也了解毛泽东在红军中潜在的影响和深厚的根基。他再三向他们提出:"你们无论如何要注意毛泽东的言行,防止他对部队施加影响。"

"我们把他放在中央纵队,跟董必武、谢觉哉、徐特立他们在一起,大概不会有什么问题!"博古说。

"洛甫呢,王稼祥呢?"项英顽强地提醒。

"洛甫同志是莫斯科来的,王稼祥同志也是,更何况洛甫跟军队没有任何关系,王稼祥伤情很重……"

李德同意博古的分析:"毛泽东跟中央军委的人,不可能有很多接触的机会,更何况在大军西行的连天炮火中,行军、打仗、宿营、饭吃不好,觉睡不好,能有多少时间进行政治活动呢?"

的确,毛泽东要恢复自己对军队的领导权是困难的,在当时来看,几乎是不可能的。

但是,不管是李德博古还是项英,他们都忽略了一点,毛泽东这个古希腊神话中的安泰,他有两块土地:

一块,是不移动的——中央苏区;

一块,是移动的——浩荡的西征大军。

夺取政权,这是革命者的目的。

在我们审视伟大历史人物和领袖人物时,我们不难察觉:谋取权力,并不是贬义词。因为伟人有了权力才能有所作为,不管他们推行的政策是否正确,他们几乎人人都相信自己在为一个伟大事业服务,在为祖国或人类的进步服务,都想用自己的巨手推动历史的巨轮!为了这个目标,许多权势达到绝巅的人物,也不惜献出自己的心血和生命,像拿破仑一样。就他个人来说,还缺少什么?他宁肯忍受风雪严寒乃至有被俘和击毙的危险,远征莫斯科!有的领袖用残忍的手段(不惜用暗杀)清除政敌,那是因为他觉得在他握有权力之后,会给社会带来更多的幸福。因此,刺杀政敌之"恶"与自己权柄在握之后推动历史前进之"善",便统一在一个人身上!

历史包罗万象,人的思想意识也千姿百态,时常变化,在这件事上他是对的,在另一件事上他是错的;在这件事上他是旧传统的反叛者,在另一件事上他是旧传统的屈从者;有些事他办得很聪明,有些事又办得很愚蠢。他可以下几步好棋,又出现几次不应有的失误;他有时表现正常,有时表现失态;他有时斗志昂扬,有时又意冷心灰;在战场上是舍命救战友的英雄,在夜里又去偷别人的老婆……那些只承认世上思想是单一的不是万般复杂的人,只要低下头看看自己有多少私心杂念,就非常清楚。心灵,是一面照己的镜子。

历史不断地向我们证明:善、恶、美、丑交织在一起;光明与黑暗交织在一起;幸福与痛苦交织在一起。

德国哲学家康德提出一个哲学名词:"二律背反"。他认为当理性企图对本身有所认识时,必然陷入这种不可解决的矛盾。他举出四组二律背反:世界在时间与空间上是有限的,世界在时间与空间上是无限的;世界上一切都是单一的、不可分割的,世界上一切都是复杂的、可分割的;世界上存在着自由,世界上不存在自由;世界有始因,世界无始因。

这种简单的辩证法,在老子时代就提出来了。从右手拿矛左手举盾的老头的叫卖声中,早就可以听出来了。可是,一些自称高举马列主义辩证法的火炬的人,却往往钻进形而上学的樊篱。

无情未必真豪杰和无毒不丈夫,并不是截然相反的东西!

杀恩人奖仇人似乎不可思议,其实这是不了解生活逻辑。历代皇帝杀功臣,不是由于昏庸,恰恰是来自清醒。功高震主是危险的!韩信受辱胯下,在为王之后,反而召辱己之无赖授以中尉之官。这可以使自己的形象闪闪发光,可是,当他从汉中逃亡时,为他指路的樵夫反被其杀,这种灭口可以使自己得到安全。奖励仇人并不是由于宽宏大量,杀害恩人并不是由于生性残忍,都是为了需要。

历史也不止一次证明:对往事的判断与评价是有反复的。人们的信仰也不是一成不变的。"悟已往之不谏,知来者之可追。实迷途其未远,觉今是而昨非。"陶渊明早已思索过了。

戴高乐在这一点上是直言不讳的,他说:政治家"应该懂得何时要装聋作哑,何时要诚恳坦白……只有在采用了千条良计并作出种种庄严承诺之后,他才会被委以全部权力……"

他还指出:"每个实干家都具有强烈的私心、自尊心、冷酷无情和狡诈的本领。如果他们能以此作为达到伟大目的的手段的话,所有这些都可以得到谅解。甚至还会被看作是优秀品质。"

博古、李德和项英,就人事安排,重用谁,提防谁,团结谁,分化谁,一直谈到第二天的凌晨两点钟。

项英叫醒沉睡在隔壁的警卫人员,送他们回"独立屋子"。

山野已经起雾,空气湿度很大,周围一片朦胧。东北、西北方向的炮声,唤起李德、博古行将离开苏区的惆怅,与项英交谈所激起的亢奋的心境,顷刻为之黯然了。

待李德、博古在夜雾中消逝后,项英回到屋中,把灯捻亮,打开他的笔记本,一行一行细读。他试图勾勒出红军走后苏区将是什么样的局面。可是,他的思路却阻塞着,支离破碎,无论如何也想象不出来。

在西征途中,李德和博古并没有忘记项英给他们的忠告,并没有丧失警惕,可是,因为湘江兵败,也因为毛泽东并没有提出反对党的路线,只谈人们眼见的事实——军事失败。毛泽东懂得仗要一个一个地打,饭要一口一口地吃,更懂得更换军事领导权,在一切服从于战争的时期,也就等于更换了党权和政权。

320

第十六章　　1934年12月—1935年1月
宝界岭山中

一　山林游击队

　　他们离开了山路。在黎明时分,晨露打湿的茅草刷刷分开,一支三十多人的队伍向山里开进,踏倒的草秆又慢慢挺起,遮住了这支队伍的足迹。

　　他们无人说话,似有万钧的重负。前面是黑黝黝的山林,所有人都不知道前面是什么命运等待着他们。说不定迎面突然扫来一排子弹,他们之中,又有三分之一的人倒地死亡。从死尸堆里爬出来的人,面对死神,已经无所谓了。

　　带队的是万世松,他绝不放慢脚步,身上散发出酸臭汗味,挂满汗珠的脸颊拂着晨风的清凉。他们在四小时前从敌人包围中突围了出来,必须在天亮前摆脱敌人。再让敌人粘上,就完了。

　　这些天来,他们不断地在突围被围,再突围再被围的遭遇之中。战争的磨盘一圈一圈地转着,碾碎了多少生命?熹微的曙色揭开了夜的帷幕,宝界岭的莽莽苍苍的弧形的岗峦渐渐浮现出来。

　　在宝界岭的活动中,万世松带领的六个人的游击队,在山林里收容了三五成群的五军团、八军团、九军团和中央纵队的失散人员,部队时聚时散,时多时少,一度曾经陡增到一百二十多人,可是,几经转战，又变成三十九人了。

为了使这些各有主张、各行其是、谁也管不了谁的散乱的部队，在统一领导下统一行动，必须有严密的组织系统，于是组成了一支暂名"山林游击大队"的游击队。

以二营突围者为主组成的山林游击队，推举营长万世松担任大队长是理所当然的，其他领导成员，主要是游击队的政委，因为大家互不了解，必须自我介绍，而后由大家推选。

九军团的一个连指导员是突围者中唯一的政工人员，他的自我介绍虽然讲得并不顺畅，有些地方疙里疙瘩，却真切感人，革命的坚定性也使游击队员们产生了良好的印象：

"我的家历代都是雇农……"王振华第一句话就有千钧重量，那时，阶级成分本身，就是革命与反革命的象征，"我在十五岁那一年，到山林里去捡蘑菇，爸爸扛着镢头，去给地主老财家挖橡树，好给他老娘打棺材。这个地主老财叫王九堂，是本族出了五服的一个长辈，是个活剥皮吸血鬼。

"我刚刚捡了几个草蘑，就听见王九堂和爸爸发生了争吵，只见那个狗崽子左手提着镢把，右手提着半截镢头，气势汹汹地大叫大嚷。

"我爸爸身材高大，一拳头就可以把那个瘦瘦巴巴的干瘪老家伙打倒。可是，我爸爸不敢，只是声音抖抖地申辩，还一口一个九堂叔。"说到这里，王振华认为有必要替爸爸解释几句，不然会损伤贫雇农的形象，"那时候还没有打土豪分田地，人们还不觉悟，所以没有革命精神。

"爸爸说那个镢头本来就是断的，只是在边上连着一点碴，挖在树根上，往上一掀……还没有使上劲哩，就断了。

"王九堂质问爸爸，一个断镢头，你怎么没有看出来？

"爸爸愣住了，对啊，怎么没有看出来？当时爸爸就是想不起来,后来才记起来,那条断缝是用泥巴糊着的!"

"他娘的,天下老财没有一个好东西!"战士们激动起来。

"对,我们家乡也出过这样的事,"有的战士证明王振华说话的真实性,"我二哥给老财挑木炭,一上肩,扁担就折了,硬是要我二哥赔……"

"可是老财硬说是爸爸搞坏的,爸爸咽不下这口气,一把夺过那个断镢头,指着生了锈的断碴说,你看,这还不知道是哪一年断的哩……这下可摸了老虎须,王九堂不由分说,一镢把打在爸爸的肩膀上……

"开头,爸爸不敢还手,只是捂着头任他打,后来老财不光打,还边打边骂,爸爸忍不住了,一脚把那个坏蛋踢了个脸朝天,这下可真的翻了天了! 老财在地上打了几滚,然后站起来,指着爸爸说:狗杂种,你敢动武,你等着。

"我爸爸气疯了,也豁出去了,话也有点出格,他指着王九堂那瘦骨嶙嶙的胸口,全身抖抖地说,没有良心的才是狗杂种呢,你的良心叫狗吃了!"

"真是好样的,比我二哥强,他只能乖乖地白挑了两天木炭,抵了那根扁担。"

"可我爸爸就为这句话赔上了一条命……可惨了……"王振华心中又翻腾起仇恨的浪头,"王九堂就带着那满身土,到县大堂告我爸爸通共产党,那时候,国民党正像疯狗一样伸着鼻子到处找共产党,还不一告一个准?"

"我们村,在那一年,就抓走了十三个!"插话的是王振华小同乡,"一个也没有回来,在村西头的大苇塘里一下就杀了一百多,也许你家大爷就在里头,狗吃死人吃红了眼,见了活人就扑……那时候,天一黑,人们都不敢出门,夜里老做噩梦……"

所有人都沉浸在恐怖年代的大屠杀中,觉得眼前的苦并不十分难忍了。

"我爸爸没有死在刑场上，"王振华越说越动情，越说越逼真，也越说越顺畅，"是死在我们王家祠堂里，那时候，王九堂请来了本族的老族长，把全村人都召集到祠堂前的打谷场上，我和妈妈也都在场，开头，妈妈跟我说：华，王九堂打你爸爸时，你可要忍住，可不要再闯祸了！我说：他们歹毒着呢，不会打得很狠吧？妈妈宽慰我说：都是本族人，你爸爸年轻时，就帮他王九堂打过冤家，他不会忘的，庄稼人受点皮肉之苦，也算不了大祸，妈妈嘴里这么说，泪水却沿着腮帮子往下流。

"我和妈站在人群里，乡亲们都不敢紧靠着我们，只有我扶着妈妈……我不记得那天是阴还是晴，也不记得是什么时辰，只觉得天旋地转像在梦里。爸爸被五花大绑着，跪在乡亲们面前。

"'咱们家族遭孽！'王九堂站在那个又聋又瞎满头找不见一根黑头发的老族长旁边，他矬人高声，喊得很响，好像要让历代祖先听到似的，'出了个大逆不道的不肖子孙王大年，'这是我爸爸的大号，'现在，各乡各村都杀共产党，他们说，共产党的心是黑的，杀人放火共产共妻……咱们家二爷，'他指的是那个老古董，'发话了，别村杀共产党是用国法，咱村是用家法，国之将兴，必有祥瑞。国之将亡，必有妖孽。妖孽不除，天下必乱。你们说该怎么办？'……

"没有一点声音，就像全都死了似的，王九堂冷冷地看着大家。我想：我爸爸怎么不说话？不就是为了那把镢头吗？没有钱有力气，做工抵账就是，这时，我才看到爸爸的嘴角滴着血，奇怪地扭歪着，原来他们用细铁丝把爸爸嘴勒着，像给马戴嚼子一样，舌头不能转动……"

"太狠了！"

"王九堂冷笑了一下，转脸对着我爸爸，'这就是说，乡亲们都想看看你的心是红的还是黑的……'他的背挡着，我看不见爸爸的脸色。祠堂前一点声音也没有,风也不刮了,树也不摇了。

"突然,我看到王九堂的身子向前一躬,向爸爸撞过去,接着几声惨烈的喊叫……我眼前好像看到红光一闪,妈妈像受到雷打一样跌倒了,连我也拽倒……"

王振华泣不成声,说不下去了。

"太狠了!"

"太坏了!"

"那个老混蛋,就为了爸爸骂他良心叫狗吃了,他就剜了爸爸的心!"

"那个该杀的老混蛋呢?"

"……后来,乡里就有了秘密农会,王九堂逃到县城去了,我参加了农民赤卫队,还是副队长哩,我一心找到王九堂。我抹了一脸锅底灰进城去买柴,怀揣牛刀躲在小店里等了他七八天……后来总算在酒店门口等到了他,他醉了,歪歪斜斜跌跌撞撞向外走,我上前扶住了他……虽说满天星,他还是不认得我。"

"干吗不动手?"战士们像听一个惊险的故事。

"我得让他死个明白,"王振华想起那极为简单又惊心动魄的一幕,仍然激动不已,只是描述不出来,"我说九堂爷,我向你讨债来了。

'讨债?'他愣着,'你是谁?'

"我是王大年的儿子啊!

"他叫了一声酒醒了,想把我推开转身逃跑,正好,我一刀插进他的心窝里,'九堂爷,咱们账清了!'他的眼睛瞪得好大,嘴巴也张得好大,身子往上一挺,就弯弯扭扭倒下了,他像没有杀死的鸡一样,一边打扑拉一边抽搐着……我那一刀好厉害,正好刺了他一个透心凉……"

"你应该快些逃啊!"

"那个时候，我忘了害怕，酒店里又出来两个醉汉，我说：'大叔，这个老先生醉倒啦！'……醉汉说：'滚你的蛋，别管他！'……我走了，回到小店，身上竟然没沾上一滴血，这才想起，那把牛刀还在王九堂的心窝里。"

"真是便宜了他！"战士们觉得那个坏蛋死得太快了，应该多叫他受点折磨吃点苦。

"第二年，我们赤卫队升级到了县独立营，指导员第一堂课就是让我讲家史，而后当着全连的面问我：'王振华，你的仇报了吗？'我说报了，指导员说：'不对，当红军不光是为报私仇，你是有阶级觉悟的战士，要报阶级的仇！'

"指导员看我有点迷惑，的确，有点迷惑，当时，我不知道阶级是人还是物，更不知道什么叫阶级的仇，我看不到阶级在哪里，后来指导员讲得很清楚，阶级仇就是穷苦人的仇，就是劳苦大众的仇，天下有千千万万我父亲王大年那样的受压迫的人，也有很多王九堂这样的人。当红军，就是要杀尽天下的王九堂，让穷苦人过好日子！我懂了，阶级就是天下受苦的穷兄弟。

"我冲向敌人的时候，我就觉得每个白狗子都是王九堂。白崇禧、何健是大王九堂，蒋介石就是最大的王九堂！想到这些我就不怕苦不怕累，也不怕死！……"

这的确是一堂生动的政治课。

"后来，营里让我到其他连里讲……有一次团政委去听课，还感动得落了泪，会后，他对教导员说：'王振华阶级觉悟高，革命性强，可以当个指导员嘛。'营长说：'他没有文化。'政委说：'阶级觉悟高是根本，没有文化可以学，没有阶级觉悟光有文化有什么用？'

"后来，我就先当副指导员。指导员是个有文化的人，他每天教我五个字。有文化的人，脑子活，不坚定，果然，他后来变成了AB团分子，被肃掉了，是用石头砸死的，我就当了指导员！"

王振华就靠出身、觉悟、坚定性,当上了游击队的政治委员,而且是全票通过的。全队五个共产党员两个共青团员,成立了临时党支部,他也顺理成章地当了支部书记。

二　毒蕈

山林游击队决定在文市以南灌阳以西的宝界岭建立游击根据地。这是桂东北的大山区,主峰高达一千九百三十六米。与湘桂边境的都庞岭的主峰两千零九米的韭菜岭遥遥相对。

这支部队在突围出来时,已近弹尽粮绝,在敌人的疯狂追剿中,已经濒临绝境,他们过着野人似的生活。由于人地两生,毫无群众基础,语言不通,个个蓬头垢面,衣不蔽体,很难接近群众。

国民党对当地群众采取威胁、利诱、欺骗三管齐下的办法,他们化装成红军,烧杀掳掠,把赃栽到红军头上。

山林游击队只能吃树皮、草根、葛藤根过活。

接二连三的灾难,冰雹似地击打在他们头上。

两个伤员,因为无药可医,连洗伤口的盐巴也没有,伤口坏死、腐烂、化脓,发出令人闻之欲呕的恶臭,那长长的呻吟使人揪心。

"若是敌人追来,怎么带他们走呢?"

"还是让敌人俘了去好,那还有救⋯⋯"

这两个伤员,无意间听到了这些闲话,给队长政委留下了一张纸条,在大家沉睡的时候,用刺刀剖腹自杀了。

伤员的死,虽然解脱了游击队行动的重负,却像两块灰色的巨石,压在队员们的心上。那张纸条立即传遍了部队,纸条上的话是积极的,所引起的后果却是十分严峻的。

王振华把纸条收起来,秘不透露。但越是保密越引起队员们的好奇,打听、猜测、追根问底:"队长,他们纸条上写了什么呢?政委,能不能跟我们说说呢?"

万世松认为没有必要隐瞒,主张公开。

这是用铅笔写在香烟盒纸上的绝命书:

队长、政委、全队战友:

不做敌人俘虏,不做部队的负担,我们革命到底了。我们两人互相证明绝不悲观,有谁回到苏区见到我们的家里人,就说我们思念他们,永远思念。我们为革命流血是光荣的,要他们不要难过。千万不要说我们是自己……千万。

刘玉文家是兴国樟园乡刘村。

何金生家是于都花溪乡崖上村。

第二天,就有两个队员逃亡了。

为此,王振华埋怨万世松不该把绝命书公开,斥之为不懂政治,万世松默然,而后说:"我们必须转移到其他地区,在这块青石板上是扎不下根的。"

王振华反对:"坚持下去,只要有群众的地方,我们就能开展革命,哪里有水哪里就能养鱼。"

万世松觉得政委说得不无道理,便派了三人小组下山去打粮,可是,一去两天,无声无息。

他们作了几种判断:任务执行过程中出现了意外的困难,需要等待时机;已经落入敌手;或是逃亡另找生路;也不排除叛变投敌。那么,如果真是后者,营地就有暴露的危险。

要不要转移? 如果打粮的回来找不到部队怎么办?

只好挨着,听天由命。

厄运却纷至沓来。六个游击队员刚吃了一餐野菜,就倒在草丛中翻滚。他们抱腹呼叫,似有一条毒蟒在他们肚肠中噬咬翻动,又像跟扑到身上的一只无形的猛兽搏斗。

喷射状的呕吐,说明他们中了毒,没有医生,全队人都围在四周,脸色铁青。看着这幕惨剧,没有一个人说出应该怎么办,犹如眼看着他们在大火中烧死,在大海中溺毙,只有沉重的吁叹,只有惊骇的瞠视,没有一个能够伸出援救的手。

战友们个个心灭形毁,束手无策,忍受着与中毒者同样的痛苦。万世松冷汗渗透了破碎的军衣,他看不出中毒者呕吐出来的沾有鲜血的红白青紫相杂的是什么东西,他转过脸去,不忍心看他们在地上翻滚。

这种无力救援而又展示在眼前的苦难,具有麻醉性的力量。所有人都惊惧地注视着现场,屏住呼吸,不敢轻出一言。只有在这种时候,才体验到人生悲苦的真谛。

中毒者终于安静下来,已经耗尽了力气。他们的胃早已呕空,嘴角上有鲜血滴出,口吐血沫,躺在青红狼藉的草地上。

"他们吃了什么?"王振华首先打碎了沉寂。

"他们吃了蘑菇!"有人想起来了,"是生吃的……"

"准是毒蕈!"

"毒蕈?"战士们并不知道这种蘑菇的厉害。

王振华沉重地吁叹了一声。他从小吃野菜长大,具有这方面的知识,他并不解释毒草为什么吃不得,却下了一道命令:"以后,所有草根、树皮、蘑菇、野菜……都要经我检验以后再吃!"

所有人都凝然不动。

"吃了毒蕈,没法救了。"

林间的一切都被王振华说的这几个字镇住了。

山林肃穆无声。生的清芬和死的腐烂相混合的气息,在迷雾的涌动中弥散开来。

三　何去何从

五人组成的临时支部会上,产生了严重分歧。

在宝界岭建立根据地已属无望。三十九人的队伍,失踪三人,逃亡二人,中毒死去六人,在行进中倒地而死一人。

也许这个倒地而死的人,比那六个中毒者更令人震撼。那时他们草草掩埋了六个战友之后,准备改变一下环境,天气冷了,他们翻越一个并不太高的山垭口,在向阳的山坡上重建营地。

一个游击队员在揪住一棵蒿草向上迈步时,好像突然滑了一跤,一头拱进草丛就不动了,这种行军睡觉的事是常有的。可他们并不缺少睡眠,他的右臂前伸,左腿前跨伏在那里,保持着攀登的姿势,当后面的队员来扶他的时候,软塌塌的身体虽有余温,却已经毫无反应,开始僵直。

"啊,死了!"扶他的人一触到发冷的皮肤就低声惨叫了一声,急忙把手缩回。

所有人都惊呆了,"怎么会死了? 不可能!"

万世松急忙赶过来,从那个用黑布补了洞的挎包上认出是二营的战士。他蹲下去:"小王!"他轻声叫着,不相信他会这样毫无声息地死去。

他翻转过小王的身体,小王的脸已经没有一丝生气了,两只凝定的眼睛望着白云飞驰的天空。

"这么容易,像颗落地的种子 …… 可是,他还不到二十岁啊……"

万世松无泪而泣。

"坚持,等于慢性自杀!"万世松巡视着四个党员的脸,激愤地说,"坚持不是坚定性,坚持也不是目的。我们这支队伍应该先求生

330

存,后求发展,现在天气越来越冷,衣食无着,我们必须离开宝界岭。"

一场难堪的冷场,显然,队长的意见是针对政委的意见来的。

"我不是不同意离开,"王振华透露着不满,带着几分勉强说,"可是,我们向哪里去呢? 哪里会比宝界岭更适合建立根据地呢?"

"我想,红军主力既然已经远去,我们应该回中央苏区去,那里有坚持斗争的部队,那里有群众基础!"

"不! 我想过了,"王振华说得很坚决,甚至有点居高临下,"上级给我们两个原则:一是在宝界岭一带建立根据地,一是追赶中央红军。"

"我们能追得上吗?"万世松说得有些冲动,他被王振华不通融的态度激怒了。

"怎么不能? 去跟二、六军团会合的方向是明确的,我们部队很少,行动迅速,怎么能追不上? 只要我们突袭一个村庄,打一个富豪,我们的衣服粮食也全都有了。"

可是,支部委员们认为这种分歧应该交给队员大会来表决,听听大家的意见,集思广益。

队员大会是很容易召集的,二十几个人,坐在向阳的林间空隙的草地上。万世松首先报告了目前的处境和回苏区去的意图,而后介绍政委的想法,请大家讨论、表决。

王振华在大家讨论前,进行了长篇讲话,他在部队时就是一个立场坚决、善于总结、长于概括的政治工作者,如果不是这次被打散,渡过湘江之后,他很可能提升成营政委。

他向队员们描绘了一幅追赶主力红军的生动的图景。他用慷慨激昂的语言和热烈的情绪鼓励大家,他又述说了自己的血海深仇,他要求每一个革命者不要有任何畏惧,任何时候都要有一往无前的精神。他讲,红军主力是大远征,他们游击队要来个小远征,他们将会在追赶主力红军中创造奇迹。

可是,队员们对王振华的立场坚定性和豪言壮语不感兴趣,所有游击队员除了个别是湖南人以外都是江西苏区人,无论感情上还是理智上,都倾向队长的意见。他们认为回苏区比去追赶红军主力更具希望,即使回苏区比追红军冒一倍的风险,他们也还是愿意回家乡。正像在座谈会上队员所说:

"就是死,也比死在外乡好。"他们有感于牺牲在战地上和山野里的战友,思乡之情在每个队员心中犹如春风野火漫卷起来,已成燎原之势。他们竟然喊出"杀回老家去"的口号。

作为游击队的政治委员,王振华比任何人都感到问题的严重性,如果付诸表决,他的提议被否定是必然的,但他用什么办法来改变这次表决呢?

他把一切怨怼都归结在万世松的提议上,"是他利用了群众的思乡之情达到个人的目的,这场反对我的决定的情绪是他煽动起来的! 这是一个原则性的斗争,何去何从,跟着谁走,是关系到革命利益的大问题,这种情绪不正是畏避艰险的右倾情绪吗? 这不是失败情绪的反映吗? 这不是在苏区时被批判的右倾保命斗争的延续吗?"王振华被自己的想象激怒了,"还有,这还关系到领导权的问题,他仗着自己是营长,就不把我这个比他低一级的指导员放在眼里了! 这是知识分子的劣根性,轻视工农群众,这是知识分子的动摇性和软弱性,遇到困难绕道走……"

王振华自竖靶子自己打,觉得自己的政治委员的尊严受了伤害。他说讨论酝酿还不够成熟,提议把表决推迟到第二天早晨。他想在一夜间与各小组长个别谈话,挽回这种局势,防患于未然。

万世松同意推迟表决,虽然认为实无必要,仅仅是为了对政治委员的尊重。他没有党内斗争经验,或者是对王振华估计不足,他无法预见到未来的一场袭击。

王振华的一夜动员说服,效果并不理想,队员们不愿明确地抵制他的意向,只推说明天看大家的意见,顺大流。

王振华不由怒火中烧:"难道我政治委员的意见都不被重视吗?"

险阻,对两种性格所起的反应是截然不同的:

知难而退。

知难而进。

王振华深深地体会到,对错误的东西进行残酷斗争无情打击是十分必须的!问题是如何找到有力的武器,他在辗转反侧的不眠中,找到了"一杆投枪"。

第二天早晨,峡谷里涌聚着牛奶似的浓雾,又黏又湿,晦重迷蒙,好像永远不会消散似的。队员大会需要等着大雾消散。

万世松一夜睡得并不很熟,他完全沉浸在杀回苏区的遐想里,想象着与方丽珠见面的情景,而且千百遍地重温他们相亲相爱的那些珍贵的时刻,体验着他曾享受过、占有过的人生幸福。在幸福中回想苦难,会使幸福加倍的甜美,在苦难中回想逝去的幸福,也是一种略带酸涩味的福惠。往昔的真爱是一束永不褪色的花朵,它会长久愉悦你的记忆。

晨雾终于在顺山势下沉的气流中稀释开来,变薄了,破碎了。周围的山峰又时隐时现地露出影影绰绰的面容。这是游击队即将离去的群山。

表决结果是不言而喻的:二十四票对三票,这里所说的"票"当然是高举的拳头。

政委是孤立的,除他之外,同意他方案的只有两人:一个是他的通讯员,一个是九军团的跟他一起突围出来的本连战士。

这种惨败,在王振华来说是不能容忍的。

谁的意见对了,谁的意见错了,同意谁的意见,反对谁的意见,本来是不足挂齿的小事一桩,甚至连小事都算不上,不妨面红耳赤地争论一通,对事不对人,转眼就过去了。

王振华却不这样看,意见对错代表了立场问题,反对谁拥护谁就是阶级斗争了。在苏区打 AB 团的时候,你可以把不是 AB 团的同志说成是 AB 团,这是革命积极性所在,即使打错了,积极性仍是可贵的。谁敢说一声"不是"? 你替 AB 团开脱,你就是 AB 团。人人自危,噤若寒蝉是必然的,只有那些表现"革命性"的人,或是谋取地位的阴谋家,或是借机报复的卑鄙小人,或是排除异己者,推波助澜,以便浑水里面好摸鱼。

王振华在数次政治斗争中,形成了一个观念:投谁的赞成票投谁的反对票,并不是每个党员的权力,而是体现了路线斗争。你投对了票,就立一大功,投错了票就是罪人。后来的以人划线,紧跟谁,在王振华的思想里已经有了初型。现在,那些拥护队长意见的队员们,显然是站错了队。

"同志们! 我有话说,"王振华先是站着的,当他带头表决高举拳头无人响应时,他蹲下了,现在又猛然站起来,声音里饱含着顽强的自信和剧烈的冲动,"我们都是红军,都是革命战士,上级指示谁也不能违抗!"

队员们惊愕地互相望望,不知政委所指何事。

"队长的提议是不符合上级指示精神的,上级绝没有让我们回苏区的命令!"王振华挑战式地怒视着万世松,脸色灰白,一双黑眼睛冒着红火,等待他的回答。

"的确没有这样的指示,但是,我们不能机械地执行指示,两弊权衡从其轻,只要对革命有利,不妨回到苏区。命令,也要灵活地执行。"万世松也站了起来,面对着王振华,"我不明白,大会讨论表决是支委会研究的,何去何从的理由也翻来覆去研究过许多遍了,我不理解,你为什么在表决之后,忽然提出了'命令'问题。即使有必要

334

重新讨论,也不要冲动嘛……"

王振华粗暴地打断了他:"我不能不冲动！这是一个严肃的问题。现在,让我谈谈问题的实质吧。队长同志,你煽动大家回苏区,有没有个人目的?!"

"煽动?"万世松重复着这个令人震骇的词,既迷惑又惊讶。他审视着政委那冷酷的目光,"这是什么意思?"他弄不明白,面前这个同志怎么忽然翻脸不认人了?

是的,万世松是有个人的目的。在漫长的山林之夜,他坦诚地向他的政治委员交谈过,他们两人要在一起领导一支部队,互不了解是不行的。他详细地谈了他的经历和犯过的错误、受过的处分,以及他对方丽珠深沉的思念。

"我想,你还是先向大家说说回苏区的动机吧,"王振华毫不容情,咄咄逼人,他认为这才是真正的党性所在,"怎么? 你怎么哑巴了?"

万世松的确哑巴了,他一时茫然不知所措。这种突然袭击是带有杀伤性的。他此时的表情,与其说愤怒,不如说痛苦,或者更不如说惊诧:蓦然间政委和队长一下子变成了原告和被告,而队员大会变成了审判他感情的法庭。他的错误,组织上早已处分过也结论过了。今天,他向大会坦白什么呢?

万世松认为,对方丽珠的思念与急切地想见到她,并不是见不得人的事,它跟战士们思念亲人有什么区别呢? 即使回苏区的动机掺有与方丽珠相会的成分,就是个人目的吗? 那么为了打土豪分田地而参军是不是个人目的? 那么,他王振华找王九堂报仇是不是私人目的? 如果宝界岭能够建立根据地并且站稳了脚,他万世松还会为了自己的爱情返回中央苏区吗?

王振华把他推到一个多么尴尬的境地。万世松感到一种悲哀,并不完全为自己,也许更多的是为对方,或许是为了造就这种品格的环境。想到历次路线斗争中的各种人的表演,他想通了。

"王振华同志,"他变得出奇的平静,"我认为去追红军主力还是回苏区,都是为了拯救这支革命力量。至于我是否怀有什么个人目的,我没有什么好说的,还是由你当众说出来吧。你我都是共产党员,我无意同你争夺领导权。你如果真正能率领这支部队追上主力,我是万分高兴的。但我认为回苏区更为现实,还是服从大家的表决吧!"

"那么,我们重新表决,"王振华以毫不掩饰的敌意打量着万世松,队长的平静反而把他激怒了,"在表决前,我要向大家说明你是什么人。同志们,"他转身面向队员,"万世松同志让我讲他的个人目的,先说说他是为什么受处分的吧。在中央苏区他与一个女人发生了不正常的男女关系,现在这个女人在等他。我没有当众揭人疮疤的习惯,只要大家心里有数就是了……"

这一手是最厉害的,点到为止。他给队员们留下了最大的空白,提供了想象的无限余地,一切尽在不言中。你可以把一想象成万,你可把青蛙想象得比牛还大,为什么受处分? 腐化,腐化到什么程度? ……随你去想。效果是无限的! 然而,二营的战士们却信任他们的营长。

重新表决,十六对十一,王振华的努力是有效果的,增加了八个队员的支持,但仍然是少数。

王振华面对表决结果,勃然大怒:斥责万世松的支持者为宗派主义,因为他们都是二营的突围者。

怎么办呢? 少数服从多数是合理的。王振华为了坚持自己主张,硬要大家再分组讨论,题目是很现实的:"红军要不要服从上级指示? 要不要服从党的领导? 要不要跟党走?"

会议又要推磨。这种推磨对王振华是有利的:"谁是党的领导? 在游击队里谁是党的代表?"

有人不同意这种无休止的讨论、引导、打通思想,提议各走各的,谁也不要勉强谁:追红军主力的跟政委走,回苏区的跟队长走。

游击队分裂了。

王振华、万世松各自带着自己的拥护者,走向各自未可知的命运。

在分手的那天,王振华以最纯正的动机做了件不太纯正的事,他向自己的拥护者说,回苏区的人,都是革命不坚定的人,是丧失了信心想回家过安稳日子的人。不能让他们把武器带走,尤其是好武器。

前者有意,后者无防。在去苏区的队员正做回乡梦的时候,王振华的队员们便把早已看准的好武器全部带走了。

四　向回走

文庆桐一出江西地界,就产生了逃亡的念头。他跟文庆安不同,他是有老婆孩子的人。他十四岁就结了婚,二十二岁这一年,孩子刚巧三周岁。如果用原谅他的话来说,逃亡念头是思家念头的延伸,许多新战士都有过。但是念头没有变为行动之前,不算罪恶。就像倾慕一个女人构不成强奸,想要得到一件珠宝构不成盗窃一样。

有的战士想家想得哭,想老婆比想母亲要强烈十倍,因为在亲人之上还加了个生理需求。

连里流传着指导员跟想家想得哭的战士开玩笑的故事:"你想爸爸妈妈了?"战士摇摇头,不是。"你想你家的房屋了?"战士摇摇头,也不是。"你想床上的褥子了?"战士抹把泪说,差不多。"那么你是想床上的被子了?"战士急起来,你说过了。"那么,你是想褥子上头被子下头的那个人了?"战士抱头呜呜大哭,"我刚刚忘了,你又提起来啦!"……

文庆桐自知想老婆是丢人的事,开小差就是犯军条了,他的思想斗争十分激烈,心像嘀嗒嘀嗒的钟摆,无时无刻不在走与不走间来回摆动:走? 不走。走? 不走……

他不迷信,不然,他就像文庆安一样用占卜来决定他的命运了。

但是,一个特殊的因素,推动他在人生道路上来了个急转弯——是非祸福无法找到尺度来衡量。

在刚进湖南省界的一个叫沙水湾的地方,他到山洼里去解手,猛然看到了一具尸体,仰着脸,两眼死死地望着天空,牙龇裂着,七窍流血,爬满了黑压压的蚂蚁。只有一只脚穿着透了底的草鞋,赤裸着上身,破碎的灰色军裤证实他是自己人。

文庆桐不禁惨叫了一声,怔怔地盯着那尸身,心惊胆战地向背后伸出一只手,抓住了一棵树,倚在树干定了下神,眼睛还是盯着那具死尸向后倒退着,浑身上下起了层鸡皮疙瘩。

后来,那一幕惨景一直在他眼前闪动。

亚里士多德说:“人生的价值在于觉醒,而不在于生存。”此时,文庆桐的思想与此恰恰相反:“人生的价值在于生存,而不在于觉醒。”

在一个漆黑的深夜,在山路上休息时,他把盐挑子推到路边的草丛里,自己也像见到尸首时那样,装作到树丛里大便,等到部队开走……

文庆桐一离开部队就后悔了。他怎么能独自一人回苏区呢? 回去怎么对乡亲们说呢? 怎么对妻子说呢? 再想追部队就晚了。

但他又为自己辩解:他的确同情革命,也愿意革命,他在革命中得到了土地,他眷恋着自己的家庭,他从来没有想到要成为替全国劳苦人打天下的革命者,他只希望过富裕而安定的日子,在兵荒马乱与逃亡中,他宁愿选择后者。

他是地道的农民,他不愿意流落在外地,即使死,他也要回到家人身边。他追求的是温饱。他的希冀是有一个好皇帝,使他做一个朝廷的顺民,过上吃饱穿暖的日子。国家前程,民族进步,什么阶级当权,什么人当权,和他是无关的,他的眼光只看到前山、后山和饭碗。

他以农民特有的精细,把盐藏在一个石洞里,自己带了一小袋盐,到沙溪镇上卖了两块银元,买了一身旧衣,扮作私盐贩子,怀着不可名状的惶惑和模糊的希望向回走,那里有他的父母、妻子和他热爱的土地。

第十七章　1934年10月28日　于都河畔

一　留守苏区

于都河畔,站着一个妇女,亭亭玉立,在寒风冷月中神秘飘逸,凄然西望,宛如一个精灵。

方丽珠不知道把满心的恐惧去告诉谁。自从万世松西征之后,她经历了多少个不眠之夜啊!

据说,红军已经远去,白匪即将杀来,红军永远回不来的谣言已经悄悄传播了。

不,这不可能,她不能相信,她怎么可能想象万世松不回来了呢?如果没有了他,没有了对爱人的等待,没有了对他的牵挂,她怎么能活得下去呢?她不怕死,她已经在于都河里淹死过了。只是为了他,才活着。她后悔没有坚决地跟他去。后来她才想到,应该女扮男装,不经批准,替别人去当挑夫,跟队同行。只要能跟他在一起,任何痛苦不仅可以忍受,而且是一种甜蜜的享受了。

现在村民们都沉浸在苦难中,只有罗自勉——那个七十岁的老人最关心她,把她视为自己的女儿。这个罗自勉,是壮年丧妻而不再娶的古怪老人。

方丽珠记起在和红军告别时,她等在于都河边,听到毛委员的一段话:

"乡亲们,父老兄弟姐妹们,"他语调平和,有着一种压抑的激动,"敌人这次围剿,兵力比以往多,红军不能不暂时转移。"他浓重的湖南口音听起来有些异样,但他从容不迫,使人感到一股镇定人心的力量,"我们还留下很多部队,坚持游击战争。……局势当然很严重,不能麻痹大意。要坚壁清野,准备上山打游击。……等待着红军主力再回来……"

毛泽东讲完这段话时,似乎发出一声叹息。这种强忍的叹息,刺痛了送行人的心。男人神情严肃,而妇女们,则抑制不住泪水夺眶而出,沿着秋夜寒风吹冷的面颊潸潸流淌。

方丽珠看着他举起那只特大的手,在向大家告别。

方丽珠看着一张张木然的面孔,始终没有找到万世松。她不敢打听他在哪个部队,是早已过去了?还是从另外一个渡口……

所有的人都散了,只有她站在河边。好冷。

她忽然听到一个声音说:"你……你应该回家了。……我那里有剩下的冷饭……"

她回头望见了罗自勉,他们对视了很久。

天地间一片空旷,于都河在夜风中呜咽。

悲痛缓缓地化成了力量。人们从生离死别、骨肉分离的悲伤中醒转过来,一切感情的激流涌入了一条共同决心自救的河床。在当地党组织的领导下,进行着一切应变措施,准备为保卫苏维埃的土地流尽最后一滴血。

苏区,暂时是平静的。

过分丰富的想象,为她描绘出了宽慰的图景。仿佛万世松在不久的时候,就会来到她身边。

罗自勉作为人人尊敬的老中医,在竹沟乡站住了脚。他认方丽珠为干女儿,把她掩护在家中。

命运总是按照自身的随想去安排人们的生活:不管你是伟大的还是渺小的,高尚的还是卑劣的。都要按着自己的那一条人生小道走下去,这条小道千回百折,绝不相同。

方丽珠原是福建潮州市一个布商的女儿。十二岁时为见世面,她随运货的父亲前往汀州。船在中途遇盗,父亲被杀,她被人贩子卖给汀州一家殷实富户当童养媳。她长得漂亮而又文静,还能看书识字,这户人家对她倍加爱护。可是,在十六岁那年的一个风雨之夜,几个流氓把她拖进一座荒凉的古庙里,轮奸了她。

婆婆视之为灾星,公公视之为耻辱,又把她转卖到于都,落在比她大二十岁的无业流氓马天标手里。那时,马天标在大土豪刘洪恩的父亲刘兆庆的大刀会里混饭吃。

刘兆庆在打土豪分田地中死去,刘洪恩逃亡,留下马天标做他的内线。

在泥沙俱下、鱼龙混杂的时期,马天标以他的贫苦出身,混进了竹沟村农民协会。在大刀会里养成的吃喝嫖赌的恶习,却丝毫未改。方丽珠受尽了他的凌辱,看到苦难无有尽头,只能投河自尽。

那时万世松在于都附近的医务所里养伤,正好在于都河畔拄杖而行,目睹了这幕惨景,他不顾自己伤口未愈,跳进激流救起了方丽珠。

方丽珠又活了下来。

在妇女会的支持下,方丽珠与丈夫决裂了,她要做一个堂堂正正的女人。

马天标由于过去劣迹败露,逃出苏区,又去投靠了刘洪恩。万世松因伤口浸水发着高烧,方丽珠来看护万世松。两人产生了不可遏止的爱情。这种突如其来的爱情,以狂烈的炽热超越一切道德纪律束缚的人性力量,使他们轻率地郑重地服从命运的安排。万世松在伤愈即将归队时,决心破釜沉舟,在方丽珠的家里,与她共同度过了纯洁忘我热切如焚如醉如痴如狂如梦身心全部融为一体的三天。

这是人间幸福欢愉和一切瑰奇万源齐汇,使心灵终生为之激荡的三天!

村苏主席王虎林以当权者的身份,想去强奸这个"反革命"分子家属,谅她不敢反抗,强奸她便是抬举她。谁知他闯进去时。正好遇上了万世松。他认为万世松的行为是不能容忍的,便向部队告发了。万世松受了处分,但他们的爱情却获得了人们的同情。

爱情点燃了方丽珠的人生希望之光。她跟随妇女会的人上了山,成为游击队的联络员。

她顽强地斗争,顽强地活着,顽强地等待,顽强地相信在她走过的路的终端,会和万世松相聚,沿途有多少泥泞荆棘也愿意去践踏。

二 安置伤员

竹林沟是个平静的毫无特色的山沟,两边的树丛里有几排极为简陋的茅草棚。

从这天早晨起,山沟口的一块篮球场大小的空地上,挤满了从四方聚来的当地群众,他们有的提着扛捧,有的背着竹椅,有的抬着竹床,有的架着门板。如果他们不是老人和妇女们组成,如果不是他们闹闹嚷嚷毫无秩序,倒很像是一支支援前线的担架队。

有人嚷叫着要抢先到茅草棚去,但都被穿白大褂的医护人员和各村苏维埃的干部决绝地拦在沟口:"大家等一等,老刘同志有话向大家说,不要乱,不要抢,要守纪律!"

但纪律是很难维持的! 在茅草棚里的伤病员,凡能离开担架和草铺的,都拥到棚子外面的山坡上。他们带着染血的绷带,拄着拐杖或被病友搀扶着,向沟口张望着。他们不吵不嚷,内心却比这沟口吵嚷的一群骚动得厉害十倍百倍。

他们都面临着无可抉择的命运！

使村苏主席王虎林感到奇怪的是罗自勉老人也在里面,虽然毛泽东在于都调查时,曾嘱咐他,说罗自勉是个有学问的好老头,可他仍然信不过他,为宋雨来的事,恨透了他。他威严而轻蔑地向他招招手,这是当了父母官后的那种身架。老人很不情愿地走到他面前。

王虎林审查犯人似地问他:

"乡亲们是到这里来领儿子选女婿的,你来做什么?"

"我来选朋友!"

"这是什么意思?"王虎林觉得自己的权威受到了挑战,"我有个朋友病得很厉害。他年纪大,也许没人领,那我就领他回去!"

"你自己都顾不了自己,还能照看病人?"

"我会找帮手! 再说,我是个医生。"

"你的朋友叫什么名字? 是干什么的?"

"难道我非要告诉你吗? 你为什么不问别人单问我?"老人很倔。

村苏主席的眼睛突然一亮:"你不会用伤员去试验你的妖术吧?"

老人扭头走了,他觉得跟这种人无话可说。村苏主席仍然不想放过他,准备给他点颜色看看。他要维护权力的尊严。但这时老刘来了。

老刘拄着拐,在警卫员和一位女医生的搀扶下来到了沟口。只有区委书记知道他是陈毅,他的四川口音不重,乡亲们能听得懂:"乡亲们,第五次反围剿咱们打了个大败仗。"这种爽直坦率的说法,立即获得了大家的信任。这人正直,不用假话骗人。"胜败是兵家常事嘛! 等咱们的红军主力杀回来,天下还是咱们的! 在红军没有回来之前,咱们嘟格办? 要坚持住! 咬咬牙坚持住。苏区人民骨头硬嘛! 苏区的红军部队和地方游击队就在你们身边。敌人来了咱有

办法对付,钻进山林打游击,他在明处,咱在暗处,别说人地两生的白狗子,就是神仙也治不得!"他凝视着沸腾的人群,把话一转:

"打游击,不能带伤员,这就是红军的难处,他们就在那里……"陈毅指着草棚外的伤病员,"他们本来都是体强力壮精明能干的好后生,能劳动,会打仗,有的还能解文识字看书报……你们少儿子的可以领他们回去当儿子,你们少女婿的可以领他们回去当女婿。"陈毅看见几个姑娘羞红了脸,低下头去暗自笑,"这要看你们有没有好眼力,我让你们随意挑,挑了再换可就难了!"

人们发出欢乐的笑声。"伤员们担心你们不会治伤,可是我不担心……"

"我们用草药土方也能治!"一个老头充满信心地大声说。

"对,土办法不比洋办法差!"有人补充。

"我们还有医生留在游击队,"陈毅说,"实在需要还可以找他们!"

"好啦,让我们去挑吧!"人们等不及了!

"还有几句话,抬走轻伤的,每个发五块大洋;抬走重伤的,发十块大洋。这是咱们的林医生,由她带你们去!"

"可是,还有无人抬的呢?"提问的是罗自勉。

"老先生问得好!"陈毅特意向老人表示致意,"可见乡亲们想得很周到,没人领的,我们就留在医院里……"

罗自勉舒了一口气。大家欢呼地拥向伤病员。他们将有一个陌生的儿子或女婿! 伤员将有一个陌生的家!

罗自勉屋后边山沟里的一间造纸棚里住着三个妇女,国民党占了于都之后,她们就躲到这里来了。

"丽珠,丽珠!"罗老人在屋外叫着。

方丽珠走出来。

"快,跟我到竹林坑去抬伤员去!"

"可是游击小组没有给我任务!"

"这是我自己的任务,我要你帮我去抬一个人。他是我的朋友!"

方丽珠跟着老人向竹林坑奔跑,她没有想到七十岁的老人还有这样大的脚力!

老人的判断是对的,除了十几个伤残很厉害的伤员外,他的朋友也没人领走,他病得太厉害了。

但老人坚持把他抬到自己家里。

三　陈毅与项英

陈毅坐在沟口上一块垫了军毯的石头上,他的大腿坐骨负重伤,只能歪坐着。看着伤员被群众抬走,他的心情是沉郁的,他不知道今后的工作能不能顺利开展。原因是他和项英的观点很不一致。

红军西征之后,项英接他回机关,传达中央临行前的部署,商讨红军走后的行动方针。这场争论是激烈的,也是极不愉快的。项英有选择地向陈毅念了他的长条笔记本,陈毅半天没讲话。

"要我们承担保卫苏区的指导思想是不对的,"陈毅听了项英有关情况及任务的介绍后思索了很久,"这会影响我们的作战方针!"

"红军主力西征,必然把敌人主力也拉走,这会减轻中央苏区的军事压力。在湘西与二、六军团会合后,打几个胜仗,然后再杀回来,我们来个内外夹击,可以彻底粉碎敌人的围攻,恢复和扩大我们的苏区!"项英说得很有信心。

"我们应该承认第五次反围剿的失败。红军主力在时,尚且无法打退敌人进攻,而红军主力撤走,我们反而能够保卫,这是梦想!"

"你这种悲观情绪我是早就知道了。打了几个败仗就气馁。我希望你彻底转变。"不愉快的谈话被秘书打断了。

图书馆馆长请示如何疏散图书,哪些书应该包装收藏。

"你告诉张馆长,凡是马列主义经典著作和革命报刊一律妥善收藏……好了,你对他说,两个小时之后我到图书馆亲自检查……"

陈毅不耐烦扭动着身子,他感到项英目前在干着不应该干的事:"我既不悲观也不气馁。我是清醒地估计当前的形势。我们在占绝对优势的敌人面前应该组织退却,有计划的退却。"

"这不但是失败情绪,简直可以说是绝望情绪了!"项英打断陈毅的话,居高临下地教训说:"我们应该根据中央的精神坚持斗争。进行决战。"

陈毅据理力争:"应该说这是博古、李德的精神! 是使第五次反围剿遭受严重损失的精神。……我们不能机械地执行指示。应根据实际情况处理问题。"

项英心想,我同李德、博古谈话时,对陈毅的评价是何等正确啊。

谈话又被电话铃声打断了:是医院院长请示医疗器械是否也要包装埋藏的问题。

"包装? 埋藏? 你们再有了新的伤员怎么办?"项英有些恼火,"我看你们都被失败情绪传染了。什么都想藏。……什么? 伤病员疏散问题? 不是给你指示了吗? ……大家有意见? 什么,有的伤员竟然闹事? ……真是岂有此理……哪一件事照顾不到都要出纰漏,好了,下午四点钟,我去你们那里……召开全体大会,我讲话……"

电话刚挂,司令部又来电话,告诉他敌人进占了宁都:"你们告诉前方,必须积极战斗!"项英森冷地说,好像怒视着前线指挥员,"失败情绪绝对不能在战斗部队里出现! 下一步的部署正在研究,一个小时之后再告诉他们!"他把电话挂掉,面对陈毅急急地说:"恐慌,恐慌……我们这时最最需要的是镇静。……现在敌人正猖狂进攻,我们应该给他点颜色看看,来个迎头痛击!"

"痛击? 力量呢?"

"我想的正是这件事,我们唯一的主力是二十四师,这是不够的,可是我们还有独立三团、七团、十团,再加江西军区的一、二、三、四团;赣南军分区两个团,杨赣军分区十三团,登贤独立团……三加四等于七,再加四等于十一,好,共十一个独立团……可惜集中不起来,不能形成拳头。我们可以组建三至四个新的师,再把各县独立营、游击队扩大升级成独立团,这样,我们一次可以消灭一个师的敌人,是没有问题的! ……只是组建需要时间来集中,重新调整干部……要有个过程!"

　　"我反对这种做法。"陈毅激动起来,带着痛苦的声调说,"这样会受极大损失的,甚至是毁灭性的。我主张立即做分散的准备,就是主力二十四师也要分散,作为游击队的骨干……从红军主力西征后,大兵团作战的局面已经结束了,我们在思想上应该做长期艰苦斗争的准备,在组织上要把机关干部压缩到最低限度,把多余人员充实到游击队去,造成遍地烽火。目前,我们不应该陷在事务堆里,什么医院啦,图书馆啦……全都不是当务之急。"

　　"在你看来什么最紧要呢?"项英满脸乌云,似乎难以忍受,这种坦直的锋芒毕露的指责,是下级对上级的态度吗?

　　陈毅觉得伤口疼得难忍,脸上直滚汗珠子,但也不能不充分地表述自己的意见。他有游击战争的丰富的实际经验,在有关留守部队生死存亡的关头,他再一次据理力争,他说:"我的想法很简单,就是安排游击区域,指定负责人,布置秘密联络点,坚壁清野,运粮盐进山……做最艰苦的长期的打算。"

　　项英把他的长条笔记本啪嗒一合:"好吧,看来我们是谈不到一起了,你的意见,当然,我会考虑的。我们的大致方针,需要在中央局会议上讨论决定……我看,你的伤痛,已经使你吃不消了,你回医院去安心治伤吧,不过,如果你精力体力还能支持的话,苏区的伤病员疏散工作,就由你来负责吧,我的事情实在太多……"

"你应该抓主要的。医院,图书馆,还有那些杂七杂八的东西,应该交给机关部门去管,各司其职嘛。"

"可是,都是些木头人,拨一拨,转一转。真是没有办法……"

"你不让他们自己转,老想拨他们。……我总以为,婆婆不站在一边指手画脚,媳妇会干得更好……"陈毅只能慨叹一声,有些话他不好说出来,只觉得伤口加倍地疼起来。他拄杖而起,又想起一件事情。

"在这种形势下,何老(指何叔衡)秋白应该早些安排向上海转移……"

"你总是把事情看得过分严重! 我想还不到四散奔逃的时候。好,好,你放心养伤吧,我会考虑的! 我会安排的!"

项英竟然亲自把陈毅推送到门口,扶他上担架。他回到屋中,立即拿起电话:"给我要贺昌同志……"

项英在有条不紊从容不迫地处理着一切事务,他不知道争取战略转变的大好时机,在这些繁乱的事务中,慢慢消失了。

那时,国民党各路纵队因为在历次围剿中吃够了苦头,即使得知红军主力西征之后,仍然不敢贸然长驱直入。他们担心这是红军的圈套,以此来破坏他们的堡垒战术。

他们犹如在西城门外的司马懿,生怕中了诸葛亮的埋伏,仍然用步步为营,渐渐推进的办法试探虚实,坚持原有的堡垒战术,而且南路敌人撤回了广东,这就给中央苏区红军进行战略转变以比较充裕的时间。

项英对主力红军远征的情况是清楚的,但他为了鼓舞留在苏区指战员的胜利信心,给他们造成主力很快就可以回头的印象,使大家处在盲目乐观状态。而他的决战方针,便在这种心态中得以顺利推行。

项英几乎没有察觉,在他的目光达不到的天际,一场巨大的灾难的魔影,正乌云般向苏区中心缓缓逼近……

第十八章　1934年11月10日　于都竹沟村

一　大屠杀

国民党军队除了薛岳纵队、周浑元纵队尾追主力红军外,樊崧甫纵队、李延年纵队,从北从东两路压缩,先以集团兵力迅速占领苏区各县城和交通要道,继续以堡垒政策,将苏区分割成许多小块,企图将红军留下的部队包围在狭小的地区内,实现"瓮中捉鳖",然后分区清剿地方武装和游击队,彻底消灭苏区。

在"茅草要过火,石头要过刀,人要换人种,谷要换谷种"的口号下,山林悲啸,河水呜咽,燃烧的村庄在火光里相继倾圮,烟雾升腾,无边无际。整个苏区都被此起彼伏的枪声湮没了。

一时间,苏区成了恐怖、愤怒、仇恨的世界,成了血与火的世界。

10月26日敌人占领宁都,11月10日占领瑞金,11月17日占领于都,12月23日占领会昌,至此,整个中央苏区的全部县城尽陷敌手。

"绝不允许死灰复燃!"蒋介石在雪片似的贺电中,向进攻苏区的部队发布了训令。

在火光的照耀中,老人伸出绝望的骨瘦如柴的双手,泪流满面。枪声里,处处是苍凉凄厉的捶胸顿足的哀嚎哭声! 人将杀绝,地将烧焦。疯狂的屠杀,血腥的镇压,像石碌似地碾轧过去,像磨盘似地反复研磨。

苏维埃的招牌,从省、县、区、乡、村政府的门边,摘了下来,连同红旗、印章一起埋在地下。

"工农革命新高涨,工农红军有力量"的歌声,似乎已成了遥远的梦境。

地主还乡团又杀回家乡,反攻倒算,组织的铲共团、暗杀团比国民党部队的烧杀残酷十倍!

昔日的革命热情,淹没在血泊中,化成了微弱的潜流,在地下悄悄流过。

"天命轮回,世界末日到了!"罗自勉一生在世,从未经受过这样强烈的恐怖和震惊,他看着遍地的尸体,急剧内缩的瞳孔里,疯狂与绝望同时凝结成冰块。

灾难降临到竹沟乡。敌人的一个团,在这天深夜,袭击了十几个山村,他们用刺刀,把男女老幼驱赶到竹沟村的场坪上。

穿着土黄色军装的三百名国民党部队端着明晃晃的刺刀,把五百多名惊恐的村民包围在中间。铲共团长、本乡逃亡地主刘洪恩戴着金丝眼镜,站在临时搬来的方桌边。他的初具规模的铲共团还只有十六个人,穿着胸前有一排长扣的黑色短打,凶神恶煞似地盯视着群众,犹如一群猛兽,准备一声令下便扑向它的猎物,扯碎咬烂,吞吃他们的血肉。对于屠杀群众来说,这十六个团丁比一百六十名国民党部队还要厉害。

这是刘洪恩毕生衔恨泣血以待的一天,他那金丝眼镜后微眯的眼里喷射着灼人的怨毒恨火。他想到打土豪分田地时,父亲跪在这伙黑泥脚杆子的面前,他的每根脉管都急剧地鼓胀起来,每组肌腱都簌簌发抖。

他又记起那可怕的一瞬。他生平最最尊崇的六十七岁的父亲,被两个手执鬼头刀的赤卫队员(其中一个就是现在的村苏维埃主席王虎林)摁着脑袋扣上纸糊的高帽,他感到神圣的自尊受到了亵渎。他的太阳穴犹如乱炮轰鸣,要不是为了后来报仇,他当场就会拼了。他没法忍受父亲受辱。他不相信他父亲有五条人命血债,更不相信他父亲继承了祖业便是吸血鬼。他看到一个老汉,为受辱自尽的儿媳揪掉了他父亲的长须……

他看见一个老婆子,为了被逼死的独生儿子,疯了似地用尖尖的小脚踢他父亲的脸。他知道这是他父亲所最不能忍受的污辱。

刘洪恩肝胆俱裂,一脸狰狞。觉得自己陷进了可怖的黑色海洋,四周都是混浊的浪涛,"士可杀不可辱!"他身上爆发一股野蛮的力量。当他即将丧失理智,冲上去和赤色恶魔一拼了事时,他听到了父亲的声音:"洪恩! 我是有罪的,快带领全族全家给老太太下跪! ……"

"爹爹!"刘洪恩惨声叫着,全身掠过一阵颤栗!

"跪下,跪下!"老谋深算的老地主命令着,森冷严苛,表示出家长的威严。

刘洪恩全家跪了下来。他看见父亲老泪纵横,这是惊心动魄的一瞬,结下了永不和解的怨恨。在这跪倒的一群里笼罩着复仇的肃杀之气。在这时,村苏主席王虎林清楚地感到,革命胜利了!"一切权力归农会!"这是多么权威的声音,他感到了自己的分量。

"限你今天交出全部地契和浮财!"

"一切遵办!"大地主刘兆庆又伏下头去。

"押下去!"王虎林威严的手势现在还留存在刘洪恩的眼前。他又记起父亲回到家后,突然口吐白沫在台阶上倒地而死的惨景。他知道,父亲忍受屈辱是为了拯救这个家族。

当天夜里,他就带着家中唯一的传家宝———一把镶金的短剑跳墙而出,隐进山林。

"我终于又回来了!"刘洪恩巡视着那黑色的群体,看到王虎林也在人群里边。他的右手本能地一纵，闪电般地抓住了短剑的剑柄。那镶着黄金花纹的剑柄紧紧地吸住他的掌心，但他放下了，暂时遏制住体内那迫不及待的复仇渴念，慢慢体味一下复仇的甘美岂不更好？

"乡亲们，大家受惊了，你们还记得六年前这个场坪上发生的事吗？用你们的话说：这叫天翻地覆！乡亲都是好乡亲，就是有不对也是赤色分子教唆的。凡是当初的赤卫队员、农会会员、村苏维埃委员、共产党员，全都自觉地站出来，一律站到这边来……"刘洪恩指的地方摆着两口铡刀。"你们有种的就自动出来。免得连累乡亲！如果让我一个一个向外拖，那可就有失体面了！"

人们脸上混合着恐惧、愤恨和激动的表情，鸦雀无声，互相依靠着，好像都能听到对方的心跳。

一个姑娘挤在罗自勉的身后，她怀着比所有人都甚的恐惧盯视着铲共团里的一个彪形大汉，他就是从前要奸污她的那个马天标，她朦胧地意识到今天得死！

此时，马天标正用猎犬搜捕猎物的目光，在人群里寻找方丽珠，但他没有找到。

"竟然没有一个人肯站出来！"刘洪恩开心地笑了，"哈哈，原来那些英雄好汉是假的！那么，我也试试你们的坚固性吧。"他伸手一指，他认定老人就是那个揪他父亲胡须的人。两个铲共团丁立即扑进人群，揪出一个六十来岁的老头。人群像被急风吹刮的树林，掀起一阵骚动。

"你，把我要的人全都指出来！"刘洪恩似乎看到他爹爹的白胡须在发抖，他沙啦一声抽出短剑，只见白光一闪，老人的一只耳朵落在地上。人群扬起一片惊呼，那个姑娘立即伏在罗自勉背上。

倔强的老人一动不动地站在那里，鲜血沿着脖子从胸脯上流淌。仿佛整个苏区群众，借着老人形象，鲜血淋淋地站在苦难的大地上！

刘洪恩充血的眼睛蓦然凸弹出来，又是一个残酷的冷笑。老人的另一个耳朵又落在地上,老人摇摇欲倒,但挺住了,用如火的目光盯视着仇敌:"苏区的老百姓你是杀不完的!"

刘洪恩意外地微微一怔,没想到第一个就是个硬骨头。"我就要斩草除根永不发芽! 这叫以眼还眼,以牙还牙,以血还血!"刘洪恩咬牙切齿,说得极慢极沉,决绝无比。

声音未落,一个青年人像百米赛跑最后冲刺般从人群中飞出,致使那些匪徒们来不及防备,他已扑到刘洪恩面前。刘洪恩面对这猝不及防的袭击,竟忘了手中的武器,条件反射似地向后猛退,被身后的椅子绊了一跤,仰天跌倒下去,那青年立即和他翻滚在地上。

几个铲共团丁不敢开枪,马天标抢起枪托,狠狠地打在青年人的背上。另一匪兵的刺刀从背后插进了他的下腹。

年轻人松开了他的仇敌,旁边的匪兵向他连连开枪。刘洪恩吓得魂飞魄散,狼狈地站起来,只剩一个镜片的眼镜沾满了血污。在这胆战心惊的瞬间,那小伙子猛然跃起,带着一股凄厉可怖的威猛之气,重又扑向刘洪恩。

老人摇晃着跨向前去时,一柄刺刀从左侧刺进他的腹腔。咕咚一声,老人跌了下去。刘洪恩已经从慌乱中醒转过来,短剑直插进年轻人的左胸。血人似的扑击者的身躯急剧地前倾,痉挛不止。终于,他歪倒下去,整个身体蜷缩成一团,四周是一片血泊。那血泊在慢慢扩展。

两个手无寸铁的"弱者"倒下了。

刘洪恩瞠目而视,胆怵心惊,他似乎从中看到了陌生的不可理解的东西。他不再进行他的危险试验了,准备下令用机枪全部扫掉。当他看到人群中有人昏倒时,他相信这些黑泥脚杆子并不全是金刚。他决心加速复仇的进程。他用铡刀又铡了两个,还是无人站出,这时他拉出了竹沟村苏维埃主席。他从这个人苍白的脸上看到他的恐惧。他灵机一动,改镇压为利诱。他在国民党的特别训练班里,研究过中国共产党许多文件。他从"要注意群众的切身利益"这句指示中,悟出了君子喻于义,小人喻于利的道理。他知道,有些人是为信仰而奋斗,有些人是为了自己的切身利益而奋斗。

"你想活吗?"刘洪恩以平淡如常的声调问他的仇敌。"被你抓到了,我只有死。"苏维埃主席的声音奇特而带凄恻,说得很有气概,使刘洪恩触之若冰。

"你全家有吃有穿,日子过得并不坏!你知道我为什么不第一个把你揪出来吗?因为你的身价比他们高。"刘洪恩说得很沉静很庄严,眼里闪出嘲弄的近似鬼怪的光,"你知道苏维埃的牌子埋在哪里,镰刀锤头加木犁的旗子藏在哪里,还有那长方形的图章放在哪里,你还知道全乡的党员和积极分子……"

"你要我说出来全是做梦。"王虎林对刘洪恩透着几分友善的表情感到困惑。

"你说出来,我可以放你全家,保留你家的土地,还给你两千大洋的赏钱……"

"没有人听你的鬼话。"

"我没有必要骗你,因为我需要你给其他人做个榜样。"

"我决不说!"王虎林忽然尖声高叫起来,像在自我挣扎。

刘洪恩痛恨前面那两个人,考虑是跟他公开交易好还是私下交易好,但他自信,这笔交易能做成。

刘洪恩让团丁把他的小儿子拖到了铡刀跟前。

"爹爹救我!"十二岁的儿子嚎啕大哭。

"咱们一个换一个。你指出五个共产党员来,你全家就得救了!"

"爹爹救我!"

王虎林面如死灰,摇摇欲倾,他已经难以承受这一可怕的时刻。

刘洪恩以感人的声调推心置腹地对他说:"人活着为什么呢?

不是为了过好日子吗？干革命为什么？不也是为了过好日子吗？如果你死了，那还有什么意义呢？应该为过好日子而活着。"他指指马天标，"他也是穷苦人，他不也是为了过好日子才干铲共团的吗？"

他的道理简单，却含着满腹经纶的哲学家们争论了几世纪的深奥哲理。

王虎林垂下头，在两个团丁押解下到人群里去认人。

他并不心甘情愿，他想运用智谋，他考虑指认哪一个。他想留条后路，他应该把真正的党员保留下来，以后证明自己是为了掩护他们才有意站出来的。但他必须把他的仇人指出来，借机公报私仇。

在他的几十秒钟的考虑中，竟然有这样多的念头，可见人心之复杂了。

他走到了村支部书记面前。村支部书记背着手，平静地以毫不掩饰的憎恶打量着他，王虎林感到他的歪心邪念被这目光照得雪亮。

他向支部书记使了个眼色，回头对团丁说："他不是……"

这也等于说："他就是……"

王虎林的话突然断了。一阵猛烈的撞击冲进他的后脑，只觉得脑子在电闪雷鸣中化成碎块飞散开去，他哼了一声，挺立了两秒钟，便溶化在一团黑暗之中。

支部书记手中握着块拳头大的溅血带棱的石头，看着叛徒倒在自己脚前。支部书记被押到铡刀旁边。

罗自勉冲出人群，似乎要把支部书记夺回："放开他，他是好人！"

"滚开！老家伙，你也想死？"马天标的枪托重重地推了一下，老人踉跄几步，蹲坐在地上。

"中国共产党万岁！苏维埃万岁！"支部书记喊着口号向铡刀走去，他想从容就义，可是，白狗子却不给他这个光荣。他们把他的双臂别在背后，按住他的头颅，推他前行，那样子仿佛是他惧怕死亡。

人们都紧闭着眼睛,互相偎抱着把脸埋在对方的肩窝里。

罗自勉没有闭眼,他呆若木鸡地瞪着眼睛,看着铡刀下血花飞溅。支部书记黑红相间的头颅在咔嚓声中,咚的一声落在地上,一个匪徒踢了一脚,那头像足球似地在滞黏的血中艰难地翻滚。在铡刀的另一面,无头的身躯正怪诞地痉挛、扭曲、跃动、翻转,而后缩成一团,一股一股的血注,喷泉似地射出,在场坪上洒扬着红雾,那瞬间的情景,一切都精细入微,清晰得可怕。

罗自勉觉得恶心得难受,一头栽倒在污秽中,昏过去了……

直到十五年后,他离开人世时,这场屠杀的景象仍然历历在目,闭起眼来,也能看到血光四射的幻影。

此时,罗自勉脑子里一片死寂、昏暗,他的博大精深的易理,还不能跟目前的现实融合成一体,心如死灰般地沮丧。他在原地坐了很久很久,直到夜的来临,他遥望着深不可测的夜空,似乎永远无法摆脱悲惨黯然孤独的心境。他闪过了一个模糊的念头:山河沉血海,几人能无仇? 从远古到现在,到未来,人类在毁灭自己,从民族的仇杀到阶级的仇杀到国家的仇杀。

这时,他黑暗的脑海里出现了一个亮点:何文干和方丽珠还在密林里,也许这时,他们正秘密地走进他的茅屋。

茅草架火烧,石头砍千刀;掘地深三尺,挖根不留苗。场坪的泥土被鲜血染红,竹沟乡的人民经受了血的洗礼。一百二十人的死亡,在竹沟群众的心头留下了一片惨痛的恐怖的黑云。

据后来统计:全苏区有三十四处惨绝人寰的屠杀在同一个日子里进行。在另外的几个乡里,比竹沟乡更为残忍。他们把妇女的衣衫全部脱光,在光天化日下轮奸,把儿子的生殖器割下,塞在母亲嘴里。这是敌人给苏区人民的下马威。

史料载,当时苏区被屠杀的人数达七十万! 豺狼虽狠,不伤同类,可人呢?

有三分之一的人不是被机枪射倒,而是被血腥味窒息,晕倒在屠场上。

多少人踏着血迹回到家中,不吃饭也不能睡。一闭眼,就仿佛躺在堆满尸体的血坑里,发出恐怖的叫喊。

现实如噩梦,噩梦如现实,苏区人民不管醒着睡着都在血海尸山中沉浮。仇恨与反抗的火焰也在这血海中凝聚。人们纷纷进入山林,参加了游击队。

两年之后,刘洪恩落在竹沟游击队手里。在一报还一报中,他被带刺的荆条抽烂了。

二 中央给项英的最后一次指示

项英送走陈毅之后,说服了贺昌,独断专行地执行"保卫红区,等待主力回头"的方针。错误并不意味着耻辱,而在于对形势判断的谬误,因而所采取的措施也必然引出不良后果。

为了采用大兵团作战与敌人死打硬拼,他把主要精力放在组建新的独立团的工作上,游击队升级为独立团,大大削弱了地方力量。

项英为了"兴奋苏区群众,提高斗争信心",准备打一个大仗。他把二十四师以及瑞金、会昌地方部队,集中在瑞金谢坊附近的湾塘冈,伏击敌人东路军的一个师。这次战斗击溃了敌人一个旅,这种歼敌一千自损八百的消耗战,仍然算个胜仗。

这一仗在战术上取得了小胜,在战略上却完全暴露了自己。敌人立即集中了四个师对红二十四师围堵追剿。赣县牛岭一仗,红二十四师和独立三团、十一团被敌击溃,损失惨重,失掉了项英所说的"最后坚守的阵地"。

牛岭战斗之后,形势日益恶化。国民党把主力集中在于都与会昌之间,对中央苏区革命斗争的中心地带——瑞金的铜钵山进行重点围剿。在于都河南岸和会昌河北岸大筑堡垒,设立封锁线,并令南方粤敌陈济棠部向会昌河南岸进逼。

直到这时,项英才明确无误地意识到:中央苏区可怕的灾难已经不可避免地降临了!后来,1935 年 2 月初,中央分局、中央办事处和赣南省机关、部队,全被挤压在狭小的仁凤地区,陷入绝境。

西征途中,遵义会议的消息,对项英也是一个打击,他这才朦胧地发现他一向坚持的是一条错误的军事路线,加上目前的困境,使他有所觉醒。

1934 年 11 月底,陈毅伤口仍未愈合,却可以起床工作了。在中央分局会议上,提出全面转入游击战争的意见,虽然绝大多数同志赞成,项英却固执己见。他不愿正视现实,不愿承认自己的错误,仍要再看两个月,而后决定。

这种碰到南墙不回头,见到棺材不落泪的执拗性格,真叫陈毅无可奈何。

项英不断向西征途中的中央请示方针,这在陈毅看来无非是一种形式主义,一种挽回面子的心理表现。项英不能容忍陈毅的意见比他高明。陈毅一向宽宏大度,光明磊落,直爽坦诚,从不动这种小心眼。所以,当牛岭战斗失败后,陈毅一句也不提过去他们的争执。

1935 年 2 月 13 日,项英终于得到了中央指示,也是最后的指示:

> 立即改变你们的组织方式和斗争方式,使与游击战争的环境相适应。……一连人左右的游击队,应是基干队的普通形式。这种基干队在中央区及其附近,应有数百支。

项英读到这里心理上很不舒畅。这跟上次陈毅向他建议把主力部队二十四师也分散的意见是多么相似,那时,他拒绝了,并视之为悲观情绪。陈毅见此电文会怎么想呢?其他委员会怎么想呢?会不会动摇他的威望呢？应该怎样向大家解释自己过去的主张呢？这种患得患失的情绪在他脑子里转了很久。

> 较大的地区设置精干的独立营，仅在几个更好的地区设置精干的独立团。

可见中央还不是完全同意陈毅的意见。项英舒了口气，但再向下读，他的心又紧缩起来：

> 依此部署之后，把那些多余的团营，应都以游击队的形式有计划地分散行动，环境有利则集中起来，不利则分散下去，短小精干是目前的原则。同时普遍发展群众游击组，把多余的弹药分配给群众，最好的干部到游击队去。……游击队应紧密地联系群众，为群众切身利益而斗争。

至此，项英才完全平静下来，排除了电文引起的私心杂念，一心一意思考如何执行。

> 彻底改变斗争方式，一般都应由红区方式转变为游击区的方式。……占领山头，机动灵活，伏击袭击，出奇制胜是游击战争的基本原则。蛮打硬干过分损伤自己是错误的。分兵防御是没结果的。

项英的心头又是格登一震，这个指示好像是专门指着自己的错误来的，久久相盼的指示竟与愿违。

> 庞大的机关立即缩小或取消，负责人随游击队行动。得力干部分配到地方去，分局手里应有一独立团，利用蒋粤接邻，在赣南、闽西一带转动，最忌睽看一地，地方领导机关亦然！

陈毅看了电文，叹道：

"除了毛泽东之外，这份电文谁也写不出来。"

但是,这个指示来得毕竟晚了。损失已经造成,局势已经确定。中央分局和中央办事处,终于被挤出仁凤地区上了赣粤交界的油山!迎面而至的是极为艰难的岁月。

陈毅登上大庾岭,望风云变幻,感慨万千,赋诗以抒怀:

> 大庾岭上暮天低,
>
> 欧亚风云望欲迷。
>
> 国贼卖尽一抔土,
>
> 弥天烽火举红旗。

三　危险与希望

万世松甘冒危险转回苏区,他不用装扮,便是真正的乞丐,这既是自己身份的掩护,也是谋生的手段。

万世松在回苏区的途中,不止一次地回想起一生中美好的时光。他像每一个爱国志士那样,热烈地追求真理:他想起青年时代的无畏和勇敢的表现,想到他最初的爱情,想到他"若为自由故,两者皆可抛"的决心与行为。

他想到那些流落异乡的人,想到葬身于荒山野岭中的人,想到这些人的才华、抱负、家庭,想到他营里的几个有才华的小战士的死。他坚决地向未可知的前程走下去。

万世松与王振华分道扬镳时,是十六个人,拉出宝界岭就剩下六个人了。厄运的魔爪却越来越残酷地紧紧抓住他们不放,在渡潇水时,还剩了四个,到达大蓝山时,就剩了两个人了。在最大的不幸中,也偶有幸运的星辰照耀。在万世松和另一个伙伴在沙水湾乞讨时,碰上了文庆桐。

文庆桐并没有回到苏区。他在临近苏区,听到难民诉说苏区的大屠杀时,不敢回去了。他听说红军家属都被杀光了。年轻的妇女卖到外地,除了躲进山林的游击队外,他的家乡已经绝了人烟。他绝望了,回去等于找死,游击队不会饶他,白狗子也不会饶他。他只好挑着盐担子往回返,重新回到离队的地方——沙水湾。这里远离苏区,西征的红军也早已过去,不再是国民党清乡的重点。他在一个比他大二十岁的寡妇家里住了下来,打算在这个小山村里安家落户。

万世松和他的伙伴已是两个将死之人,在文庆桐的照料下,他们恢复了精力和健康。文庆桐劝他们留在外地谋生,并把万世松的伙伴说动了心。万世松只好孤身一人回苏区,不无留恋地离开了文庆桐和伙伴。他很难说出这两个脱离革命的人是好还是坏,他想:如果没有方丽珠在苏区等他,他是不是还有勇气回那个危机四伏的陷阱呢?他又想到:王振华也许是对的,如果按照他原来的方案,全队人能有几个回到苏区呢?

他对原来的人生思考发生了怀疑:并不是好人都好,坏人都坏,而且好坏的标准在各人看来是不同的。他感到人在危难中各种素质都得到真实暴露,高尚与卑劣,无私与自私,坚强与怯懦,相助与相弃,这些截然相反的品质有时同在一个心灵里储存。万世松进入苏区的前几天,简直可怕极了,一切都使他感到熟悉而又陌生,恍如隔世。

一种大祸随时降临的预感折磨着他的心,这种危险暂时还不可名状,因而也就更加可怕。夜间,他独自躲在寒风呼叫的荒野里,一种无法克制的恐惧像一捆乱柴似地塞在他的想象中。他四处设法打听方丽珠的下落,首先听到的却是方丽珠原来的丈夫当了铲共团的小队长。

变化有多大!他计算着,离开苏区只有五个月零二十天。在他的想象里,方丽珠仍像半年前那样,以一种郁郁的淡雅端庄和清虚疏朗的神韵,焕发着女性的全部魅力。他怀着不可言喻的欣喜想象着他们突然见面的时刻,那烈火似的情感便又升腾起来。理智却提醒他:希望越大。失望越重。

什么样的命运在于都等候着他?!

四　相见

万世松经过千难万险回到了苏区,此时正手提一根讨饭的打狗棒,幽灵般地走进焚毁过的竹沟村,这是他养伤的地方。他认识这里的乡亲,他答应方丽珠要回到这里来。

竹沟人在屠杀中死去一半,还有一半仍然顽强地活着。他们在断壁颓垣中,用竹木杉树皮搭起了遮风避雨的房屋。寒风,不时撩拨着万世松的衣襟和茅草般的乱发,他装作疯傻乞丐在白匪哨卡林立中找到这里。

方丽珠是否还在人世都很难说,但他决心找到底。他没有地下联络点,随处乱撞是十分危险的。他做过地下工作,深知这种状况极易出错。也许他把叛徒当成了自己人,也许革命者把他当成敌人的奸细。在这生死搏斗的时刻,死个人就像死个蚂蚁。他只能找那些与他不致造成互相伤害的老人和小孩。在这里,他只打听到大屠杀那一天,方丽珠不在场。仅这一点,希望的火光就在他眼前闪亮,一种继续寻找下去的力量在血管里奔涌。

他看见一个疯女人,拿着一把铁铲,到处挖掘,嘟念着找她的孩子。

他认不出她是谁,在十五的明亮月光下出现这种景象,真使他毛骨悚然。这种执著的永不疲惫的嘟念,比厉声惨叫更能撕人肺腑。万世松几乎丧失了理智,生气勃勃的苏区哪里去了?

犹如走入一场半清醒的梦中,满目疮痍,空旷悲惨,到处是一片死去了的土地,到处是吃尸吃红了眼的狗群。在村庄的废墟中散乱着被狗啃光的累累白骨。苏区像一具惨遭杀劫后剥光了衣饰的尸体。这比湘江东岸的拼杀更可怕,处处阴森荒凉,空气中弥散着死亡的气息。

只有目睹了这场劫难之后的人,才会悚然感受到死亡与毁灭的恐怖与真谛。他在危机四伏的山林里找了很久,终于走进了罗自勉的家。

罗自勉以四处行医做掩护,完成其他人很难完成的竹沟游击队的秘密联络工作。方丽珠做梦也想不到在游击队营地见到万世松。罗自勉为了不让她被过多的欢乐击倒,只对她说:"从西去的红军里回来了个人,他认识你。"

"不会是万世松吧?!"方丽珠不禁心跳血涌,惊愕地瞪大了眼睛,"他在哪里?"

"你不要急……我想也许是他。"罗自勉尽量不使她过分激动,故作平淡地说,"他在三号草棚里。"

方丽珠已无法掩饰自己内心的狂喜,转身向三号草棚狂奔。当方丽珠在苍茫的暮色里见到从棚子角落里慢慢站起来的乞丐时,竟然畏缩地向后趔趄了一下,难道这就是她日夜思念盼望的人吗?不是,绝对不是,她的心忽然沉落下去。这时她听到一个陌生的嘶哑的声音:"丽珠!"

"这声音不是他的!"方丽珠痛心地想道,"可是,除了他,谁还这样叫我呢?"她双手哆嗦着,嘴唇哆嗦着,浑身哆嗦着,猛然扑过去,把他紧紧抱住,伏在他的肩头放声大哭。

生活并不都是残酷的,它把无尽的幸福送给了两个拥抱在一起的人!此时,他们忘记了过去和未来,也忘记了周围的一切,他们在片刻中喝了过多的人生美酒摇摇欲倾。

"总算见到你了,"方丽珠仰起泪脸喃喃着,"真不敢相信这是真的。"

"我是为了你……"万世松也喃喃着,"不然,我早就垮在半路上了。来时,我们是十六个……"万世松突然推开方丽珠蹲坐在地上,抱头痛哭。

罗自勉一直站在棚子外面,无限幸福地谛听着,这是一种老人看到子女得到幸福的那种开朗喜悦的心境。君子成人之美是一种欣慰,也是一种福惠。

罗自勉这个素来拘谨冷漠的人,他自己也不理解哪里来的这种激情,年过古稀的人了,在国民党大屠杀后,竟然跟游击队共同战斗在一起,而且那样积极热诚,那样精力充盈,在别人被苦难压倒时,他却变年轻了。是什么让他变成另外一个人了呢?是生活和命运的巨手用苦难的巨岩把他碾碎、压弯、重新造型,使他成了游击队不可缺少的人!

游击队在战斗中壮大,万世松任游击队长,何文干任政委。方丽珠任宣传员,在三年游击战争的最后一年,在执行任务时牺牲。

十四年后,罗自勉以八十五岁的高龄谢世,万世松、何文干遵嘱将其葬于翠微峰下。

第十九章　1934年12月　南昌行营

一　"可恨的地方实力派"

蒋介石用拳头擂着何健送来的密报,就像擂着白崇禧的额顶,心中升起不可遏止的怨恨,真想像五年前一样,对桂系地方势力派大张挞伐,杀他个尸横遍野血流成河。

"都是一群喂不饱的狼!"他又恶狠狠地骂了一声,然后把何健的报告拧成一团,掷到废纸篓里。

"红军主力渡过湘江",对蒋介石不啻为一声惊雷,炸碎了他消灭红军于湘江、潇水之间的美梦。使他尤为愤恨的是,这次计划破产是由于白崇禧为了保存实力有意放弃堵截造成的。

11月25日,红军在道县至江华段,全部渡过潇水,分四路纵队向湘江疾进,前锋迫近桂境。李宗仁、白崇禧同时获悉蒋介石的跟追部队薛岳(第二路追剿军)周浑元(第三路追剿军)约十师之众,在红军后面尾随而来。又闻传言,蒋介石拟利用桂军与共军作战之时,趁机袭取广西。

李宗仁、白崇禧自感面临的局面十分严重:既要抵御共军入境,又要防备蒋军入侵。为了避免陷于两面受敌的局面,他们决定放弃堵截红军的计划,将原来已经部署于石塘圩南北地区的阵地放弃,命令四十四师和二十四师由石塘圩地区撤退到灌阳、新圩地区,占领侧面阵地,放红军主力渡过湘江,用嫁祸于人之法,把祸水引向湘、黔边境,让湘、黔地方部队去对付。而桂军则避红军之精锐击红军之惰归,只采取监视红军,截击红军后卫部队和相机追剿,以"别人拉网我捉鱼"的办法,把苦头让他人去吃,便宜自己来捡,把主要兵力放在抵抗蒋军进入桂境上。

这个企图,蒋介石洞若观火。若是他处在桂军的地位,他也会这样干,甚至干得比白崇禧更狡猾。

何健对此连连叫苦,并推卸未能完成堵截任务的责任,说是桂军此举使湘军孤军为战,失去夹击之效。据飞机侦察,说"桂军不是在进击,而是在撤退"。

蒋介石深感万千努力因此毁于一旦,功败垂成,心痛欲裂,霎时间双瞳充血,怒火满腔。他猛然从安乐椅上跳起,汹涌在胸间的怨恨无处宣泄,身上每一组肌腱都在冲动中簌簌发抖。他的右手本能地一伸,疾电般地握起桌角上的水杯,像掷一颗无柄炸弹似地向墙角上掷去。那暴烈绝情的架势,似要把白崇禧炸个粉碎!

景德镇出产的青花茶杯打在墙壁的柚木护板上。

蒋介石早就对野心大、阴谋多、手段毒的桂系恨之入骨了,但他不得不容忍他们。现在,在历史最为紧要的生死关头,这些该杀的地方势力派,为了自身利益,放虎归山纵龙入海了。

他忽然发现,多年来野心勃勃、殚精竭虑、刻意筹划、梦寐以求的统一中国的目标,原来是一场春梦中的太虚幻境,倏忽间感到疲惫,颓然坐到椅子里,似乎难以承受这一可怕的打击。

"啊!不能同心努力,还能做成什么大事业呢?"蒋介石慢慢沉静下来,后悔刚才的冲动与失态。"也许是何健推卸扼守湘江不利的责任而诿过他人?白崇禧刚刚报来的战果难道全是假的?即使共军部分地渡过湘江,后果难道就那么严重?不,只不过增加了追剿堵截的时日而已。"

蒋介石的思路出现了转机,但又有一种比红军西渡更为深刻的忧虑又袭上心头:"我的心腹太少了,我的敌人太多了! 如果不能消灭异己,什么事也干不成。"

　　可恨的异己,可恨的地方实力派:假设李宗仁、白崇禧不撤江防,把共军堵在湘江潇水之间,剿共形势就大不相同。可是蒋介石却忘了还有另外一种假设:如果红军不是战略上失误而及时跟福建革命政府携起手来,那么,他的第五次围剿也许早就告吹了,那么革命形势的发展也就大不相同。

　　假设可以有多种,既可以设想比现实好,也可以设想比现实坏,所以历史只承认现实,不承认假设。

　　"我生平每一次欢乐总得伴随着不愉快的事情发生,这也许就是命运法则。"蒋介石陷入宿命的思考,勾起他似乎已近忘却的许多回忆,然后袭来的是不可名状的内心空虚。

　　他觉得全身寒冷,打铃要侍卫在壁炉里加柴,并收拾茶杯的碎片,屋子里一片寂静。秋风扫过窗外的梧桐,他听到最后几片黄叶随风飘落的沙沙声。

　　"梧桐叶落秋已终",冬天已经到了,严寒即将降临大地。他一时想不清这给追剿堵截部队带来的困难多还是给西征的红军带来的困难多。

　　他叹息了一声,两手捂着眼睛,"上帝佑护我!"他像一个真正的虔诚的基督教徒,祷告了足有三分钟。

　　然而,基督精神却不能使他摆脱困境。他的灵魂不属于上帝,也不属于三民主义,还是希特勒尚未夺取政权时的那句口号对他更有振奋作用:"我们的斗争只有两种可能的结局:不是敌人踩着我们的尸体过去,就是我们踩着敌人的尸体过去!"

　　于是,他又站起来,着了魔似地在室内来回走动。他不能老停留在刚才产生的那些思绪中。他盼望夫人和端纳快些到南昌来,他需要他们的慰藉与帮助。

此时,他感到无限凄凉和孤独。侍从副官又给他送来许多文电和报告,他心不在焉地接过去,好像无力摆脱压在心头的困扰,当他看到这是追剿军第一兵团的军事报告书时,才如梦方醒似地展开来:

第一部分是追剿概述:

10月中旬,朱德、毛泽东等率其伪第一、三、五、八、九军团,分为数股离巢西窜,11月2日至3日,窜抵汝城、热水、太平圩等处,经我陶广师痛击,该匪于十日窜抵宜章。经我王东原、陶广、陈光中各师暨湘东南各保安团,迭次追剿堵截,21日其先头部队窜到县城附近,主力由下灌、四眼桥继续向西急窜。据报,西窜之匪约五六万。一部由兰山出永明,窜抵龙虎关、桂岑、东坡附近。大部约三四万人,27日越过四关,窜抵全县附近及文市,已在麻子渡、屏山渡等处,渡过湘江。

11月30日夜,该匪大部窜集朱兰铺附近,经我李觉师将其击溃。该匪遂以伪第一、五两军团之各一部,人枪近万,在严家、白沙铺、余家之线占领阵地,顽强抵抗。本月(12月)1日,经我李觉师长指挥各部,奋勇攻剿,战至中刻,攻陷匪阵。匪大部向西延方向溃窜。一部被我截断歼灭之。

2日,枪匪两千余,在洛江占领阵地,阻我追剿,当经我李师攻剿击溃,匪向西延方向溃窜。

3日晨,伪一军团匪部约两团,又在西瓮绵亘山地,占领阵地,阻我追剿,复经我陶广师五旅及戴团痛击,纷向五排、梅溪口溃窜。

朱毛股匪自全兴间及龙虎关一带被我湘桂军迭予痛击惨败后,该匪遂纷向桂湘边境逃窜。其主力分由靖边堡、长安营及龙胜、古宜西窜,其伪一军团残部人枪数千,经岩寨、木路口、临口、菁芜向通道急窜……

蒋介石不耐烦看下去了,他弄不清其中有多少真情有多少虚报,但他知道肯定有假。

11 月 20 日的《民国日报》曾有这样一则消息引起了他的注意：

龙岩 19 日电：

东路军总部接粤电告：匪一军团在延寿悉数被歼灭，林彪被击毙。

蒋介石当即令侍从室去电追查，毫无结果。今忽然又出现一军团数千向通道急窜。地方部队这种欺上瞒下、阳奉阴违、冒功邀赏、弄虚作假、狡言诡行的作风，使他深感军队的腐败。他无可奈何地叹息了一声，一时间忧心如焚。

他又把目光投向收复区。他懂得占领虽然不易，征服却更加困难。但他所有的谋划及命令均在报纸上形象地反映出来：

11 月 13 日讯：

蒋委员长以各县匪区次第收复，特令饬省府对于收复区招抚流亡，组织保甲，编查户口，以及救济、卫生各要政，必须同时推进，免剿匪部队有后顾之忧，而坚协从来归自拔之心。所以匪区官吏，务须随军前进，不准畏缩，并应随时派员考察各收复县区，民间财困尤应广为救济，以利政令推行，省府奉令后，此即分令饬遵云。

蒋介石看完，立即拿起电话，要侍从室主任通知各收复县区，对当地民众大力宣传，并亲自拟定了口号：

"对苏维埃人员一律不杀！""凡投诚者一律优待！""实行耕者有其田！""国军也主张分田地！"

11 月 30 日讯：

行营将赣闽两省划为十二个绥靖区（赣八闽四），每区设司令官一人,亦有兼设副司令者。闻各区司令官业已委定:孙连仲、张钫、赵观涛、罗卓英、陈继承、毛炳文、谭道源等为主任。李生达等为副司令官。又闻省绥靖公署设吉安,顾主任祝同今(30日)赴吉视察并布置绥靖事务,云。

又讯:

顾主任视事后,将在南昌召开全省绥靖会议,电令各区司令参加,俾收集思广益之效,以便确定绥靖具体方案。顾主任日内即由吉安来省主持。

12月3日讯:

蒋委员长令省府督导士绅回籍共勘要政。人才难得已成收复区严重问题,县长对服务地方绅士应加礼遇,并令各部队一体保护。

蒋介石看到这些军令政令,心头总漾起一种忧戚之感。他清醒地知道,他的军令政令没有多少人认真执行。雷声大雨点小这还算好的,很多事情是阳奉阴违。说的是一套,做的是另一套,这已经是国民党官场中的突出特征,腐败的现象。

就在这年的春天(2月19日),他根据《尚书》中的"民惟邦本,本固邦宁"的民本思想,在这里发动"新生活运动",以拯救堕落了的国魂党魂军魂民魂,提高全民的素质。成立新生活运动促进会,自任总会长,由陈立夫、康濯、邓文仪、杨永泰、熊式辉、蒋孝先等任总干事。那时,他宣称"国家民族之复兴不在武力强大,而在国民知识道德的高超"。而提高国民知识道德在于一般国民衣食住行的整齐、清洁、简单、朴素,而用《管子·牧民》篇的"礼、义、廉、耻"为治国之纲。他的教导也是地地道道的中国古典式的:"礼义廉耻者就是规规矩矩的态度、正正当当的行为、清清白白的辨别、切切实实的觉悟。"他认为新生活运动可以根本铲除"赤匪共逆"。实现他的三分军事七分政治的预想。

他也以身作则,不吸烟、不喝酒,甚至连茶都不喝,只喝白开水。可是预想要变成现实并不容易。

两年后他不能不哀叹道:"新生活运动创始以来,实在不能满足我们的期望,简直可以说有退无进,这是很可痛心的,很可惭愧的。"

中国的事情太难办了!

但他又不能不自宽自慰:孙先生不能统一中国,袁世凯也不能统一中国,难道就没有能够统一中国之人吗?孟轲的话是对的:"如欲治国平天下,当今之世,舍我其谁也。"一股陡起的使命感使他的精神又为之一振,汉书有云:君子不恤年之将衰,而忧志之有倦。我今年尚未衰而志已倦,岂不可耻可悲?

蒋介石披衣走出户外,侍卫立即给他披上大氅。室外寒星闪烁,他瞩目南天,那里是他的发祥地广州,那里有他的黄埔军校,在那里,他誓师北伐。在他意敛心宁的瞩望之中,岁月已经流逝了漫长的十三年。

1921年2月6日,蒋介石经孙中山和粤军总司令陈炯明多次信电邀请并委任援桂中路军总指挥,始从家乡抵达广州,他去得非常勉强。他看到粤军主要将领间不和,自己处境窘困,于2月14日(只住了八天)便不辞而别,回家乡溪口闲居攻读。5月20日孙中山连发两电召请,他又勉强回到广州。5月25日,蒋介石以惦念母病为借口重又返回家乡。6月14日,蒋母王采玉病逝。9月13日,蒋介石又经孙中山、陈炯明、胡汉民、许崇智等多次信电相邀,将母装殓完毕,再从家乡回到广州,协助孙中山筹划北伐军事。

第二年(1922年)4月16日,孙中山在梧州召开扩大军事会议,蒋介石力主先回师讨伐陈炯明。他说:"自古以来,决无奸臣在朝,大将可以立功于外之事。先生如若北伐,必须除陈安内,方可对外行军。"22日晚,他又在三水谒见孙中山,再次晋谏,极力主张进攻石龙、惠州,消灭陈部,先安后方而后出征。孙中山急于进行多年筹划的北伐,而未采纳。

蒋介石坚持自己是对的,23 日到广州,准备离职回乡。孙中山闻讯到蒋住处挽留,蒋还是在当晚乘船挂冠而去。

6 月 18 日,蒋介石接汪精卫报告陈炯明叛变的电报,证明了蒋介石识人之深,判断之正确。同日,孙中山发来急电:"事紧急,盼速来。"那时,蒋介石就感到孙中山在广州虽然僚属众多,集中了当时社会上的许多精英人才,在军事上却唯有他是可以倚重之人了。经过几天的思考与准备,终于在 25 日离沪赴粤,29 日登上永丰舰见孙中山,孙中山授他以海上指挥全权。

那时,他在永丰舰上与孙中山并肩抗敌四十余天,一边与士兵们冲洗甲板,一边写《孙大总统广州蒙难记》,一边为孙中山出谋划策。后来,孙中山为此书作序备极赞许:"陈逆之变,介石赴难来粤,入舰日侍予侧,而筹划多中,乐与予及海军将士共死生,兹记殆为实录。"

在孙中山的心目中,蒋介石是有谋有勇而能与他共生死的人。广州集中有那么多人才,他唯对蒋介石多次连电召请,不惜求远水救近火,可见他对蒋的倚重。那么八个月后(1923 年 2 月 18 日),委任他为大元帅府行营参谋长就是必然的了。

但是,那时候,他对这个职务并不是受宠若惊,而是迟迟不到任,孙中山连电催促:"万请速来,勿延。"蒋介石仍不动身。直到 4 月 15 日才勉强启程,20 日抵广州就职。是年 8 月 16 日孙中山率由他任团长的国民党人蒋介石、沈定一、王登云,共产党人张太雷组成"孙逸仙博士代表团"赴俄,进行了三个月的考察。

1924 年 1 月 20 日至 30 日,蒋介石参加在广州召开的国民党第一次全国代表大会。会议期间(24 日)受孙中山委派为陆军军官学校筹备委员会委员长。蒋介石不愿赴任,借口经费拮据辞职返乡。

2 月 29 日,孙中山发电给蒋介石,电谓:"现在筹备即着手进行,经费亦有着落,军官及学生来者逾数百人……且兄在职,辞呈未准,何得拂然而行。希即返,勿延误。"

但蒋介石给孙中山写信,说孙中山依靠的人多为趋炎附势、阿谀诌媚之徒,仍不到职。3 月 21 日黄埔军校入学考试时,孙中山仍然任命蒋介石为考试委员长,在蒋介石到职前,由李济深暂代。孙中山依赖蒋氏之深切由此可见。直到 4 月 26 日,蒋介石才到校办公。5 月 3 日孙中山正式任命蒋介石为黄埔军校校长,兼粤军参谋长,那年他才三十七岁……

蒋介石瞩望南天。那时候,他生逢乱世,却如鱼得水,自认为是天赋雄才。在他握有黄埔军校和粤军参谋长之职之后,审时度势,不再观望,而决定激流勇进。日本振武学校的武士道校风,对他有着深刻的影响,他在日本新潟县高田镇的野炮第十三联队实习时,就充分表现了出来。

1925 年 2 月 3 日(他任黄埔军校校长正好九个月),他率以黄埔军校教导团和学生军组成的精锐师,担任先锋部队,从广州出发,迎击陈炯明的叛军,开始了第一次东征。那时他作为校长,竟能身先士卒与部队一同冲锋陷阵,一时间在黄埔军校师生中,赢得了声望。

北伐使他获得了荣耀,而在上海对共产党人的大屠杀,又使他的两手沾满了革命志士的血迹,由北伐英雄一变而为千古罪人!

可怕的从革命到叛变革命的蜕变!由此,他把孙中山的"联俄、联共、扶助农工"政策,抛进了"抗俄、反共、镇压工农"的血海。

他的权力欲望无限膨胀起来,他要成为中华民族的主宰。这种独裁者的野心,在他看来,是一种强烈的使命感。这是希特勒坐在兰德斯堡监狱里和后来在伯希特斯加登别墅的阳台上,向鲁道夫·赫斯口授他的《我的奋斗》时,所产生的那种使命感:他要建立和统治第三帝国!

既是一个天生残忍的杀手,也是一个天生手执令旗的主帅,这是希特勒的特性。而蒋介石也具备这种特性,但他是中国式的,一切用中国方式表现出来。

1933年2月27日,戈林策划焚烧国会大厦,诬陷共产党为纵火犯,实行全国大逮捕;而蒋介石在1926年2月20日制造"中山舰事件",谎称共产党人指挥的中山舰要炮轰黄埔,借以逮捕和监视共产党人。这种手法比希特勒早用了七年。

初冬的夜风送来一阵阵如泣如诉的琴声,这是从侍从副官们的宿舍里传来的。夜的寂静使柔弱的琴声变得清晰。蒋介石驻足静听,那是留声机在播放……他听不出是什么曲子,但沉郁伤感的音韵似在诉说情怀隐衷,与目前追剿堵截共军西窜的气氛极不协调。而后,唱片换了,那是他所熟悉的越剧《庵堂认母》,这出戏使他深深地陷入早年的记忆之中。

蒋介石想起了他的母亲:

祸及贤慈当年顽梗悔已晚

愧为逆子终身沉痛恨靡涯

这是他为母亲所写的墓联。蒋母墓对蒋介石来说是至关重要的,从这里可以看到蒋介石的一个侧面。

"蒋母之墓"是孙中山所题。蒋母下葬时,陈果夫、戴季陶、居正等人专程来到溪口吊唁,孙中山为蒋母写了祭文,谭延闿敬录于石碑。孙中山祭文石碑左侧,是吴敬恒所书的《中国国民党第三次全国代表大会奖慰蒋中正同志文》石碑。这时,已经把蒋介石树为国民党的最高领袖了①。自此,蒋介石身价倍增,成了国民党的主宰。

---

① 国民党第三次全国代表大会于1929年3月15—27日在南京召开。会议宣布开除共产党人和国民党左派人士的国民党党籍,宣布永远开除李宗仁、白崇禧、李济深、陈公博、甘乃光等人党籍,开除顾孟余党籍三年,给予汪精卫以书面警告,并决定出兵讨伐桂系"护党救国军"。国民党三大,确立了蒋介石的独裁统治。

此后,他所强烈追求的目标,就是统一中国了。

但是,这个目标,时常在勃勃野心和心灰意冷中沉浮。自信使他自傲,气馁使他暴躁,沉郁使他失常,忧虑使他乖张。

蒋介石的思绪,在寒冷的夜空里自由飞翔,像个迷途的飞鸟找不到它的窠巢。

二　宋美龄

顶端呈羽冠状的镶有花瓷砖的大壁炉里,有几段木柴在噼噼啪啪地燃烧,但因为这个客厅太大,又加室外狂风咆哮,仍然使刚刚到达南昌的宋美龄感到寒冷。她脱去镶有雪白柔毛滚边的披风之后,只穿一袭锦绣长袍,虽然风姿绰约体态娴雅轻盈,委实也穿得太少了。这是长久没有住人的宽敞的客厅,温热的炉火反而使室内弥漫着潮气。厚重的窗帘,在室外冰冷的气流冲击下微微颤抖。

她吩咐秘书在壁炉里加柴,几分钟后,室内温度似有所提高。她坐在一张靠壁炉的宽大的长沙发上,腿上裹着毛毯,望着窗外的景物,静默地沉思。

她和最亲密的顾问端纳由南京来南昌之后,才知道红军已经渡过湘江的消息,并且知道了原因。

蒋介石迎接她到住处之后,便去开军事会议了。她隐隐地感到一种不安,这种模糊的不安已经具体化为内在的恐惧。

她想起临川(抚州)之夜。

那是一年前,十九路军被蒋介石调离湘沪抗日战场之后,分批开抵闽西南,参加反共内战。十九路军将领陈铭枢、蒋光鼐、蔡廷锴等认识到与红军作战没有出路,便联合国民党内李济深等反蒋势力,并与中共中央达成军事和边界协定,于 1933 年 11 月 18 日在福州鼓山召开紧急会议决定公开反蒋,11 月 20 日成立了中华共和国人民革命政府。

蒋介石最初听到这个消息时,像被人从背后捅了一刀似地骂了一声:"娘希匹,都是该杀的叛徒!"他的面孔由于痛恨引起的痉挛而扭歪了。过了大约二十秒钟,他在一阵狂风乍起般的感情激荡之后,抬起头来,用发热病似的两眼盯着宋美龄说:

"我必须先解决他们!不然,我们的第五次围剿就完了!……背叛,背叛,可恨的背叛!"

"达令,我以为没有什么了不起,"宋美龄靠近蒋介石坐下来,把丰润纤巧的手放在丈夫抖颤的手背上。她心里虽然比丈夫更为焦虑不安,但她不能不克制自己,以便给丈夫以最大的宽慰,"一个十九路军,总不会比冯、阎联军更难对付吧?"

"我担心他们和共匪携起手来!"蒋介石的担忧立即感染了宋美龄,但她想不出任何主意。

"愿上帝保佑我们!"

在短短的几分钟里,蒋介石完成了由震惊到愤怒,由愤怒到沮丧,由沮丧到自慰,由自慰到权衡的心理过程。他站起来在室内转圈,他的胸中弥漫着炮火硝烟,数不清的军阀混战的场景在他脑屏上映现出来。

窗外狂风呼啸,但不很冷。蒋介石去翻放在紫檀条茶几上的台历。这一天是夏历十月初五,明天便是小雪了。他忽然狂烈地翻着台历,而后静止下来,脸上卷过一阵阵凶恶的阴云。初冬的阳光照到拉开的红丝绒窗帘上,呈现出紫血般的沉红。他因疲倦而憔悴的脸颊深蕴着倨傲和冷酷,似乎在平复无法忍受的创伤。

宋美龄怀着惶恐不安,从背后观察着丈夫的一切细微的变动。她美丽的眼睛里涌聚着难以尽述的感情。她把他视为"一代风云英杰",在中国的土地上,没有人与他匹敌。她把他的一切征战,不管是对新军阀的还是对共产党的,都视为"险功奇勋"!违背家庭的意愿,割舍了原来的恋人,而跟他结合,不正是基于这一点吗?她急切地希望她眼前这个人统一中国,成为中国的主宰。而她,这位十六岁就进了美国韦尔斯利大学的美丽女士便是名副其实的第一夫人!

她在后来,给她美国女同学的信中,描述过这一刻的心情,她写道:

> ……一想到我国面临的灾难,我心痛万分。旱灾涝灾造成了饥荒,匪徒们受到了共产主义的煽动。现在无耻的军阀为满足私欲又挑起了血腥的战争……

宋美龄轻轻地站起来,但她拿不定主意做什么,也不知道应该说什么。正在踌躇与悯然间,蒋介石猛然转过身来:"让圣母玛利亚祝福我们吧!"他拉着宋美龄的手,走到拉斐尔画的西斯廷圣母像前,默默地画了十字。

"兵贵神速!必须灭火于初燃,我就到抚州去督战。"

"你何必亲临前线?"

"从东征陈炯明起,我就习惯了,越接近前线,看得越清楚。"

"我陪你一起去!"

他们到达抚州(临川),下榻于并不豪华但很便于安全警卫的乡绅庄园。临川城的守备部队是总预备队第十三师。师长万耀煌,由于蒋介石在临川,特别加了小心,日夜不安,亲自出巡,生怕部下玩忽职守。上下均处在极度紧张的状态。

九十八师二九四旅旅长方靖,乘装甲车去前线视察部队。不知蒋在临川,回旅部时,装甲车驶至临川近郊,夜间与城防部队发生了误会,开始了枪战。

此时,临川虽然离火线尚远,城防部队却想当然地认为不是红军突袭,就是自己的部队哗变。

蒋介石和宋美龄被深夜惊醒披衣而起时,他嘴里喊的就是几个字:"背叛!背叛!该死的背叛!"

由于深夜惊起,宋美龄中了风寒,第二天便卧病在床。望着窗外高山峻岭,百感交集。她斜倚在床上,腿上盖着黄色军毯,向秘书口授她的冒险经过。而后寄给她在韦尔斯利学院的女友。但是,她的记述,说得很不准确。当时她用英语叙述寄到美国,重新再译成汉语后文笔便失去了流畅,而且跟实际情况也有很大差距了,但也可从中看到一部分当时的气氛:

> 从我们上一个野战司令部乘舢板走了四天的路程,于本月九日到了吉安。正如你大概知道的那样,在江西打击共匪的战斗中,我一直同我的丈夫一起在江西前线。我率领着救护兵,全心全意地作出努力,指导江西妇女想办法去安慰我们的伤员,使他们高兴。虽然生活很艰苦,同我们的军队一道进一步深入内地,但我还是感到很愉快,因为我身体健康,很有耐力,这样,我能和他在一起,并出些力。如果我在家里坐等到中国真正实现和平,那么我们要等待很久才能团聚。所以我总是决定和他在一起。我们从不在任何一个地方停留两个星期以上,因为我们的军队突破很快。不管我们必须放弃什么样的物质享受,我们都不在乎。因为我们在一起,有我们的工作。
>
> ……我想到上个月在江西抚州,也就是野战司令部所在地,在打击那里的共匪的战斗中发生的一件事。在深夜里,我们突然听到从城墙方向发出的数百发噼噼啪啪的枪声。出什么事了?我的丈夫急忙叫我穿好衣服,他派了密探去了解情况。在这同时,枪声更紧密、更频繁了。当时严寒刺骨,我冷得直打哆嗦,在黯淡的烛光下,我匆匆穿上衣服,并把不能落入敌人之手的某些文件整理出来,以便在万一我们必须离开这所房

子时,就手能拿起这些文件投到火炉里烧掉。接着我拿起左轮手枪坐下来,等待着可能发生的事情。我听到我的丈夫下令,让我们当时能召集的卫兵组织好警戒线,以便在我们真的被共产党人包围时打出去。我们不知道外面发生了什么事情,但是我们知道敌人已经绝望,因为我们打了许多胜仗,彻底消灭敌人已在眼前,所以他们已不顾一切,铤而走险地设法杀害我们。我的丈夫已将我们手下的士兵都送出去打仗去了,只留下一支小小的卫队,因此实际上,我们是经不起攻击的。我的丈夫从不在身边保留许多卫兵,他总是拿自己的生命去承担可怕的风险,这是众所周知的事实。如果我在他身边,他就比较小心一些,但他常常对我说,一个真正的领袖不能过分珍惜自己的生命,因为过分关注个人的安危,就会降低军队作战的士气,他说,我们是为国家而战,因此上帝定将保护我们。如果我们被打死了,还有什么比战死更荣耀的呢?

……但是再回到抚州,一个小时后得到消息说,守卫城门的哨兵在黑夜里将好几卡车我们自己的士兵误认为敌人,于是争吵起来,卡车上的一个人开了枪,激怒了其他一些人,于是守在城墙一带的全体哨兵都向这些被信以为真的敌人开枪还击。引起这次事端的那批人在第三天早上受到了军法处置。我是很痛惜的,但我认为,为了维护纪律,这是必要的。当我们不能肯定这次事件的性质的时候,我毫不感到惊怕。我的脑子里只想到两件事:第一,关于我们军队的调动和部署情况的文件决不能落入敌人之手;第二,万一我自己被俘,我一定要开枪自杀,因为只有一死才能保持清白、体面,也是更可取的一招。因为女人一旦被共匪俘获,便会受到极大的摧残和侮辱。

在除夕,我和我的丈夫到周围的山上散步,我们见到一棵李树枝头开满了花。真是预示走运的好兆头!……他小心地采摘了几枝,我们回家时已是黄昏,我们点燃了蜡烛,他把采摘的花放在小竹篮里,送给了我。多好的新年礼物!我想从中也许你能明白,我为什么如此愿意与他共命运。他具有军人的勇气和诗人的敏感。

宋美龄的记述不准确,很大程度上是由于缺乏军事知识,也不懂军事术语,当时也无人向委员长的夫人去谈论事情经过真相。显然,她把她丈夫描绘成一个营长了。当时,抚州离火线还在百里之外,顾祝同为总司令、陈诚为前敌总指挥的北路军,拥有最精锐的部队。发生一次误会战斗,绝轮不到蒋介石亲自派出"密探",行营司令部和侍从室紧紧跟随,也用不着蒋介石亲自焚烧文件,更用不着蒋介石把警卫部队都派上前线,只留下一个小卫队供他组织警戒线。而且把装甲车写成卡车,甚至误谈在除夕之时山野里有李树花开,也反映了一向养尊处优的阔小姐和贵夫人四体不勤五谷不分。

闯出这场祸来,差一点被枪毙的二九四旅旅长、后来的国民党七十九军中将军长方靖,在八十五岁时回忆了这段经历,看来比较接近真实。他在《六见蒋介石》一书中写道:

> ……心想,与友军发生冲突,责任已是不小,侍从室的人出现,说明蒋介石在临川,这惊"驾"的罪过,更是非同小可,不死也得脱层皮啊。
>
> 正在我惶惶不安之时,蒋介石的侍从参谋(也称卫队长)宣铁吾找来了,他一见面就吐舌摇头:"哎呀,老兄你怎么搞的嘛,竟闯了这么大的一个祸啊!"说着,把军帽摘下来扔在桌子上。虽是数九隆冬天气,他的头顶上却在冒热气。
>
> 我急得直甩手,"我做梦哩! 要知道委员长在临川,我宁愿绕十万八千里的大弯,决不会从临川经过啊!"
>
> 宣铁吾一边拭汗一边舒展着双腿,因为他在很短的时间内,

城里城外来回跑了好几趟了。他告诉我："老先生（侍从官们对蒋介石这么称呼）正在视察十三师。因为十九路军在福州造反，本来要去浦城督战的，十三师师长万耀煌请求说：'十三师官兵都渴望聆听委员长教诲，请委座对部队训了话再走，所以耽误了一天。却碰巧发生了这件事。刚才你们装甲车上的子弹都飞到城里来了，老先生以为兵变，蒋夫人直叫快把手枪给她。如果是兵变，她就自杀，决不受辱。哎呀，这祸闯大了……'"

我听了惊得跌坐在椅子上，半晌才说出话来："到现在我还不明白怎么打起来的。装甲车驶至七里岗，突然遭到袭击，士兵们说有土匪，有土匪能不打吗？"宣铁吾拍着大腿说："唉，那是新开到的保定补充旅啊，他们说哨兵命令你们停车，你们不停，他们才开枪。"

我气得跳起来说："天晓得，我们在封闭的装甲车内，马达的响声又那么大，而且在夜间，哪里听得见看得清呢？"

由于方靖是黄埔军校四期生，在蒋介石面前喊了几声"校长，校长，学生有下情报告"，才免了死罪交军法处惩办。由于顾祝同和陈诚力保，先撤职查办以示惩戒，而后再官复原职。

宋美龄坐在沙发椅上，面对熊熊炉火，对于临川之夜的回忆，在脑海里映现了几个片段就闪过去了。蒋介石那惨痛而怨恨的喊声，却在她耳畔震响不止："背叛，背叛，该死的背叛！……"

宋美龄不懂军事，却知道红军渡过了湘江，都是各地方实力派自保图存不为党国（也就是蒋介石）尽力的结果，这不是一种更隐晦更深刻的背叛吗？

她安静地坐着，只觉得心烦意乱，心房凄楚得发胀。她仰望着西斯廷圣母像，深感灵魂的孤独和寂寞。

恬静、纯洁、优雅、安详、美丽的圣母在光耀明丽的天空中，从拉开的天幕间清晰地走向人间,她迈着轻盈坚定的脚步踏在温柔的彩云上。美丽的面容表现出巨大的内在力量,既表现了对婴孩的抚爱,同时又带有几分对婴儿未来命运的担忧。

有一次,蒋介石问她:为什么叫西斯廷圣母?那个身着沉重法衣的老头是谁?那右下方虔诚沉默的女人又是谁?

她带着精通基督教会的骄矜解释说:文艺复兴时代,许多艺术大师都画过很多圣母像:达·芬奇画过贝努瓦圣母和岩间圣母;拉斐尔画过德拉·赛吉圣母、格兰杜卡圣母。可是,以他的西斯廷圣母最为杰出,因为这幅圣母像是挂在意大利一个叫皮雅琴察小城的西斯廷教堂里。如果叫西斯廷教堂里的圣母像就明白了。那个用手指着人间大地的老头叫西克斯特,那个虔诚的女人叫圣瓦尔瓦拉,圣母怀中的婴儿用好奇的天真无邪的眼睛瞩望着陌生的人间。

现在,圣母脸上那不屈不挠的坚强神情和对上帝所创造的功绩的伟大的感知,对宋美龄的郁闷难抒的心情丝毫不起作用。她忽然想起,应该叫端纳来聊天。

三　国事顾问端纳

端纳,在蒋介石和宋美龄的政治生活中,占有重要的地位。他是一个真正的"中国通",因为他此时已经年逾六十,宋美龄与其私人相处甚洽而不引起疑忌。她视端纳如兄长,亲切地叫他"端"。在庆祝端纳六十寿辰举行的家宴上,宋美龄送给端纳四句评语:

> 坦诚温良,知识深广。
>
> 谦然自守,不求显扬。

端纳性格温和如水,为人淡泊,他曾自己宣称:"我视名利如浮云。"

在宋美龄看来,端纳不仅和蔼可亲,而且坦直诚笃,可以与他推心置腹、把袂共语,视为投契的良朋益友。

端纳是澳大利亚人,祖籍英格兰(许多史料说他是英国人),1902年到香港,在《中国邮报》任职八年,升任为经理。1905年兼任《纽约捷报》驻港通讯员及《远东》杂志主笔,那年他才三十一岁。其间曾任两广总督张人俊的名誉顾问。辛亥革命后,曾一度任孙中山的私人顾问。1911年至1919年先后任上海《远东时报》编辑、伦敦《泰晤士报》驻北京通讯员、英国《曼彻斯特卫报》记者……

他深邃的眼睛,无时不在审视神州时局的兴衰更替,无时不在观察华夏上空的风云变幻。

英国,也需要他提供有关中国的战略性见解。

他以记者的敏锐嗅觉,1915年最先发表了日本向袁世凯提出的"二十一条"原文。1920年起担任北京政府顾问。1928年后任张学良的私人顾问,陪同张少帅游历了欧洲六国。后来,蒋介石和宋美龄把他从张学良手里强行要了过来。

端纳对蒋介石政权所存在的问题是直言不讳的。他曾指责宋美龄从不深入实际了解真实情况,他指责蒋介石对自己的国家所知甚微。

在他看来,蒋介石只熟悉军阀,在对付军阀和管理自己的军队方面也许是内行的。但他不知道中国的老百姓在想什么。他完全依靠下属向他汇报情况,自己呆在办公室里发号施令,这是很危险的。

端纳还认为,毛泽东和农民生活在一起,了解他们的问题和愿望,并相信农民的潜力,取得了农民的支持。

在端纳看来,孙中山虽然是伟大的革命家,但他不了解军阀,所以在依靠军阀时,老吃军阀的亏。蒋介石则不同,他熟悉军阀并打败他们,但不等于征服他们。这些各据一方的地方实力派,仍各自为政,独霸一域,对蒋介石的中央政权阳奉阴违、明顶暗抗,伺机谋叛。蒋介石的不完全的统一,在某种程度上是虚假的。

毛泽东则不同,他深深地扎根在农民之中。中国是个农业大国,农民便是深厚的立国根基。不用说有了共产主义的引导,即使没有共产党领导,历代的农民暴动照样能推翻许多封建王朝。

所以,端纳坦率地批评蒋介石、宋美龄对中国的了解太狭隘,建议他们到各省去看一看。

蒋介石开始不以为然,认为只要把握了军权政权,就能统治天下。端纳坦直地与他争辩说,委员长如果不像毛泽东一样同样了解他的人民,并取得人民的支持,那么他是不能进行一场有效的反共运动的,更不能指望统一全国。

端纳的理由是充分的。许多外国的所谓"中国通",想不通掌握了上百万装备精良并训练有素的军队的蒋介石,为什么在一、二、三、四次围剿中,竟然被装备、数量、训练等均处劣势的"共匪"所打败。

端纳却懂得这一点,他不止一次地向宋美龄讲过希腊神话"安泰的故事",还讲过"阿喀琉斯的脚踵"。

熟读《圣经》的宋美龄当然知道这两个神话故事的含意:安泰的长处是他紧贴着母亲大地便有着无穷无尽不可战胜的力量。而阿喀琉斯的脚因为没有在冥河水中浸过,所以最易受到伤害。

端纳终于说服了宋美龄,而后又说服了蒋介石,所以蒋介石也想做安泰,也想像阿喀琉斯那样,到冥河里去浸一浸,以使自己力大无穷而又不被刀剑所伤。他带上宋美龄出发了,作了一次大西北之行。有外国研究者认为这次旅行不仅长途而且危险。

但是,蒋介石毕竟不是来自人民的安泰,他也绝不会在冥河中浸湿自己的鞋,反人民的人要依靠人民,那不等于炉中求冰、缘木求鱼吗? 非不愿也是不能也。

魏征云:源不深而岂望流之远,根不固而何求木之长。

蒋介石和宋美龄的长途旅行,并不是深入人民,更不能取得人民的支持,端纳这样记述了蒋介石"深入"人民的故事:

在一个偏远的村庄里,他们遇到了一个人将国旗当作围裙围在臀部。那个人见到这些陌生人怒不可遏的样子很惊讶,他平静地解释道,他是个屠夫,碰巧这块布正好就在手边,而且又是红底的,血溅上去也不大显。蒋大发脾气,示意将此人就地立即处以绞刑。端纳插嘴说:绞死一个屠夫不足以解决问题。要恢复国旗的地位,还有别的事情要做。发一通脾气只能收到局部的效果,他可以运用自己的权力下令在全国举行强制性的升旗仪式。这个屠夫的无知不能怪他本人,而要怪政府……蒋看到了要害,因此便发布命令,从此以后,每天早晨和晚上,中小学生和大学生,军人、官员和各组织机构,围在旗杆周围,向代表中国的国旗敬礼。

蒋介石和宋美龄根本不可能理解人民,既没有共同的利益也没有共同的语言,更谈不上共同的感情,但宋美龄在所到之处向外国传教士和妇女俱乐部发表演讲,却取得了意外的效果,将外国的太太们、教会团体和传教士们吸引到自己身边。

美国的斯特林·西格雷夫这样评价宋美龄:

宋美龄对中国人民的影响是微不足道的,但她却引起外国人的极大注意。不管她走到哪里,她就向外国传教士和妇女俱乐部发表讲话。她本来已经是上海最重要的女交际家了;现在,她成了中国最重要的女交际家了。她将外国的太太们、教会团体和传教士们集合到自己身边。传教士们只要能对朝廷扩大影响,自然是很高兴的,不管如何虚假,他们开始把美龄看成是基督教的旗手……美龄之所以像魔术似地变成一位地道的宣传家,是出于端纳这位长期以来一直参与中国事务的干涉者的建议……

端纳在五分钟之内便来到了宋美龄的客厅。他穿着一身精工裁制的花呢西装，一头不算茂密的灰白色鬈发。两道浓眉下，一双深陷的褐色的眼睛显得和善而机警。他第一眼就看出宋美龄满脸哀伤和愁思，这是难以测度的深沉的忧戚。

这位深谙心理学的枢密顾问，并不给宋美龄以廉价的同情和宽慰，那会使她产生不真实感。他采用的方法是循循善诱的回忆：

"这是胜利中的挫折，大幸中的不幸，共军渡过湘江，终是漏网之鱼，元气大伤。委员长已经饬令各方部队追堵围剿，以使共军不可能落地生根，只是增加了追剿的时日，多付一些代价就是了……"

宋美龄让秘书送来不加糖的咖啡，亲自端给端纳。等候秘书离去之后，端纳继续说：

"回想过去，委员长自从担任黄埔军校校长以来，经过了无数坎坷和磨难，不都是化险为夷了吗？挫折，并不都是坏事，创业总是艰难的。培根说过，'奇迹总是在厄运中出现。'"

"我总觉得委员长的敌人太多了。"宋美龄忽然感到一阵难以言喻的委屈和伤心，"连我二姐也反对他，子文也不理解他，不支持他……"宋美龄的眼泪迅速地涌满了眼眶，低头唏嘘。

端纳知道宋美龄提的是近年发生的两件事：

1933 年底，宋子文认为蒋介石为了第五次围剿所提出的军事预算过高，特别认为把大批金钱拨给各地方实力派收买他们剿共很不明智。宋子文力主削减开支，以减轻国家债务。蒋介石则坚持国家安全高于一切。双方各不让步。蒋介石在盛怒之中，举手打了宋子文耳光，宋子文愤而辞职，去了国外。蒋介石只好以孔祥熙来代替他。

1934 年 4 月 20 日，毛泽东就《天羽声明》发表讲话，指出"此为日本帝国主义企图强占全中国的最明显的表示"。宋庆龄、何香凝、马相伯、李杜等发布中国人民对日作战的基本纲领，号召成立工农学商代表选出的"中国民族武装自卫委员会",以对抗蒋介石的"攘外必先安内"的政策。

"委员长的敌人的确太多了!"端纳沉思着说。他盯视着逐渐熄灭下去的炉火,想到去加柴,"共产党的手段的确很高明,他在委员长大军围攻时,提出抗日的主张,这就使委员长处在两难的境地。去打日本吧,必然使共产党猛烈发展,实现他们夺取一省或数省胜利的目标,进而夺取全国政权;如果不打日本先打共军,必然丧失人心,因为目前国人关心的并不是共产与不共产,而是不当亡国奴!"

"那么,日寇在上海进攻时,共匪借机攻打赣南的中心城市赣州,这不是扯住委员长的抗日的后腿吗? 他们一边讲抗日,一边打抗日的中央军,"宋美龄由于委屈而变得愤恨了,"可是,怎么没有人责备共产党呢?"

"因为委员长握有中央政权,人们自然把抗日重任放在他的肩上!"端纳解释着,然后思索如何使蒋介石解脱此困境的良策,"啊,这是非常错综复杂的斗争! 非常复杂,非常复杂……"

端纳对这种复杂的局面,已经不止一次地进行排列组合。如果将他多年的思维活动条理出来,那将是非常有趣的。

这种复杂性,可以说世界少有。

端纳的排列组合,是从国民党新军阀长达四年的混战开始的。他以政治家的精明、记者的敏锐和见多识广,对中国的各派势力作过解剖。新军阀混战的四年,给国民党两大真正的敌人提供了发展的机会:日寇侵略步步深入,而共产党也借机得到了迅猛发展。

这长达四年的混战中,蒋介石首先开始的就是蒋桂战争。

1927 年,国民党由汪精卫、蒋介石为了争夺中央政权而发起的"宁汉之争"。当时,雄心勃勃的唐生智以拥汪为号召(端纳注道:拥别人是假,为自己是真),组织"东征军"沿江而下,直逼芜湖,威胁南京,此时,蒋介石与桂系李宗仁、白崇禧为争地盘正剑拔弩张。蒋介石面临着两面受敌的危境。他深知三方在交手时应采取的策略,立即宣布下野,抽身东渡,把擂台让给桂、唐去打。于是唐生智的"东征军"和桂系组织的"西征军"为了各自的利益动起干戈,等他们打个两败俱伤之后,蒋再出来收拾残局。

此时,蒋已深谙政治斗争绝无道义可言,只有利益原则,利益相同则合,利益相悖则分。共御外侮是兄弟,阋于墙内是仇敌;昼长必然夜短,利此必然害彼;两雄不能并立,两辩不能相屈。他引桂、唐两军互为鹬蚌。

结果唐生智兵败出走,李宗仁成了武汉的新的统治者。

原来桂、唐两敌,现在火并后变成桂系一个,桂唐结怨。蒋介石便从日本西渡回国,在反桂基础上又与汪精卫合作,通过汪拉拢唐生智,又通过谭延闿拉拢鲁涤平,通过贺耀祖拉拢叶开鑫,把原来的仇敌变为朋友。

端纳在纸上画了个很有趣的公式,以证明蒋介石手段的高超:

唐、桂两军击蒋,
蒋、唐两军击桂。

但桂系李宗仁、白崇禧其狡诈亦不下于蒋,抢先与唐和平谈判,也像蒋介石一样,消除了蒋、唐两军夹击的危局。

1928年1月,北洋军阀与国民革命军仍旧在津浦线上进行拉锯战。在暂时解决了内部冲突之后,国民党必须集中力量进行"二次北伐",完成国家统一。蒋介石回南京后复任总司令。为了完成北伐,必须调动各派兵力。若要调动各派兵力,必须进行利益分配,大家都是不见兔子不撒鹰的老滑头,谁也不愿为别人火中取栗。蒋介石早已看透,人人都打着三民主义信徒的旗号,心目中真正信仰的上帝是他们本身的利益。

蒋介石通过国民党四中全会举行了"五巨头"的政治权力分赃，他总司令自兼中央政治会议主席，另外成立四个政治分会。以李济深、李宗仁、冯玉祥、阎锡山分任广州、武汉、开封、太原政治分会主席，在军事上恢复了四个集团军，蒋介石自兼第一集团军总司令，冯、阎、李分任第二、第三、第四集团军总司令（李济深保留了第八路军总指挥）。

这种不是由于信仰而是由于利益的权力分配和联合，本身已经构成了极为敏感的潜在危机，日后貌似突然的破裂，其实是一种必然的趋势。蒋介石当然也明白这一点。冯、阎、李也都明白这一点。但蒋介石比其他派系有利的条件是他在中央，势力最大，玩弄权术的手腕当然也是上乘。

奉军在北伐军攻击下向关外撤退，张作霖也于 1928 年 6 月 3 日离开北平，专列行至沈阳皇姑屯时，被日军定时炸弹炸死。张学良继承父位。蒋介石派方本仁参加张作霖丧礼并同张学良谈判易帜。张学良表示推行三民主义，决定服从国民政府。这时，北伐军事业已完成，全国统一指顾可期。

1928 年 7 月 3 日，蒋介石偕宋美龄和李宗仁到达北平，在西山碧云寺举行四总司令以及国民党文武百官祭奠孙中山灵柩大典，祭告"统一大业完成"。

7 月 11 日蒋介石召集四总司令在北平市郊小汤山举行谈话会，重演宋太祖的"杯酒释兵权"，提出了《军事整理案》。

当时端纳看着蒋介石的《军事整理案》，忍不住拍案叫绝，认为他比宋太祖厉害，可以说集机诈权术之大成。

当时蒋介石提出全国有兵一百六十万，每年军费开支达三万八千万元，占国家税收百分之七十五，他提出全国兵额不得超过五十万，军费不得超过税收百分之五十。但裁谁的兵呢？他先鼓动冯玉祥提出一个裁兵方案，即：有训练者编，无训练者遣；有革命性者编，无革命性者遣;有战功者编,无战功者遣;枪械齐全者编,枪械不全者遣;具体方案是第一第二集团军各编十二个师,第三第四集团军各编八个师,其他杂牌部队编八个师。

这种只对蒋、冯有利的"裁人不裁己"的方案,自然不被晋系、桂系所接受。于是他又鼓动阎锡山提出一个只对蒋、晋有利而不利冯、桂的方案。蒋让冯、桂、晋三方互相攻讦而得出有利于己的方案,后来在全国划为八个编遣区:中央编遣区、海军编遣区、第一编遣区(蒋系)、第二编遣区(冯系)、第三编遣区(晋系)、第四编遣区(桂系)、第五编遣区(东北军)、第六编遣区(川、康、滇、黔各地方军)。

端纳详细地列表,展示出中国各系军阀的全景图。他发现,在八个编遣区中,蒋拥有四个区(中央、海军、一区、四区)的编遣权,然后把年轻有为但易上当的张少帅握在手中,那么就剩下桂、冯、阎三系,各自唱独角戏了。他可以站在中央——具有凝聚力的地位上,拉彼打此,也可以拉此倒彼,始终站在以中央对地方以多数对少数的有利地位……

端纳那时还是张学良的私人顾问。他分析了各派势力及其领导者,他认为没有一个人能够与蒋介石抗衡,他佩服蒋介石的意志与手段。除蒋介石外,他把当时中国军政舞台上的要人排列了一个百人名单:从国民党元老,到后起的实力派,他找不出一个能够统一中国的人来。

端纳知道,在中国,没有强大的军事力量做后盾,任何政治人物都是政客式的傀儡。"拳头硬的是大哥",端纳在笔记本上写着这句极为普通又极为深刻的中国民谚。张(学良)冯(玉祥)阎(锡山)李(宗仁)虽然都有相当的军力,却没有一个能在诸多方面与蒋介石相比。至于都在寻求自保的川、康、滇、黔各地方实力派,即使做梦也不敢想到入主中原。

那时的中国共产党的军力还处在萌发状态,端纳没法看到它的潜力。端纳对蒋介石的推崇,促成他规劝张学良附蒋,蒋介石也由此充分信任端纳,视之如至爱亲朋。

蒋介石志在削弱地方实力派,必然遭到这些实力派的极力反对,这就种下了战乱的根苗。他在1928年双十节登上国民党主席宝座之后,便着手改组行政院,谭延闿由国府主席退居行政院长,冯玉祥任行政院副院长兼军政部长,阎锡山为内政部长,李济深为参谋总长,李宗仁为军事参议院院长。他把握有军权的最大实力派都调到中央来,以加强中央集权,防止分裂割据。任何统治者都要这样干,不然就无法达到统一。但宋太祖可以,蒋介石却做不到,那些地方实力派,谁也不愿意交出兵权而任人宰割。

蒋介石自度单凭自己军力不能制服群雄,便采取联甲制乙、联丙制丁的策略个个击破。

端纳是中国通,却不是军事家,他当时无法想象蒋介石如何对付这些各有利益、各有主张、各有野心、各有盟友、各有权术、各有根基、各有地盘的、软硬不吃的、铁钩抓不住的琉璃球。他怀着棋迷观棋的强烈好奇心和对张学良东北军的责任感,密切注视着形势的发展。

蒋介石根据当时的形势判断,张学良和阎锡山是他北方的同盟者,冯玉祥和李宗仁、白崇禧则是他南方的"假想敌",最直接的威胁还是冯玉祥。冯的势力由西而东横亘在中国腹地——从青海、宁夏、甘肃、陕西、河南直到山东。冯、蒋虽然义结金兰,为了各自利益也不妨刀枪相向。蒋只能各个击破,准备先对冯开刀。

此时,桂系却掀起了一场政治风暴,白崇禧没有参加南京的编遣会,他借督师滦州之机,与奉军参谋长杨宇霆两次面商,公开是相约两军合力消灭滦东的直、鲁两军残部,幕后却是鼓动杨宇霆在沈阳发动一次政变,取张少帅以代之。张学良先下手为强,把杨宇霆打死在帅府老虎厅里,白崇禧闻之大惊,立即称病入院。不久,桂系又在湖南兴风作浪:突袭长沙,罢免鲁涤平的湖南省主席,以何健代之。

湘局变化,使桂系南北连接起来:它以两湖为核心,北接平津,南达两广,从中国南北两端又画了一道直线。冯玉祥横贯东西,李宗仁、白崇禧直穿南北,蒋介石自然有被钉在十字架上之感。在盛怒之下蒋改讨冯为伐桂,史称国民党的"第二次西征"。

端纳那时认为,如果在蒋下令讨桂之时,冯、阎联合助桂,蒋介石取胜的可能性就很小。但那时,冯、阎却在观望,这是历史上的一种极为有趣的现象。它的有趣,因为不是偶然,而是必然。蒋介石比冯、阎高明,就在于他对此必然比冯、阎看得更透。

蒋军溯江而上直扑武汉,桂军的李明瑞、杨腾辉、何健纷纷倒戈,而夏威、胡宗铎、陶钧这桂系三大将,一枪不放弃武汉西逃。此时冯、阎却忘记了危险,滋长了野心。自阎锡山和平接收平津以来,桂系却渗入长城之外滦河流域,使阎不免如鲠在喉,如桂系失败,他可以独霸北方。冯玉祥早已屯兵豫南,从辉县百泉村的窗口,虎视眈眈盯着武汉,桂系败走,他可以捷足而登,蒋在诸多许诺后请他出兵讨桂时,他派石友三部由南阳进占襄樊,派韩复榘由信阳进占广水,却没有想到蒋介石借他臂助之力抢先进占武汉,冯的欲望落空。

具有讽刺意味的是冯玉祥上了蒋介石的当之后,决计反蒋,于是发生了蒋、冯第一次军事冲突。接着在粤、桂战争之后,又发生了蒋、冯第二次军事冲突,随后又是张(发奎)桂联军反蒋,而后又发生蒋、唐(生智)之战,蒋、石(友三)之战,再后就是蒋、冯、阎中原大战。

端纳对这些战争进行过详细的探求,最后进行了高度的概括:"利同则合,利异则争,今天我跟你反对他,明天我跟他反对你,后天你和他反对我,全无信义可言,也无正义可言,只有利害关系"。

"端,"宋美龄感到她的枢密顾问沉思默想的时间过长了。端纳的话使她感到欣慰,却没有消除她的忧虑,她凝视着他在窗外阳光映射下变成古铜色的脸,这张鼻梁高挺表情始终温和愉快的脸,曾不止一次地在她恹闷欲绝时，鼓舞起她的信心，“你认为委员长应该怎样才能摆脱他的困境呢？”

“我不是军事家，不能预言胜败。人生，是一盘很有趣的棋，你要学会不因一时受挫而懊丧，也不因一时胜利而得意。基督教的教义很难解释中国的实际，你对中国的了解恐怕不如你对美国了解得多。你必须了解中国的历史，了解中国的哲学，不然就很难治理中国……这次共军渡过湘江，进入边沿地区，也许并不是坏事，这样，可以促使各地方势力拼命与共产党作战，打个两败俱伤，中央军就可以开进去收拾残局。这就应了中国的古成语：一箭可以双雕……”

宋美龄的思想有了转机，眼前豁亮。她虽然没有研究过古典哲学，“塞翁失马安知非福”的典故她还是知道的。西渡湘江的共军，不正是塞翁所失之马？她吃惊地发现，原来视之为千难万险的境地，转念一想竟然可变为制胜的坦途了。她不相信会这么顺利，她想用提问的方法，让端纳给她提供更充分的根据：

“我总觉得委员长的处境艰难，朋友太少，敌人太多……各个地方实力派都存野心异志，他需要解脱困境，消除背叛的良策。”

“但是，你说的各地方实力派，虽然是异己的力量，却不是真正的敌人。今天打得你死我活，明天就可以握手为友，委员长的最大的策略就是不让这些地方势力联合起来对己，而使自己永远处在居中央而令诸侯的地位……委员长的真正敌人有两个，外忧是日本帝国主义，内患是中国共产党。只有消除内患才能解除外忧，这就是委员长先安内后攘外的政策的基本出发点……”

“说到底嘛，”宋美龄有所领悟地说，“真正的敌人是共产党人。”她的心里忽然开了一条缝，似乎多日的忧虑只不过是一场虚惊，一个敌人还不好对付？她不合文法地把话打住了，蓦然站起，走到圣母像前，脸上除了表现出往常祈祷时的虔诚之外，还流露出无限的感激与欣慰：“上帝保佑！”

这时门外传来兴奋的报告声。

"有什么事嘛?"宋美龄结束了虔诚的祈祷,带着愠色转身问侍卫副官。

"委员长请夫人和顾问去礼堂看电影。"

"什么? 什么电影? 委座不是正在开会吗?"

"是白崇禧从前线送来的资料片,刚刚从机场取回来。"

"资料片?"宋美龄第一次听说,而且委员长竟然中止了会议去看,想来是很重要的,但这种军事资料她是从来不看的。

"是湘江之战的战况实录,片名叫《七千俘虏》!"

"噢,健生起了个不错的片名。"端纳不由得夸奖着,关切地提醒宋美龄说,"礼堂里没有生火,恐怕很冷。"

"那有什么关系?"宋美龄用一种无所畏惧的声调说,"前方将士风餐露宿浴血奋战,我们坐在礼堂里还怕冷吗?"

蒋介石在礼堂做放映的准备时,披阅了白崇禧随影片附来的信札:

> 蒋委员长钧鉴:自共军西窜以来,我军即枕戈待旦,遵命驱驰,先则有萧克所部二万余人以为先驱自赣入湘继则入桂,于9月20日自道县、洪水关、永安关等地窜入广西之灌阳、新圩、文市及全县之石塘,经兴安之界首续由资源、龙胜绕湘桂边境之绥宁通道经黔东入川。我广西主力部队与地方民团奋力痛击,屡次战果已达上闻。
>
> 俟11月下旬,朱、毛率部蜂拥入湘,意在沿萧克之旧道西窜。广西全部兵力只有两个军共十五个团,即使配合各地民团,亦无法与共军之兵势相比,因此在战略指导上,决定沿恭城、灌阳、兴安之线占领侧面阵地,置重点于右翼,拟乘其长驱入境之际,拦腰痛击,战果奇佳。仅文市、成水一战,即俘虏共军七千余人,缴枪三千余支。为纪念此次大捷,特摄《七千俘虏》之影片

奉上。

此外,我各地民团与民众合作,厉行空室清野政策,共军所经过约六十公里正面找不到颗粒粮食,饿毙者不下万余。

检讨此役,如湘军刘建绪之部队能努力合作,战果则更大。当刘部甫入全州,为尽地主之谊,我们特备酒肉款待,望其饱食之后努力协同作战。职部特派飞机侦察刘部行动,驾驶员回来极为愤慨,说"他们不在剿共,而在'抗日'……"他们架着枪晒太阳,任凭共军渡过湘江,为保实力,贻害党国,实为至憾。敢布腹心,惟希明察。

蒋介石把白崇禧的信看了两遍,喜忧参半。忧者,不管湘军、桂军都在作假;喜者,他们为了推诿责任互相攻讦,可以分而治之。

四 《七千俘虏》

行营礼堂里齐集着国民党的机关人员。

影片的摄影低劣,但剪接者却狡猾,显然,它是白崇禧所审定的。这位桂军的"小诸葛"显然在一切方面运用着"凡事预则立,不预则废"的原则。这是对何健告他"不是在堵剿而是在撤退"的形象的回答。

影片中,先是桂系军队艰难而迅速地行进,修筑工事,接着就是大炮轰鸣,机枪扫射,画面上布满尘雾烟火,桂军喊叫着奔跑着向前冲杀。

晏道刚心想:"这很像是实弹演习,而不像惨烈的战斗,这是事前预拍的镜头!"但他侧脸看了看蒋介石严肃的脸,嘴唇动了动,没有说出来。

接着就是蓬头垢面、破衣烂衫、赤脚而行的俘虏群。

"这不是军队!"蒋介石盯视着银幕,"这是一群叫花子!"

"他们已经弹尽粮绝，"侍从室主任附和说，"只要穷追猛打就不难消灭……"

"关键是不使其落地生根……"

无穷无尽的俘虏群，在山弯处蜿蜒，前不见头，后不见尾，两旁是头戴钢盔手执崭新步枪、趾高气扬的押解者，与俘虏恰成鲜明的对比。

解说词拖得很长，不厌其烦地报告俘虏所部番号及最高官阶和名字。

镜头不断地重复出现。

蒋介石不久就厌倦了，他想的是白崇禧："这个人比何健滑头，他先把共军主力放过去，待其半渡而后击，'避其精锐，击其惰归。'损失少而斩获多……"

"对敌人足智多谋是好的，"侍从室主任很懂得蒋介石的心情，"用来对付自己人，就可悲了……"

白崇禧与蒋介石的斗法是无时不在的，但他却常常败在蒋介石手下。

白崇禧自幼就学会"宁用智取，不用力敌"的战法。他在自传中，讲过少年时的一个故事：

九岁时，他与六岁的弟弟一起上学。在同学中，有个十七岁的校内年龄最大的叫毛长林的学生，性情暴戾，品德极坏，经常欺侮他兄弟二人，勒令他们供其零钱、食物以做"贡品"，不能满足其勒索，便拳脚相加，白崇禧虽恼恨，但力弱而不能敌，便与六弟密商以智取胜之法。某日放学乘毛长林步下五级石阶时，他乘其不备从背后猛力一推，毛长林翻滚而下，他让六弟先回家告知父亲说明原委，而自己则先匿藏村后山岩之内，静候事件的了结。九岁幼童做此精细安排，绝非一般。

他也善于自行其是阳奉阴违。1915年，他在桂军马晓军的模范营当连长。当时广西匪患极为严重:"无处无山,无山无洞,无洞无匪。"当时广西政府对待股匪均采用招安政策,自陆荣廷做督军始,因陆在当清兵时将法国领事的狗踢入河中而受通缉,陆惧罪潜逃落入绿林,专入安南抢劫法国人,以示报复,而将所获财物接济贫苦人家,从而获得劳苦人民的拥戴,势力日益庞大,后为清官苏宫保招抚,由队长、管带升到边防督办。辛亥起义,王芝祥以桂督相让,陆荣廷便掌握了广西军政大权。

陆荣廷自己当过土匪,又是被招安者,他当政后,力主采用招抚政策。

那时,白崇禧虽然是个二十二岁的连长,却力主剿重于招。他在所招安的二百多名土匪中挑出八十余名惯匪,欲杀之而绝后患。营长不敢做主,而去请示陆荣廷。陆闻之大怒,责问马营长:"如开杀戮,各地匪皆不来就抚,全省治安由谁负责?"

白崇禧闻后,决定独断独行,却又不能犯上,只能用计。他将所要杀之惯匪,先施优待——放假三日回乡去过中秋节,严令他们按期归营。八十余名惯匪如期归来后,他怒不可遏,诡称有人举报他们中间有人回乡为非作歹,有负他的优待之意,惯匪们皆说绝无此事,白崇禧则说举报人在学校内等候,定能认出犯罪之人,令其全部到学校去让举报者辨认。惯匪愿往,以证其无罪,乃鱼贯入校。校内早伏士兵,逐个捕捉,当夜将其全部枪决。即报马晓军营长,说"该伙匪徒晚间抢枪谋叛,事起仓促,因不及请示办法,恐有误戎机,故用紧急处分将全部匪首八十余名枪决"。

生米做成熟饭,陆荣廷只能接受既成事实。这也成为广西清乡剿匪史上的一件大事。匪首即除,匪帮散去,从此,招抚政策,改为进剿政策。

蒋介石对白崇禧研究得很透,他对他的亲密顾问端纳曾说过:"白崇禧是一匹难骑的马!"

端纳回答得很巧妙:"好骑手可以把他变成千里驹。"

这就是蒋介石既怨恨他又要用他的尴尬处境。蒋桂战争结束还不到五年,他对桂系地方实力派还能有多大的指望呢?

《七千俘虏》放完了。蒋介石站起来,对侍从室主任说:"白崇禧又要高价讨赏了。"

蒋介石知道,这些地方势力派,虚报邀赏,不给军饷不干事。但大量的军费交给他们,那不等于割肉养虎壮大了异己吗?

"白崇禧所采取的追剿办法很有创造性,除了信上写的坚壁清野外,还有更有效的一手,"侍从室主任跟随蒋介石回办公室,边走边说,"值得推广。"

"你说……"

"他派多股便衣人员伪装共军在共军所到之处,对当地居民加以烧杀……"

"好!好!"蒋介石兴奋地说,"这是防止共匪就地扎根的好办法……你给白健生发个电,嘉勉几句,并对各追剿部队发出指令……嗯,要多激励几句,让他们穷追不舍,积极歼敌,切勿避战,尉缭子不是说过吗:'求敌若求亡子……'①党国安危,在此一举了。"

侍从室主任和副官长离去之后,已是深夜十一时,蒋介石仍无意睡眠,继续处理案头公文、批件。

12 月 3 日报载:

宁都寒衣运送完毕。

省赈务会于前日开始将教育界募得之寒衣送往收复区散发,其情已志本讯。现悉该会已于昨日将分宁都寒衣六千件,一律运送完毕,兴国寒衣今日起运,该会又接清匪善后局职员募到

---

① 尉缭,战国时代军事家,著有《尉缭》三十篇,列入兵形势家,今尚存二十四篇,称《尉缭子》。

寒衣五十七件,该会已决定运新克之县城,云。

又讯:

省府积极整饬各县团队。

官佐不准任意更换,并不得擅离职守。

省府昨通令各区行政专员兼保安司令,转饬所属保安团队官佐,非经呈准,不得任意更换,以符法令;并不得擅离防地,以重职守。尤应随时考察,以谋整顿,其原令如下:

据报广丰县,保安第一中队第一分队官长不在队内,士兵异常散漫,又玉山县保安队,任意撤革委用私人等各情到府。仰该司令遵照,并转饬所属一体遵照为要。

蒋介石对保安队这种腐败现象,唯有叹气而已。

五 真理与信仰

在微雨后的黄昏,端纳漫步在南昌街头。行营重地,随处都是军警,安全可保无虞。

他没有明确的目标,只是信步而行,他被回忆的纤丝细缕所缠绕,尽管他受着蒋氏夫妇的信赖和优待,尽管他性格散淡而不计名利,但他并不总是愉快的,他时常处在一种迷茫空虚和孤独中。他早已厌倦了国民党内的尔虞我诈和勾心斗角,一种侨居他乡寄人篱下之感,越来越沉重地挤压着他的心。

此时,有教堂悦耳的钟声传来,钟声徐缓悠扬、庄严而又亲切,他不由得循声走去,进入一个僻静的小巷。

城市的暮色渐浓,暗蓝色的天幕柔和、明净,给人一种近乎玄妙之感。

端纳知道,在他那张雪白台布罩起的小餐桌上,已经有晚餐恭候,但他不想回去,钟声给他一种圣灵庇护的福乐之感,他的灵魂似乎在钟声里徐徐升入天堂,去享受人间没有的安怡之乐。

端纳循着钟声,穿过狭窄的街道,去寻找在暮色苍茫中向他召唤的教堂。蜿蜒曲折的街巷显得格外幽静,在毗连的高高低低的房顶上,天空像闪光的河流平静地伸展到远方的大海。

他已经看到教堂里时隐时现的灯火,他刚要踏上整洁的台阶,忽然耳边响起嘶哑的咳嗽声,像幽灵似地从教堂旁边冒出一个黑影。他先看到一双枯瘦如柴的老人的手,在暮霭中像弯曲的铁钩要攫住他似的,随着一声凄厉的叫喊:

"行行好吧,老爷!"

端纳不敢细察这个乞丐的脸,慌忙掏出一张钞票丢给他,那张纸钞(他不记得面值是多少)飘然落地。当那个乞丐俯身去拾时,又有一双小黑手向他伸来,依然是凄厉的喊叫:

"行行善吧,老爷!"

他急忙登上教堂的台阶,逃避魔鬼似的走进教堂,他并不吝惜第二张钞票,他感到在教堂门外集聚着乞丐,本身就是对仁慈的上帝的亵渎。就在他进门之时,他听到两个乞丐为抢夺那张飘落的钞票的撕打和诟骂声。

"弱肉强食!"端纳预感到后来伸向他的手比最先向他伸出的手更有力量,有力量的手最终会把那张钞票夺在手中。

他站了一会儿,把手伸向袋内,拿不定主意是否应该再给他们一张,以解决这场纷争。

他不记得是哪年哪月了,他经过一处战乱摧毁的乡村,那本已破旧的房屋在燃烧中倾塌。衣不蔽体的饥民,满脸灰垢和泪水,捶胸顿足呼天号地的怨愤之声,直达天庭。他,端纳,这样尽心尽力地为蒋氏夫妇出谋划策,致使连年战火遍地、烽烟四起,生灵涂炭,饿殍盈野,是不是违背了自己的初衷而助纣为虐呢?端纳突然感到心灰意冷,他似乎寻求补救或赎罪,急忙又走下台阶,把第二张钞票塞给那

401

个受了欺凌的老乞丐。那老头生怕再遭抢劫,只疑心地望了这位洋大人一眼,便转身消失在小巷的深处。

这时教堂里响起了晚祷的音乐之声,这宗教的音乐,像一个技艺精湛的大师,用优美的旋律编织成欢乐的花环,凭空撒下,飘落在端纳的心头。

与他所见过的大教堂相比,这个教堂未免太狭小太简陋了。祭坛上烛火闪耀,大约有十几个男女教徒在默默祈祷。他记起童年时,初次被母亲带到教堂去做弥撒时所感到的好奇与惶惑。

不管教堂大小,上帝总是一样的。

端纳并没有跪下,他并不是虔诚的教徒。此时,他的整个生命都溶化在宗教的奇妙的乐曲中,纷繁的思绪浪潮般地涌来。

他不知道自己应该在上帝面前忏悔还是辩解,他不能在这种梦幻似的境界中对现实生活作冷静的思考。他焦急地渴望吸一口新鲜空气,使自己清醒过来。

他从教堂走出来时,又有几个乞丐向他伸出手来。有的竟拦住他的去路,仍是那千篇一律的嘶哑的呼叫:

"行行好吧,老爷!"

"行行善吧,洋大人!"

他分不清这叫声是乞求还是诅咒,也搞不清他施舍是作恶还是行善。他也分不清这些乞丐是可怜还是可恨,他也辨认不出其中有没有刚刚拿到他的钞票的两个人……

"丑恶!丑恶!"他怒冲冲地冲出乞丐的重围。他听见背后扬起一片咒骂和狰狞的调笑声。

他原来认为什么是善什么是恶,一向是泾渭分明的。他本无非分的欲求,无须弃善行恶。可是,现在这忽然成了问题,自己也陷入善恶难分的魔潭之中。

蒋介石担任北伐军总司令时,杀人如麻,谓之善,而北洋军阀却

402

谓之恶;上海"四一二清党",国民党谓之善,而死在屠刀下的共产党人却谓之恶;在蒋介石征服各地方实力派时,互相争权夺利,使中国大地沉入战乱的血海,各认为自己是善而对方是恶;现在,蒋介石全力投入对共产党的作战,共产党谓之作恶,而蒋则认为行善。

那么善恶的界限在哪里?

假如端纳知道毛泽东和罗自勉那场善恶之争时,他又作何感想?两个世界观人生观绝不相同的人,在善恶的思辨上是同工异曲还是殊途同归呢?

他,端纳,以多年在中国获得的知识和才华为蒋介石出力,受人之托,忠人之事,尽职尽力,到底是在为善还是为恶?

如果像国民党的宣言那样:蒋介石统一中国之后给中国带来的是幸福,那么,他端纳就是在行善。

如果像共产党的宣言那样:蒋介石的血腥统治给中国带来的是灾难是黑暗的地狱,那么,他端纳就是在作恶了。

端纳跟冯·赛克特有所不同。后者是极端仇视共产党的法西斯分子,他的头脑里不存在善恶的观念,只存在法西斯主义的信仰!他只知道用"铁与血"实现他的信仰,不分是非。端纳是记者、编辑,他的财富是他的学问。他也认为马克思主义不合中国国情,但他不是那种不问是非的死硬派。

端纳的思索很容易陷进自相矛盾中,如果共产党有共产党的善恶是非,国民党有国民党的善恶是非,那么,善恶是非的客观准则是什么呢?

蒋介石认为一切派别和各种势力都服从他才是善,而各派势力却认为是恶。如果冯玉祥、阎锡山、李宗仁、白崇禧等人,他们也想称王称霸,当他们的力量能够力挫群雄时,他们不也要消灭异己吗?那时,他们就跟蒋介石一样,把吞并异己统一中国谓之善了。

端纳终于想到了立场问题。中国历史上讲春秋无义战,何止春秋时代？那只能各为自己的或自己的集团利益而奋战，各为其主，而无是非可言了！

难道真无是非？他想起国民党杀进苏区时，见到一个个苏维埃政府门上贴着同一副对联：

豪绅不入地狱

穷人难进天堂

这就是共产党的真理，这就是共产党的是非。

"我要升入天堂，必然把你踏进地狱；你要升入天堂，也必然把我踏进地狱。"那么，你死我活的阶级拼杀就成为不可避免的了！

这也许就是人生不可避免的悲剧吧？

那么，谁入地狱，谁入天堂，就看谁是强者谁是弱者了。

端纳又陷入弱肉强食的法则。

端纳的思索，不可能达到真理，但他想到了各国的统治集团，善恶是非因人而异飘忽不定，像梦幻一样瞬息万变。一切道德、准则都是统治集团制造出来的，都是他们的利益、权力、意志的表现。弱肉强食的法则，就是把残忍、疯狂、犯罪合理化、制度化的专制主义的法则。我去侵略别人，那是因为我有力量；我被别人侵略，那是因为我是弱者，并不是因为我的善良。

端纳的思绪自然向叔本华和尼采倾斜过去：

叔本华认为：人的生活意志都是为自己打算的利己主义，而永远得不到满足，以致人类历史是无止境的屠杀、掠夺和欺压，所以说人的生活意志是万恶之母、痛苦之源。

尼采提出了"超人"哲学，认为"超人"是历史的创造者，平常人只不过是"超人"用以实现自己意志的工具；"超人"有权统治和奴役"群氓"，"超人"为了夺取权力，采取任何手段都是合理的，符合道德的……战争是自然规律。

端纳按着这两个唯心主义哲学家和唯意志论者的观点,去剖析历次战争:"那些成十万百万死在战场的士兵是不是为某些'超人'实现自己意志的工具呢?"

他想是对的,蒋介石不正是为了实现他统一中国的意志而驱使前线将士浴血搏斗吗?

目前的现实,似乎又不能完全印证叔本华与尼采的思想,端纳又倾向于信仰的力量:国民党北伐的胜利,是基于三民主义革命的信仰,北伐后陷入争权夺利便是信仰的丧失,信仰的丧失便是革命性的丧失,也就是腐化的开始。

共军之所以那样顽强地战斗下去,除了求生存之外,不正是由于对共产主义的信仰吗?

"挽救国民党之法,唯有挽救信仰。"端纳仰起头来,看到孙中山的遗像,遗像上方写着孙先生亲自手书的四个大字:

　　天下为公

那么,蒋介石现在的一切努力就是要统一中国,这跟"天下为公"是一致的还是相悖的?

第二十章 1934年12月11日 湘南通道

史载:

中央红军一军团二师于 1934 年 12 月 10 日占领湖南境内通道县,此时桂敌在红军侧后追击,何健的第一、第二两兵团在红军前进方向上赶修,而红军经过两个月的作战,战斗力大为削弱。如果继续向湘西前进,必将与五、六倍之敌决战。红军战略方向何去何从,意见分歧,展开激烈争论。12 月 12 日在通道县城召开中央负责人会议,讨论了红军行动方向问题。

一 通道争议

红军进行无后方的战略远征,几乎所有人都感到给部队带来严重的困难。

博古、李德坚持与二、六军团会师的原定计划。这个计划是很有诱惑力的,哪一个指战员不想快一点有个"家",以做立足之地? 如果真能与二、六军团合在一起,战斗力就会增强许多。

三十九年后,李德仍然坚持他这一主张,为这个计划未能实现而耿耿于怀,他在《中国纪事》中这样写道:

在到达黎平之前,我们举行了一次飞行会议,会上讨论了作战方案。在谈到原来计划时,我提请大家注意:是否可以让那些在平行路线上追击我们或向西面战略要地追赶的周(浑元)部和其他敌军超过我们。我们自己在他们背后转向北方,与二军团建立联系。我们依靠二军团的根据地,再加上贺龙和萧克的部队,就可以在广阔的区域向敌人进攻,并在湘黔川三省交界的地带创建一大片苏区。

但是,毛泽东认为这个计划是不切实际的,认为这个计划将使红军有全部覆灭的危险。

毛泽东提议放弃与二、六军团会合,这种思考并不是无足轻重的,也不是一种随意的想象。他是从与蒋介石的多次较量中,探索蒋介石本人的军事思想深度和原则,而得到的结论。他在最大可能的视界内,做到知己知彼。因为这次西征——大的战略转移,实际上是同蒋介石在战略上的一次总较量。

蒋介石是在对鄂豫皖、湘鄂西围剿取得决定性成果后,才集中兵力来对付中央苏区的。他对这次主力西征的目的地应该是很清楚的——与二、六军团会合。一个已经被敌人熟知的战略意图,仍然不顾一切地去实施,无疑是自投罗网。

毛泽东的这个判断是对的。蒋介石在他精心布置的第四道封锁线——湘江防线被突破之后,他立即重新调整部署,进行新的追堵。他的计划是围歼红军残部于"黎平、锦屏、黔阳以东;黔阳、武冈、宝庆以南;永州、桂林以西;龙胜、洪州以北地区。"

蒋介石判定中央红军必然北上与二、六军团会合,因此,他把追剿兵力重点布置在湘西地区。根据蒋介石的指令,湖南军阀何健,在湘西地区赶筑四道防御碉堡线。

这四道封锁线,在红军总部的军用地图上,用蓝线标示出来,特别清晰。

第一道堡垒线:从新宁县起,经七昨桥、窑上、豆子坪、唐家园、五里渡、城步县城、丹口、菁芜州、通道县、靖县、让口、东城场、牛埠至藏江。

第二道堡垒线:从新宁县起,经江口、飞仙桥、马头桥、龙潭桥、石狮子、李家渡、五晨湾、铜鼓岭、城步县城、江口塘、十四铺、绥宁城、文昌阁、天重界、靖县、广平、牛角界至芷江。

第三道堡垒线:自新宁县起,经飞仙桥、石门司、半山、江口、石山背、西岸市、山口、高坪、茶溪、梅口、长铺子、河口、洪江至黔阳。

第四道堡垒线:自新宁经安心关、武冈、田心铺、药园、瓦屋堂、西坡、袁马、洪江至黔阳。

这四道堡垒线共修成的堡垒有二百余座。

除此堡垒线外,追剿军总司令何健,根据蒋介石的命令,为加强集中指挥以适应对红军的围追堵截,把分散的五路兵力编组为两个兵团,以刘建绪为第一兵团总指挥,指挥原一、三、五路的兵马及第十九师五十五旅并补充四团;以薛岳为第二兵团总指挥,指挥原二、三两路部队。

这样,敌人以其主力十五个师的兵力,部署于新宁、城步、绥宁、武冈、靖县、洪江、会同一带,并以一部兵力配合桂军尾追,妄图把中央红军消灭在去湘西与二、六军团会合的途中。

当时广西军阀组织了两个追剿队,以其十五军军长夏威率两个师为第一追剿队,以其第七军军长廖磊率两个师为第二追剿队。

敌人共集结部队二十余万人,摆在三万多红军——疲劳之师的面前。这种严重的态势,在地图上标示出来,一目了然,可是,一目了然并不保证没有争议。

毛泽东认为这些堡垒是难以突破的,必须转向贵州,因为湘黔桂各方兵力比较,贵州军阀的兵力是当时最薄弱的一路:名义上有一个军,实际上派系林立,内部矛盾重重。将领无指挥才能,双枪(步枪和烟枪)兵战斗力又弱。贵州省主席兼国民党二十五军军长王家烈为一派,副军长侯之担是一派;犹国才为一派,蒋在珍又是一派。口头上各派都听命于王家烈,实际上王家烈并不能调动他们的部队,他能直接调动的只有两个师所辖的五个旅十五个团。

因此,毛泽东认为向贵州进军是适宜的。

二　都是假定

周恩来在头脑中久久萦绕的迷茫之感,薄雾似地散开了。共产国际框定的战略目标:首先争取一省或数省的胜利,就是悲剧的根本原因,遵从这个战略目标的措施不可能结出胜利的果实。

如果在这里,花过多的笔墨去展示会议的场景气氛和争议的过程,似乎没有必要。争论的问题是很简单的,是不是改变原定计划,放弃与二、六军团会合。

毛泽东的判断是对的!

但这时只是绕道,并未转兵,"最高三人团"并未改变与二、六军团会合的方针。七天之后到达黎平,在中央政治局会议上,才放弃与二、六军团会合,走向新的方向。但通道会议却是黎平会议的前奏曲。

博古和李德认为这些堡垒线是可以绕过的,而敌人的追剿部队可以让他们超越红军而过。红军可以突然北上与二、六军团会合!

李德的计划并不是没有道理,也不是没有诱人之处。

"绕过敌人堡垒线,把追击之敌让过去,这不正符合运动战,与敌人绕圈子的法则吗?"李德在会议上表现出极端的愤慨:"一会儿批评说:你是逃跑主义,你是避战主义,真正要和湘军大干一下了,反而又不对了,那么向贵州进军,是不是更是避战主义、逃跑主义呢?"

与会者瞠目而视。

李德又说:"目前我军是疲惫之师,很需要立足之地以求休整,目前我军兵力单薄,需要与二、六军团合力拒敌,合则两利,分则两损。湘江之战,是受了巨大损失,不能因此我们就都是错的了!"

这里,毛泽东和李德对与二、六军团会合,各自提出了自己的假定:毛泽东认定会失败;李德认定会胜利。

然而历史只给人们作出一个答案:非此即彼。

在这个答案未作出之前,很难说向贵州进军就是绝对的好,去跟二、六军团会合就是绝对的坏!

即便后来证明向贵州进军取得了胜利,仍然不能证明向湘西进军与二、六军团会合就会失败,也可能取得比向贵州进军大得多的胜利!

在这个会上,有人想得更远:如果暂时放弃与二、六军团的会师,会不会带来一个更大的会师——到川陕与四方军的会师呢?

作战局又向会议介绍了四方面军的目前态势。

在当时来看,这个设想是极不现实的,从湘南到川陕,是名副其实的万水千山,比与二、六军团会合,要难上十倍。那就等于说:既然我们跳不过三米宽的水沟,那就跳条十米宽的小河试试。

这个提议是不值得一驳的,当时,认为切实可行的是向贵州开进。

在通道会议上,即使在后来的遵义会议上,也没有一个人预见到将来,首先不是与二、六军团会合,而是与远在川陕的红四方面军会师!

博古、李德犯了错误,张国焘也犯了错误,所以他们做的事情几乎没有一件是好的,没有一件不是错的。

第四方面军撤离鄂豫皖,没能粉碎三十余万敌人的第四次围剿而进行了一次战略大转移,而后才有了川陕根据地,才有了八万主力红军,是好事还是坏事呢? 这就是历史难定功过是非之处。

第一方面军的战略转移,有许多地方与红四方面军相像,它未能粉碎五十余万敌人的围剿,而想西征湘鄂西,与二、六军团会合,开辟新建的苏区——第二个川陕式的新的根据地,是不是也是合理的呢?

410

如果不如此,结果是会更好些还是更坏些? 是一无是处还是有情可原呢?

三　李德的痛苦

在通道临时中央负责人会议上,决定转向贵州时,博古和周恩来都看清了李德脸上让人难以想象的变化。他面色青灰,蒙着一层悲苦的暗云。暴皮开裂的双唇,颤动着,抖索着,歪曲着,饱蕴着一派怒意,脸色严肃,近于阴森,两只眼眶塌陷下去,蓝色的眼睛散射出一种恨意。

进军路线的改变,给李德梦寐以求的与二、六军团会合的战略以毁灭性的打击。他怀着痛苦的心情愤然离开会场。他隐约地意识到命运的作梗与嘲弄。世上许多事情,并不是单凭毅力与意志就能强求其成的。他的心情处于极端复杂的状态,泛起一缕不可名状的空虚和沮丧。

他明白,他的指挥权力在湘江之战以后,产生了根本的动摇。在三十九年之后,他在《中国纪事》中记载了这次会议,尽管不够准确,却可以大致反映此次会议的部分情况:

> 毛泽东又粗暴地拒绝了这个建议,坚持继续向西进军,进入贵州内地,这次他不仅得到了洛甫、王稼祥的支持,而且还得到了当时就准备转向"中央三人小组"一边的周恩来的支持。因此,毛的建议被通过了。他乘此机会以谈话的方式第一次表达了他的想法,即应该放弃长江以南同二、六军团会合一起建立苏区的意图,向四川进军,去和四军团(系指红四方面军)会师。

这里,李德记错了。毛泽东提议的是向贵州进军,而不是向四川开进。是在川黔边建立根据地,而不是去与四方面军会合。

李德的激动是可以理解的:他作为一个国际顾问,终究是个客人,他无须在异国他乡争权夺利,他在完成自己的使命之后,总是要走的。那么,他要在他的任期内,尽他的聪明才智和不懈努力,奉献给世界无产阶级的革命事业。除了他希望用他的心血汗水所换来的贡献之外,还有什么可求呢? 当然,他希望荣誉、威望和尊严,这些都是伴随着成就才能得到的!

李德,三十二岁被派往一个泱泱大国当军事顾问绝不是无能之辈。当他接受来中国的使命时,他曾对自己的能力发生过心虚胆怯式的忐忑不安,信心不足。这种力不从心的感觉,往往妨碍艺术家和军事统帅的能力发挥。可是,当他被博古完全委以重任,并在共产国际代表的头衔下获得红军指战员对他的尊重与服从的时候,他对自己的力量深信无疑了!

这种顽强的自信,自然带来正反两面的效果:他可以充分发挥他的指挥艺术;同时对别人如何想、如何评论他全不放在眼里。

自以为是,这是一般人常犯的错误,但被这种错误葬送的不仅是常人,而且有许多伟大的人物。他总觉得自己是对的,把一切挫折看成了客观原因。李德原来想干得比任何一个国际顾问更为出色的呀! 一个心胸不太狭隘的民族,本来不应过分责备那些到自己家中真诚"帮厨"而又把饭菜烧煳的客人。

但是,李德也应该想想,他忘记了原本不该忘记的事情:他在一个陌生的民族,一个陌生的国家,一个陌生的军队里,瞎指挥是危险的! 想获取荣誉,得到的可能是耻辱。

他那沸腾的日耳曼人的热血,浸透了失意的悲凉,痛苦噬着他的心! 他的思绪经过了一个逆向转变之后,却转不回来了。

四　悲剧

"人败言微!"李德怀着愤慨和委屈的情绪,怒冲冲地离开了会场,下意识地走到了城郊,警卫人员远远地跟着他。这种冲动,反映了他缺少领袖人物应有的耐心。

他感到照耀自己命运的星辰陨落了。他逃避什么人追踪似地盲目地乱闯,一条潺潺的小溪流挡住了他的脚步,溪边有一丛稀疏的杂木林。林下是富有弹性的荒草,上面还开着不知名的小紫花。

他无法排遣胸中的郁闷,也无法填补内心的空虚。他钻进杂木林里,拨开打脸的枝条,只管沿着小溪向前走,没有任何目标。他的思想很乱,正像脚下铺满的败叶、乱石和枯草。

这时,他看见不远的山坡上布满了人,那是中央纵队的人,他们好像在挖掘什么。既不像掩埋牺牲的战友,也不像挖掘堑壕,他不带翻译,就无法与人交谈,平时,他就憋闷得要死,幸好,他能够把全副精力放在敌情研究和军事指挥上,而现在,他被慢慢排斥在指挥圈外,几乎成了多余的人。这使他不但有一种失落感,而且产生了一种愤懑之情。太不公正了! 现在无条件、无保留地支持他的大概只有两个人:博古和凯丰。而凯丰,这位共青团书记,在军事上是无足轻重的。

四周有散落的小屋,但已经化为灰烬,群众都已经避进了山林,这是白崇禧的毒计:在通过乡村政权发动群众坚壁清野的同时,派特务扮作工农红军,进行烧杀抢掠。

在李德的军事学中,没有这一章。他佩服白崇禧的狡诈,这的确给红军造成很大的困难,尤其是粮食。这时,他才忽然领悟到,小山上的人群是在挖吃的,但他不知道挖什么。警卫人员就在二十步开外,他不想问。

李德百无聊赖地走着，草丛渐深，无路可寻。他坐在一块冰冷的岩石上，思绪一个接着一个，像溪边的又冷又硬的乱石蛋子，压在他心头。几片枯叶在溪水中漂荡，落叶随水流去，似乎就是他生活前景的象征。

他忽然觉得很累，很倦，很想在绵软茂密的草丛中睡上一觉。他看看天空，蓝眼睛里流露出憔悴的神色。

此时，天空布满了灰云。

他忽发奇想希望在小溪对岸，突然出现一股敌军，疯狂地向中央纵队和军委纵队展开冲击，那时，他拔出他的大号左轮手枪，伏在屁股下的岩石后面狙击敌人，他一人把敌人挡在小溪对面，掩护中央机关转移，他的左轮手枪有二十发子弹，可以发发命中，为中央纵队转移争取二十分钟的时间，那时，住在通道附近的部队已经闻讯赶到。他由于弹尽援迟，身中数弹，奄奄一息，倒在自己的血泊中。

"他，战斗到最后一口气！"

"他，挽救了中央机关！"

"他，尽了自己最大的努力！"

"他是斯巴达克斯的死法！"在这些赞美声中，他听见了莱茵河上的仙女勒洛莱醉人的歌声。

李德被自己奇妙的幻想迷住了："那时，我就可以和奥尔加会面了。死，也许并不可怕，只有死，可以得到安静的长眠，只有死，才能达到永恒吧？死，将降临到所有人头上，那是谁也逃不脱的归宿。"

李德此时，更加怀念的还是德国的妻子奥尔加·贝纳里奥。他时常哼起他们两人在一起，坐在公园长椅上互相搂着脖子唱的那首古老的民歌：

> 我心爱的美妙的女郎，
> 我的心儿天天为你歌唱。
> 没有人比我更加爱你，

你的美貌使我欣喜而又忧伤。

你要忠诚永不变心,

那么我就不再担忧,

我怕你轻浮放荡,

所以我时时生愁。

如果你有背叛我的行为,

唉,那该多么使我心碎!

每逢想到此处,一种孤苦伶仃悲苦无告之感就袭上心头,虽然他也相信"工人无祖国",可是海外游子,总是思念自己的故乡!

不要说在中国了,即使在苏联时,也没有一个人,可以真正地与他互相倾诉衷肠。

李德每当这时便记起他们新婚后的蜜月旅行。他和奥尔加泛舟莱茵河上。

在他祖国境内的三条大河中(北部的易北河,东南部的多瑙河,和西部横穿南北国境的莱茵河),他最喜欢莱茵河,从很早年代起,人们就把多瑙河称作母亲,把莱茵河称作父亲。他喜欢莱茵河的原因之一,是因为它的发源地是瑞士的阿尔卑斯山!

那时,正是深秋,莱茵河两岸景色富丽,如诗如画。

小舟缓缓北去,河上泛着粼粼的闪光,两岸的秀丽的山冈上,不断出现各种各样的古堡。庄严、美丽、古朴、优雅,邀游客之流连,发怀古之幽思。这些古堡是产生骇人听闻故事和美丽动人传说的摇篮。

每当夕阳西照,红霞满天的时候,古堡就更富有神话的色彩。这些古堡,在一千多公里的沿岸,就有八百多座。大都是在十一世纪至十三世纪末这三百年左右的时间内建立的。那时正是"神圣罗马帝国"初兴时期,"德意志帝国"还处在大大小小的群雄割据的时代。他们互相争夺领土抢掠财物,于是领主们在这一水上交通要道设置

415

关卡,征收通行税。为了保卫自己防止他人侵袭,便用巨石粗木建筑城堡,深沟高垒,据险扼守。

这些七百年以前的建筑物,已经墙倒垣倾,愈加显得古老雄峙,为莱茵河的旖旎风光平添了威严!

"啊!将来我们死了,就安葬在这里,"奥尔加忽发奇想,"我就会变成海涅叙事诗《勒洛莱》里那个唱歌的仙女……"

"那可是个大悲剧!"李德,当时叫奥托·布劳恩,知道那个优美而又悲惨的故事。那歌声使那些船夫们不知不觉放下了手中的桨。舵手也忘了把握航行的方向,大家都被少女的歌声迷住了……正在心旷神怡,甜美无穷的时候,那船猛然触礁,船夫们纷纷落水……

"那是为了追求幸福而付出的代价!"奥尔加说了一句颇富哲理的话后,却被自己的立论惊住了。

他们默默地对着如血的夕阳沉默了好久。

奥尔加为革命牺牲了,但至今,李德还不知她的遗体长眠在何方。如今想到《勒洛莱》那个航行者触礁落水的故事,他不由心冷意沉,黯然伤神。

五 历史应该是公正的

阴沉的天气慢慢开朗了,云层变薄、变碎,透出朦胧的忧郁的阳光,给李德一种凄楚之感。他从遐想中仰起头来,忘记在溪边坐了多少时候。右腕上的欧米茄告诉他已是下午五点钟,他离开会场已经将近两小时了。

远山沉落在微红色的薄雾中,他觉得那山是活动的,要远离他而去,但距离却不变化。他知道不是山移是云移。他立即联想到对他与博古的种种指责,看似我错非我错。

他听到脚踏草丛的声音,缓缓地回头,看见博古正向他走来,黑红的脸上挂着掺有几分焦灼的微笑,眼镜片在夕阳下闪着光。李德站了起来,两腿立即袭来一阵针刺般的酸麻。

"散会了?"

"刚散,你让我好找。"

"我实在不愿意参加这种会了……"李德指着另一块石头,要博古坐下,"耳不听,心不烦。"这句话是用德国民谚说出来的,"掩起耳朵来,一切都清静。"

博古看着那冷硬的石块,他宁愿在厚厚的草丛上席地而坐,双手抱着双膝,仍然不失他的快活和热烈。

"你离开会场,是个失策。"博古感到这是李德性格的缺陷。他有才华,有魄力,有胆识,但缺乏涵养。他不记得哪个哲人说过:怒气如下坠之物,把自己粉碎于所降落的东西之上。

"为什么?"

"退席,等于退出阵地,失去了争辩的机会,等于把讲坛让给了别人,让他们说一面之辞,让到会者听一面之辞……"

"争辩不争辩是一个样!"李德顺手揪了一把枯草,胡乱地撕扯着,"反正他们背后都串通好了。王稼祥、洛甫倒过去,这是早有察觉的,现在周恩来的态度很使我气愤,他是举足轻重的。本来,莫斯科来的同志是应该团结一致的。"

李德的懊恼与失望是可以理解的,"最高三人团"犹如中国代表权力象征的鼎,如果失去一只脚,那是要倾倒的。

"毛泽东利用了洛甫对我们的不满。"

"他有什么不满的? 让他在政府里去替代毛的权力还不行吗?"

"他感到有职无权。"

"怎么会无权?"

"因为一切权力集中在'三人团'。"博古不愿把更深层的推测说出来:他跟洛甫在同学期间,洛甫是大哥。现在他被博古领导,而且领导得并不好时,是不会没有想法的。

"会议的结果呢?"

"我跟凯丰坚持与二、六军团会合的计划,但我们不能从军事上说出更多的理由,而周恩来又倾向于转兵贵州……"

李德沉默不语。

"我也想了,转贵州,也不过是推迟与二、六军团会合的时日,到头来,还得会合。这就像下棋,现在很难说哪一步棋对,哪一步棋错,只能走着看。"

"问题是,未来的责任落在谁的身上?"李德冲动起来,蓦然站起,点到了问题的实质,"我们在指挥这支部队还是毛泽东在指挥这支部队?我们的权威在哪里?功过是非由谁来评定呢?我们怎样向共产国际交待啊?"

李德的嘴角抽搐起来,脸上出现了褐色的斑点,双拳紧握,微微发抖,大鼻子的两翼翕动着。散淡了的委屈之情重又在胸中泛滥开来。他一脚把一棵拇指粗的山毛榉踩倒,他仿佛听到自己体内纤维的断裂声。

精心构制的辉煌的大厦崩塌了。英雄的梦幻灭了。

李德忽然发现,他以勃勃雄心刻意筹划、甘冒风险、梦寐追求的伟业,只不过是一场壮丽的梦境。他预感到自己权威的丧失,脚下便是他命运的顶点。像他踏折了那棵稚嫩的山毛榉,命运之脚也把他踏折了。他那一向刚毅不屈,不达目的决不罢休的精神,在突然袭至的懊恼中,意外地丧失了。

他颓然地重又坐回冷硬的岩石上。

博古愕然地看着军事顾问的失常表情,发现他淡蓝色的眼睛里转动着泪花,顿觉历史似乎在他身上抹了特别浓重的宿命色彩。

博古比李德豁达:"我想,历史总是公正的。"他站起来,"走吧,今天晚饭有牛肉吃。"

"牛肉?"

"对,是部队送给总部的,这是渡过湘江之后的第一次缴获。"

他们走出树林,紫水晶似的黄昏已为朦胧的夜色所代替。在山丘上挖掘的人群三三两两地向驻地走去,边走边喊,并互相戏闹着争夺,他们把收获物抱在怀里或是用破衣兜着。

"喂,你们挖的什么? 是红薯吗?"博古李德和他们走在一道了。

"红薯地早叫前边的部队翻了几遍啦! 这是蕨根①! 博古同志,你给顾问翻译一下,"有个快乐的休养连的女战士送给他一块光滑的、粘着沙土的山药似的块根,"就说,这是中国洋参,看他信不信!"

"我看,他不会信。"

"不见得,不然,你试试,"那女战士莞尔一笑,悄声说,"糊弄洋鬼子还不容易?"

博古一脸尴尬且具愠色,觉得应该训斥这个顽皮的小鬼一番,太不礼貌了,但又看到她天真无邪、绝无恶意的样子,觉得很有趣,仅仅是开个善意的玩笑罢了,也不由得笑了。

"你们说什么呢?"李德发生了兴趣。

"这小鬼,要把这块营养丰富的、吃了可以长寿的药材送给你。"

"真的?"李德把蕨根接在手里,翻转着,愉快而又虔诚地说,"刚才你们就是挖这个? 怎么个吃法?"他作出往嘴里放的样子。

那女小鬼见此效果,得意极了,咯咯地笑着,用手势告诉洋顾问,可以放在锅里煮。

博古在旁边嘻笑着。

"可以让肖月华同志帮我煮吗?"李德似乎发现小姑娘在逗他,他也装作上当受骗的样子,以增强逗乐的效果。

---

① 蕨根,中国南方荒山皆有,嫩叶可食,俗称蕨菜。其块根如薯,含淀粉,俗称"山粉"。可供食用或酿造;药用,祛暴热,利尿。

"坏了!"女战士向博古悄悄地说,"这蕨根就是肖大姐发动大家挖的,开头大家不相信能吃,她说,她从小就是吃蕨根长大的,你看她多壮啊! 要让她看到,不就露馅了吗?"

"那问题可严重了,"博古故作惊慌,"肖月华在哪里?"

女兵指着另一处山头,说可能在那里,并担忧地说:

"她很会找,一挖一个准,我看她会挖很多回去的……"

"看,闯祸了吧? 糊弄洋顾问罪加三等,要军法从事哩。"博古做了个割脑袋的威严的动作,"快道歉吧!"

"你就说不能给肖大姐煮……"

博古照样翻译了:

"为什么?"李德大惑不解。

女兵转身跑了。

"大概怕肖月华吃醋吧!"博古忍住笑说。

李德仰天大笑。

这时,天边已经出现了几颗明星,向他闪烁着温柔而又热情的光芒,他那由于委屈痛苦而收缩的血液,突然流畅起来。他那一度枯竭龟裂的心田马上注满了春水。

"谢谢。"他看着那个小女兵的远去的身影消失在暮霭里,然后把蕨根塞进特大的衣袋里。

为了宽慰李德懊恼沮丧的心情,博古作了个小小的安排。他找了个借口,把肖月华从休养连里找来,让她跟李德度过一个难得的夜晚。

这个安排在当时来说,并不容易。在长征途中,为了军纪和对部队的影响,随队的女同志大都集中在休养连,丈夫和妻子是不能在一起的,大家都过着清教徒似的生活,这在具有西方观念的李德来说,是难以理解的,也是难以忍受的。每当他心情烦闷或是特好时,他总想到休养连去找自己的妻子,但却很少找到住在一起的条件。李德虽然无法从这位不懂外语的农村姑娘那里得到思想上的宽慰,但他们在一种人生需要的抚慰中,也有着幸福的时刻和强烈的感情。

当然,他们的感情绝不会发展成柏拉图式的精神恋爱,但是人类天然的性欲需求,正好表现了人的心理和生理结构的生动性。

用生物学的观点来解释社会关系的达尔文,深刻地揭示了自然界中人和动物同出一源。按照他的说法,动物世界也存在悲欢、爱美、性和情感,有性生殖还在人类及其文化出现之前就构成了爱情的成分。自然界中的配偶的结合,必然使情感的运动和深刻的心理体验有广阔的发展余地。且不管达尔文的看法是否精当正确,李德和肖月华双方都有着急切相会的需要,然而休养连的纪律过分严格,以致限制了他们相见的自由。仅有的几次相聚,已经使休养连沸沸扬扬。孔孟的旧礼教仍在革命队伍里发挥作用,使李德感到既奇怪又愤慨!

当他和周恩来说到自己的苦恼时,周恩来笑笑说:"孔夫子说过'克己复礼为仁,一日克己复礼,天下归仁焉。'你必须有所约束而服从纪律,不然就没法以身作则带兵打仗。"周恩来向他解释了很久。

这次相聚,使李德开始好转的心情平添了几份甜意,他暗下决心,要给妻子以更多的柔情。

肖月华竟然给李德带了一块煮熟的蕨根来。他虽然饱餐了一顿牛肉,还是把带有土腥气的苦涩的蕨根也吃了。这使肖月华很为惊异,但因为语言不通,丧失了一个有趣的故事。

这一夜,李德睡得很沉,只是在天将微明时,他回到了慕尼黑的伊斯玛宁,见到了他的母亲。母亲用旧毛线给他编织着毛衣。他向母亲诉说着自己的委屈。

"孩子,谁都受过别人的委屈,谁都委屈过别人……"

他醒过来时,这句话竟然如此清晰地留在记忆里,使他分外惊讶。

一年半之后,他在延安,向埃德加·斯诺诉说了自己的缺陷失误和委屈,斯诺把他的感触写在《西行漫记》中:

> 李德是个心灰意冷、饱经沧桑的前普鲁士军官,在他骑上马同红军一起出发长征时,也是个变得聪明了一些的布尔什维克。他在保安向我承认,西方的作战方法在中国不一定总是行得通的。他说,"必须由中国人的心理和传统,由中国军事经验的特点来决定在一定的情况下采取什么主要战术。中国同志比我们更了解在他们本国打革命战争的正确战术。"当时他的地位已降到极其次要的地位——但是他们都已埋葬了过去的不愉快感情。

> 但是,应该为李德说句公道话,他在江西应负的责任的实际程度可能被夸大了。实际上,他成了共产党为自己吃了大亏进行辩解的一个重要借口。他成了一个骄横跋扈的外国人,害群之马,替罪羊,能够把大部分责任归咎于他,总是使人感到宽心的事。但是实际上几乎无法相信,不论由哪个天才来指挥,红军在遇到了他们在第五次围剿那一年所遇到的不可逾越的障碍之后,仍能胜利归来。无论如何,这次经历是一个很好的教训,整个世界共产主义运动都可以从中受益。把全面指挥一支革命军队的战术的大权交给一个外国人,这样的错误,以后大概是决不会再重犯了。

历史法庭,厌听一面之辞,喜闻多面之理,是非曲直自有后人评说。

第二十一章　1978年10月　北京——宁都

一　毛泽东故居前

他们两人一生经历过无数坎坷:万世松1956年当了军分区的副司令员,何文干是地委副书记。

在反右斗争中,何文干因为抵制办公共食堂说了几句真心话,被觊觎他地位的宣传科长揭发,打成右派,到青海省都兰县劳改了十年。回来后宣传科长早已升为地委书记,但坚持不给他平反。直到成为地委书记的宣传科长在"文革"中也被打倒。"文革"后期,何文干才得到昭雪。

万世松因为长征中返回苏区的一段历史无人证明,一直不被重用。

审干时,已在北京身居高位的王振华的一份证明材料,说万世松怀有个人目的返回苏区,并请求组织追查他有无叛变行为。虽然没有把万世松彻底推倒,仅仅保住了党籍,作提前离休处理,实为万幸。

何文干在接到平反决定的那一天,既不高兴,也不悲哀。独自坐在年事已高、面板早已开裂的小矮桌前。肮脏的桌面上铺展着那张盖着红色圆印的公文纸,旁边放了一只酒杯。他呷一口南城出的麻姑酒,看一遍地委对他作出的历史结论。他不知应该笑还是应该哭。家破人亡,十年劳改的苦难,换来了这样一张纸:

何文干同志的错误还是有的,群众的揭发,多有不实之处,由于该同志在劳改期间表现较好,故予以平反。

写得多么明确,写得多么公正,写得多么谨慎,写得多么有分寸,又写得多么轻巧。处理错了,是多大的误会,错在群众的揭发多有不实之处;现在平反,是多大的恩惠,这是组织的宽大。同时,平反的原因是由于他表现较好,也就是认罪的态度较好。

何文干面对着这张纸,想起因他被打成右派而病倒的老伴。十年的劳改,回到家,老伴坟前的松树已经比他高出两米,后来,他知道这棵树是万世松在夜间为她栽的。

他又想到在"文革"中被逼得跳楼自杀的那位当年揭发他的宣传科长,不知道心中是什么滋味:幸灾乐祸? 不对。怜悯同情? 也不对。善有善报恶有恶报? 更不对。

整别人的结果是自己被整得更惨,这是一种什么现象? 又有什么潜在的逻辑可循?

用宿命论"天网恢恢,疏而不漏"来解释? 不对。用辩证法"塞翁失马,安知非福"来解释? 也不对。用寓言故事"螳螂捕蝉黄雀在后"来解释? 更不对。

何文干一杯一杯喝酒。他早已过了不惑之年,却仍然左思右想想不明白,后来索性不再想了,兴味盎然地用骨瘦如柴的手拍着案板哼起"对酒当歌,人生几何"来。

麻姑酒,亦名仙寿酒,是因为江西南城县麻姑山上有一得道仙人所酿而得名,此仙人号称"麻姑仙人"。在这一点上,何文干一直存疑:因为麻姑是女的,而这位仙人却是老道士,不伦不类。但麻姑献寿,这是公认的神话。麻姑自言:"吾已见东海三次变为桑田。"大概麻姑现在还没有死。何文干在打成右派前曾作过调查,麻姑酒的确是麻姑山产的糯米和泉水酿造。

饮酒浇愁愁更愁,"去日苦多""忧思难忘"。泪水和酒而饮。此时,院外香樟树上群鸟聒噪,何文干忽然站起用石投之,看群雀轰然飞起。这个醉汉破坏了鸟儿们的欢聚。他看着吱吱喳喳惊叫乱飞的鸟群远遁,不由得破涕为笑,而后吟道:"遍地关山行不得,为谁辛苦为谁啼?"继而又潸然泪下,叫着自己的名字:"文干,文干,你会搞恶作剧!"

歌罢仰天叹,独坐泪纵横。

何文干酒后之泪,能不能消溶几十年结在胸中的冰碴,冲决压在心头的块垒呢?"不如意事常八九,可与人言无二三。"何文干是可以袒露内心的。他等待他的患难密友万世松的到来。

何文干不知自己是醉是醒,但觉自己的思想和感情此时正融为一体。一种人生感悟从纷纭的思绪中脱颖而出,急忙掷杯于地,把那份公文纸抹到地上,铺上一张旧报纸,磨墨挥毫疾书一副联语:

> 是是,非非,非非是。
> 非非,是是,是是非。

而后掷笔大笑,醉卧桌前,直到万世松来把他摇醒。

1978 年秋天,万世松和何文干两人,瞻仰了毛泽东同志在中南海的旧居。站在那长方形的幽闭深邃的院子里,他们无法弥合从湘江两岸到中南海这段漫长的距离。没法理解从人到神的演化过程。他们站在堆满半床书的卧榻前,无法理解他的功过得失。他们只觉得从外部袭来一种深沉的孤独感,这种感觉使他们感到压抑。对这样一种纯粹的主观感受,一种看不见摸不着的哲学概念,他们说不清楚它的确切定义。

据哲学家分析:孤独感可分为外在孤独和内在孤独。

鳏寡孤独,无亲戚无朋友,心境落寞,漂泊异乡,举目无亲;或因种种原因被社会所遗弃,形影相吊。这种外在的孤独毕竟是机缘性的、具体的、表层的心理意识，它可能因环境改变而改变，存有消除的可能性；内在的孤独却是更深层次的心理意识。即使他儿孙满堂，身在闹市，满脸笑容，家财万贯，满座宾朋，他仍然无法摆脱这种深重的孤独感，是别人不易察觉的隐藏很深的孤独。外在的孤独如果可以比作疥癣之疾的话，内在孤独便可称作膏肓之病了。

当然，外在和内在可以同时共存，或交替出现。普通人的孤独感往往是短暂的，无意识的惆怅之情，而有才华的人、位高权重的人，则有明晰的仿佛是周期性的、根本性的孤独感。

在人类少数天才人物身上，包括伟大的政治家、伟大的艺术家，内在孤独感几乎是一种不治之症。这种孤独感常伴着一种根本的忧郁和惆怅。许多名满天下、誉满全球的人，生活得并不幸福，心无所安，情无所宁，当人们企仰他们的高度成就和声誉的时候，他们却拔枪自杀了……

如果一个人高踞人群之上，被奉若神明，没有一个敢在他面前直言不讳，没有一个人敢反驳他的旨意，没有人向他讲心里话，只敢言喜不敢言忧，只敢称是不敢说非。他面临的不知是阿谀奉承投其所好的一派谎言，还是真情实意的拥戴。像一个拳击家，他一举手，对手就訇然倒地；像一个围棋手，只要你一投子，对方就全盘皆输，然后再颂扬你是英明伟大的举世无双的高手！

他的周围既有刚正不阿之士，也有巧言令色之徒，但都诚惶诚恐。

他无法过常人的生活，一切都在周围的多种眼神包围之中，既分不清哪些是奸佞谗言，也分不清哪些是苦口良药。他心中充满着酸甜苦辣，却无处去说，找不到一个倾诉衷肠的知心好友！甚至无法把自己的内心借笔落在纸上。

"力拔山兮气盖世"，他却无力抗衡、冲决这种固结着的孤独感。因为这种处境是历史与本人造成的，他不能提着自己的头发离开地球！

历史的长河翻卷着高高低低的波浪过去了，无论是伟大的还是渺小的，无论是高尚的还是卑下的；无论是显赫的功勋还是累累罪行；无论是自豪与失意；无论是欢乐与悲哀……一切功过是非，一切休戚荣辱，一切恩恩怨怨，都不过是历史潮流中的一个浪花。

盖棺而不论定，一切功过是非、高低长短均由后人评说。即使权力禁止一切进入史册卷帙，只将其留在人们的流言传说里，岂不更是可畏？不管是神是鬼，无情的历史都要从天堂从地狱把他们送回人间，还其本来的面貌：人！

历史本来是面镜子，人人都要显露真容，后来者每迈一步都应谨慎小心。

万世松和何文干什么也不说，似乎无什么可说，也不能说，没法说。

他们无法理解在一个伟大的马克思列宁主义武装的社会主义国家里，竟然会产生那么荒诞的事：人人挂忠字牌，个个戴像章，家家读宝书，处处竖雕像。忠字舞，红海洋，赞吕后，批宰相，告御状，处处喊着恭奉慈禧太后的那句口号——"万寿无疆"。"最高指示"一下达，三更半夜涌上街头，游行庆祝，举国若狂。世界上除了万恶的资本主义就是修正主义，唯有中国是无比优越的！在这个无比优越的天国里，却偏偏有人要搞资本主义、修正主义。于是互相残杀枪声遍地。那宝书是那样的灵验，又是那样的不灵："一天不读问题多，两天不读走下坡，三天不读没法活。"中国的革命群众成了不打强心针就会倒地而死的稻草人了。一时间，以智慧著称的民族是怎么疯的？怎么傻的？怎么瞎的？疯得是那样认真，傻得是那样虔诚，瞎得是那样彻底，当割断张志新的喉管时又是那样坚贞。

这是多么不可想象，这是多么不可思议！这场噩梦似的灾难是在什么摇篮里诞生的呢？即使中世纪的愚昧也没有达到今天的深度

427

和广度。在伟大的马列主义的枝梗上结出封建的果实,是多么辛辣的讽刺。是历史欺骗人,还是人欺骗历史?古老的文明变成今天的骄傲,今天的愚昧与落伍却成了古老文明的耻辱。

万世松重访湘江,缅怀洒血江边的战友,还到他们山林游击大队活动的宝界岭,战地重游,寻访旧踪。斗转星移,人世沧桑,今日湘江已非昔日可比。

可是,那里依然贫穷,一张竹床,一卷破棉絮,一领缝了又缝补了又补的蚊帐。据说从红军过湘江至今没有换过,人们问他北京的朝廷怎么称呼。他问一个十一岁的男孩,他长大了干什么?男孩回答说:吃国家的救济!

炎黄子孙几千年来渴望得到温饱。往日染血的湘江滔滔,腾飞之日将在何时?

湘江,你的滚滚浪头日夜奔流,你给人们的启示是什么呢?辉煌的成功也罢,壮烈的失败也罢。你默默地向前涌流,向着长江涌……

二 "记住……"

何文干在万世松重访当年长征路后,不久就病了。万世松在专区医院里陪伴他。

这天,他用沉郁的声调问主治医生:"他怎么样?"

"他的头脑惊人的清醒!"医生平淡如常地说,"这种现象也许并不让人乐观……"

"那么,你是说……这叫回光返照……"

万世松明白这位患难与共的战友,已经临近生命的终点,也许这是最后一面了。他能对这位一生坎坷的、可敬的人说些什么?用什么来安慰他?

"我的生活历程已经完了!"何文干了解老友此时的心情,微笑着伸出枯黄干瘪的手,使万世松感到一种森森寒气。"遗憾的是,我不能把我躺在病床上的思索告诉你,更遗憾你是军人不是文人,不能记述咱们的一生……历史浩瀚无边,是个智慧的海洋……我是个既不唯上也不唯书的人,一向推崇独立思考,所以老挨铁拳……"

"我看你太累了,不过,"万世松找到了宽慰老友的办法,"你还想看什么书?我可以给你去借。"

"恐怕用不到了……我们的一生就是一部读不完的大书……醉卧沙场君莫笑,古来征战几人回……"

万世松忽然发现老友睡了,双颊塌陷,须发灰白,毫无生气,这使他心中一冷,惊慌地大声喊叫:"护士! 护士!"

何文干听到呼叫声,微微睁开惺忪的眼睛,"记住,麻木者沉沦,知耻近乎勇……"他急促地喘气,又昏睡了。

他觉得自己陷入了一种深渊,他的床在这黑色波浪中漂荡起来,他搞不清是在上升还是在下沉。他知道自己灯油将尽,迅速地衰竭,生命像雪花在阳光下消溶。

医生和护士都悄悄地围到床边。

何文干终于醒转过来,但目光呆滞,像一个被推入虚无中的人,既没有喊叫,也没有呻吟,然后发出一声痛苦的喃喃叫喊,并将枯瘦如柴的手举起:

"老万! 你来得多么巧,正好给我送终……"

他两眼涌出了泪水。

万世松俯在床前,握住了病人的手。而何文干开始了死亡的过程,起初是两手滑落下去,头在剧烈地左右摆动。医生去摸他的脉搏,护士带着权威的口吻轻声说:

"准备吧!"

万世松站立起来,惊视着濒临死亡的老友眼里闪耀出一星火花:

"记住!"何文干的声音好像来自遥远的地层深处,"把我的骨灰带到翠微峰下,安放在罗自勉的旁边……记住……"

何文干好像挤干了最后一滴生命的浆液,闭上了眼睛,只是他的胸脯还在微微起伏。医生又去摸病人的脉搏,他向护士做了个手势。

一张洁白的床单蒙在了整个床上。

"安息吧,永远地安息吧。"万世松不知这声音是别人的还是自己的,也不知是听到的还是想到的。

三　何处是归程

火化了亡友,万世松带着骨灰盒又回到宁都,这是他参加组织并举行起义的地方。他北望高耸云天的翠微峰,那是埋葬罗自勉老人的地方。

上午十时的秋阳,给群山环抱中的高峰抹上一层温暖的枯黄情调。他伫立峰前,久久不动,像石化了一般。他丧失了时空的概念,仿佛站在宇宙的长河之岸,看浪涛澎湃。人类的历史,难道真像墓中老人所说:只不过是浪花中的一点泡沫吗?

一道闪电划破了天空,繁星万点纷纷飘落,犹如桃李之缤纷,礼花之飞散。瞬息间照亮人生旅途上的每块石子和小草,一切田野、村庄、山岳、森林都呈现出悲壮苍凉的色彩。一切震古烁今的人生之谜从心灵渊底纷纷跃出。一切功过是非、休戚荣辱、生离死别,在这里,都淡化了,融进了一曲徐缓博大远播天涯的古老的悲歌。

万世松站在亡友墓前,忽然想道:那些参加气壮山河的长征,在湘江两岸浴血苦战的英雄们在哪里?毛泽东、刘少奇、周恩来、朱德、彭德怀、博古、李德、洛甫……他们经历了多么漫长、多么复杂、多么令人震惊的生活历程和心路历程?一次接一次的斗争、批判、站起、推倒、再站起、再推倒……这是多么轰轰烈烈而又极为痛苦的人生?他们每个人的归宿里,包含着多么丰富多么严酷的教训啊?

万世松长长地吁了口气："我的归程在哪里？"

他不记得是谁说的了：

世界，既不像歌颂的那样好，也不像诅咒的那样坏。